GEOFFREY WOLFF

GATO
POR
LIEBRE

traducción de Randolph Pope

Primera edición en español, 1982
Ediciones del Norte

portada Mark Spencer

ABRIENDO LA PUERTA

En un día de sol y con el ánimo radiante podía a veces pensar que la muerte no era más que murmuración, un desagradable rumor tras una puerta cerrada y distante. Este era un día así, el último de julio en Narragansett en la costa de Rhode Island.

La abuela de mi mujer era una figura legendaria en Rhode Island, una tenaz y venerable señora de casi noventa con una clásica nariz de Nueva Inglaterra, aguileña y quebrada, y seis pies de altura sobre sus sensatos zapatos de taco bajo. Hacía poco había comenzado una carrera como escritora; esto le había producido satisfacción y cierta modesta celebridad local. Pasaba los veranos en Narragansett rodeada por las casas de sus cinco hijos y por incontables primos y nietos y bisnietos. Uno de estos, mi hijo Nicolás, que todavía no cumplía los cuatro años, había recién salido a dar un paseo con ella. A ella le gustaba conducir cortas distancias en su Ford sedán negro a pesar de su edad, pero conservaba un vivo aprecio por su supervivencia por lo que se había amarrado el cinturón de seguridad, bien.

El hermano pequeño de Nicolás, Justin, estaba con su madre en la playa. Yo estaba con el cuñado de mi mujer en la sombreada terraza de una amiga. La casa de Kay era vieja y con tejuelas de madera, impecablemente descuidada. Casi era posible no creer en la muerte ese día, olvidar a un hijo con su cinturón de seguridad deshebillado y el poder de la resaca a la orilla del agua. Veía más allá de los bien podados setos el lujoso prado; y tras el prado una cornisa de rocas lisas que descendía al mar. Sentado en un sillón de mimbre excesivamente acolchado, intercambiando los últimos chismes con Kay y un par de sus siete hijos, protegidos del sol, mirando de vez en cuando los veleros navegando contra el viento rumbo a Block Island, oyendo a las abejas zumbar, oliendo las rosas y el pasto recién cortado, me sentía en las nubes, con la guardia baja.

Habíamos estado bebiendo ron. No demasiado, pero suficiente; nuestras voces tomaban un tono bajo. Normalmente la casa resonaba con risas y música grabada—con todos esos niños, como es lógico—pero este era un momento de calma. Estábamos bebiendo ron negro con agua tónica y limón; recuerdo haber mordido la carne agria del limón.

En mi memoria ahora, como en un melodrama, oigo sonar el teléfono, pero no lo oí entonces. El teléfono en esa casa parecía estar siempre sonando. Llamaron al teléfono a John, el cuñado de mi mujer; supuse que era la hermana de mi mujer, para llevarnos de regreso a la casa de mi suegra. Siempre nos íbamos quedando hasta que se hacía tarde donde Kay.

2

John regresó a la terraza. Se detuvo a diez metros de donde yo estaba con el vaso de mi trago descansando sobre la camisa. Recuerdo el frío del vidrio contra mi pecho. John estaba sonriendo nerviosamente, oscilando de un pie al otro. John era un hombre que solía pararse tranquilo, con fija serenidad, y se me encogió el pecho. En el momento en que lo miré allí al otro lado de la terraza, Kay y sus hijos dejaron de hablar, y las mejillas de John comenzaron a danzar. Miré a la viuda Kay, ella apartó la mirada, y yo supe lo que sabía. Caminé a lo largo de la terraza para averiguar cuál de mis hijos estaba muerto.

Justin era firme como una boca de incendio: una vez se comió una copa de jugo de naranja hasta el pie; no pareció afectarle. Otra vez fue diferente: corriendo a través de una llanura tropezó, dio un grito ahogado, nada muy raro. Nos acercamos a él sin preocuparnos, sin prestarle atención. Nos enfadó verlo caído de boca en el barro. Su madre le dijo "Levántate", pero no lo hizo. Le gustaba hacernos bromas. Lo di vuelta y su cara estaba gris con manchas verde claro. Sus ojos se veían blancos. Su hermano comenzó a llorar; había entendido antes que nosotros, y su reacción era tremenda. Traté de darle vida a mi hijo con mi respiración, pero en mi torpeza olvidé taparle la nariz. Soplé y lloré en su boca, y traté de abrirla aún más, sólo por hacer algo, pero más que nada lloré sobre su rostro. Mi mujer le gritaba a nadie en especial que llamaran a un doctor, pero ella sabía que era inútil. Estaba muerto, como lo podía ver cualquiera con un dedo de frente, y no sabíamos por qué. Entonces abrió los ojos, se agarrotó del miedo y comenzó a llorar. Y en ese golpe de nuestra liberación comencé a

3

temblar. Estamos desnudos, todos nosotros, lo sé, y hace frío. Pero Justin, me parecía a mí entonces, era invulnerable.

Así que era Nicolás.

John dijo: "Tu padre ha muerto."

Y yo dije: "Gracias a Dios."

John se espantó ante mis palabras. Oí que alguien tras mí se quedaba sin aliento. Esas palabras no me golpearon entonces en el corazón, pero más tarde lo hicieron, y no era posible desdecirme, no es posible desdecirme ahora. Todo lo que puedo hacer ahora es explicar lo que querían decir.

I

Escucho a mi padre y oigo un tartamudeo. Explosivo y desvergonzado, no un atorarse con las palabras, sino un chorro de palabras pulverizadas. Hablaba precipitadamente, inquieto, sin aliento: no había suficiente espacio en su boca ni tiempo en el día que bastara para abarcar todo aquello que él ardía por expresar. Tengo un vestigio de ese tartamudeo, y ojalá que no lo tuviera; yo tartamudeo y me sonrojo, mi padre tartamudeaba y sonreía. Dependía de la buena voluntad de quien lo escuchaba. Mi padre dependía en exceso de la buena voluntad de la gente.

Así como le hablaba a uno directamente, así también miraba. Podía hacer bajar la vista a cualquiera sosteniendo su mirada, aunque este era un don que no practicaba casi nunca. A mí, todo lo de él me parecía descomunal. Cuando estaba haciendo un trabajo para la escuela acerca de los habitantes de la Isla de Pascua, encontré en una enciclopedia fotos de sus enormes esculturas, y ahí estaba él, con su cabeza y nariz colosal, sin nada sutil o delicado. El tenía, de hecho (y qué reductoras me parecen ahora esas palabras, *de hecho*), una pulgada o dos más de seis pies de altura, un cuerpo macizo, y era un hombre que se desplazaba con dificultad y casi pensando como evitar cada nuevo paso. Cuando yo era un niño observé que la gente respetaba los pies cúbicos que ocupaba mi padre; luego he comprendido que había confundido el respeto con el resentimiento.

Recuerdo algunas cosas, los aditamentos propios de un caballero, fabricados de plata y níquel bruñido con engañosa sencillez, de pulido acero inoxidable sueco, de seda y lana blanda y cuero café. Recuerdo sus zapatos, tan meticulosamente seleccionados y además cuidados y usados con meticulosidad, de suela delgada, con polainas agrietadas, de más edad de la que yo tenía o podría llegar a tener, brillando debidamente y desde lo más profundo. ¿Sólo un par de zapatos? No: lo supe antes de llegar a saber ninguna otra cosa complicada, que para mi padre no había nada que él tuviera que fuera "sólo" algo. Su reloj de bolsillo no era "sólo" un aparato más, sino que era un instrumento milagroso con una tapa y su bisagra y la parte de atrás una imagen de patos de porcelana levantando el vuelo desde una laguna de porcelana rodeada de abedules. Daba la hora sin agresividad, musicalmente, como si el diente de un tenedor de plata tocara un vaso de cristal, sin prisa, pero acaso le gustaría a Ud. saber que ya es el mediodía.

Despreciaba el cuero negro, y decía que los zapatos negros le recordaban portafolios negros, banqueros, abogados, de los que miran-antes-de-saltar y se angustian tratando de no ofender a sus clientes. No tenía nada negro, excepto su smoking y un paraguas.

Su paraguas servía también como asiento, y una tarde en un partido de polo en Brandywine se había sentado en él cuando un hombre le preguntó qué haría si se pusiera a llover, ¿sentarse empapado o estar de pie y seco? Yo me reí. Mi padre se rió también, pero tenso, y no contestó; ni usó nunca más ese artefacto quijotesco. Se tomaba las cosas, *las cosas*, con seriedad.

Mi padre, que se llamaba Duque, me enseñó habilidades y buenas maneras; me enseñó a disparar y a conducir rápido y a leer con respeto y a boxear y a utilizar un bote y a distinguir entre la buena música de jazz y la mala música de jazz. Tuvo paciencia conmigo, y me llevó a que comprendiera por mí mismo por qué la modestia exagerada de Billie Holiday era más interesante que las complicaciones de Ella Fitzgerald. Sus códigos no eran originales, pero eran inflexibles, las reglas del decoro que prescribía Hemingway. Un caballero cumple su palabra, y prefiere la sencillez de los sentimientos; un caballero escoge sus palabras con cuidado, así como escoge a sus amigos. Un caballero acepta la responsabilidad de sus actos, y asume con gusto la libertad de actuar sin ambigüedad alguna. Un caballero es rigurosamente preciso y cuida hasta el menor detalle con gran formalidad; la vida no es más que el inventario de las pequeñas decisiones que vistas en su totalidad conforman el carácter de un hombre, completo. Un caballero es esto, y no otra cosa; un *hombre* hace, no hace, dice, no diría.

A mi padre podía convencérselo, sin embargo, para que revelara sus pergaminos. Había estudiado en Groton y de allí pasó a Yale. Casi llegaba a estar preparado a sugerir que habían tratado de reclutarlo para la hermandad "Huesos", y yo recuerdo su placer cuando Levi Jackson, el capitán negro del equipo de fútbol de Yale en 1948, fue honrado en igual forma por esa sociedad secreta. Estaba orgulloso de "Calaveras y Huesos" por su hospitalaria actitud ante lo exótico. A veces parecía incomodarse, sin embargo, cuando pronunciaba el semítico primer nombre de Jackson, y pensé que su tolerancia hacia los judíos no era incluyente; pero nunca lo oí permitirse una abierta intolerancia, y la primera de una media docena de veces que me pegó fue porque llamé al hijo del vecino un bachicha.

Había mucho derroche en los afectos de mi padre, y odiaba lo que era estrecho, mezquino o miserable. Comprendía la necesidad de excluir, por cierto, y vivía su vida creyendo que el mundo estaba dividido entre unos pocos *nosotros* y muchos *ellos*, pero yo debía comprender que la aristocracia era el resultado del buen gusto, del valor y de la generosidad. En cuanto a otras dos virtudes—el candor y la reticencia—yo estaba confundido, porque mi padre le hacía propaganda a veces a una y luego a la otra.

Aunque la preocupación de Duque con las genealogías tenía un límite, esto no lo llevaba a olvidarse de sus antepasados. Sabía de dónde provenía y adónde quería que yo fuera. Tuve una evidencia visible de esto, un anillo de oro con un sello, que yo uso ahora, un asunto bastante pesado, inscrito al revés con leones, flora, y un lema, *nulla vestigium retrorsit*. Me dijeron que quería decir "No mires para atrás."

Después de Yale—clase de milnovecientosveintialgo, o milnovecientostreintaialgo—mi padre se dio la buena vida a lo largo y lo ancho del país, viviendo a todo trapo y con la mayor elegancia en Nueva York con sus compinches del colegio y la universidad, volando como piloto de pruebas, y casándose con mi madre, la hija de un contraalmirante. Nací un año después del matrimonio, en 1937, y tres años más tarde mi padre fue a Inglaterra como piloto de guerra en el Escuadrón de las Aguilas, un grupo de voluntarios americanos en la Real Fuerza Aérea. Más tarde se trasladó al Servicio Secreto, y estuvo en Yugoslavia con los partisanos; poco antes de la invasión lo dejaron caer en paracaídas sobre Normandía, donde actuó como zapador con la Resistencia, que mi padre pronunciaba *rge-si-stóns*.

La carrera que tuvo al acabar la guerra resulta misteriosa para mí en sus detalles; en el servicio de la nación, se entiende, el candor no siempre era posible. Esto al menos era claro: mi padre importaba en el mundo, y él estaba contento de que importara, entendiera o no el mundo por qué, precisamente, él importaba.

Una hermosa historia para un americano miembro de un club. Su fallo es que no era verdad. Mi padre era un artista del embuste. Cierto, hubo muchos colegios donde estuvo interno, cada uno más descontento que el anterior con el pequeño Duque, pero ninguno fue Groton. No fue a Yale, y cuando él abandonó una habitación en que se mencionaba "Calaveras y Huesos", yo ya sabía esto, y él sabía que yo lo sabía. No lo quiso ningún servicio militar; sus dientes eran inaceptables. Así es que se hizo sacar todos los dientes y se puso otros, pero la Aviación, la Marina, el Ejército y los Guardacostas siguieron pensando que tomarlo era una mala idea. El anillo que yo uso fue hecho de acuerdo a sus instrucciones por un joyero a dos cuadras del drugstore de Schwab en Hollywood, y no se pagó jamás. El lema, gravado al revés para que aparezca correctamente en el lacre, es latín macarrónico y quiere decir realmente "no dejes huellas tras de ti," pero mi padre no me creyó cuando se lo dije.

Mi padre era judío. Esto no le pareció una buena idea, así es que se le ocurrió desintegrar su historia, comenzar de cero, y re-crearse a sí mismo. El trabajo que lo mantenía hasta poco antes de morir era el de estafador. Si ahora considero que su historia auténtica es más sorprendente, más interesante, que la falsificada, él no pensaba así. No se resignaba a su realidad, por lo que se transformó en el autor de sus propias circunstancias, sin importarle las consecuencias de su osado programa.

Tuvo algunas consecuencias terribles, para otra gente tanto como para él. Era pródigo con el dinero, con el dinero de los demás. Prefería embaucar instituciones: joyeros, vendedores de autos, bancos, hoteles elegantes. Es decir que era un bucanero considerado, cuando le convenía. Pero hería a la gente. Gran parte de sus maldades fueron relativamente impremeditadas: se me cayó un diente cuando tenía seis años, y el Hada de los Dientes, "con problemas financieros" o "por ahora sin fondos," la que haya sido su frase entonces, me dejó bajo la almohada un pagaré, una letra a la vista por dos monedas, o dos millones.

Me habría gustado que él no hubiera elegido entre todos los disfraces posibles del mundo la tenida y las credenciales de presidente de un club de yates. Comenzando de la nada podría haber ambicionado más, haber tratado de hacer algo un poco más audaz y original, un poco menos rigurosamente convencional, un poco menos calculado para complacer a todos. Pero también es verdad, por supuesto, que un embaucador que no puede inspirar confianza en sus víctimas no es nadie, así es que quizás el afinamiento de su ancestro, educación y hoja de servicios de la guerra, no fue sino el precio necesario para hacer negocios en una cultura preocupada de las apariencias.

Ni siquiera ahora sé qué me gustaría que él se hubiera hecho. En una época pensé que podría haber sido muy espontáneamente un novelista comercializado. Pero a pesar de lo mucho que le preocupaba inventar cuentos para engañar a la gente, no trató nunca seriamente de escribirlos. Un embaucador aprende pronto en su carrera que poner algo por escrito es buscarse problemas. El artista de la estafa hace su juego y desaparece. ¿Quién era ese enmascarado? Nadie, absolutamente nadie, *nulla vestigium* [sic] *retrorsit* [sic], sin dejar una sola huella.

Bueno, pero quedo yo. Un día, escribiendo acerca de mi padre sin dejar de experimentar asombro y cariño, se me ocurrió que soy su creatura así como soy su progenie. No puedo ahora librarme de la convicción de que fui entrenado como el instrumento de su perpetuación, y se me puso aquí para que yo documentara su existencia. Y creo que mi padre supo esto, y lo calculó hasta cierto punto. ¿Cómo, si no, explicar la erupción de su furia cuando abandoné una vez lo que él y yo llamábamos "escribir" para trabajar en un periódico? Había aceptado el trabajo de crítico literario para el *Washington Post*, estaba orgulloso de mí mismo; me parecía entonces un trabajo maravilloso, honorable y enriquecedor. Mi padre lo vio de otra manera: "Me has defraudado," me escribió, "te has vendido con rebaja," me escribió, con el número de la prisión estampado bajo su nombre.

Se equivocó entonces, pero en general tenía razón acerca de mí. Oía todo lo que quisiera decirle, pero no me decía sólo lo que yo deseaba oír. Guardaba esa deferencia para sus clientes. Conmigo era estricto y veraz, excepto sobre sí mismo. Y por eso yo quiero ser estricto y veraz con él, y conmigo mismo. Al escribirle a un amigo sobre este libro, le dije que por nada quisiera ahora que mi padre fuera diferente de como fue, excepto más feliz, y que la mayor parte del tiempo estaba bastante contento, alegre con la idea de éxitos imaginarios. Me dio mucho, y no sólo la vida, y yo no quería meramente quejarme; quería, le dije a mi amigo, burlarme en su nombre de todos aquellos que lo limitaron. Mi amigo fue perspicaz, sin embargo, y dijo que no me creía, que no podía ser sincero al decir eso, que si era consecuente iría a dar a una especie de rosado sentimentalismo y a la simple piedad. Quizás, me escribió, hubieras deseado que no se mintiera a sí mismo, el engaño acerca de ser judío. Quizás no te importaría que engañara a los demás, pero sí te importa que se haya embaucado tan profundamente a sí mismo. "Al escribir sobre el padre," me escribió mi amigo acerca de nuestros padres, "uno sube a gatas una montaña resbalosa, llevando los cojones de otra persona en un saco sangriento, y nunca se decide claramente si para comérselos, adorarlos o enterrarlos decentemente."

Así es que trataré aquí de ser preciso. Me gustaría

que mi padre hubiera hecho inventos más temerarios, más elegantes. Creo que él respetaría mi deseo, estaría dispuesto a hablar conmigo seriamente sobre esto, y encontraría aquí una cierta nobleza. Pero ahora está muerto, y había estado muerto por dos semanas cuando lo encontraron. En su ínfimo departamento en la costa del Pacífico no encontraron una libreta de direcciones, ni un montón de cartas sujetas por un elástico, ninguna fotografía. Nada en absoluto que pudiera sugerir que él alguna vez había conocido a otro ser humano.

II

Cuando yo era niño, mi padre me presentó, ceremoniosamente, un par de tesoros de la familia. Eran el diploma de médico de mi bisabuelo, emitido en Leyden, y un gastado maletín de cuero, de mi abuelo, que contenía instrumentos quirúrgicos. Estos tótems ya han desaparecido, perdidos durante una u otra escapada a último minuto y en lo más oscuro de la noche de una casa donde debíamos el arriendo de siete meses o de un pueblo donde un cheque sin fondos había sido rechazado hasta llegar al escritorio del juez del distrito. Pero me acuerdo bien de aquellos resplandecientes instrumentos dispuestos en cavidades de terciopelo azul.

No hace mucho compré un juego de compases solamente porque, cómodamente encajados en sus nidos de terciopelo azul, me remontaban a aquellas tardes cuando me sentaba junto a mi padre en su escritorio, y me mostraba las pinzas y sondas y trépanos y lancetas y escalpelos. Yo levantaba un objeto y lo examinaba, y luego lo devolvía a su lugar ajustado, y prometía no volver a tocarlo sin que mi padre me estuviera supervigilando. Se me advirtió que inimaginables gérmenes y microbios mortales todavía acechaban en el metal, pero no había necesidad de que me asustaran para alejarme de ellos; nunca había visto objetos tan misteriosos, fríos y amenazadores.

Era característico de mi padre el impresionarme con los artefactos de la familia más que con su historia. Era reticente en cuanto a su pasado. Mencionaba a veces, con más reverente temor que amor, las habilidades de su padre, su enorme biblioteca de medicina, la facilidad con que hablaba lenguas extranjeras. Estas referencias tenían una forma abstracta porque mi padre no podía permitirse, debido a su deseo de deshacerse de sus orígenes, el situar al Dr. Wolff en un mundo en que la parentela se llamaba Samuel o Krotoshiner.

Oí por primera vez el inventario de los nombres de la familia cuando estaba con mi primo Bill Haas, un desconocido, en el cementerio Beth Israel de Hartford, de pie junto a los huesos y las lápidas de Beatrice Annette Wolff (19 de agosto de 1894—9 de abril de 1895) y Harriet Krotoshiner (1867-1944) y Arthur Jacob Wolff (5 de junio de 1855—22 de junio de 1936). Yo tenía treinta y ocho años, y llegaba tardíamente a formar parte de mi familia. Bill Haas y dos Ruths—su hermana y su prima—me guiaron a través de nombres y lugares y fechas. Me mostraron fotografías. Nunca había visto una imagen de mi padre antes de que él tuviera cuarenta años, y ninguna de mi abuela y abuelo, ni de sus padres. Durante años les había temido, pensando que acaso mi padre tenía buenas razones para ocultármelas. Pero se veían bastante bien, como uno espera que se vean los antepasados.

Mi padre Arturo fue traído al mundo por su padre Arturo en su casa de la calle Spring en Hartford, el 22 de noviembre de 1907. El Dr. Wolff hizo todo lo posible para traer a su hijo sin problemas al mundo, y luego para encaminarlo en la vida. Era meticuloso, y casi se exigía tanto a sí mismo como exigía de los demás, y él y su esposa Harriet tenían pocas probabilidades de gozar de otra oportunidad de perpetuarse. Ella tenía cuarenta años, él cincuenta y dos. Habían tenido una hija cuando el Dr. Wolff tenía treinta y nueve y era todavía suficientemente joven como para creer que podía reparar a cualquiera. Pero la escarlatina de Beatrice Annette superó su capacidad de curar, y ella murió después de vivir ocho meses.

Mi abuelo nació en Londres en 1855, pero alguna inquietud impulsó a su padre a venir a América. Durante la Guerra Civil fue cirujano de un regimiento francés, y después de la guerra se trasladó a Brownsville, Texas, donde estableció su práctica de medicina con el ejército en Fort Brown, en la orilla del Río Grande frente a Matamoros.

Cuando mi padre estaba en el colegio—y de acuerdo a su inagotable reserva de optimismo digno de Micawber, solicitando ser admitido en Yale—le pidieron que confesara algunos detalles de su pasado. Escribió a Yale que su padre había sido educado en "Balioll" [sic] College, Oxford, y esto no era cierto. A mi abuelo lo sacaron del colegio a los catorce años, y a partir de entonces su padre lo educó en la ciencia, medicina, matemáticas, literatura e idiomas. Cuatro años más tarde entró a la Escuela de Medicina de Texas en la ciudad de Galveston, y recibió su título en 1876. Mi padre escribió también a Yale que su padre había hecho su internado en Bellevue. Esto era verdad, ya que Bellevue—como Oxford—era una institución prestigiosa.

Yale quiso saber cuál era el apellido de soltera de mi abuela, y mi padre puso Harriet K. Van Duyn. El "Van Duyn"—en otros formularios "Van Zandt"— no lo puso entre comillas, pero es ficticio. "Harriet" era correcto, y cierto vestigio de un respeto a su fuente originó que mi padre devolviera a su madre ese resabio de su identidad que es la letra K, la abreviatura de su apellido.

Krotoshiner: la familia tomó su nombre de Krotoschin en la provincia prusiana de Posnán, "la parte decente de Prusia" según me dijo mi prima Ruth Atkins. Ahora el lugar le pertenece a los polacos, y lo llaman Krotoszyn. Samuel y Yetta Krotoshiner emigraron de Prusia a Glasgow, donde nació mi abuela Harriet. (Ruth Atkins todavía tiene la fíbula con un cardo que otrora mantuvo en su lugar los pliegues del tartán de los Krotoshiner.) De Glasgow la familia tomó un barco al Canadá, donde el Sr. Krotoshiner se estableció como un "agricultor elegante", que es lo que todavía llaman a los agricultores que no tienen idea de agricultura y pierden hasta la camisa. Se trasladaron otra vez, a Brooklyn, donde Harriet se enamoró del joven Dr. Wolff, un *alrightnik* de suaves ojos pardos y un apetito por lo excelente que se sintió atraído por el delicado buen humor de la muchacha de dieciséis años.

18

Cuando murió Samuel Krotoshiner, Yetta vendió su casa importadora de vino y se fue con sus tres hijas a Hartford, donde puso, en contra de la costumbre de su tiempo, su propio negocio, una tienda de porcelana fina. El Dr. Wolff se casó con Harriet en 1893, en una boda doble con la de la hermana menor. A Yetta le estaba yendo suficientemente bien en los negocios como para darle a cada novia un abrigo de piel y un piano de cola Bechstein.

Mi abuelo fue un magnífico médico, en esto todos están de acuerdo. Cuando se estableció el Hospital Mt. Sinai en Hartford en 1923 se lo nombró jefe de la directiva y del equipo médico. Se puede apreciar la amplitud de sus habilidades en el hecho de que también era el jefe de los cirujanos y ginecólogos, y todos los laboratorios estaban a su cargo. Simultáneamente era el bacteriólogo municipal del Departamento de Salud de Hartford y el experto médico-legal cuyos análisis microscópicos de evidencia criminal resolvieron juicios de asesinatos en Connecticut y Nueva York.

Y no obstante hubo gente, y mi abuela fue una de esas personas, que sostuvo que este hombre, conocido invariablemente como El Doctor, nunca debiera haber practicado medicina. No porque le faltara compasión, sino porque le faltaba humildad. Al año después de que fue elegido jefe del personal de Mt. Sinai abandonó su puesto en el hospital. La causa se encuentra entre los documentos de su sucesor: "Al inaugurarse el hospital el Dr. Wolff adoptó una actitud dictatorial y no permitía que nadie realizara operaciones de importancia sin su permiso. Esto ofendió a los otros médicos y él renunció."

Su carácter era explosivo. La gente ha descrito su cólera como "aterradora", "salvaje", "descontrolada". Era brutal con sus pacientes cuando no seguían sus instrucciones. Tenía una lengua afilada, y desde que comenzó a estar asociado con el Hospital de San Francisco en Hartford, al año de casarse, se hizo famoso por atormentar a las monjas y curas—a las primeras recriminándoles sus costumbres absurdas y antihigiénicas, a los segundos sus creencias escandalosamente descabelladas, y tanto a éstos como a aquellas el interferir en su relación con los pacientes.

Su preferencia religiosa era sencilla: era ateo. Creía en la evidencia y en la ley natural y en la navaja de Occam, el principio de parsimonia desarrollado hace seiscientos años por Guillermo de Occam y que sostiene que lo que puede probarse con una pocas premisas en vano se prueba con más. Fue, por lo tanto, un enemigo de complicar las cosas y de la mistificación, y sin embargo se aferró toda su vida a una sola creencia irracional (y maravillosa): que toda palabra que se hubiera hablado continuaba, como él decía, "dando botes por ahí en la atmósfera," y que algún día, mediante algún instrumento, se las podría recobrar, como el dinero de un banco. Mi abuelo deseaba especialmente escuchar las conversaciones de Voltaire con Federico el Grande, y de Sir Francis Bacon con cualquiera.

Mi abuelo fue venerado por aquellos que lo conocieron, y él no rechazaba que lo respetaran, pero prefería trabajar solo. Se dedicó a la fotografía porque le gustaba la calma de la pieza oscura. Le encantaban los aparatos, y construyó modelos de motores de combustión interna y de vapor a partir de chatarra, consagrando meses de su vejez a ellos, golpeando y examinando, taladrando y sacando brillo a las muchas partes, pequeñas y exactas. Construía sus propios microscopios excepto los lentes, y le encantaba tener correspondencia con la Sociedad Real de Londres sobre lo que veía mirando con ellos. Tengo uno de los extraños aparatos en que gastó tanto tiempo y dinero, un instrumento para ajustar las gafas a la medida del cliente.

Su familia y amigos creían que El Doctor era un inventor prodigioso, pero sus Grandes Ideas tenían estampadas el sello de los Wolff: improbable. El reparalotodo que había en él lo llevó a perfeccionar los neumáticos. Había comprado uno de los primeros automóviles de Hartford (e instalado uno de los primeros teléfonos, gramófono y máquina de rayos X de Hartford), y vulneraba su sentido de la economía el que hubiera que cambiar los neumáticos del auto casi cada mil millas. Ha pasado a ser una leyenda de la familia que el neumático de El Doctor era bueno, y que le robaron el diseño, que "podría haber ganado un millón" si sólo hubiera tenido "un abogado despierto."

La fábula del millón perdido, ¡tema central de toda familia! Para los Wolff el refrán se repitió, con trinos múltiples, hasta la puerta misma de la cárcel. Ahí está la historia de las acciones del *Travelers' Insurance Company*, ofrecidas a cambio de honorarios por cortar oportunamente partes del cuerpo de la hija de un presidente de la compañía. El Doctor prefirió que le pagaran con dinero, y más tarde se elevó el clamor, de generación en generación, *si tan sólo hubiera...* Otros médicos de Hartford llegaron a ser millonarios, quizás mediante el acostumbrado recurso de ahorrar. Mi abuelo, en contraste, se empobreció más mientras más ricamente vivía, y por ello tuvo que pagar un alto precio en bilis.

El y Harriet comenzaron su vida de casados en la calle North Capitol en una hermosa casa de planchas de madera, y se cambiaron luego a una formidable estructura de piedra en la esquina de la calle Spring con la avenida Asylum, un sitio valioso junto al hospital de San Francisco. Cuando los Wolff cambiaron esta casa por otra mejor, un enorme edificio en la calle Collins, el hospital no cesó de importunar a El Doctor para que vendiera la casa de la calle Spring a esas monjas y curas a quienes trataba con tan poca compasión, y engatusaron a mi abuelo—*lo liquidaron como si fueran judíos*, como dijo un pariente, sin ironía—y ahí se perdió otro millón. Si sólo se hubiera aferrado a esa propiedad... ¿puedes imaginarte? ¡No tendría precio! *Si tan sólo hubiera...*

Si los gentiles sospechaban que los judíos usaban tácticas comerciales abusivas, mi familia piensa ahora que El Doctor fue engañado y finalmente aniquilado porque estaba a la merced de cínicos yanquis que se servían de él cuando les podía salvar el pellejo, y nunca le pagaron lo que era justo por sus servicios. Se dice que el Dr. Wolff no siguió ejerciendo en el San Francisco porque un judío no podía recibir lo que se le debía de parte de los católicos.

Tampoco es que los judíos del tipo de mi abuelo fueran muy tolerantes con los recién llegados, los judíos con acento, los judíos de Europa del Este. Los judíos alemanes y de Europa Occidental no se mezclaban con lo que un primo ha llamado "los recién desembarcados." Tenían diferentes congregaciones, vidas diferentes, prejuicios diversos. Otro primo, asombrado de que mi padre pudiera haber repudiado su genealogía, ha podido decirme que "había en Hartford sólo unas pocas antiguas familias judías como la nuestra. Los Wolff eran antiguos residentes, estaban aquí antes de la Fiebre del Oro; a nosotros no nos enorgullecía mezclarnos con gentiles, pero los nuevos inmigrantes se enorgullecían de mezclarse con nosotros." La exclusión y la discriminación estaban en el aire que mi padre respiraba.

Sólo me contó una historia relacionada con la experiencia judía. El Dr. Wolff y Harriet estaban en un hotel de Atlantic City, y el Dr. Wolff—"increíblemente", según las palabras de mi padre—fue "confundido" con un judío por un recepcionista. Este suspicaz guardián de la reputación del hotel como un santuario libre de los molestos *elementos hebreos* (llamados en aquella época, incluso por los guías de los turistas, *nuestros hermanos israelitas*) debe haber observado algo extremado en la topografía de la nariz del Dr. Wolff. Dijo algo, preguntó algo que ofendió a El Doctor. El cual llenó el registro del hotel, subió a la habitación, puso el tapón en la bañera y el lavatorio, abrió al máximo los grifos, y se fue sin pagar. A mi padre le encantaba esta historia. A mí me llenó de perplejidad, y me llevó a estudiar el tamaño y conformación de la nariz de mi padre, y de la mía.

Pero me detengo con demasiada morbidez en las pérdidas, desengaños, defectos del carácter y arrogancia de mi abuelo. La curiosidad, exhuberante hasta el final como la de un niño, fue su rasgo característico, y cuando murió a los ochenta y uno eso fue lo que recordó el *Hartford Courant* en una editorial:

> La muerte del Dr. Wolff trae a la memoria de muchos de nosotros un hombre cuya dedicación y energía juvenil en un trabajo exigente parecía no corresponder a sus años. El tubo de ensayos y el microscopio eran como juguetes en sus manos, tan absorto estaba él al usarlos con su mente penetrante.

Harriet conseguía que él se riera de sí mismo. Evidentemente, era bueno para reírse, especialmente de sus propios chistes, Le gustaba embromar a la gente que conocía bien con diagnósticos de enfermedades fantásticas que requerían de remedios fantásticos. ¿Los síntomas eran moquillo, un poco de tos, dolores en los músculos? Un caso claro de *catootus de los cameenus*, que exigía alimentar al paciente con grandes dosis de cereales y la amputación de una oreja.

Le gustaban las bromas pesadas, y era considerado como muy ocurrente por sus amigos de una tertulia llamada El Grupo del Sábado por la Noche. Estos amigos jugaban al bridge, o escuchaban un recital de música ofrecido por alguno de ellos. Mi abuelo despreciaba los chismes, así es que no se hablaba de ellos. A veces se jugaba póquer, y los maridos con sus esposas jugaban con apuestas considerables, con un mínimo de un dólar, y el pozo era el límite. Pero al final del juego se ajustaban las cuentas calculando cada dólar como si fuera un centavo, una escala para saldar deudas que impresionó muy bien a mi padre, quien se la propuso a muchos comerciantes.

Unos pocos años antes de que naciera mi padre se dio una gran fiesta en el Club Touro para el matrimonio de la sobrina de mi abuela, Hannah Samuels, quien se casaba con William Haas. Fue una ocasión brillante, y el programa para esa tarde es todo lo que tengo concretamente para sugerir el tipo de vida cómoda y generosa que llevaban mis abuelos en su madurez, en 1905. La comida era espléndida: ostras y hors d'oeuvres, salmón escalfado con salsa holandesa, un filete seguido de sorbete, a su vez seguido de capón asado y champaña, y entonces una ensalada y *glaces fantaisies variées.*

A la hora de los licores y los cigarros los invitados oyeron a El Doctor interpretar una canción compuesta por él, al ritmo de "Tramp, Tramp, Tramp," una cantilena libre de toda connotación maliciosa referente a la novia.

Había una vez una muchacha feliz,
Bastante estupenda, se oía decir,
Para todos una sonrisa, para ti también,
Era amante, teníamos en ella fe,
Podía besar muy bien, creo, ¿y Ud.?
Pero esos se los daba sólo a dos o tres.

A esto seguía un coro:

Adiós, Hannah, nos tienes que dejar,
te echaremos de menos, cuando ya no estés;
Ahora, Dulce William, cúidala, cúidala,
A nuestra niña, tan dulce y única,
Y vuelve con ella cuando nos vuelvas a ver.

Aquí teníamos unas coplas que no se caracterizaban por su brevedad: había seis estrofas más, seguidas cada una de ellas por una repetición del coro, pero, vamos a ver, ¿alguien tenía prisa? Tenían todo el tiempo del mundo para gastarlo en esta simple muestra de cariño. Tiempo para amar, tiempo para divertirse, y después de pasar los juegos de palabras que hacía El Doctor entre *William* y *will* (deseo)—Hannah acababa por tener una voluntad (*will*) independiente—me gustaría detenerme en la última estrofa:

De las danzas de verano en la costa
Buscó calmo refugio en las rocas,
Donde observaba subir y bajar la marea;
Cuánto acariciarse y cuánto arrullarse,
Cuánto tiempo gastado en cortejarse,
Jamás lo sabremos ni lo dirán las rocas.

La marea y las danzas de verano eran los ritmos de Crescent Beach, en la bahía de Long Island en Niantic. Ahora es un lugar venido a menos, muy cerca de la línea del ferrocarril Boston-Nueva York. El Doctor había comenzado a ir allí en los años noventa, convencido por el Dr. John McCook, todo un personaje en Hartford y un amigo con el cual había establecido el primer laboratorio del hospital de San Francisco. Cada verano, los Wolff tomaban un vapor que los llevaba río abajo por el Connecticut desde Hartford hasta Old Lyme, y viajaban (en los primeros tiempos) en carreta las quince millas por la costa.

La familia de los Samuels también veraneaba en Crescent Beach, y William Haas construyó una casa junto a la de El Doctor. La casa de mis abuelos todavía está ahí, amplia, con tejuelas de cedro y techo de pizarra, con persianas verdes y una terraza donde tomar el sol sobre otra cubierta, amoblada con sillas de mimbre, una mecedora y una hamaca. Las noches eran frescas, y los días descansados pero sociables. Las actividades con los miembros de estas familias tan unidas anulaban sin premeditación las posibles barreras generacionales.

Cuando yo tenía nueve, diez y once años, mi padre me llevaba en las mañanas despejadas de los fines de semana en invierno a Crescent Beach. El lugar estaba entonces desolado; las casas—agrupadas a troche y moche, distantes de la playa—estaban cerradas hasta el verano, y con frecuencia, cuando nos aproximábamos a las rocas del borde nordeste de la playa, un poco más abajo del Cabo McCook, nos encontrábamos pisando sobre algas marinas recubiertas de hielo y nieve.

Aparentemente habíamos venido a dispararle a latas que mi padre llenaba con arena y colocaba al borde del agua. Cuando cumplí los nueve años me había regalado un rifle Remington calibre 22 de un solo tiro, y me dejaba gastar mi mesada en una caja de cincuenta cartuchos de balas cortas. Las gastaba en un par de horas mientras mi padre me miraba con un ojo y leía con el otro. Después, mientras caminábamos por la playa, mi padre me mostraba la enorme casa provista de gabletes de los McCook, compartida por las familias del Dr. John McCook y de su hermano Anson, un abogado. Mi padre me describía sus habitaciones fabulosas, y lo que había ocurrido allí y en el mirador sobre las rocas del promontorio sobre las que habíamos venido a sentarnos. Yo quería escalar las rocas y ver la casa de cerca, pero mi padre respetaba lo inviolable de esa propiedad y no me dejaba subir.

A veces en la dirección hacia la que disparaba, si alzaba la mira para apuntar a una gaviota (una actividad prohibida), aparecía Crystal Rock, y mi padre me contó que una vez casi se había ahogado tratando de nadar hasta allá a resultas de una bravata, pero cuando le pedí que me contara más detalles—dónde vivía entonces, qué edad tenía, cuál era su relación con la casa de los McCook—se evadió de mi curiosidad.

Mi padre sí me contó, riéndose con sequedad, que una vez había llevado a su padre a dar un paseo en una lancha a motor que el Dr. Wolff le había regalado sólo hacía una semana. Mi padre, para exhibir su capacidad, no había traído remos y detuvo su Johnson Sea Horse para limpiar el filtro del carburador, el cual se le cayó al agua. El joven Arturo se había visto obligado a encarar el rostro encendido de furia de El Doctor mientras que la marea los acercaba al Cabo McCook.

Debemos haber estado solos en esa playa veinte veces, quizás cuarenta. Y cada vez pasamos junto a la casa donde mi padre vivió felizmente todos los veranos de su vida, hasta que decidió que le gustaría mejor estar en otra parte y era lo suficientemente mayor como para poder conducir un coche que lo alejara de Crescent Beach. Y mi padre no me dijo nunca que estábamos juntos tan cerca de un sagrado lugar de la familia, ni me mostró la casa—con su arquitectura y dimensiones menos imponentes que McCook Place —que le había procurado a su padre tanto placer y orgullo. De la serie de repudios de mi padre, creo que este es el más perverso y triste.

III

Ruth Atkins, una prima de mi padre, tenía trece años cuando él nació, y durante algún tiempo ella fue como su hermana mayor. Su padre, Louis Samuels, había muerto cuando ella tenía cuatro años, y El Doctor, quien estimaba mucho a su sobrina, la trató como a una hija. Pasaba todas las noches de los sábados en la casa de los Wolff, y los domingos por la mañana él leía en voz alta las tiras cómicas, con imaginación, enredándose en sus complicaciones, haciendo todas las voces. "Tenía olor a puros, pero a limpio."

Ella se acuerda especialmente de la casa grande en la calle Collins a la que se cambiaron El Doctor y Harriet cuando nació mi padre. (El hermano de la prima Ruth, Arthur Samuels, un editor y lumbrera de Nueva York, había sido llamado así en honor a El Doctor, y a mi padre le pusieron Arthur Samuels Wolff para devolver la gentileza; él lo subió de clase transformándolo en Arthur Saunders Wolff.) La habitación favorita de Ruth era la biblioteca, sombría y formidable, sobre la que imperaba el enorme escritorio de El Doctor. También había una sala de música, un salón con paneles de roble, y una cocina a cargo de una cocinera noruega. Había una sirvienta, y un chofer que cuidó una serie de Pierce-Arrows y un par de Rolls-Royces a lo largo de los años. Cuando El Doctor mismo conducía, era a una velocidad constante, sin importarle lo que se encontrara delante; se suponía que la gente tenía que hacerse a un lado a su paso.

Cuando Ruth fue mayor dejó de ir todos los sábados por la noche a casa de El Doctor, pero se asomaba un momento casi todas las tardes después del colegio y lo encontraba leyendo el *New York Journal*. Si se saltaba un par de días en sus visitas, mi abuelo se quejaba: "No sabía que todavía estabas viva."

Es posible que ella haya entendido mejor que nadie la infancia de mi padre: "Duque estaba consentido más allá de todo lo que uno pueda imaginarse. Recuerdo haber ido a su habitación, abarrotada con todo lo posible hecho para los niños, y parecía que hubiera recién pasado un huracán; no se podía caminar sin romper un juguete, porque el suelo estaba recubierto de ellos. Era grotesco, y cruel."

Y entonces Ruth, meneando la cabeza, recordando su amor por mi padre y el rapto de ira que la hizo romper en añicos todas las fotografías que ella tenía y en que aparecía él—sonriendo en un traje de marinero, jugando con un aro, recibiendo una pelota de béisbol, elegante como Beau Brummel en un traje blanco con sus amigos de la hermandad—bajó la vista y dijo quedo: "Nunca le dieron una oportunidad."

¿Por qué no? Haber nacido el tercer Arthur Wolff no parece haber sido mala suerte. Sus padres eran respetados y vivían con desahogo. Estudiaban y cuidaban de la salud de mi padre, le hacían cariño y lo adoraban. Incluso se le permitía al pequeño que ayudara a su padre en el laboratorio y en el taller, siempre que se quedara callado. Pero hubo problemas casi desde el principio. Bill Haas, seis meses más joven que mi padre, se acuerda de él como un "destructor de juguetes." Las familias Haas y Wolff se reunían en Navidad, seguramente desde siempre, para intercambiar regalos: "Si yo llegaba a la calle Collins en la tarde de la Navidad o temprano al día siguiente, a lo mejor todavía quedaba algo con qué jugar. Un par de días más tarde, todo quebrado."

Quizás mi padre fue una bendición inesperada para un profesional activo que ya había pasado los cuarenta. Seguramente El Doctor le escatimaba el tiempo a su hijo, y en vez de tiempo prefería darle objetos, olvidando la atención y la educación que tan generosamente le había dedicado a él su propio padre. Sea lo que sea, comenzó a desarrollarse la vieja y triste historia del atajo que toma el amor a través de las cosas. Mi padre me dedicó bastante tiempo, el don realmente precioso; pero a pesar de eso, siempre pensó en los objetos que pueden poseerse como las fundamentales y concretas manifestaciones del amor. Si yo mencionaba que me gustaría coleccionar soldados de plomo, al día siguiente recibía cien soldados de plomo. Si en ese momento me interesaban las monedas o los sellos, me llegaban álbumes, con los ejemplares ya puestos en sus casilleros. Así se pervertía ciegamente la naturaleza del deseo. El que lo atiborren a uno, como atiborraron a mi padre y como él me atiborró de cosas, es definitivamente perturbador.

Y sin embargo yo sabía que mi padre me sometía

a una lluvia de regalos porque me quería. ¿Pensaba mi padre que era también querido en la misma forma que yo? No lo sé. Ruth cree que lo que más sentía su primo ante El Doctor era miedo. Que, hasta que se murió, se chupaba el dedo cuando estaba durmiendo, y era de miedo. Que tartamudeaba de miedo. Tanto Ruth como Bill se acuerdan de los demenciales arrebatos de ira que experimentaba El Doctor cerca de su hijo: lo recuerdan persiguiéndolo, tratando de pegarle con una silla, amenazando con matarlo, pero no se acuerdan por qué.

Mi abuela Harriet estaba chocha con su niñito, lo vestía como una muñeca y lo alababa sin cesar con su voz suave y amable. Su hijo la correspondía, pero se portaba horriblemente cuando estaba enojado o se le negaba algo, y le daban unas pataletas que eran débiles imitaciones de las de su padre. Ella evitaba que estas escenas fueran conocidas por El Doctor. No es que tuviera miedo, o fuera timorata—era tan segura de sí misma como su marido—pero le gustaba mantener la paz.

Sus amigos y primos consideraban que mi padre era generoso, de mucho talento, brillante y cautivador. Su encanto los desarmaba a ellos y a su madre, pero nunca a su padre. Complacer a El Doctor requería haber conseguido hacer cosas que su hijo era muy joven para intentar, así es que mi padre debe haber comenzado muy pronto a ser un estudioso de cómo evadirse, planeando estratagemas para arreglárselas ante los juicios y criterios apabullantes de alguien que tenía sesenta y cinco años cuando él tenía trece.

¡Cuán difícil debe haber sido crecer bajo la enjuiciadora mirada de ese padre! Desde el comienzo mi padre oyó hablar de lo mejor de esto, lo mejor de aquello: el mejor barrio, colegio, automóvil, la mejor inteligencia, familia. Y si los judíos con educación y sin acento eran mejor que los judíos con acento y sin educación, ¿no era necesario concluir que lo mejor de todo era no ser judío?

Incluso cuando niño mi padre expresó un desdén irónico por los judíos entre los que había venido a caer, y Bill Haas se acuerda de Duque, al oír a El Doctor observando que el Templo Beth Israel había sido construido muy cerca de la acera; mi padre indicó desdeñosamente la estructura gótica en la avenida Charter Oak y murmuró: "Sí, como una m-milla demasiado cerc-ca."

Mi padre trataba a Bill con generosidad, excepto en una sola ocasión cuando éste se burló de su tartamudeo, y mi padre le pegó, fuerte. Jugaban juntos en Crescent Beach, donde eran vecinos los veranos, y Duque le enseñó chistes cochinos, y se jactó ante él de ficticias conquistas sexuales y, en cuanto pudo, ayudó al niño más joven a ingresar por un mal camino. Duque era un excelente nadador, tenía valor y era entretenido. También era temperamental, deseoso de perderse en las fantasías de sus triunfos, y en libros. "Tu padre leía cosas de verdad, no las porquerías que yo leía, sino literatura, Melville, y Dickens, y Swift."

Los vecinos de El Doctor consideraban a su hijo como "un salvaje." Rompía ventanas y cargaba a la cuenta de su madre artículos de poco valor en la tienda del barrio. En la escuela primaria pedía prestadas, y no devolvía, pequeñas cantidades a sus compañeros. A medida que se puso peor, pero ciertamente no horrible, su madre se refugió en una pacífica aceptación de su manera de ser, y su padre dedicó más tiempo a sus invenciones e investigaciones en la medicina.

Hoy se recuerda con más claridad los castigos que sufrió mi padre que sus crímenes. ¿Qué hizo el niño? No era un matón, no robaba, era bondadoso con los animales, amaba a su madre, tenía un gran respeto por su padre. Como no demostraba nada de la superioridad que El Doctor tanto estimaba, pretendía tenerla. Mi abuelo finalmente perdió las esperanzas que pudiera haber puesto en su hijo, cuando mi padre tenía trece años.

El primer colegio donde Duque estuvo interno fue Deerfield Academy, sesenta millas río arriba de Hartford por el valle del Connecticut, en Deerfield, Massachusetts. El director y normalmente benévolo tirano desde 1902 a 1968 era el Dr. Frank Boyden que tenía reputación de tolerante, de tratar de corregir o reparar a los niños en vez de desecharlos. La leyenda proclamaba que él no expulsaría a ningún niño de Deerfield, pero a mi padre se le ordenó hacer sus maletas al cabo de un solo semestre en 1921.

El Dr. Wolff lo llevó a que viera el colegio y a que fuera visto por el Dr. Boyden. Entre las notas del director de la época de la primera visita de mi padre al colegio se encuentran sus impresiones de otro que solicitaba ser admitido, con "una cabeza rara. Acaba en punta. Labios. Un niño tonto. Demasiado fino para nosotros. Su madre tiene demasiadas ideas sobre la educación." (También las tenía El Doctor. Su hijo había estudiado antes en el colegio público de Hartford, West Middle School, cuyos profesores, de acuerdo a la teoría de práctica educativa del Dr. Wolff, visitaban con frecuencia a mi abuelo en su casa en Hartford, y pasaban fines de semana con él en Crescent Beach. El Dr. Boyden no era alguien que fuera a hacerse tan íntimo de un cirujano de Hartford, un personaje no muy destacado de acuerdo a los criterios de Deerfield.)

Otro solicitante contemporáneo se reveló en esta forma al juicio del Dr. Boyden: "dedos regordetes. Desgarbado. Narigón." Lo que el director pensó del joven Arturo—que tartamudeaba y usaba gafas, cuyo cabello ondulado era rebelde, que a veces lucía una ridícula mirada socarrona al estilo de Groucho Marx—puede imaginarse. Mi padre no era mono ni seguro de sí mismo. Era joven, pero ya se lo había entrenado a creer que no era de gran utilidad en el mundo. El Dr. Boyden describió el semestre en Deerfield sin darle mayor importancia al caso: "Un muchacho de buenas intenciones pero que prácticamente no tenía preparación alguna. Además, nunca había trabajado de veras."

Así que lo mandaron al Eaglebrook Lodge School para jóvenes, también en Deerfield y que comenzaba sus actividades coincidiendo con la entrada de mi padre en 1922, dirigido por Howard B. Gibbs, quien había enseñado para el Dr. Boyden. El edificio principal estaba situado a gran altura en el monte Pocumtuck, junto a un arroyo. Había sido construido como un refugio privado en la década de 1890, y durante una estadía de varias semanas allí Rudyard Kipling escribió *Captains Courageous*, un suceso que se les contaba a los muchachos para inspirarlos.

Mi padre fue uno de veintiséis estudiantes, y feliz, al principio. El año inaugural fue relajado, y la enfermera del colegio recuerda que "si el Sr. Gibbs decidía que quería comer en el pueblo, todos íbamos a comer al pueblo." Gibbs sabía que los muchachos podían ser tanto salvajes como nobles, y sin embargo se las arreglaba para quererlos. Los obligaba a dar un apretón de manos firme, a hablar claramente y con sinceridad. Un ex-alumno recuerda que Gibbs era "de la vieja escuela. Si alguien hacía algo malo, lo pescaba y le daba una paliza."

Mi padre se arrancó una vez del colegio con otro muchacho, probablemente por motivos ajenos a la nostalgia del hogar, y el asunto se redujo a escala de muchachos, con un castigo de muchachos para un crimen de muchachos. El Sr. Gibbs fue a buscar al par en coche y los trajo de regreso al Lodge, y exclamó que ya que parecía gustarles hacer largas excursiones, harían una excursión de cinco horas, sin parar, dando vueltas por el camino circular de la entrada al colegio.

Muy temprano por la mañana, en el otoño, el invierno y la primavera, los muchachos debían hacer una serie de ejercicios. Por la noche se contaban historias de fantasmas junto a la chimenea. En la primavera había caminatas hasta la cumbre del monte Pocumtuck, y en el invierno los niños descendían en toboganes por pistas de hielo, y practicaban el esquí alpino o nórdico y saltos.

Los niños venían de familias de todo tipo y condición (muchos con antiguos apellidos de la Nueva Inglaterra), que tenían en común principalmente su capacidad de pagar la matrícula. (Esto fue evidentemente una dificultad para El Doctor, quien vendió la casa de la calle Collins en 1922, y construyó algo más pequeño en el 217 de la calle North Beacon que tenía no obstante un inmenso taller en la parte de atrás.) Los niños de Eaglebrook eran huérfanos ricos, hijos de divorciados, hijos de americanos en el extranjero. El hijo de un empresario de pompas fúnebres llegó por primera vez a Eaglebrook en la parte de atrás de una carroza fúnebre, dormido, y un muchacho japonés de catorce años y que tenía una mesada de veinte mil al año se llevó a un profesor con él durante las vacaciones en Bermuda.

Antes de que mi padre regresara a casa para las primeras vacaciones de Navidad, los muchachos y los profesores fueron caminando a Deerfield, el paradigma de un pueblo de Nueva Inglaterra. Usaron raquetas de nieve, llevaban velas encendidas, y se detenían en cada casa a cantar villancicos. Cuando pienso en mi padre, un hombre viejo en una cárcel de California, a veces pienso también en él cuando era joven y cantaba para una festividad en la nieve.

Sus calificaciones en Eaglebrook fueron por la primera y casi la última vez casi respetables; salió mal en matemáticas, que seguiría siendo una plaga para él en adelante, cuando estuviera tratando de diseñar un plano aerodinámico para la Lockheed o cuando estuviera haciendo una lista de sus bienes y deudas; obtuvo un 65 en francés. Pero su 78 en latín estuvo muy bien, y en inglés obtuvo la nota más alta de la clase.

Pero algo ocurrió; no sé qué, y Eaglebrook no puede o no quiere decirlo. Mi padre fue enviado a la casa de su padre, quien lo remitió a St. John's School, una academia militar en Manlius, Nueva York, cerca de Syracuse. Este era el tipo de lugar que se anuncia en las últimas páginas del *New York Times Magazine*, mostrando a un cadete adolescente con la espalda rígida y el mentón comprimido junto al pecho. A Duque lo mandaron ahí por la intercesión de su tío Lambert Cain, el marido de una de las hermanas de El Doctor, un graduado de West Point y oficial del ejército. Mi padre apareció en St. John en el otoño de 1923, a los quince, para que le construyeran un carácter, aunque fuera a golpes.

Mi padre se destacó durante las primeras pocas semanas que pasó en este colegio, con resultados excelentes en todas las materias, incluso álgebra y geometría, ganándose la reputación de un joven brillante. Cuando ya hubo demostrado su inteligencia, comenzó a rebelarse. Despreciaba la demoledora seriedad del lugar, y le irritaban las reglas de St. John. Los estudiantes en cursos superiores—cadetes oficiales—eran matones, y los profesores enseñaban en coro y de memoria. A finales de noviembre del primer año de mi padre ahí, El Doctor ya había recibido una carta del director de St. John, el General William Verbeck, quejándose de la indolencia del muchacho y acabando con una amenaza: "Si no responde a nuestra exigencia de buenas calificaciones en su trabajo escolar está perdiendo su tiempo en Manlius."

¡Qué lamentos ocasionó esto en Hartford, y qué virtuosas caligrafías! El Doctor le escribió a su hijo:

Puedes comprender fácilmente mi asombro al comprobar que estás repitiendo esa fuente de serios problemas para tu madre y para mí. Esperaba que tratarías de cumplir con tu deber filial y con la confianza que habíamos depositado en ti todos nosotros, y es muy desilusionante. Ahora ya eres casi un hombre, y no te queda mucho tiempo para corregirte. Me entristece tanto todo esto que casi no sé qué decirte. Prometías tanto para nosotros, y las buenas palabras y la amorosa bondad parecen importarte un comino. Mi corazón está tan lleno de tristeza, y mi desengaño es tan grande que es difícil poner en palabras lo que creo es el resultado de tu desconsideración y la malévola forma en que estás agotando la paciencia que he tenido contigo. Ahora, querido hijo, quiero que te preguntes si no ha llegado la hora de que dejes esas maneras malvadas y estúpidas. Nunca más tendrás otra oportunidad de salir adelante y estar bien preparado para la vida que debes seguir cuando yo ya no esté, y si no haces lo que debes hacer con las oportunidades que te hemos dado, ¿cuál será entonces el resultado? Me duele el alma cada vez que pienso en ello.

Después de mucho más de lo mismo, El Doctor firmaba "tu padre que te quiere mucho," y después añadía una sombría postdata recordándole a su hijo que en pocas semanas se cumpliría "justo un año desde que te mandaron a casa de Eaglebrook, y te ruego que esto no se repita."

Es importante poner esto en una perspectiva adecuada. La carta de El Doctor era la consecuencia del paso de su hijo de superior a normal en los resultados académicos. Cuando la escribió, mi padre no había tenido problemas de disciplina, pero pronto los tendría. Cuando la escribió, mi padre tocaba el banjo en la banda del colegio, formaba parte del equipo de natación, y tenía una notoria buena voluntad. El peluquero del colegio, llamado Mac, todavía lo recuerda: "Seguro, Duque Wolff, un muchacho grandote, de buena facha, bastante listo. Su padre descargaba su furia contra él, me contaba. Hay que decir esto a su favor, que a todos les caía bien, siempre podía hacernos reír de alguna tontería o de él mismo. Eso hay que tomarlo en cuenta, mire, poder levantarle el ánimo a la gente con una carcajada."

Pero El Doctor y El General alimentaron mutuamente sus apetitos de rencor, y erigieron métodos cada vez más sofisticados para arreglar los líos de Duque. Si no quería hacer su trabajo "como debiera hacerlo un soldado," como le decía El Doctor a su hijo, no se le podía permitir que hiciera viajes con los otros muchachos soldados a Syracuse, como El Doctor le dijo a El General. Este castigo en especial, si castigo puede llamarse un embargo de Syracuse, tenía además otro propósito: El Doctor explicó que a él le gustaría que retuvieran a su hijo en el colegio "por la manera de ser impulsiva de Arturo y sus ideas extravagantes, y yo pienso que éste es el momento de enseñarle algo sobre el valor del dinero y de lo que puede comprar."

Cuando mi padre regresó a St. John en 1924 se dedicó decididamente al fracaso. Para fin de año ya había salido mal en todas las materias o las había abandonado, y pasó tres semanas en abril hospitalizado por "agotamiento nervioso," incluso entonces un eufemismo para una profunda angustia, y se había escapado del colegio tres veces.

Mi padre me habló del colegio de St. John sólo una vez, llamándolo "Manlius," como si no pudiera obligarse a decir el verdadero nombre. De esos años claves retuvo una sola memoria que compartía, y era una apropiadamente siniestra. Dos cadetes—¿era él uno de ellos?—habían iniciado un pequeño incendio en el gimnasio del colegio, y El General reunió a los muchachos allí por la noche, con el fuego ya apagado, pero todavía humeante. Sabía que dos muchachos habían cometido la hazaña y pidió que se presentaran y confesaran. Cuando no lo hicieron, les dijo a los cadetes allí reunidos que se quedarían en el gimnasio hasta que alguien confesara; podían darse vueltas y conversar lo que quisieran, pero sin salir del edificio. Los observó por varias horas y entonces, como por acto de magia, nombró a los culpables, dos muchachos que se habían mantenido juntos sin hablar con los demás. Creo que casi estoy seguro de que fue mi padre quien puso fuego a ese gimnasio, pero, lo haya hecho o no, St. John lo expulsó en la primavera de 1925.

Debido a la influencia de su primo Arthur Samuels, un ídolo, mi padre siempre había dado por sentado que iría a Princeton, donde Samuels, de la clase de 1909, había sido presidente del Club Triángulo y del Club Cabaña. Pero ahora algo lo atrajo a la rusticidad de Dartmouth como su primera opción. En consecuencia El Doctor exiló a su hijo en el otoño de 1925 a The Clark School, en Holderness, New Hampshire, un lugar de incluso menor prominencia académica que aquel del cual acababa de descender, un colegio donde se había preparado a muchos candidatos de escasas luces pero que ambicionaban entrar a Dartmouth.

La memoria que dejó mi padre de su año académico en The Clark School no es feliz. El director le escribió al director de la próxima institución a la que fue Duque (la basura de un colegio es el tesoro de otro): "Siento que me sea necesario enviarle las calificaciones de Arthur S. Wolff ya que no arrojan una luz favorable sobre su trabajo con nosotros." (Inglés: 62; geometría: 46; francés: 28.) Para complicar las cosas (después de que su hijo fue enviado de regreso de Holderness), El Doctor tuvo una disputa sobre dinero con el Dr. Clark, el dueño y director del colegio, para tratar de recuperar lo que había pagado.

En casa en el 217 de la calle North Beacon en el verano de 1926, ahora ya con dieciocho años, mi padre tuvo problemas con los vecinos por sus intentos de seducción, algunos con éxito, de sus sirvientas e hijas. Pero sus ofensas más serias fueron financieras: "Tenía un gusto excelente," recuerda Ruth, y le gustaba ejercerlo

Cuando sólo tenía dieciséis años mi padre viajaba a Nueva York para "lo mejor." Se compraba chalecos y calcetines tejidos a mano, encargaba camisas hechas a la medida en Saks o Brooks Brothers o Triplers, y hacía que enviaran la cuenta a su madre. Era generoso, regalando a sus amigos ropa cara que ellos, como el benefactor, pronto encontrarían pequeña. También pasaba cheques sin fondos, pero en cantidades suficientemente reducidas como para que su madre los pudiera cubrir con el dinero de los gastos de la casa. Como de costumbre, llevó sus bribonadas más allá del límite, y lo descubrió su padre. El Doctor usaba oro con frecuencia en su laboratorio, y un día sus proveedores recibieron una llamada de alguien que, luego de identificarse como el Dr. Wolff, hizo un pedido inusitadamente grande, diciendo que su hijo aparecería pronto a recogerlo. El joven Arturo recibió el oro, y su padre la cuenta.

Después de este incidente mi abuelo decidió que no podía, no quería, tener a su hijo en casa, de eso ni hablar. A los setenta y un años se había ganado cierta paz y respetabilidad, no tendría bajo su techo a un muchacho que molestaba a las hijas y criadas de sus vecinos, que se vestía como un petimetre y que se pasaba afuera toda la noche, que le robaba a su propio padre. Así es que, después de unos pocos y duros meses de verano en 1926, el Dr. Wolff preparó para el viaje a su hijo por lo que esperaba fuera la última vez y trató de instalarlo en un lugar donde sería el problema de otra persona y acaso todavía pudiera ser reformado.

Esta vez el colegio estaba cerca de casa, en Cheshire, Connecticut, y se llamaba Roxbury Academy, ahora Cheshire Academy. Había sido fundado en el siglo dieciocho y había educado a muchas grandes figuras de Hartford como J.P. Morgan, pero en los últimos años había estado en las manos de un venerable director llamado Arthur Sheriff, quien había hecho del lugar un colegio en que se daba enseñanza particular a cada estudiante. Roxbury era especialmente popular entre los muchachos que querían ir a Yale, y muchos de ellos eran duros de cabeza pero rápidos con los pies y hábiles estudiantes-atletas cuyas altísimas matrículas eran sufragadas por leales hijos de Yale. Debido al sistema de instrucción que dedicaba a cada estudiante un profesor, Roxbury era principalmente un colegio para ricos.

Mi padre—a quien sus amigos llamaban ahora Duque, por su aire de nobleza—fue ofrecido al Sr. Sheriff en agosto de 1926, y él le dijo al director que Princeton, y no Yale, le vendría bien. Después de su entrevista se anotó que Arthur S. Wolff II (como eligió llamarse, desdeñando el modificativo Jr. tanto como lo habrá seguramente desdeñado su padre, debido a la sugerencia de una estrecha relación entre ambos) "no ha estudiado pero ahora quiere ponerse a trabajar. El muchacho tartamudea un poco, pero no tanto como para impedir su éxito, creo."

Pronto el Sr. Sheriff y el Dr. Wolff se comunicaban entre ellos amigablemente en relación al destino del joven delincuente Duque. Invitaron al Dr. a dar una conferencia a los estudiantes de Roxbury acerca de su trabajo como experto médico en juicios de asesinatos, y lo hizo estupendamente, mostrando imágenes en la linterna mágica de los más brutales detalles de la inhumanidad del hombre para con el hombre. El Sr. Sheriff cenaba con frecuencia en Hartford con El Doctor, cuya principal ambición era que el director actuara como el padre de mi padre.

El Sr. Sheriff se sintió obligado a consultar con El Doctor acerca de muchos asuntos relacionados con las disposiciones que el colegio aplicaba al muchacho, que ahora, con sus diecinueve años, ya era casi un hombre joven. Uno de éstos era delicado, un punto que se refería a Cristo Mismo. Mi abuela, a pesar de lo devota que era, no le imponía sus creencian a nadie, y mi padre no había estado dentro del Templo Beth Israel desde que era pequeño. En Deerfield y Eaglebrook lo habían asimilado, o se había asimilado, asistiendo con más regularidad que fervor a la Iglesia Congregacional de Deerfield donde acudía el Dr. Boyden. En St. John mi padre se declaró unitario y ahora en Roxbury había pedido asistir a la Iglesia Episcopal de Cheshire. El Sr. Sheriff quería saber cuál era la voluntad de mi abuelo en relación a las preferencias religiosas de su hijo. El Dr. Wolff dijo que su hijo podía practicar su religión donde quisiera, que debía "tener cierta capacidad de decidir en este asunto."

(Durante el año en que estaba en el quinto curso de Choate decidí asistir a una clase para la confirmación ofrecida por el director, el Reverendo Seymour St. John, encaminada a conducir a sus ovejas al cielo episcopal, el más exclusivo y selectivo de los clubs. Quizás una sensación parecida a la fe me llevó todas las mañanas de los domingos a los pies del director, pero con toda seguridad yo estaba allí para gozar de esa oportunidad enviada por Dios de desafiar su autoridad. Este, pues, no era un placer pequeño, el estar autorizado a discutir sobre finos puntos de la ley eclesiástica y argüir falazmente—su igual putativo —con El Director. Un domingo, sin embargo, hubo que pagar el pato y me encontré de rodillas ante el altar de la capilla de Choate declamando el Credo de los Apóstoles, testificando de mi fe en la Trinidad y en la Resurrección, mientras una congregación de muchachos que me conocían mejor que el Señor se reían y lanzaban ruidos de pedos tras mi rígida espalda. En la primera fila estaba sentado mi padre, luciendo una delicada sonrisa. Después de la ceremonia o representación me dio una cigarrera de plata, curva como un frasco de bolsillo, un considerado regalo para un nuevo comulgante en un colegio donde fumar estaba prohibido con la inmediata expulsión del campus, registro y memoria de Choate. En el interior patinado en oro de la cigarrera se hallaba inscrito el siguiente pensamiento: *¡Por Dios!*)

Uno de los primeros documentos que se incluyeron en la carpeta de mi padre en Roxbury fue un pagaré escrito a lápiz sobre una tarjeta de visita: *Recibido de Eddie O'Donnell 1 billete para el partido de fútbol Yale vs Harvard—20 de noviembre de 1926.* La documentación de las deudas de mi padre siguió miltiplicándose, y para junio de 1927 le pusieron el siguiente lema a la foto de Duque—acaso tomado prestado de otra persona—en el anuario llamado (O tempora! O mores!) *Rolling Stone:* "Lo único que no pide prestado es sabiduría."

El dueño de una tienda de ropa de hombre en New Haven, llamado White, uno de muchos que viajaban a colegios tales como Roxbury para seducir a los muchachos desplegando sus mercaderías, le escribió escuetamente al Sr. Sheriff: "Hemos tratado y tratado, pero sin éxito. Nunca ha cumplido ninguna de sus promesas. Creo que no va a pagar jamás esta cuenta. En los cinco años que llevamos mostrando nuestra mercancía en el Colegio Roxbury puedo sin duda alguna decir que éste es el único muchacho que no quiere pagar sus cuentas."

Se trató algunos remedios. Se puso inmediatamente a mi padre en una mesada estricta, administrada por el Sr. Sheriff. Pero antes de que El Doctor tuviera la oportunidad de cancelar la deuda de su hijo en la tienda de White, sólo doce días después de enviada la carta, Duque respondió a la vacilante fe de ese comerciante con un procedimiento que pasó a ser su característica. Lo llamaba, de acuerdo a una de las expresiones de Oxbridge que le gustaba, "azotar a los orientales." Cuando un acreedor se lamenta demasiado amargamente o sin educación de una deuda, hay que mostrar la bandera, apretar más los tornillos, ¿no es así? Así es que mi padre entró a la tienda de White, enfrente del Hotel Taft, para comprar un poco en la tarde de un juego de béisbol en Yale, y aumentó su deuda de $45.50 a algo más de setenta y tres dólares. White le escribió de nuevo al Sr. Sheriff diciendo que el joven Sr. Wolff "quería comprar unos pantalones. De hecho se llevó los pantalones sin el permiso del vendedor y se fue de la tienda. En otras palabras, se llevó los pantalones sin nuestro permiso."

Hubo otros episodios semejantes en Joseph Hardy, Inc., J. Press, John Howard, Inc.—bastantes lugares. Había un gran número de cartas como la de White en la carpeta de mi padre en Roxbury y yo podía leerlas con los ojos cerrados: allí estaban el asombro de que un descarado cachorro no cumpliera con la palabra dada a los mayores, la indignación de que siguiera haciendo su juego incluso después de que ya eran conocidas las reglas evidentemente injustas, el asombro de que no pudiera ser disciplinado, de que no supiera su lugar, que continuara engañándose a sí mismo presentándose como un caballero muy cuidadoso acerca de su apariencia mientras que permanecía descuidado de formar su carácter. Entre sus condiscípulos daba la impresión de ser "elegante en el vestir."

Al leer acerca de las deudas de este hombre "elegante en el vestir" sentía vergüenza, y decidí que era simplemente un hombre malo, con valores despreciables y torcidos. No muy complicado, simplemente incorrecto. O más bien eso es lo que sentí que debía sentir. Fue mi padre, sin embargo, quien me enseñó que debemos distinguir en esta vida entre lo que sentimos y lo que sentimos que debemos sentir. Y que si podemos distinguir entre estas dos cosas podemos tener acceso a algunas verdades sobre nosotros mismos.

La verdad es que a medida que avanzaba en la crónica de las deudas y escapadas de mi padre me sentía menos avergonzado que disminuido por lo fáciles que eran de pronosticar. Y entonces di con la carta de uno que vendía ropa, Langrock, que le dio un nuevo giro a mi experiencia del viejo, y me dejó sin aliento. A primera vista parecía harina del mismo costal, una carta al Sr. Sheriff pidiéndole que exigiera de El Doctor que pagara alrededor de setenta y cinco dólares. Mi abuelo recibió la carta pero, a su extremo de la línea, rehusó pagar la deuda. El Sr. Sheriff le escribió entonces al padre de mi padre: "Según yo lo veo las gentes de Langrock corrieron un riesgo y a los únicos que pueden culpar es a ellos mismos."

Treinta años más tarde, siendo estudiante en Princeton, yo había acumulado una cuenta de varios cientos de dólares en Langrock, y no podía pagarla. Tenía otras deudas, un buen número, y no era tan inocente como para no tener alguna idea de a dónde iba a ir a parar. Así es que, con el estímulo de varios decanos del comportamiento, dejé la universidad durante un año para dedicarme al trabajo manual, ganar dinero y pagar mis cuentas. Cancelarlas, luego de desgraciadas aventuras, esto lo logré; mi buen nombre fue reestablecido en los libros de Langrock, pero no usé más mi cuenta allí. Sin embargo, un día regresé a mi habitación para encontrar una cuenta de Langrock. Abrí el sobre y silbé: la cuenta era gigante, más de mil dólares. Menos enojado que divertido llamé para explicar que este era un error.

No, me aseguró Langrock, esto se trataba de un simple caso de deuda. Algunos trajes y camisas y otros artículos habían sido comprados en la tienda de la calle Nassau por Arthur S. Wolff III (por entonces había superado esos magros pilares dobles—II—juzgando no obstante con razón que IV era obviamente falso, y se burlaba de un compañero mío que se las daba de el IV Alguien de Akron), quien deseaba que lo cargaran a la cuenta de su hijo.

Mi padre, con sus compras, había partido hace tiempo, a lugares desconocidos para mí. Así, rápida e infelizmente, tomé el camino de la oficina de William D'Olier Lippincott, el Decano de Estudiantes de Princeton. Y Lippincott decidió que yo no tenía con Langrock ninguna deuda, ni legal ni moral, y me dijo, ajustando una palabra o dos, que "según yo lo veo las gentes de Langrock corrieron un riesgo y a los únicos que pueden culpar es a ellos mismos."

Poco después que mi padre empezó sus estudios en Roxbury tomó un examen de historia inglesa, y tengo un cuaderno azul con "Duque" garrapateado por su mano en la tapa. Las primeras secciones eran preguntas sobre hechos, preguntando nombres de lugares y fechas, y en estas se equivocó. Entonces pasó al ensayo que se exigía sobre un primer ministro inglés: "Benjamin Disraeli fue un judío, nacido en Londres en 1809. Era el hijo de un judío convertido al cristianismo que había recibido una cuidadosa educación privada. Disraeli era un caballero inglés, e incluso la reina, la fallecida Victoria, pensaba bien de él, aunque fuera un judío..."

Los estudios de mi padre, a pesar de su propia "cuidadosa educación privada," no iban muy bien. Así es que el Sr. Sheriff le escribió a El Doctor una de esas cartas que ya éste estaba acostumbrado a leer:

> Los profesores de Arthur, en general, informan que tiene una buena inteligencia que carece penosamente de entrenamiento. Su comprensión y su capacidad de pensar originalmente son buenas. Por otra parte, su concentración y meticulosidad son pobres, y su memoria no merece confianza. Esto significa que si hace un esfuerzo consciente para superar sus debilidades mentales, sin duda alguna puede tener éxito; pero si no hace ese esfuerzo debe conformarse con tener una habilidad de segunda para el resto de su vida.
>
> Escribo con franqueza, sabiendo que Ud. mostrará esta carta a Arthur y tendrá una oportunidad de discutirla con él. Quiero decir a favor de

Arthur que lo he encontrado siempre dispuesto—casi demasiado dispuesto—a aceptar críticas, aunque hayan sido adversas; y he encontrado también que los errores que ha cometido se deben más bien a una carencia de reflexión que a premeditación. Sin embargo, en este caso, la misma amabilidad de sus errores es mala cosa, porque en gran parte revela una inestabilidad de su carácter. He hecho lo posible por hacer entender esto al joven Arthur durante los últimos dos o tres meses, y creo que en cierta medida he tenido éxito.

Quizás sería bueno para Arthur que supiera la impresión que causa en sus profesores y hasta cierto punto en los muchachos. Un maestro, por ejemplo, dice que "en la clase no presta atención y no se está quieto." Otro expresa que acaso sin advertirlo es mal educado en su actitud y carece de disciplina en la mente y en la lengua, y que posee una habilidad superior pero que no le hace justicia. Otro expresa que insiste en blufear para salir adelante y no utiliza su habilidad. Todavía otro menciona el hecho de que tiene habilidad pero que es vago e inexacto debido a su superficialidad. Y otro profesor me informa que Arthur es "bullicioso, inquieto y demasiado- seguro de sí mismo."

Cito las impresiones de estos maestros con tanta franqueza para que Arthur pueda ver en la frialdad de la escritura las impresiones que causa. Sería cómico si no fuera también trágico pensar hasta qué punto Arthur se ha dejado llevar por mal camino a causa de su instinto para la bufonada. No es sólo entre los profesores que causa tales impresiones, sino también entre muchos de los muchachos, a pesar de lo mucho que lo quieren olvidando sus faltas, y ciertamente no por las razones que él se imagina. Creo que básicamente es un muchacho que bien vale la pena salvar. Creo que existe en él la capacidad de llegar a ser un hombre muy bueno y hábil...

El director, al exponer el sumario de las esperanzas y vicios de mi padre, no olvidó el problema acostumbrado: "Este descuido de Arthur al incurrir en deudas es quizás su peor falta."

En resumen, Duque no se subía al tren. Nunca lo haría. Nada en el informe del Sr. Sheriff parece estar fuera de lugar excepto las palabras "amabilidad" y "bufonada," y éstas representan, creo, una mala interpretación de la manera de comportarse de Duque. Mi padre era capaz de una ira violenta cuando se veía enfrentado a la crueldad de alguien, o ante lo que él percibía como crueldad. Pero sus rebeliones más profundas eran sin ostentación, un negarse como Bartleby a participar en el juego, una preferencia por el gambito declinado. Tan poco le preocupaba el negarse que se podía permitir sus maneras amables, que provenían no de un ansia de caer bien sino del enfriamiento, a una edad temprana, de esas fiebres que impulsan a los jóvenes a correr rápido para subirse a ese mismo tren en el que mi padre no tenía ningún deseo de viajar.

¿Y qué pensaban sus compañeros de él? El lema que acompaña su fotografía en el *Rolling Stone* de 1928 lo describe como "un esclavo de todas las locuras de los grandes hombres." Pero era toda una figura, era miembro de Lamba Phi, la hermandad más activa del colegio; nadaba crol en el equipo del colegio, y era atajador en el equipo de fútbol; tocaba el banjo en la banda de jazz y en la orquesta, y era uno de los editores del anuario. Uno de sus compañeros recuerda "a un tipo amigable y que caía bien, sociable y chistoso." Otro mira la fotografía del colegio reunido y encuentra a "Art en la primera fila, sentado en el suelo con bombachos y calcetines a rombos, en su acostumbrado esplendor indumentario." Se recuerda su tartamudeo, y la manera en que se burlaba de eso. Se lo recuerda como alto, seguro de sí mismo, locuaz y—sobre todo—generoso y entusiasta.

Pasó fines de semana en Nueva York con Sidney Wood, un compañero de curso y campeón de tenis, y en King's Point con otro compañero, Walter Chrysler, Jr. Con estos y otros amigos de Hartford viajaba a Vassar y Smith y Bryn Mawr, y con frecuencia había fiestas en casas de padres ausentes cuyos hijos eran ricos, ociosos e invariablemente cristianos, ostentando los apellidos Griggs, Rice, Glover, Smith, Lester y Gillette. Entre estos acaudalados vagabundos mi padre era un cabecilla, y adondequiera que los conducía allí se armaba algún lío.

Ya se ha visto la actitud retórica de El Doctor: era como la de un tío y apesadumbrada, recargada por el vocabulario del desastre. El lamento del mártir ha afligido a toda la familia. Es una mala tradición: echar la culpa, quejarse, retar. Mi padre se permitía la lamentación cuando estaba borracho, lo cual ocurría pocas veces, aunque memorables. Desde antes que cambiara mi voz hasta que ya tenía edad suficiente como para votar yo sabía que se nos venía encima una tormenta infernal si pasaba la medianoche y él todavía no había llegado. Yo esperaba tenso en la cama a que volviera de alguna fiesta, oyendo el crujir de los neumáticos en el ripio de la entrada, o el sordo gruñir de su voz cuando se tropezaba al colgar su chaqueta. Entonces oía la sonajera del hielo en un vaso, murmuraciones lúgubres, gritos airados de un dolor indeterminado. Oía a mi padre venir hasta mi habitación, detenerse frente a mi puerta cerrada. Me ponía en la cama de espaldas a la puerta, haciendo como que dormía, pero él me oía perder el aliento de miedo cuando la abría y derramaba la luz sobre mí. Se quedaba ahí mirándome y gruñía con una risa antipática, y se dejaba caer al pie de mi cama. Sabía que yo estaba despierto; me conocía perfectamente. El hecho de que yo falsificara un sueño atizaba sus resentimientos, y comenzaba a hablarme, sin elevar jamás la voz de su exhausta montonía, comiéndose las palabras, despidiendo estática: *peor que tu madre...me diste una patada en el culo... lo hice todo por ti, no recibí nada a cambio...sin valor, nunca lo tendrá...pesar e insultos...estoy acabado...qué más da... chiquillo de mierda...mierdecilla...*

A la mañana siguiente, desolado y con resaca, se acordaba de lo que había dicho, bromeaba sobre ello, prometía que no volvería a ocurrir nunca, que lo que decía cuando estaba borracho era absolutamente loco, ¿lo perdonaría? ¿Por favor? Por supuesto, por supuesto. Porque yo creía en que no eran más que puras locuras, una fiebre que había pescado y que ya se le había pasado. Y porque también sabía que aunque volvería a ocurrir, no sería pronto, y así estaba aliviado, casi agradecido.

Ahora que miro las cartas que su padre escribió sobre mi padre, creo percibir la fuente de ese espantoso vitriolo, de ese lenguaje tan cruelmente fuera de lugar en que la condena se hacía lamento. Poco antes de que mi padre regresara de Roxbury a casa para las vacaciones de Navidad, pidió prestada una suma de dinero a un amigo a quien ya debía dinero y arrendó un coche y condujo a Hartford para ir con otro amigo a encontrarse con un par de muchachas en un hotel. Es decir que rompió unas cuantas reglas del colegio y por ello lo castigó el Sr. Sheriff, quien escribió a El Doctor acerca de este episodio y sus consecuencias.

Mi abuelo casi se volvió loco de ira, y de algo más, una lacerante lástima de sí mismo ante la cual mi padre no tendría posibilidad alguna de apelar. El Doctor le escribió al Sr. Sheriff sobre "la conducta infamante y poco varonil de mi hijo Arthur. Es más que humillante para mí... No sé qué más decir, pues ésta es una deshonra tan grave para mí, y me preocupa tanto, como me causa tanta aflicción."

El director trató de calmar a El Doctor: "No creemos que el muchacho sea culpable de nada más que de una tontería." Después de todo, tenía veinte años. Pero el padre de Duque no escuchaba nada que se dijera a favor del muchacho y pronto incluso mi abuela se permitió un despliegue poco frecuente de mal genio y angustia: "Me resulta imposible decirte Querido Arturo." Después de este saludo le decía a su hijo "tu padre dice que no quiere verte en casa para las vacaciones después de como te has portado. No quiere saber más de ti. Dudo de que ganes nada tratando así a tus padres. Quizás tú estés contento, nosotros no." Seguía la firma, sin despedida: "Tu madre, ay de mí."

El asunto no acabó allí. Se había cometido un crimen contra El Doctor, quien hizo llover sobre el Sr. Sheriff lamentaciones y quejas:

> Todo esto me apena enormemente, y estar en una posición como ésta es muy doloroso, pues le aseguro que no lo merezco, y parece que no tengo refugio donde me consuelen, pues temo que Arthur debido a que no presta atención a lo que es correcto cierra su corazón a los ecos de aquellos sonidos contra los cuales tapona sus oídos. Su desobediencia se hace todavía más aguda cuando se conduce de tal manera que no ofrece una oportunidad de protesta hasta que ya es un *fait accompli*, o cuando está mezclada con tanto buen humor y decoro externo que parecería que nadie puede verla sino la víctima consciente.
>
> Esto lo importuna a Ud., sin embargo, y no debiera abrir mi corazón a un hombre tan ocupado como Ud., y espero que me perdone esta exclamación contra el dolor que mis heridas me causan.

¿Qué significa esto? El sentido y la sintaxis se quiebran ante esta tormenta de pesar, al mismo tiempo exitadísima y pomposa, que se observa y se hiere a sí misma. Estas expresiones son menos el efecto de una causa que síntomas patológicos. Me pregunto si tales exageradas actitudes se volvieron alguna vez hacia mi padre con alabanza, placer, amor. Yo escuchaba con mudo terror cuando mi padre enumeraba mis agravios contra él, reales e imaginados. Pero escuchaba también cuando me llamaba el mejor, el más brillante, más cariñoso, más querido, niña de sus ojos, orgullo de su vida, uno ante quien se abrían todos los caminos. Me pregunto si El Doctor alguna vez le dijo palabras restauradoras a su paciente, a su hijo. Quisiera poder defender el caso de mi padre ante el Dr. Wolff, rogarle a ese monstruo de la rectitud, no tan terriblemente herido por su hijo como su carta se lo imagina: *Relájate un poco, viejo.*

IV

El Sr. Sheriff dio a Yale la opinión que tenía de mi padre, quien solicitaba ser admitido: "Wolff es un muchacho de habilidad considerable y muy poca determinación. Es amistoso y de buen carácter, pero carece de una voluntad firme y de constancia." ¿Acaso Duque podría seguir los pasos de Arthur Samuels (por entonces editor de *Harper's Bazaar*) e ir a Princeton? El Sr. Sheriff fue totalmente sincero—"Ojalá hubiera alguna manera de hacerle ver lo ridícula que resulta su presente actitud. Parece contentarse con ser un peso pluma y un bufón cuando podría intelectualmente unirse al equipo"—y Princeton pensó que se encontraría mejor en el equipo de otra universidad.

Bien, ¿qué lugar estaría dispuesto a aceptarlo? Uno, al menos, el clásico cajón de sastre de los tontos insolados y ricos, la Universidad de Miami. Duque ingresó en el otoño de 1928, el tercer año institucional de Miami, y sin dilación se metió en problemas. Estaba matriculado en siete asignaturas el primer semestre—tres en literatura, las otras en español, francés, historia y economía—y fue suspendido en todas— o, más bien, se le obligó a retirarse de ellas "debido no asistencia a clases," según el abreviado estilo del secretario. Se las arregló para pasarse incluso de las liberales ideas de Miami sobre comportamiento adecuado: mi padre y unos seis amigos vivían en departamentos fuera de la ciudad universitaria, donde sus actividades pronto escandalizaron el sentido comunitario del orden, hasta tal punto que el presidente de la universidad, B. F. Ashe, luego de advertir a los eruditos de que era "un absoluto desacato" el recibir a "mujeres jóvenes" en sus habitaciones, echó a mi padre y a tres de sus amigos en el primer día de 1929.

Ocho semanas más tarde el Presidente Ashe acudía otra vez a su máquina de escribir, esta vez para asegurar al jefe de la policía de Miami que Duque y sus secuaces, "que no se comportaban de modo correcto," no estaban relacionados con su universidad. El presidente se había inquietado pues se decía que "esos muchachos todavía están en la ciudad" y le habían ido con rumores "acaso exagerados" de sus actividades.

Los rumores no eran exagerados. Mi padre pasó en Miami su primera noche en la cárcel por hacer sonar alarmas de incendio, conducir borracho en su Chrysler convertible (un regalo de El Doctor para celebrar la admisión de Duque en Miami) y por ser "una molestia pública." Mientras El Doctor y mi abuela pasaban un año en Europa, mi padre permanecía en Florida. Cuando no estaba organizando desórdenes nadaba con Buster Crabbe y Johnny Weismuller en un circo acuático, jugando partidos de exhibición de waterpolo. También especulaba en las carreras de galgos: el de mi padre corría rápido en relación a lo que corre un perro normal, pero más despacio que otros galgos.

Cuando sus padres regresaron de Europa, Duque, ya de veintiún años, permitió que lo trajeran de regreso a la casa de Hartford. En la misma noche de la reunión familiar de los Wolff mi padre condujo su Chrysler por una acera y lo detuvo con el parachoques metido unos treinta centímetros en el escaparate de una tienda de la calle Elm. Vivió en casa los dos años siguientes, y puede imaginarse lo que aquello fue para sus padres y para él.

Durante este tiempo Duque comenzó a leer con un apetito devorador que jamás fue del todo satisfecho. Su primer amor fue la ficción francesa e inglesa de los siglos dieciocho y diecinueve, pero también emprendió la lectura de las obras de Joyce y Williams y Eliot y Stein y Hemingway; me dejó en herencia, y no como el menor de sus legados, el sentimiento que él tenía de que esos autores le pertenecían sin esfuerzo.

A fines de 1930 trató otra vez de proseguir su educación formal. Para ocultar sus desaguisados de Florida él o alguien consiguió que un amigo de la familia que trabajaba en G. Fox & Co., la mejor tienda de Hartford, escribiera *A quien le pueda interesar* que durante el preciso período de su estadía en Miami "el Sr. Arthur Wolff ha sido un empleado de esta corporación y me satisface decir que ha sido muy trabajador y ha demostrado gran dedicación a sus labores. Nos deja de su propia voluntad." Esto estaba firmado, putativamente, por Moses Fox, Presidente. La carta acompañó la solicitud que mi padre hizo para ser admitido a la Universidad de Pennsylvania.

No fue admitido a la universidad propiamente tal sino al programa ofrecido por miembros regulares de la facultad llamado Cursos Universitarios para Maestros. Se matriculó en enero de 1931 y se anotó en siete asignaturas. Seis se dividían entre inglés e historia, y recibió créditos (y calificaciones mediocres) en cuatro. El séptimo curso era en filosofía. Etica. Duque no aprobó este examen.

Duró un semestre, y puede o no habérselas arreglado para conseguir entrar a DKE. Un amigo de Duque que también venía de Hartford, un estudiante bona fide en la Universidad bona fide de Pennsylvania, cree que pertenecía a esa organización: "Era muy poco corriente en esos tiempos que un judío ingresara a una organización estudiantil no judía. Quizás no llegó a decirle a nadie que era judío."

Me pregunto qué quería. No simplemente ser simpático y estimado, que lo era. ¿Participar de esa excelencia de la que tanto se hablaba en casa? Probablemente. Pero no había conseguido nada, y debe haber parecido que nunca lo haría. Y sin embargo sabía como vestirse, hablar y comportarse como un caballero. Se presentaba alto y erguido, usaba suaves tweeds y un chaleco con el último botón desabrochado (costumbre iniciada por el gordo Enrique VIII, según me dijo mi padre) y una leontina de oro que pasaba por un ojal. (Habría sido propio de una leontina de Duque Wolff el que no hubiera habido reloj alguno afianzado al final.) Mi padre había leído bastante, era irónico, estaba al día, era un experto declarado en todo. Tenía valentía física, colateral de la poca estima en que tenía en general a las consecuencias, pero no mucha resistencia.

Su compañero de cuarto en la Universidad de Pennsylvania pensaba que era "simplemente un gran tipo. Fue un buen amigo mío. Le presté dinero, y siempre me lo devolvió."

(Me dijo esto en presencia de una prima, Ruth Fassler, y cuando ella lo oyó dijo: "¡Déjate de cuentos! ¡Te devolvió el dinero! ¿A quién le estás tomando el pelo?" Pero el compañero de cuarto añadió encomios de mi padre: "Se llevó una vez mi abrigo de pieles, desapareció con él; pensé que no lo vería más, pero al acabar el fin de semana lo trajo de vuelta. Era buena persona, realmente." Y mi prima dijo: "Fantástico, no era un ladrón. Qué caballero más caballero el que aparece aquí.")

Cuando anduvo suelto en Hartford durante la Depresión mucha gente sintió su toque. (Ruth Fassler dijo: "Duque no era pobre. Estaba en bancarrota.") Bill Haas entró a una zapatería del centro una tarde y se encontró al encargado, que estaba casi siempre de mal humor, con una sonrisa de oreja a oreja.

—¿Por qué tan jovial?—le preguntó Bill.

—Le acabo de prestar diez dólares a Duque Wolff.

—Jesús, eso no es nada que pueda levantarle a uno el ánimo. Nunca los volverás a ver.

—Sí, pero ahora que ya he dado, no me puede pedir otra vez. Me libré barato. A la mayoría de los otros les pide cien o doscientos.

Uno de mis primos dijo: "Siempre confié en él, y me trató bien. Era un hombre atractivo y era un placer estar con él."

Otro primo que estaba en la habitación ese día dijo: "Fue mi amigo."

Y un tercer primo me miró directamente y dijo:

"Era un *gonif*, un sablista. No era sino un gorrón. Nunca fue más que eso."

No: fue más que eso. Un amigo de la universidad recuerda que cuando le contó sus problemas a mi padre, Duque escuchó con paciencia y le dio buenos consejos. Cuando Bill Haas estaba en su apogeo— a cargo de un importante negocio de tabaco, de una familia en crecimiento—y mi padre estaba derrotado y fuera de juego, escapando de la ley y "absolutamente en bancarrota" (como le gustaba decir), Bill lo vio, por la primera vez en años, esperando a que cambiara una luz roja en la calle State en Hartford. Mi padre saludó con un gesto a su primo, un hombre que sabía cuántos puntos calzaba si es que alguien lo sabía, y le dijo: "Tu pelo está mal. No trates de cubrir la parte calva. Cuando pierdes pelo en la coronilla debieras cortarte corto el que te queda, como yo." El semáforo cambió a verde, el viejo metió el cambió de su todavía no pagado MG y disparó las últimas instrucciones sobre la popa: "No dejes que usen una máquina eléctrica. Sólo tijeras." Y ese día Bill Haas se hizo cortar el pelo corto, y así lo tiene hoy.

Sé poco de lo que hizo mi padre después que abandonó la Universidad de Pennsylvania y antes que conociera a mi madre cinco años más tarde. Dividió su tiempo entre Hartford y Nueva York, con un fugitivo viaje a Europa en 1933. Años más tarde un personaje picaresco, que tocaba el contrabajo, se acercó a mi padre en un miserable club de jazz de Los Angeles, adonde me habían llevado para oír a Jack Teagarden. Yo tenía trece años e interés en escuchar la historia del músico, la cual ponía incómodo a mi padre. Al parecer el músico y Duque se habían embarcado como marineros en un buque que transportaba ganado de Boston a Bremerhaven. Llevaban sus instrumentos, contrabajo para el amigo y banjo y guitarra de cuatro cuerdas para mi padre. Llegaron a Europa sin dinero, sin papeles, y se fugaron del barco. El plan consistía en encontrar trabajo como músicos de jazz. No era un plan sensato, y pronto mi padre le envió un cable por cobrar a El Doctor pidiendo dinero para regresar a casa. En vez del dinero recibió una respuesta, también por cobrar: NO RECIBÍ TU CABLE STOP NO RECIBIRÉ TU PRÓXIMO CABLE TAMPOCO STOP PADRE.

Mi padre pidió prestado para volver a casa, y trabajó luego en empleos de poca monta cerca de Hartford, incluso cosechando tabaco para cigarros con los doblegados trabajadores migrantes durante algunas semanas. Sin un real se las arregló sin embargo para aprender a volar, y se enamoró ya para siempre de los aeroplanos, pero otra vez su padre, sin malicia o intención, vino a diluir su orgullo. La semana siguiente al primer vuelo solo de mi padre, apareció un titular en el *Hartford Times*: MEDICO PILOTO DE AVION A LOS 77: "Poseído siempre de un espíritu de aventura e investigación, el Dr. Wolff ha piloteado un avión a la edad de 77 años sin haber tenido instrucción previa. Mientras iba en un avión volando sobre Brainard Field, tomó los mandos."

No mucho después, Bill Haas oyó que Duque le decía a alguien que había tenido un día fatigante, pues había tenido que llevar el correo de Hartford a Boston volando en una tormenta. Haas denunció la ficción de la historia de mi padre, le dijo a los que escuchaban que Duque sabía pilotear, pero no tan bien, y que nunca había llevado el correo aéreo. Ante esta traición mi padre explotó con la furia herida de alguien a quien realmente se ha ofendido, y dejó a Haas con la carga de creer que en verdad él realmente había agraviado a su primo: "No debiera haberme metido," me dijo.

Lo más cerca que Duque pudo llegar a un puesto relacionado con la aviación fue a limpiar piezas de los motores en Pratt & Whitney por veinticinco centavos la hora. Mientras estaba en este trabajo los compañeros de Duque hicieron una huelga, y mi padre fue utilizado con éxito como el intermediario entre la administración y los trabajadores. Más tarde en su vida no se avergonzó de este trabajo, así es que me enteré de esto por él mismo, pero es casi todo lo que me contó de su vida en Hartford. Trabajaba hundido hasta los codos en recipientes de una mugrienta materia que removía la grasa y el carbón de piezas sueltas de motores de avión que se iba a reparar. Comía entonces sacando su almuerzo preparado en una canasta de nimbre apropiada para picnics y que contenía sándwiches con la corteza removida por la cocinera noruega, una servilleta de lino, y un cuchillo de fruta para mondar la pulida piel de una manzana.

El no hacía nada por anular estos aires de petimetre, así como le gustaba que lo llamaran Duque y se dejaba conducir a una asamblea huelguística por el chofer de su padre en el Rolls-Royce paterno.

In 1932, a los veinticuatro, trató de alistarse en la Marina y fue rechazado por su tartamudez. Dos años más tarde fue provisionalmente aceptado a la escuela de entrenamiento para oficiales del ejército, hasta que un mayor en la oficina de personal de Governor's Island en Nueva York, donde Duque se había alistado, recibió la respuesta a su consulta de rutina a Manlius para confirmar los méritos que mi padre había acumulado allí: "El Sr. Wolff no completó cuatro años de R.O.T.C., ni fue teniente segundo de la compañía de ametralladoras mientras estuvo en esta institución."

Así es que hasta 1936 mi padre fundamentalmente bebía demasiado en las fiestas, tocaba el banjo y el piano, leía novelas y poemas, se convirtió en un legendario elegante en el vestir, y esperó a que algo le ocurriera.

V

Rosemary Loftus, mi madre, conoció a Duque durante la gran inundación de Hartford en marzo de 1936. La animación del río Connecticut había extinguido la de la ciudad, y mi padre con media docena de sus compinches se habían refugiado en un par de suites del Hotel Hueblein, donde se les acabaron las muchachas antes que la ginebra. Mi madre tenía diecinueve años y tiempo que gastar. Después de la misa del domingo una amiga "de vida disipada" le preguntó si le gustaría salir con alguien a quien no conocía todavía y mi madre, aburrida, dijo bueno, vería qué es lo que salía.

La primera vez que mi madre lo vio, mi padre estaba sentado en el asiento de atrás del convertible de un amigo con una hermosa muchacha coquetamente sentada sobre sus piernas. Mi padre estaba demasiado informal ese día para el gusto de mi madre: "Parecía borracho, y necesitaba afeitarse. Llevaba unas zapatillas maltratadas y pantalones de franela, sin calcetines. No cortaba una figura impresionante."

A mi madre le disgustó el auto lleno de gente— Walter y Nervy y Piggy y Jack y Duque—que parecía conocerse desde siempre y que intercambiada bromas privadas que la excluían. Todos habían estado bebiendo, y a mi madre no le gustaba mucho beber. A pesar de todo, fue con ellos al Hueblein. A Rosemary le gustaba sobrellevar las contrariedades con buen humor.

Cuando llegó al hotel y subió a la habitación de Duque, él le ofreció un trago. ¿Era él la cita desconocida? Nunca lo supo. Ante el asombro de mi padre Rosemary declinó una taza llena de ginebra caliente, justo en el momento en que un coronel de la Fuerza Aérea emergía de una habitación contigua abrochándose el marrueco y sonriendo. Rosemary dijo que deseaba que la llevaran de regreso a casa.

Su inocencia, energía y fresca belleza—solas o en combinación—atrajeron poderosamente a mi padre y le pidió verla otra vez, nombró una noche. Ella dijo que estaría entonces cuidando a un niño, así es que él le preguntó si podría cuidarlo con ella y conversar. Sin saber exactamente por qué, Rosemary aceptó la propuesta.

Cuando mi madre me contó esta historia hace un par de años, hablando con su voz mesurada, llana, sin acentos, yo acababa de terminar de leer "En los sueños comienzan las responsabilidades," el desarrollo imaginario que a partir de datos autobiográficos Delmore Schwartz hace del noviazgo de sus padres, premonitorio de sus amargas discordias. El narrador de la historia se acomoda en un teatro destartalado donde observa a sus padres reunirse en una burda película que trata a veces de interrumpir, molestando al resto de los espectadores. Les grita a las figuras que nerviosamente cruzan por la pantalla: "No lo hagan. No es demasiado tarde para cambiar de opinión, ambos. Nada bueno saldrá de esto, sólo remordimientos, odio, escándalo, y dos hijos cuyas personalidades son monstruosas."

Mientras mi madre comenzaba a contar su historia de ilusiones no realizadas, humillaciones y necesidades, alguna rara vez paliadas por afecto y satisfacciones, no me sentí así en absoluto. Estaba sentado frente a ella, alentando a mi padre, alentándola a ella, marvillándome de la conjunción azarosa que los había unido, hecho a mi hermano, hecho a mí, que nos había formado a todos. Mi madre hablaba, su voz baja, sin alterarse, calmada y resignada, deseosa de presentar los hechos con total exactitud.

(Antes de comenzar a trabajar en este libro había existido por muchos años una gran distancia entre mi madre y yo, una formalidad paralizante. Mi madre no es ni fría ni rígida. Sin excepción ha sido cariñosa y afectuosa con mis niños y con mi mujer. Se ríe bastante, le gusta embromar y que la embromen. Pero ninguno de nosotros dos, creo, confiaba en el amor del otro.

Hay mucho que no sabemos uno del otro. Desde los doce a los quince vi a mi madre tres veces, por un total de diez días. Entre los quince y los veintiséis no la vi nunca. Cuando yo tenía doce mi madre tenía treinta y dos años, todavía sin terminar, todavía no lo que llegaría a ser. La había conocido cuando vivía bajo una gran presión, pero cuando se redujo la presión o ella aprendió a vivir en esa forma, mi madre volvió a la alegría y energía que le eran naturales. Durante los años en que no vi a mi madre, fue una líder en su pueblo, participaba en las actividades de muchos y diversos grupos, daba consejos, era una deportista, una activista política.

Cuando en el pasado mi madre y yo habíamos hablado sobre mi infancia, nunca habíamos llegado muy lejos antes que uno infligiera al otro alguna herida no intencionada. Una vez le mencioné a mi madre un restaurante de parrilladas que "nos" había gustado, y mi madre replicó: "Yo también solía ir ahí." Para ella el "nos" se refería sólo a mi padre y a mí, que es lo que generalmente significaba para mí, pero no en ese momento. Tropezábamos, pues, contra estas estúpidas barreras una y otra vez, y aprendimos, a pesar de la buena voluntad mutua, a defendernos mediante la distancia.

Cuando mi madre accedió a ayudarme con este libro, cuando puso su vida en mis manos, decidí entrevistarla con una grabadora, con la esperanza de que al hablarle a la máquina ella se olvidaría de mí, de que un juez estaba escuchando. Este frío instrumento obró maravillas con nosotros. Mi madre descubrió sus secretos mientras que giraban los carretes, hurgó en su memoria con confianza y facilidad, dejó caer sus defensas.

No fue sino hasta que transcribí sus palabras, doce horas de conversación, que aprecié en todo su valor el regalo que me había dado. Me había preparado a salvar a mi madre de esas pequeñas infelicidades del lenguaje que todo el mundo comete, errores de tiempo y número y paralelismos, los *ahs* y *ufs* y *quiero decir* y *tú sabes* que estropean las entrevistas. Y debido a que mi madre no es una mujer que hable mucho y con claridad esperaba tener que darle una protección especial contra sus imperfecciones al hablar. Pero estaba equivocado en lo que yo pensaba que había oído que ella le decía a mi grabadora; quizás he estado equivocado acerca de lo que le he oído decir desde que la conozco. Pues aquí se encontraban oraciones acabadas y párrafos calculados y precisos. No tenemos documentos en la familia con que se pueda reconstruir el pasado de mi madre con mi padre hasta el presente, y eso era lo que mi madre deseaba hacer. Había pensado mucho sobre esto, y quería que yo lo recibiera, tal como fue, sin adornos. Cuando le hacía una pregunta difícil, mi madre se daba tiempo y hacía lo posible por contestarla. Si yo no sabía qué preguntar, mi madre preguntaba por mí.

Creo que ella puede haber pagado un alto precio por su precisión y honestidad, que su manera de hablar en este libro puede parecer fría, indiferente. Nada de eso. Respeta los detalles sin falsa piedad o sentimentalismo. Lo que mi madre me contó de nuestra historia nos acercó otra vez, y teníamos un largo recorrido que hacer de allá hasta acá.)

Duque apareció en la casa en que Rosemary estaba cuidando a un niño, y se portó bien. Se sentó al otro lado de la mesita del salón y le contó historias en que él mismo no quedaba muy bien, la entretuvo y la encantó. "Pero no me atrajo."

Cuando lo conoció mi madre, mi padre vivía en casa. El Doctor se estaba muriendo de un cáncer al estómago, y Duque pasaba mucho tiempo con él. ¿Qué podrían haberse dicho, tan tarde en la temporada? Duque se las arreglaba con un dólar al día y todo lo que podía pedir prestado; todos sus amigos, Gifford Pinchot y Nervy Smith y Wellington Glover y Jack Lester y Piggy Gillette tenían bastante, suficiente para todos, y pronto mi madre comenzó a ir con mi padre y esta gente a fiestas en Hartford y Nueva York y Boston y New Haven.

—A pesar de que yo no era lo que se llama inocente, nunca había andado con gente que hiciera sus maldades tan abiertamente. Tu padre dirigía al grupo; parecía, entonces, preferir tener amigos débiles.

Si los sentimientos de Rosemary hacia Duque eran tan tibios, ¿por qué se molestaba en salir con él?

—La presión en casa era terrible.

Sí, lo era. Durante el funeral del Comandante Stephen A. Loftus mi hermano lloró. Mi madre, su madre, la única hija del comandante, preguntó por qué. "¿Qué es tan triste?" (De hecho mi hermano se había emocionado hasta las lágrimas no por un hombre muerto en una caja sino con el acontecimiento, una ceremonia militar en el Cementerio Nacional de Arlington. Mi hermano estaba en el ejército, y le gustaban las armas, los uniformes y las banderas, se emocionó hasta las lágrimas con las hileras de cruces.)

El padre de mi madre era melindroso, adulador, y un matón; era estrecho de miras, envidioso, prejuiciado, lleno de humos, orgulloso como pavo real y miserable como una serpiente. Sus padres habían venido de Irlanda durante las hambrunas de las pa-

pas, y él y varios de sus hermanos nacieron aquí en una pobreza espantosa.

Una fotografía de la familia tomada a fines de siglo, cuando crecieron, muestra campesinos gastados por los elementos, los adolescentes parecen tener cuarenta años, vestidos con ropa dominguera de lana negra y brillante. Las muñecas de los hermanos cuelgan de los puños tiesos, gastados, de las chaquetas, y las mangas son demasiado cortas. Todos, excepto el hermano mayor, llevan ropa heredada de los mayores, y bien al final de la línea viene el padre de mi madre, el único Loftus con las uñas limpias. Mi madre señaló a los hermanos: *Este murió en Ludlow, en las minas, una huelga, o se desplomó una galería, no me acuerdo cómo; ése mató a un policía del ferrocarril, y lo mandaron a la cárcel; este niño que se ve tan amable simplemente desapareció...*

El penúltimo de los hermanos, Stephen, se hizo a la mar en 1903 como grumete y salió de la marina como comandante en 1944. Era lo que llaman un potro salvaje, un hombre con los zapatos brillantes impecablemente lustrados que se las agenció para escalar el escalafón. Prestó sus servicios durante dos guerras mundiales y nunca, ya sea por suerte o astucia, oyó un disparo originado por la ira. Tuvo que acudir una vez ante un tribunal militar por haber diluido con agua algunos cuantos miles de botellas de ketchup. Era por aquel entonces el oficial a cargo de los comedores en Pearl Harbor y había encontrado una manera de reducir los gastos. Por esta ofensa se le dio una reprimenda: no se había echado los ahorros al bolsillo, no era venal, sólo servil. Era odiado por sus hombres y constituía una broma para los otros oficiales, quienes lo soportaban sólo por su eficiencia y la inquebrantable convicción de que las ordenanzas militares habían sido divinamente inspiradas.

¡Y qué tirano era en su casa! Se casó con Mary Lucille Powers en 1915, un año antes de que naciera mi madre. Mi abuela, a quien llamaban Mae, era dulce, de suave hermosura irlandesa, pelo negro y brillante, colorido pronunciado en pómulos marcados, ojos azules. Tenía veinticinco años—telefonista en Denver con el corazón débil a causa de una fiebre reumática—cuando se casó con el marinero que tenía el futuro por delante. La madre de Rosemary era la hija de una sirvienta y de un obrero en el ferrocarril de Denver y Rio quien se había venido de polizón de Irlanda, donde se había metido en problemas políticos.

El corazón tiene sus misterios. Stephen Loftus, siendo tan espantoso como era, tenía una hermosura relativamente fría y rígida. Bailaba bien, era ambicioso, estaba totalmente seguro de sí mismo. La única memoria que tengo de él se sitúa cerca de Atlantic City, en Margate, New Jersey, donde vivía luego de retirarse de la marina. Yo tenía nueve años, y él me acababa de enseñar a amarrarme los zapatos al modo de la marina. Le debo esto, sólo esto. Mis zapatos nunca se han desamarrado desde entonces. Complacido con sus poderes de instrucción, me llevó a una enérgica caminata, lo que él llamaba "tomar el aire," a lo largo del paseo de entablado a la orilla de la playa. Sus zapatos eran diminutos, y al caminar golpeaba con los tacones en un ritmo de metrónomo los tablones semipodridos. Me detuve un momento para observar cómo las grandes olas del Atlántico rompían contra la playa, y él atenazó mi hombro, justamente un poco más vigorosamente de lo que debiera haberlo hecho.

—Eres como tu padre—me dijo—. Desperdicias tu tiempo, te lo pasas soñando.

Entonces me obligó a sentarme en un escaño y me entregó un lápiz gordo y casi sin punta, una agenda de tres por cinco pulgadas encuadernada en espiral, y me dio las instrucciones: tenía que anotar palabra por palabra lo que me iba a decir, ya que lo que me iba a confiar cambiaría el rumbo de mi vida, encaminada ahora a los arrecifes, y la llevaría mar afuera al triunfo. Estábamos sentados acurrucados uno junto al otro. Era tan limpio, recuerdo, suave como una lápida nueva, y su piel era pálida como leche descremada. Llevaba un abrigo de lana, negro y grueso, aun en ese día de sol. Su aliento era espantoso mientras me hacía su confidente, y corregía mi ortografía a medida que yo transcribía sus secretos. No tenía la menor idea de qué diablos estaba hablando, algo acerca de las mareas de la bolsa y los beneficios nutritivos del trigo sin moler. Hablaba y golpeaba con el dedo en las hojas de la agenda mientras que el viento nos fustigaba, levantando perceptiblemente su peluca. Yo no había visto nunca antes una peluca, no comprendía qué le estaba pasando a la cima de la cabeza de este hombre. Sus dedos eran largos y delicados, y las uñas cuidadas. Estaba, quizás, simplemente loco. Más tarde, cuando mi madre me llevó a ver cómo Trigger, el caballo de Roy Rogers, se zambullía en una piscina lanzándose de una plataforma al extremo del Steel Pier, le pregunté por qué su padre parecía tan enojado todo el tiempo. Cuando ante mi pregunta se rió demasiado tiempo y demasiado histéricamente, no fui capaz de adivinar que en ese momento, tan cerca de ese hombre detestable, ella probablemente estaba también un poco loca.

Después el comandante trató de matarse. Se metió a la pileta reflectora frente al Lincoln Memorial llevando su uniforme de etiqueta y la espada. El agua tenía diez pulgadas de hondo, y salió mojado y perplejo. Los policías del parque le contaron a mi madre que lloró cuando lo pescaron, lo sacaron, y le ayudaron a secarse. Ella no podía creer que su padre era capaz de llorar. Murió en un hospital naval, a veces pegajoso de falso y desesperado sentimentalismo, y otras veces cruel. Había sido conectado a tubos y cables por personas indiferentes a su carácter, y amenazaba con desheredar a todos en su testamento cuando en realidad no tenía nada que legar, y murió sin un amigo, ni siquiera un enemigo.

Mi madre nació con pulmonía en Chicago mientras que su padre estaba navegando por los Dardanelos. El parto fue duro para su madre, pero había dinero para una nodriza, y más tarde una criada, y mi abuela, una mujer pacífica, no protestó, y le dio a su hija amor en abundancia una vez que ambas se recuperaron del nacimiento.

La marina transladó a la familia Loftus a San Diego, Paterson, N.J., Bremerton (donde nació mi tío Stephen, ocho años después que mi madre), y luego, para una larga estadía, a Honolulu. A la Sra. Loftus le habían dicho que no tuviera más hijos después que nació mi madre, pero su marido quería un hijo y ella quería ser complaciente. El niño vino al mundo de acuerdo a los principios de la ciencia cristiana más que médica, debido a que su marido decidió que las enfermedades de su esposa eran síntomas de una carencia de determinación y voluntad.

Mi madre creció en Honolulu participando de los juegos y deportes de los muchachos, y nunca volvería a ser más feliz que entonces. Hacía de madre para su hermano pequeño, practicaba con la tabla hawaiana, estudiaba en Punaho y tenía amigos que no la consideraban sino como compañera.

Cuando se vino al continente a los catorce años y al colegio secundario de Beverly Hills, se fascinó con el cine. (Mi madre siempre ha sido una soñadora; ésta no es la menor de sus virtudes; cree en La Gran Oportunidad, el número de la lotería que deja a los bancos sin fondos, el primer premio de los sorteos, el sitio con el clima perfecto. Ahora, pasados los sesenta, dice que si su buque llega finalmente a puerto ella se va a comprar el maldito Winnebago más grande que nadie haya visto y se va a morir de la risa conduciéndolo para arriba y para abajo a través de todo el país.) Mientras estaba en el colegio de Beverly Hills, esperando que la descubrieran los del cine, la descubrieron los muchachos. No la trataron muy bien; pocos lo harían. Era atrevida y bonita, se arreglaba para parecerse a Carole Lombard, y a los quince años fue la reina de un carro alegórico en el Rose Bowl; ¡ahí, encabezando la parada, estaba su preciosa cara en una toma de primer plano en el noticiero! Esperó a que llamara un estudio; ninguno llamó.

Cuando Rosemary tenía dieciséis años la familia

se trasladó a Hartford, donde murió su madre. Mae nunca tuvo la resistencia de otra gente. Mi madre no acusaba directamente a su padre de asesinato, pero algo terrible sucedió en Hartford, se permitió que algún dolor continuara debido a la obstinada preferencia de ese hombre por la Ciencia Cristiana y a su falta de compasión. Ah, él era un caso especial: zurraba a mi madre todas las noches después de la cena, de acuerdo al principio de que a pesar de que él no quería molestarse con detalles específicos ella tenía que ser culpable de *alguna* barrabasada ese día. Ella pronto aprendió a aprovecharse de lo inevitable del castigo, mereciéndolo: fumando, tonteando con los muchachos, robando el cambio del bolsillo de su padre, mintiéndole.

Cuando murió su mujer mi abuelo insistió en que Rosemary debía abandonar inmediatamente el colegio William Hall para cuidar de su otro hijo y de la casa. Así es que de un golpe mi madre lo perdió todo—madre, cariño, colegio y esperanza. Incluso el dinero: durante los últimos años de la década de los 20 habían tenido bastante, el fruto de las inversiones de su padre en una época en que hasta un oso de circo podía hacer una fortuna en la bolsa, pero durante La Gran Eliminación de 1929 había sido eliminado.

Había otro asunto, además: "Por las noches papá siempre quería darme un beso de buenas noches, y me apretaba demasiado. La relación no era en modo alguno la que yo creía que debía existir entre un padre y su hija."

Mi madre convenció a este hombre de que la dejara visitar por un par de semanas a algunos antiguos compañeros de la escuela en Hollywood. Se fue al oeste por tren, y tenía la intención de no regresar jamás. Soñaba con llegar a ser diseñadora de vestidos, pero no pudo ni siquiera conseguir un trabajo como vendedora en ese año de la Depresión, 1934. Se fue a vivir con unas chicas "de vida disipada" que le aconsejaron que se vendiera. Lo pensó, seriamente. Tenía hambre. Su padre le había estimulado el hábito de fumar para refrenar su apetito y mantener la cuenta de comida a un nivel razonable, y un día en una tienda aspiró profundamente un cigarrillo y se desmayó de hambre.

Entonces un hombre le hizo promesas que no cumplió, y mi madre descubrió que estaba encinta sin saber dónde acudir por ayuda. Así es que vino a casa donde su padre, quien facilitó un aborto. Y llevaba el interés que sentía por su hija incluso a mayores extremos que antes:

—Se disculpaba de lo que hizo, de lo que trató de hacer, diciendo que sólo estaba poniéndome a prueba después de mis problemas en California, para ver cuán fácilmente yo me excitaba sexualmente. Yo tenía dieciocho años. Fue ese tipo de suceso que no se olvida. Nunca. Después de esa noche, cada vez que él se me acercaba yo me ponía tensa, por lo cual cuando él estaba viejo y senil, inerme y muriéndose y sufriendo mucho, yo no sentí nada.

Cuando conoció a mi padre se habían frustrado un par de prometedores romances con jóvenes caballeros de Hartford. Mi madre no sabía por qué, todo lo que sabía con certeza es que ansiaba vivir con un hombre que no fuera su padre, "cualquier hombre." Ahora no tenía ambiciones respecto a una carrera: "En esa época, la única manera de salir adelante era casándose y había que esperar que una recibiría entonces una vida mejor que la de antes."

De acuerdo a esas exigencias mi padre estaba bien, marginalmente. Rosemary podía ver que él la amaba, y lo dejó seguir adelante y que en cierto modo la cortejara. El Doctor murió en junio del año en que se conocieron mis padres, y mi madre nunca lo vio, pero no mucho después del funeral mi abuela Harriet invitó a Rosemary y a su hermano y a su padre a una cena en el 217 de la calle North Beacon. El hombre de la marina, humillado ante el hecho de que su hija tuviera tratos con un judío, acudió con un desdeñoso disgusto. Mi prima Ruth estuvo allí; fue una ocasión importante para mi padre. A Ruth le pareció, con solo verlo, que mi abuelo era un ser despreciable, percibió que era un matón, que su hijo más joven estaba aterrorizado de él. Tomó nota de la forma espantosa en que se comportaba en la mesa, al mismo tiempo remilgada e incorrecta, de su conversación banal y de las flacuchentas, miserables muñecas que asomaban de sus puños almidonados.

A Ruth le gustó mi madre inmediatamente, vio en ella una persistente inocencia y la voluntad de superar la caída y tratar otra vez. "Pero tiene que haber habido en ella algo que no andaba bien, si quería casarse con Duque." Ruth es demasiado dura con ellos; estaban tratando de alcanzar algo mejor que lo ya conocido.

Se casaron en enero de 1937, empapados por la lluvia, de pie en la sala de recibo de un juez de paz en Westchester County. Mi madre denomina esa ocasión "esa ridícula ceremonia." Un grupo de amigos casados de Duque se había acoplado y "lo único que les importaba era que Duque se casara para que estuviera tan mal como ellos, atrapado como ellos."

Mi madre me cuenta esto con placidez, sin amargura o mucho arrepentimiento, sin darse evidentemente cuenta de que me emociona, esta "ridícula ceremonia." Le pregunto a mi madre:

—¿Amaste a mi padre alguna vez?

Ella contempla esta pregunta con una especie de curiosidad desinteresada: "No, nunca lo amé. No en el sentido convencional. Nunca pude comprender qué tipo de sentimientos experimentaba por él. Lo pasamos bien en algunas ocasiones, y hubo algún cariño. Pero nunca lo amé. Hacer el amor, por ejemplo, no me producía placer. Así es que probablemente a él tampoco."

En una de estas uniones sin alegría, un mes después de que se casaron mis padres, fui concebido. Mi madre cierta vez me dijo que yo fui "un error" y otra vez me dijo que no, y otra vez dijo que lo era. Supongo que fui "un error." Mi madre rara vez mide sus palabras, es capaz de los arrebatos más sorprendentes de sinceridad, y supongo que fui lo que me dijo hace quince años que yo había sido.

Esto no debiera de sorprenderme: después que se casaron Duque y Rosemary vivían en un departamento en Milford y estaban tan próximos a la absoluta bancarrota como es posible estarlo. Duque trabajó un tiempo en Sikorsky Aircraft en Bridgeport; mi madre no recuerda qué hacía, sólo que llevaba traje de mecánico, ganaba quince dólares a la semana, y fue despedido por ausentismo. Una agencia de empleos le consiguió entonces un trabajo para reescribir las noticias durante la noche en *The Bridgeport Telegram*, y otra vez fue despedido por ausentismo, léase resacas. Mi madre ganaba un dólar al día de visitar a nombre de los comerciantes de Bridgeport a las familias nuevas en el barrio, y vomitaba todas las mañanas.

Mi padre se quedaba en casa leyendo y esperaba la distribución de la herencia de El Doctor. "Estoy segura de que estaba mortalmente aburrido conmigo," recuerda mi madre. "Todas las noches alguien venía de Hartford para entretenerlo. Yo no era buena compañía. Yo solía amurrarme y poner mala cara. No le gustaba que yo lo criticara. Sus amigos no lo criticaban; no hablaban sino de lo que había ocurrido la noche anterior. Nada muy interesante había ocurrido la noche anterior."

Cuando murió mi abuelo su obituario ocupó dos columnas de la primera página del *Hartford Times* del 22 de junio; al día siguiente el *Courant* publicó una editorial en memoria de los servicios que El Doctor había prestado a "la Humanidad."

Portaron el féretro judíos de Hartford, antiguos vecinos de la ciudad, un vendedor de telas al por mayor, ropa y artículos de mercería, un contratista de plomería y ex-encargado de sanidad en el municipio, un vendedor de vinos, un agricultor especializado en tabaco. Estos hombres tenían mala opinión de mi padre. El comprendía. Le dijo a Bill Haas: "He sido un pésimo hijo. Voy a compensarlo siendo bueno con mi madre." Las pompas fúnebres fueron discretas y privadas, sin flores, así como el entierro mismo en el cementerio Beth Israel. Me pregunto si mi padre dijo un *Kaddish*, la oración hebrea que el hijo lee por su padre muerto. ¿Sabría mi padre lo que era un *Kaddish*? Nunca me lo dijo, y de esa manera se aseguró que yo jamás pudiera decir tal oración sobre su tumba.

Se suponía que el testamento de mi abuelo, redactado cuando Duque tenía veinte años, reflejaría la mala opinión que El Doctor tenía de su hijo derrochador. No fue así. Era el menos vengativo de los documentos posibles. Del total de su haber en dinero y propiedades mi abuela debía tomar los primeros cincuenta mil dólares. Mi padre recibiría los próximos cincuenta mil, y todo lo que sobrara iría a la viuda. Cuando ella muriera, sus bienes se mantendrían en fideicomiso para mi padre hasta que él cumpliera los treinta años, y entonces los recibiría sin condición alguna.

Cincuenta mil era entonces una suma considerable, y todo hacía suponer que mis padres pronto ascenderían de su baja condición en Milford. Pero cuando se vio en profundidad los asuntos de El Doctor y se desenredó su madeja resultó evidente que el traslado liberador de Duque al Número Uno de la Calle de la Comodidad tendría que esperar. No había cincuenta mil, ni para él ni para su madre.

Sin que lo supiera Harriet, El Doctor había hipotecado la casa en la calle North Beacon por veinticinco mil dólares para regalarse ambos un último y muy grandioso viaje por Europa durante 1929 y 1930. Se vendió la casa y se pagó la hipoteca. Luego se remató los juguetes y los muebles de toda una vida.

Cuando acabaron las ventas quedó lo suficiente como para proveer a mi abuela de una modesta renta anual. Arrendó un pequeño apartamento en Farmington Avenue y siguió tan jovial como siempre. En esta forma mi padre heredó cincuenta mil dólares, sin heredarlos, de su padre derrochador; finalmente comprendió que no había red bajo el alambre por el que caminaba.

Poco después de que se distribuyó la herencia hubo una amarga disputa, como suele ocurrir en estos asuntos, entre mi padre y algunos de sus primos. Duque ya se había vendido parte de los instrumentos ópticos de El Doctor y que su madre le había confiado, o los había sustraído sin su consentimiento. Sea lo que sea lo que haya pasado (e incluso hoy los involucrados en este asunto rehúsan hablar de él), esto ocasionó el que mi padre pusiera sus miras en el oeste. Mi madre, que no era una entusiasta de Connecticut y sí era soñadora de sueños asoleados, vio con alegría la oportunidad de probar suerte en otro lugar.

Mi abuela les compró un automóvil nuevo, un Ford faetón, y los despidió con su bendición. Y así pusieron pies en polvorosa rumbo al Pacífico—conmigo en el vientre de mi madre, poniéndola enferma—sin razón alguna para esperar que nada bueno pudiera resultar de este cambio. Pero como ambos me dirían más tarde, estaban casi felices.

VI

Nací en Hollywood. Fui un bebe en Redondo Beach
y un niño pretencioso en Palos Verdes. A los cuatro
años viajé al este, a Nueva York, en un Packard convertible de doce cilindros. Papá se fue a Inglaterra.
Oí la radio informando de Pearl Harbor, mi segundo o tercer recuerdo, en el Elm Tree Inn, en Farmington, Connecticut. Mamá nos llevó a Colorado Springs,
a ver a su hermano. Las montañas la aburrían, regresamos a California, a Hermosa Beach. Papá regresó a casa. Compró un terreno en Chula Vista, donde vivimos unas pocas semanas. Cruzamos el país
a Birmingham, Alabama, a una enorme mansión
de cuatro columnas al estilo renacimiento griego.
Comencé el colegio. Mamá me llevó al norte, a Oak
Bluffs, al sur, a Dallas. Entonces vino Atlanta, una
pensión en Peach Tree Battle, en la cual mamá interrumpió a papá, quien estaba leyendo en voz alta
La isla del tesoro para decirle que habían dejado caer
una bomba en alguna parte, que había acabado la
guerra. Al norte a las cataratas del Niágara, la suite

de recién casados del General Brock, al lado canadiense. Al sur a Nueva York, un apartamento sin agua caliente en un edificio sin ascensor, en la calle Cincuenta y Siete Este. Papá fue a Lima, Perú. Al colegio otra vez, en Connecticut, donde vivíamos en un saco de pulgas en Saybrook llamado The Peter House, y compramos la domesticada casa de un agricultor en Old Lyme. Papá fue a Turquía. Escapada archisecreta de los acreedores, al sur con mamá a Sarasota, a una cabaña húmeda y con corrientes de aire. A los doce años, fuga, solo a través del país hasta Seattle, donde papá y yo vivimos juntos en una diminuta pensión del distrito universitario, y donde yo viví con mi padre y madrastra en una enorme casa junto al lago Washington. Sudeste por Buick Roadmaster a Bell Buckle y Shelbyville, Tennessee. Me mandaron al norte a Choate. En casa para las vacaciones—una casa desquiciada de tejuelas de madera en North Chatham en Cape Cod, luego el Ritz-Carlton en Boston, el Uno de la Quinta Avenida de Nueva York, Weston y Wilton, Connecticut. A los diecisiete parto a estudiar en Inglaterra, regreso a Princeton. Después que mi madre se bajó del carrusel también lo hizo mi madrastra. Papá desapareció. Lo encontré al borde del continente, cayéndose de la plataforma del primer lugar al que fue luego de que murió su padre dejándole tan solo el eterno reproche de una vida bien vivida.

Parte de este ir y venir fue simplemente huida; parte fue inquietud, en la esperanza cada vez más débil de que la vida más allá era mejor, o quizás más fácil. Durante mis primeros doce años mi padre pasó menos de seis en casa. Nos cambiábamos de aquí allá cuando se cambiaba de trabajo, normalmente a uno mejor. Era bueno en su oficio, y su oficio requería una pericia demostrable; como El Doctor, mi padre escogió un trabajo en el cual era difícil ser un impostor. Era ingeniero aeronáutico, y lo fue en una época en la cual la ingeniería era una profesión especialmente poco hospitalaria para los judíos.

Por supuesto que ya para 1937 mi padre no era judío, ni ante sus ojos ni ante los del mundo. Irving Howe ha escrito en *World of Our Fathers* (El mundo de nuestros padres) que los años treinta fueron un período de oportunidades para un triunfo rápido y para hombres que hacían una fortuna partiendo de cero. Observó también que la gente que alcanzó la madurez con mi padre añoraba cortar amarras con sus familias y las convenciones recibidas, y que este deseo de repudio "puede verse como una idea tomada de la tradición americana o de una herejía judía," de acuerdo al punto de vista del observador. Además, "los judíos inmigrantes impusieron sobre sus hijos e hijas marcas de separación mientras que al mismo tiempo les incitaban con ideales de universalismo. Les enseñaron a sus hijos tanto a conquistar el mundo de los gentiles como a ser conquistados por él."

La conquista de mi padre tenía que ser absoluta. Durante los años de su educación, la ciencia—y especialmente la ingeniería—lo dominaba todo. Los sueños marxistas de ingeniería política, los capitalistas de ingeniería del consumidor, los doctorados

91

en ingeniería física. Respirando la atmósfera de la tecnología, Duque anhelaba finalmente *hacer* algo, y por Cristo que lo haría; su historia estaba hecha de espuma y llena de aire caliente; ahora se sentía atraído al movimiento, la masa, el metal, la combustión, y—en consonancia con su espíritu—el vuelo, la conquista de las leyes naturales.

¿Pero cómo podía llegar a ser un ingeniero con sólo querer serlo? La artimaña fue simple: una solicitud de trabajo completada con audaz indiferencia ante las consecuencias. Su primer *curriculum vitae* le confirió un diploma de Deerfield (más tarde se aventuró a más, a Groton o a St. Paul) y un título de Yale (omitido el año), Bachiller en Ciencias, Ingeniero Mecánico y Aeronáutico. ¿Yale no era suficiente? Entonces añadan esto, un grado académico de Bachiller en Ciencias de la Sorbonne, ubicada como decía Duque en "París, Francia," pero—como quizás lo sabía o quizás no—una universidad sólo de humanidades.

La primera industria seducida por el brillo académico de mi padre fue Northrup Aircraft Company. Rosemary y mi padre habían cruzado el país con el dinero de su madre y el plan original era visitar a un Loftus, dueño de una funeraria en Denver. Pero la idea de observar a Duque observar a sus parientes observándolo a él fue suficiente para superar la total fatiga de mi madre, y ella insistió en que siguieran hacia el oeste. Llegaron a Los Angeles con diez dólares restantes en la bolsa y los gastaron, hasta el último centavo, en una cena en el Brown Derby, antes de saber siquiera dónde pasarían la noche.

—Yo misma no era muy práctica—, dijo mi madre.

Encontraron unos amigos, Bob y Ruby Donovan, quienes los acogieron en su casa de Hollywood Hills. Ruby había sido alguna vez novia de Duque y lo conocía lo suficiente como para ser especialmente amable con mi madre embarazada. Los cuatro se llevaban bien: devolvían botellas vacías de gaseosas y con los ingresos iban al cine o compraban unas cervezas. Pero la hospitalidad de los Donovan no fue sometida a prueba por mucho tiempo. Tan pronto como Duque presentó su asombroso bona fides a Northrup, fue contratado. En 1937 los negocios de aeronáutica no se parecían en nada a la sofisticada industria aeroespacial de hoy. Era la vocación de algunos entusiastas, ejercida en hangares que parecían garajes por ejecutivos que parecían menos especialistas en instrumentación que mecánicos en tierra. Es probable que nadie en Northrup se tomara el tiempo de escribir a Yale, y menos a Deerfield o "París, Francia," para confirmar las aseveraciones de ese joven brillante.

Así es que fue contratado por cuarenta dólares a la semana como dibujante. Bob Donovan lo condujo al trabajo porque ahora Duque no tenía coche. Había cambiado su Ford nuevo dándolo como parte de pago por un LaSalle usado, y ese LaSalle por un Packard, que fue embargado. Este fue siempre el ciclo de mi padre, de algo a algo mejor y luego a nada. A pesar de todo, mi padre y mi madre estaban contentos, viviendo en una casa pequeña en las colinas, cerca de la de los Donovan.

Ya en la primera semana el supervisor de Duque miró por sobre el hombro de su empleado y descubrió que Yale y la Sorbonne habían olvidado enseñarle al ingeniero el lenguaje, los símbolos y los métodos de la ingeniería. Le dijo a mi padre que buscara otro crédulo a partir del viernes. Entonces, en una de esas explosiones siderales de suerte que a veces iluminaron la vida de mi padre, los ingenieros de Northrup iniciaron una huelga, y la compañía retuvo a Duque para que diera cuerpo a un grupo mínimo de personal. El supervisor de mi padre le advirtió que no le mostrara su trabajo a nadie, y le aconsejó que se hiciera ascender pronto para que no tuviera que hacer dibujos técnicos, sino sólo contratar a gente que pudiera hacerlos. Luego él mismo ascendió a mi padre a tal posición, porque le era simpático y vio que tenía talento, porque mi padre *tenía* talento, porque sus talentos le eran útiles a Northrup. Y así fue como Duque, a quien habían despedido pocos meses antes de un trabajo en Sikorsky al cual iba vestido de mecánico, había llegado a ser un ingeniero aeronáutico.

Durante los quince años siguientes las compañías lo despidieron aburridas de sus deudas, su arrogancia o su insubordinación; nunca fue despedido por incompetencia. Cuando yo nací en noviembre de 1937 mi padre se fue de Northrup para ir a Lockheed—quienes lo atrajeron ofreciéndole el doble de salario. Fue ingeniero en el proyecto de una versión experimental del P-38, un llamativo avión de combate de dos motores y dos colas, el primer avión americano que derribó uno alemán. Duque era capaz de hacer que la gente produjera para él; era impaciente con los procedimientos convencionales, le gustaba tomar atajos. Mediaba útilmente entre los pensadores y quienes debían llevar las ideas a la práctica, y le gustaba especialmente trabajar con los extraños, introvertidos hombres que fabricaban maquetas y prototipos, constructores de modelos y amigos de modificarlo todo no muy distintos de El Doctor. Esta gente encontraba a Duque simpático, escuchaban sus súbitas inspiraciones y seguían de buena gana los novedosos caminos que podía abrir sólo un hombre inocente de toda experiencia.

Pronto ascendió otra vez, cambiando a North American y el XP-51, rindiendo el mejor trabajo de su vida, como más tarde, ay, lo sabría. En 1940, antes de la Batalla de Bretaña pero después de Dunquerque, la British Purchasing Commission envió pilotos a América para desarrollar un avión de combate que pudiera competir con los alemanes, más rápidos, sumamente fáciles de maniobrar y mejor armados que los de los aliados. Trabajando con crédito de la Ley de Préstamo y Arriendo y bajo una presión mortal, los pilotos ingleses utilizaron su experiencia en el aire contra los alemanes para trazar las líneas generales de un avión con el motor en línea (como los del Spitfire y el Hurricane, y diferente de los del American Thunderbolt y Corsair), y ocho ametralladoras. Un prototipo de este avanzado avión tenía que volar, de acuerdo al contrato con North American, ciento veinte días después de comenzado el proyecto, cuatro meses desde los primeros garabatos en un bloc de apuntes hasta el vuelo mismo.

North American completó el primer avión tres días antes del plazo prefijado, en agosto de 1940, y mi primer recuerdo es estar sentado en la cabina mientras pilotos y mecánicos y mi madre y padre aplaudían regocijados. Durante esos cuatro meses de un trabajo intensísimo mi padre estaba eufórico y mi madre estaba orgullosa de él. Para entonces su capacidad estaba fuera de toda discusión, y la pareja tenía dinero y amigos. Estos eran pilotos y dibujantes, no como los amigos de mi padre en Hartford. Eran hombres serios, capaces de valor, resistencia y mando, y trataban a mi padre como si fuera su igual.

Hubo dinero suficiente para comprar una casa en Palos Verdes; era cómoda y fresca, con pisos de terracota y un techo de tejas y un par de palmeras en el patio y un amplio panorama cerro abajo hasta el Pacífico. Mi padre había traído a su madre a esta casa para pasar una larga temporada, y un par de pilotos de la RAF también vivían con nosotros, y fueron estupendos amigos para mi padre y mi madre, quien los recuerda—dos de ellos se destacarían en la Batalla de Bretaña, uno moriría sobre el Canal de la Mancha—jugando a las batallas con modelos de aviones mientras yo hacía los ruidos de los motores.

Mi padre me consentía. Todas las noches después del trabajo pasaba por alguna parte a comprarme alguna bagatela y tan pronto como él llegaba en su nuevo convertible Packard de doce cilindros yo dejaba a mi madre y corría donde él, "¡Papá! ¡Papá! ¿Dónde está mi juguete?" Esto molestaba a mi madre quien pensaba que mi padre se estaba comprando mi cariño, y quizás eso era lo que estaba haciendo, pero como todo lo que ocurre entre madres, padres e hijos, el caso no era tan simple.

"Eras encantador, supongo. Cuando eras realmente pequeño eras lindo. Te irritabas fácilmente, por supuesto. Te veías como un ángel en tu chaqueta Eton de los Brook Brothers. A veces me enojaba contigo y te daba una paliza. Pero no recuerdo problemas serios." Mi madre meditó un momento y se dijo a sí misma, no a mí: "Incluso cuando te amamantaba parecía que me estuvieras juzgando."

A mi madre se la juzgaba demasiado. Duque era descuidado en el vestir por esos días, llevando con estudiada negligencia zapatillas de tenis gastadas y chaquetas de cachemira y pantalones arrugados de lino o franela. Pero era muy meticuloso en lo que se refería a mi madre, escogiendo su ropa y haciendo que se cortara el pelo y se arreglara de acuerdo a su gusto. Mi madre, todavía la estrella no descubierta, prefería la deliciosa extravagancia de Betty Grable, mientras que mi padre se inclinaba hacia la elegante simplicidad de una Joan Bennett. El que el gusto de mi padre fuera el más apropiado para mi madre no importaba demasiado; que él se las arreglaba para herir sus sentimientos, eso importaba mucho.

—No tenía, para comenzar, mucha confianza en mí misma, y la que tenía, él me la quitó. No se trata de que él no intentara darme ánimos; a veces yo decía que me sentía poco capaz al no tener una educación, y él me decía que yo sabía más que la mayoría de las mujeres que había conocido. Pero cuando invitábamos gente a la casa él revisaba la mesa para ver si yo la había puesto bien. Solía hacerme sentir como si yo no fuera muy inteligente.

Mi madre sospechaba que Duque dedicaba más atenciones que las de simple cortesía a otras mujeres, comenzando con la vecina de arriba en Milford, pocos días después de la boda. Ella tenía sospechas de su continuo afecto por Ruby Donovan, una deslumbrante colorina, y no le creía siempre cuando llamaba para decir que tenía que quedarse a trabajar tarde en Northrup o Lockheed o North American. Estaba más enojada que herida por esto, ya que no deseaba físicamente a mi padre.

Por supuesto que el ser engañado es un insulto a la inteligencia, y las infidelidades de mi padre la irritaban como engaños. Sus engaños más patológicos la preocupaban menos. Acerca del hecho de que mi padre era judío mi madre dice que ella "quería ser engañada. Era tonta, tonta, tonta al pretender que no era judío. Supongo que acepté su propia idea de sí mismo."

Lo único en lo cual Rosemary rehusó seguir la corriente fue en el ascenso de su padre a almirante y en la educación que le adjudicó a esa hormiga, *honoris causa*, un grado académico de Annapolis. Cuando estaba con Mike Crosley y Jimmy Little (sus amigos de la RAF), y Bob Chilton, un piloto de pruebas norteamericano—gente que lo respetaba—mi padre rara vez aludía a la historia de los Wolff; encontraba suficiente vitalidad en el presente. Pero a pesar de eso, mi madre recuerda que "Duque tenía una manera de implicar mucho, sin elaboración."

Mi padre nunca dejó de pretender ante mi madre que él había ido a Yale. Se refería oblicuamente al partido de fútbol contra Harvard cada noviembre, como si a él le importara especialmente el resultado.

Y en Palos Verdes se compró el primero de varios buldogs ingleses con los cuales crecí. Supongo que los compraba para sugerir su relación con Old Eli, y la de los perros con la mascota de Yale, Handsome Dan. Con todo, los quería y se preocupaba de ellos y estaba muy conmovido cuando morían, todos antes de lo que hubieran debido, a causa de las enfermedades respiratorias que afligen a perros criados para tener hocicos artificialmente atrofiados, nada judíos.

Cierta vez en que conducía con mi madre cerca de Santa Mónica, mi padre casi se estrelló con un coche que se saltó un signo de pare en una intersección. Duque descendió del Packard dispuesto a armar la grande—era temible cuando tenía la justicia de su parte, como un rollo de monedas en su puño —y el otro conductor alzó los brazos en señal de rendición. Al ver a mi padre sonrió y lo saludó por su nombre: "¡Art Wolff! ¡Hijo de puta!" Mi padre pareció desear no ser él, parecía a punto de negar que fuera él, pero el fulano insistió: "Estuvimos en Penn juntos, ¿te acuerdas?" Mi madre observó que este hombre era un judío, sin la menor duda. "Anda, Duque, éramos casi vecinos de cuarto, fuimos a muchas fiestas juntos." Mi padre le dio la mano. Un par de semanas más tarde ese hombre pasó por nuestra casa a tomarse un trago, pero Rosemary nunca lo vio otra vez.

Poco después de este incidente mi madre interrogó a Duque minuciosamente acerca de su inventado currículum vitae. Al comienzo insistió en que se había cambiado de Yale a Penn, y luego de Penn a Yale, y entonces rehusó hablar más del asunto. Mi madre decidió que por una vez tenía que saber con seguridad algo sobre su marido. La madre de Duque se estaba quedando en Palos Verdes, ayudando a consentirme, y Rosemary le preguntó directamente: "¿Fue Duque a Yale?"

—¿Qué te dijo él, querida?—le preguntó mi abuela a mi madre.

—Que fue a Yale.

—Entonces supongo que habrá ido a Yale.

VII

Pocos días antes de Pearl Harbor mi padre voló a Londres por vía de las Azores y la neutral Lisboa, donde perdió unos cuantos cientos de dólares de su viático apostando en contra de un oficial de la Luftwaffe que jugaba crap en el Casino de Estoril. Dispararon contra su avión cuando cruzaba por sobre Francia, y la noche en que mi padre aterrizó en Inglaterra cayeron bombas en los muelles del este de Londres, y se elevaron enormes columnas de fuego en el cielo entrecruzado de reflectores. Tuvo miedo, confesó, pero no suficiente como para querer estar en ningún otro lugar del que estaba.

North American había dado a mi padre el título de Asistente en Jefe de Diseño, y la responsabilidad de eliminar los duendes que se hubieran metido en los nuevos Mustangs de la RAF. Lo acomodaron en un apartamento de cuatro habitaciones en Park Lane, a una cuadra de Dorchester y con vista a Hyde Park. Los empleados de la embajada americana habían apellidado a mi padre de mayor de la Fuerza Aérea, una costumbre normal que lo protegía con privilegios militares bajo la Convención de Ginebra en el caso de que Inglaterra fuera invadida y ocupada. Este rango honorario le importó a él, decisivamente, durante el resto de su vida.

Cuando papá nos dejó en Nueva York, mamá condujo el Packard color crema con interior rojo por América y se asentó finalmente en un apartamento de la costa de California en Hermosa Beach. Poco después de Pearl Harbor un pequeño submarino japonés había lanzado unas cuantas andanadas contra el Santa Barbara Biltmore, sin dar en el blanco pero consiguiendo que se redujeran los arriendos junto a la costa. Había soldados y piezas de artillería pesada bajo el paseo de madera en la playa frente a nuestro lugar, listos para hacer saltar en pedazos a los japoneses cuando desembarcaran, en cualquier momento ahora. Los soldados eran amigables; me tomaban el pelo y me daban dulces y galones que mi madre cosía en mis camisetas. La galanteaban con inocencia y mamá se mostraba amistosa con ellos, y dejaba que los soldados le compraran una cerveza o una Coca-Cola mientras yo llenaba un tocadiscos automático en la playa con sus monedas, tocando "Pistol-Packin' Mama" y "Deep in the Heart of Texas" hasta que los dejaba sin un centavo.

Mi padre se quedó catorce meses en Londres, hasta el comienzo de 1943. A Duque le gustaba ser parte de esas noches de intensos bombardeos y esos días de Churchill. Estaba orgulloso de que su padre hubiera nacido en Londres, y no tardó nada en encontrar Mullins de Bond Street, una tienda de genealogía donde compró un libro empastado en piel roja y blanda, *A History of the Name Ansell*, que remontaba la historia de la familia de su abuela Sarah Ansell hasta el *Domesday Book*, y de ahí tomó un escudo de armas para la línea "Ansell Wolff."

Le gustaban los modales ingleses y el mascullante acento, como si estuvieran mascando bolitas de mármol, de la clase alta. No se cansaba de apreciar el *understatement*, la exagerada y reductora modestia de un jefe de escuadrilla que acababa de regresar de su noveno vuelo del día con su Spitfire lleno de hoyos de balazos y habiendo derribado tres ME-109 en forma confirmada, diciendo: *El Zorro nos anduvo tratando de perseguir, no tiene importancia, buen trabajo de su parte.*

Me pregunto con cuánto habrá tratado de embaucarlos. Los americanos, socialmente inseguros, creen cualquier cosa. Alusiones a "Sent Pawl's" y a "Huesos" se reciben sin cuestionarlas; oí a mi padre decirle a un hombre, que había estudiado en Yale, que ellos estaban durante los mismos años en esa universidad, que habían entrado el mismo año a Yale, y el hombre se avergonzó del lapsus de su memoria en vez de ponerse sospechoso. Los ingleses trabajan de otra manera: *Duque, si he oído bien. ¿Duque de qué, amigo? Ah, de veras, ya veo, Duque de nada entonces, en realidad. ¿Estuvo Ud. en Eton? ¿Qué años? ¿Entonces conoce a Bamber Lushington? ¿No? Entonces Ud. no estuvo en Eton, ¿no?*

Si Arthur III se condujo con delicadeza por los campos minados de las complicaciones sociales inglesas, perdió el quicio con el crédito fácil. Botas de campaña de Lobb, encendedores y pipas de Dunhill, tabaco de Fribourg & Treyer, un vaso plegable de plata de Garrard. Hawes & Curtis le hacía las camisas, Huntsman su chaqueta de montar, Holland and Holland contribuyó un juego de dos pistolas, Foyle's colaboró con un par de primeras ediciones, y North American Aviation—a quien se le advirtió que su Duque estaba tomando por asalto Mayfair y Belgravia—trajo a mi padre de regreso a casa y lo despidió.

Cuando regresó en desgracia a casa, con un baúl lleno de botín y con una infinidad de entretenidas anécdotas de lo que era vivir bajo las bombas, trató al momento de alistarse en la Fuerza Aérea. Todo resultó en su contra: sus ojos no veían bien, tartamudeaba, tenía mala la espalda, sus dientes no eran satisfactorios. La Marina tampoco lo quiso, pero la Armada dijo que lo peor de su caso eran los dientes, así es que se hizo sacar todos los de arriba, y después de que le pusieron unos postizos mamá y yo lo llevamos a Fort Ord, donde trató por última vez de alistarse y no lo aceptaron. Recuerdo su estupefacto silencio y que por la primera vez me asustó. Nos condujo de regreso a casa en Hermosa Beach y desapareció en México. Tres días más tarde mi madre pagó una fianza y lo sacó de la cárcel de Tijuana. Los cargos eran borrachera y alteración del orden público.

Muy pronto consiguió un trabajo con Rohr Aircraft. Era fácil conseguir un trabajo entonces, y nadie se tomaba el tiempo de meditar acerca de la personalidad de los posibles empleados; si no estaban locos, eran americanos, y exentos del servicio militar, eran perfectamente apropiados.

Mis padres compraron un terreno con una pequeña casa recién construida en Chula Vista tan pronto como Rohr contrató a Duque. La casa no había sido pintada, el césped estaba por sembrar, cuando le ofrecieron un trabajo mejor como ingeniero jefe de un centro de modificación de B-24 y B-29 en Birmingham, Alabama. Habíamos sido dueños de esa pequeña casa y vivido en ella por menos de tres semanas cuando mi padre la vendió, y en la última noche que pasamos allí mi madre me leyó la fábula de la caja de Pandora, y yo me desvelé contemplando el baúl de mi padre, cerrado con llave.

Mi padre ganaba más de mil dólares al mes en Birmingham, mucho dinero para esos días. La planta donde trabajaba estaba a cargo de una firma de ingenieros llamada Bechtel, McCone y Parsons, y los jefes inmediatos más importantes de mi padre eran Ralph Parsons y John McCone. Ninguno de los dos aprobaba la personalidad de mi padre, pero ambos reconocían su energía y habilidad.

La planta que Duque supervigilaba era una enorme red de hangares junto al aeropuerto al cual llegaban los bombarderos recién salidos de la línea de montaje. Los pilotos que hacían las entregas los traían a Birmingham para hacerles cambios o añadidos en los visores de bombardeo, armamentos, instrumentos de navegación, o en el interior. Tan pronto como se los modificaba, otros pilotos los llevaban a Guam o Inglaterra o a la India. El ritmo de trabajo era apresurado, la presión para obtener resultados era extrema, el costo de un error era mortal.

Entre las ideas inspiradas que Duque tuvo en Birmingham se cuenta el contratar enanos para trabajar en los lugares estrechos dentro de las alas y los fuselajes, para remachar articulaciones y conducir cables por lugares inaccesibles a personas más grandes. Para reunir un número suficiente de enanos mi padre envió exploradores encargados de contratarlos, con los bolsillos llenos de dinero, a ciudades a lo largo y ancho de América, donde aguardaban cerca de los hipódromos y las agencias de empleo para artistas y centros de diversiones y ferias, y luego de unas pocas semanas la nueva mano de obra estaba en su oficio. (Más tarde, cuando se estaba acabando la guerra, justo antes de que despidieran a mi padre, echaron de su trabajo a sus enanos, y los vi protestando, vestidos con su ropa de calle y congregados con carteles y pancartas que algunos llevaban cubriendo su pecho y espalda fuera de la deprimente planta y frente a la puerta de entrada con sus gruesos eslabones y cerrada con llave. Estaban protestando contra la situación con una sola palabra: ¡INJUSTO!)

Al comienzo en Birmingham mi padre se dio la gran vida, al igual que Rosemary: "Estaba borracha con todo ese dinero."

Pasamos unas pocas semanas en una suite del hotel Tutweiler, mientras se encontraba una residencia adecuada para un ingeniero jefe, y entonces nos cambiamos a una casa espectacular en la calle Beechwood, justo al otro lado de la calle de la entrada al Club Mountain Brook.

La casa era blanca, con una terraza de pizarra bordeada por columnas y rodeada de lilas y magnolios. Unos robles de verdad se erigían sobre más de un acre de un prado que descendía suavemente hasta un seto de boj, y había atrás un jardín formal, y un Jardín para la Victoria, de hortalizas, y se contrató a un jardinero para que se preocupara de todo lo que crecía, un viejo negro con un solo brazo que se ganaba la buena voluntad de Duque al abrirle la puerta del Packard cuando mi padre se iba a su trabajo diciéndole: "Buenos días, Coronel Woof." El resto del día el jardinero lo pasaba sesteando a la sombra de un árbol, junto a un jarro de la limonada que hacía mi madre, contemplando crecer el pasto, y a veces espantando las moscas con su brazo bueno.

Yo recordaba esta casa como del tamaño de Mount Vernon, con caballos de carrera retozando a lo largo de una reja de una milla. Cuando la vi recientemente se había encogido, tanto en belleza como en tamaño, pero arrastró a mi madre y a mi padre al asilo de indigentes. A pesar de que el arriendo era solo de doscientos al mes (mis padres jamás habían pagado ni la mitad de eso) y el jardinero y la mucama de tiempo completo juntos costaban quince dólares a la semana, la casa no estaba amoblada, y sus muchas habitaciones constituían un desafío para la extravagancia de los Wolff.

Mi madre y mi padre se divirtieron. Había muchos amigos, de aquellos que carecen de raíces y la guerra y las calamidades de la naturaleza se encargan de juntar: artistas que dibujaban las modificaciones que necesitaba mi padre, pilotos, inventores, mecánicos, especialistas en armas, matemáticos.

Esta gente se reunía sin historias, y estaban especialmente predispuestos a vivir el presente. La casa en Beechwood Road acogía a cualquiera que pasara por Birmingham y que estuviera relacionado en cualquier forma con los aviones.

Un piloto se quedó con nosotros. Habían hecho caer su avión cuando volaba sobre Rabat, y se quemó en forma horrible. Los nativos lo reanimaron y lo escondieron de los japoneses, y se escapó en una balsa. El piloto me dio una bayoneta japonesa, y me dijo que nunca apodara a los japoneses Japs. También me dijo que mi padre era "un hombre admirable." Instaló una docena o más de sus trenes eléctricos en nuestro subterráneo, con una red demencial de vías de trocha inglesa, pasos a nivel gordianos y diminutos pueblos alpinos y locomotoras que silbaban y dejaban escapar vapor. Adondequiera que iba este piloto, iban sus trenes, y cuando se preparaba para llevar a Guam el B-29 arreglado por Duque, vi como cargaban los trenes, empacados en cajas de madera, en el lugar de las bombas. Llevaba anteojos oscuros y un gorro de vuelo con orejeras de piel de oveja, y me indicó, levantando el pulgar, que todo iba bien justo antes de acelerar los motores y alejarse por la pista.

El jardinero me dejó fumar de su puro, pero mis amigos del barrio no me lo creyeron. Mientras dos de ellos me escuchaban, llamé por teléfono a la Mountain Brook Drug Store.

—Mi padre quiere saber si venden puros.

(Los vendían.)

—Mi padre quiere que le vaya a comprar tres puros.

(¿De qué marca?)

—Baratos. ¿Me pueden dar tres por cinco centavos? Es todo lo que tengo.

Los llevamos a un arroyo que pasaba junto a nuestra casa, y los fumamos rápidamente hasta las colillas. Mis amigos vomitaron en el arroyo. Teníamos cinco y seis años. Se fueron a casa a enfrentarse a sus palizas. Yo no me sentía tan mal, en relación con lo sucedido, y fui al comedor para la cena. Mi madre frunció el entrecejo. Mi padre se mostró cordial:

—¿Cómo estás, campeón, tienes hambre?

Confesé que no tenía mucha hambre.

—Toma un cigarro. ¿Algo para despertar el apetito?

Mi padre me ofreció algo más largo y más fino que aquello que yo recién había fumado, y yo dije que yo creía que preferiría no, ningún cigarro, gracias en todo caso.

—Oh—dijo mi padre. Yo creo que sí. Hala. Tómalo.

Sacudí negativamente mi cabeza, pero él me lo puso en la boca, lo encendió, y me hizo fumarlo hasta la colilla, a pesar de que tanto él como mamá odiaban el olor de esos cigarros. El no estaba enojado, en absoluto.

Cuando estuve hace poco en Birmingham, un juez canoso, recientemente retirado, se refirió a una mujer que acababa de casarse con alguien de "una vieja fmlia de Buminham" refiriéndose a ella como si fuera de "origen incierto," con lo que me imagino que quería decir que era judía. No estoy muy seguro de cuáles sean las pretenciones sociales de Birmingham. Cuando acabó la Guerra Civil la ciudad era una infértil tierra de algodón, y un lugar que se enorgullece de calificarse a sí mismo de la Pittsburgh del Sur bien puede no preciarse en exceso. El monumento descollante de la ciudad, erigido sobre una joroba de arcilla roja llamada Montaña Roja, es una estatua de Vulcano, no como el dios de la guerra, sino en su papel secundario de dios del hierro. Se lo anuncia como "el hombre de hierro más alto del mundo", y el hierro y el carbón dan la vida a Birmingham. Vulcano sostiene en alto un objeto que parece una paleta de helado, pero se trata realmente de una antorcha que se enciende de rojo cuando ha habido un accidente de tránsito durante las veinticuatro horas previas, o de verde, si nada ha ocurrido.

Lo que se consideraba la "sociedad" de Birmingham no hizo el menor caso de mi padre, pero tres extraordinarios acontecimientos coincidieron en una poco frecuente y ahora inexplicable visita al Club Mountain Brook. Conduciendo al club mi padre me dijo que nuestro buldog había muerto, y ya en el club mi padre supo que su madre también había muerto, y mientras él caminaba hacia mí para darme la noticia yo salté del trampolín a la piscina y de ese modo, antes de que mis angustiados padres me alcanzaran, aprendí a nadar. Este triunfo me interesó más que la muerte de mi abuela.

Cuando la madre de Duque se enfermó a los setenta y ocho años con neumonía, una complicación de una enfermedad al corazón, él insistió en que se la atendiera en el St. Francis en vez de en el Hospital Mt. Sinai. Le recalcó al personal: Hattie debía tener la habitación más grande, el mejor tratamiento, no debía mirarse en gastos, aquí se trataba de la viuda de El Doctor.

Pero él se quedó en Birmingham hasta que ella murió el último día de enero de 1944, tres días después de ingresar al hospital, y delegó a Ruth Atkins y a Bill Haas la obligación de velar junto a su lecho. El funeral fue en la casa de Bill, y Duque regresó a casa para asistir a él, muy tarde, según dijeron algunos, y demasiado pronto para la mayoría. Cuando el St. Francis presentó las cuentas mi padre dijo que se jodieran, pues así como las monjas y los curas habían actuado en relación a El Doctor, así El Duque los trataría a ellos.

Hubo palabras duras en el funeral. Mi abuela había dejado sus posesiones más queridas a Ruth y a Bill y a otros primos, y nada a su hijo. Durante el funeral de El Doctor, Duque había sentido vergüenza y se había sentido depurado, y hasta había prometido reformarse. Ahora estaba belicoso. Se consideraba un hombre que había llegado a hacer algo importante, y se sentía insultado por el hecho de que su madre no le había confiado la administración de los miserables dos mil, todo el dinero que dejó, que se pusieron en fideicomiso para mi educación. Su madre le había dejado a Ruth Atkins sus muebles y sus joyas, a Bill Haas un espejo cóncavo, y a la madre de Bill el reloj de péndulo. Lo que quedaba después de apartar para mí los dos mil, fuera del alcance de Duque, le sería entregado cuatro años más tarde, cuando cumpliera los cuarenta. Pero no quedó nada. Mi padre no supo exactamente a quién no debía nunca perdonar, así es que decidió jamás perdonar a la totalidad de los habitantes de Hartford.

Luego de su regreso del funeral la presión financiera comenzó a elevarse a un nivel intolerable, y mis padres se cambiaron a 2800 Hastings Place en Mountain Brook, una casa grande en una esquina que daba la ilusión de modestia en contraste con la mansión de Beechwood Road.

Durante la mudanza acompañé a mi madre a recoger el resto de su ropa. La puerta principal estaba abierta, lo que la inquietó, y mientras avanzábamos cautelosamente a través del salón hasta las escaleras circulares se detuvo y se llevó los dedos a los labios y yo contuve el aliento. No oímos nada, subimos la escalera hasta la habitación de mis padres y vimos la ropa de mi madre apilada en el suelo, y sangre en la colcha, sangre en las cortinas celestes, en la perilla de la puerta a escasos diez centímetros de la mano de mi madre. Me apretó el brazo y me arrastró hacia la planta baja.

Primero llamó a mi padre antes que a la policía. Después de todo lo que sabía de él todavía confiaba en que él sabría descubrir el sentido de este hecho y sabría cómo actuar. Duque vino a la casa cargando el Colt .45 de la Fuerza Aérea que le habían asignado en Londres y que nunca había devuelto. Encontró un vidrio quebrado en una ventana en la parte de atrás de la casa, y entró por la puerta principal y bajó al subterráneo donde vació un cargador de medicina fuerte contra las cuatro esquinas sombrías y vacías. Allí lo encontró la policía, furioso por el desacato a su mujer y su hijo, exigiendo a gritos que el fantasma hijo de puta se presentara y pudieran batirse a tiros. Pero el intruso se había escapado con algunos bienes sin pagar y con su ignorada historia.

Mi padre estuvo inquieto por bastante tiempo luego del robo. Un par de meses más tarde regresó a casa del trabajo para encontrarme sentado con las piernas cruzadas sobre el prado que daba a la calle en Hastings Place, trabajando con un martillo, un clavo, y una bala sin explotar de una ametralladora de calibre .50. Un muchacho del barrio me la había cambiado por un barco en una botella. Yo había estado tratando, cada vez con mayor determinación, de golpear el fulminante con la suficiente fuerza como para que algo ocurriera. Mi padre me vio desde el coche, a veinte metros de distancia, y me dijo con una voz solo tan alta como para que pudiera oírse con claridad:

—Deja ese martillo y clavo, déjalos ahora mismo. Deja esa bala, ven aquí. Bien, eso está bien.

Entonces se bajó rápido del coche, y corrió hacia mí tan violentamente que pensé que me arrollaría, y me tomó en sus brazos y me apretó tanto que pensé que quería hacerme daño.

Después de cenar esa noche me senté en el peldaño más bajo del porche de atrás. Tomé una piedra y sin pensar demasiado apunté hacia un tordo que estaba extrayendo una lombriz de la tierra, intento de cacería que había realizado cientos de veces antes. Pero a este tordo le di, y agitó sus alas una o dos veces, y luego murió. Lo enterré, y comencé a preocuparme.

El Doctor, después de la muerte de su hija, había prestado mucha atención a la salud de su hijo, pero mi padre estaba obsesionado acerca de la mía. Como muchos otros niños, había nacido con un soplo cardíaco, nada que preocupara a los médicos, pero algo que atormentaba a mi padre. El menor dolor de oídos o un poco de fiebre o dolor de garganta traía consigo a un médico y su maletín, normalmente después de la medianoche. Quizás para disminuir sus propias incomodidades el doctor de nuestra familia sugirió que me extrajeran las amígdalas y adenoides al final del primer año de colegio.

Me llevaron en la camilla a que me anestesiaran con mi madre junto a mí prometiéndome helado cuando la operación hubiera acabado, y con mi padre prometiéndome una bicicleta nueva, y cuando desperté ahí estaba el helado y también la bicicleta. Estaba acostumbrado a que me trataran bien y a que se cumplieran las promesas.

En la habitación junto a la mía había un muchacho de mi edad, que había estado allí casi un año. Se había quemado accidentalmente, y su cara estaba desfigurada en forma grotesca, como la del piloto al que habían derribado cerca de Rabat. Mi padre solía pasar a conversar con el chico quemado, y aunque yo era demasiado pequeño para comprender todas las intrincadas vueltas de la valentía, yo sabía que ese muchacho era especial, como el piloto con sus trenes, y cuando mi padre hablaba con él yo a veces lo sorprendía mirándome, midiéndose a sí mismo, supongo, o quizás a mí, preguntándose cómo responderíamos nosotros ante algo semejante.

A veces durante ese verano mis padres me llevaban con ellos a ver competencias de lucha. Mi padre conocía al organizador, una mujer que fumaba puros y sabía tomarle el pelo a Duque. Era necesario conocer un truco para saber hacerle una broma. Estaba bien, muy alegre, hasta un cierto punto. Si se pasaba de la raya de lo que él percibía como petulancia o mala leche, explotaba.

Sólo una vez me sentí humillado a causa de él, y esa vez él no sintió ninguna humillación, solo perplejidad. Fue en un partido de béisbol en la fábrica, los ingenieros contra los mecánicos. Le habían pedido a mi viejo que hiciera de árbitro en la base del bateador. Yo estaba sentado en las graderías detrás de la base meta con dos amigos y mi madre, y al comienzo yo estaba orgulloso. Entonces se encendieron los ánimos de los jugadores y se quejaron de algunas decisiones del árbitro, y era claro en ese momento que mi padre no sabía mucho de béisbol, y creía que el encuentro era más amistoso de lo que era. Algunas personas en las graderías gritaban contra él, haciendo comentarios irónicos acerca de su vista y su capacidad de concentración. Entonces alguien gritó "maten al árbitro" y yo me dirigí hacia lo que era en general el origen del tumulto y le grité a nadie en particular que se callara, y mi madre me apaciguaba, pero mi rabia divertía a la multitud que empezó a entonar en unísono MATEN AL ARBITRO MATEN AL ARBITRO MATEN AL ARBITRO. Entonces mi padre adjudicó como pelota pasada lo que seguramente era un lanzamiento inválido, y el bateador se enfrentó con él y sacudió su puño frente al rostro de mi padre que yo no podía ver tras la máscara protectora. Comencé a llorar,

y mi madre me sacó de allí. Mis amigos no se atre-
vieron a hablar en todo el camino de regreso a casa,
y ninguno de nosotros volvió jamás a mencionar
ese partido de béisbol.

VIII

Mi madre, casada con Duque más de ocho años, nunca lo había amado. Y sin embargo: "Nunca pensé dejarlo." En Birmingham, Rosemary cambió su actitud hacia el status quo. Convergieron dos circunstancias: Duque conoció a una mujer que se enamoró de él, y Rosemary conoció a un hombre que se enamoró de ella. La historia proviene de mi madre.

La amante de Duque era joven y hermosa, una pintora talentosa, de Mississippi, que trabajaba en la sección de diseño de Bechtel, McCone y Parsons. Rosemary supo de su existencia en 1944 en la fiesta de Acción de Gracias en casa de un amigo. Le preguntaron dónde estaba Duque, y ella contestó que cazando pavos silvestres al norte del estado, y un par de hombres casados se rieron, con lo cual la última en enterarse se enteró. Pocas semanas más tarde se encontró frente a frente con Betty, después que Duque le había prometido que nunca más la vería. Mi madre había venido en autobús a merodear por las grandes tiendas del centro. Se suponía que Duque estaba en medio de su día de trabajo, y le sorprendió a mi madre ver el Packard estacionado a la entrada de una tienda, y justo cuando ella vio a mi padre, él la vio a ella. Se alarmó, pero le pidió que se subiera al coche junto a él.

—¿Para qué? Estoy comprando. ¿Por qué estás aquí?

Mi madre sabía por qué él estaba allí, y en ese momento vio a Betty, una pálida colorina, que salía de la tienda a la cual mi madre había estado a punto de entrar. Rosemary se subió al Packard, y mi padre comenzó a alejarse cuando les alcanzó la voz de una mujer:

—¡Duque! ¿Adónde vas? ¡Espera!

Hay que reconocerle a mi padre aunque sea marginalmente que pisó el freno en vez del acelerador. Mi madre recuerda el resto:

—Ella abrió la puerta del Packard antes de que se diera cuenta de que yo estaba allí. Me reconoció, pues me había visto en la fábrica, y se llevó la mano a la boca y dijo "¡Oh, Dios mío!" Fue divertido, como una situación en una comedia. Duque se recobró rápidamente. Bajó del coche, y vino a mi lado para ayudarme a descender, y nos presentó con absoluta corrección, sin ni siquiera tartamudear. Entonces me dijo "Vámonos a casa." Pero le dije que no, que no había terminado con las compras. Y me fui caminando. Me sentía contenta de mí misma; sabía que había reaccionado bien. Cuando llegué a casa lo encontré en la biblioteca. Tú estabas sentado en su regazo, bañado, comido y con Doctor Dentons en tu boca. Duque te estaba leyendo un poema de *Ahora tenemos seis años*, "El caballero andante a quien no le rechinaba su armadura." Era una escena hermosa, dulcemente hogareña. Cuando me vio me sonrió y dijo: "Mira, mamá está en casa, dale un beso a mamá." Cuando yo seguí derecho y subí a mi habitación él te echó a un lado sin más ceremonias y corrió tras mí: "Espera un minuto, esto no es lo que crees..."

Mi madre también había estado ocupada. Trabajaba como voluntaria en la Cruz Roja, enrollando vendas, empacando paracaídas y conduciendo en el cuerpo motorizado, haciendo de chofer para los soldados que venían al pueblo. Conoció a muchos pilotos.

—Yo era la primera persona humana que veían cuando se bajaban del ala, y me imagino que ellos pensaban que no se perdía nada con tratar, así es que la mayoría quería hacer una cita para salir conmigo. Me reía y les decía que no. No me molestaba, fortalecía mi ego. Pero uno, un teniente joven y apuesto, despertó en mí una cierta simpatía y le di mi nombre y número de teléfono. Esa fue la primera vez.

Mi madre y mi padre fueron al cine, y cuando regresaron vieron junto al teléfono una nota de la sirvienta, el teniente Sullivan había llamado a Rosemary.

—Duque estaba furioso de que yo le hubiera dado mi número a un piloto, ¡la peor gente! Me reí en su cara: ¡Vamos! ¿Realmente deseas que hablemos de todo esto?

Y pelearon. Entonces mi madre fue a ver un abogado, y le envió los papeles de la separación a mi padre. Rosemary vio al teniente Sullivan cuantas veces le dio la gana, y Betty trató de ver a Duque y de darle un ultimátum: alguien le había pedido que se casara con él, pero ella prefería casarse con mi padre, ¿qué quería él que ella hiciera? El quería restablecer las buenas relaciones con mi madre, la cual no se explicaba el por qué.

—Betty era hermosa, y despierta y muy refinada. Habría habido algunas consideraciones financieras, naturalmente, pero yo no les hubiera dado grandes problemas.

Mi padre le aconsejó a Betty que se casara con su admirador, y le rogó a mi madre que reconsiderara, pero ella estaba empecinada, quizás enamorada, quizás no. En todo caso, habían llegado a un callejón sin salida, y había llegado la hora de decirme las cosas como eran.

Nos sentamos en los escalones del porche de atrás en Hastings Place. Era el crepúsculo de una tarde a comienzos del verano, y soplaba una brisa. Mi madre y mi padre hablaron con cariño y exactitud. No hubo tormenta y se aproximaron lentamente a las duras noticias, pero yo las vi venir de lejos. Cualquier niño las ve venir. Quizás traté de discutir con ellos, y probablemente lloré, pero lo que más recuerdo es tratar de tragar. También recuerdo a mi padre diciendo que en verdad él no quería esto. Así es como supe que era mi madre la que lo quería, y se abrió entre ella y yo una brecha, no por culpa de ella seguramente, pero ahí estaba.

Finalmente me dejaron solo, sentado al final de los peldaños. Lancé una piedra, con todas mi fuerzas, contra un pájaro que brincaba por el patio. No le di, y no tiré otra.

Mi padre y mi madre acordaron que ella me llevaría a Martha's Vineyard por un par de meses, a visitar amigos. Fuimos a Oak Bluffs, y pasé horas cada día caminando solo por la playa, o mirando como un fantasma las máquinas tragamonedas, siempre echando de menos a mi padre. Veinte años más tarde pasé por ese pueblo que parece hecho de galletas de gengibre en un día radiante, y mi buen humor se desvaneció como si hubieran corrido una cortina sobre el presente.

Mi padre le escribía a mi madre todos los días, elegantes cartas en que le imploraba que regresara a casa y le prometía reformarse. También el teniente Sullivan escribía cartas, desde Dallas, donde se encontraba ahora asignado a Love Field, y éstas tuvieron más efecto que las de mi padre. Yo me quedaba desvelado en la noche en la pequeña cabaña donde Rosemary y yo éramos los huéspedes de los amigos de Duque, un marido y su mujer que habían trabajado para él, y yo oía los nombres *Duque*... *Sully*..., y a veces risas, y a veces algo que sonaba para mis oídos, que se esforzaban al máximo pero comprendían poco, como un complot en que mi padre no salía bien parado.

Rosemary decidió reunirse con su amante en Dallas. Hicimos un viaje infernal a fines de agosto en los trenes militares, viajando en segunda clase de Boston a Chicago y sin coche comedor, y mi madre mantuvo mis energías a base de galletas y Coca-Colas, y cuando llegamos a Chicago yo estaba fallando. Vomité en la plataforma del andén, y mientras esperábamos el tren a Dallas mi madre me llevó al salón de té, porque allí no había ningún olor provocativo de comida.

—Tuvimos que esperar una eternidad, porque los soldados tenían prioridad. Yo llevaba un vestido de seda verde que acababa de comprar, porque quería que se le salieran los ojos a Sully cuando nos viera llegar a Dallas. Te pedí té, y lo devolviste inmediatamente, sobre mi vestido. Me levanté de un salto para alejarme de la mesa, tan furiosa y súbitamente de mal humor. Sabía que no había sido culpa tuya, pero tú eras el que lo había echado a perder, y comencé a gritarte, y tú estabas llorando. Así que naturalmente se metió la camarera a denunciar: '¡No es culpa suya!' Me miró como si yo fuera un monstruo increíble. No sé; sólo otro de los malos momentos, supongo.

El viaje al sur fue como estar entre las llamas del infierno. Las ventanas no se abrían y tuvimos que irnos de pie casi todo el trayecto. Los soldados me adoptaron como mascota y me enseñaron sus canciones del colegio.

Dallas no tuvo más atractivos que el viaje que nos llevó hasta allí. El teniente Sullivan tenía cuatro años menos que Rosemary, que tenía entonces veintisiete. Le había propuesto matrimonio, pero la primera vez que la llevó al club de oficiales de Love Field, donde se reunieron con los amigos de Sully y sus compañeras quinceañeras, él y mi madre decidieron que después de todo no estaban destinados uno al otro, y eso fue todo. Nunca volvieron a verse.

Mi padre no sabía dónde estábamos, a pesar de que Rosemary estaba otra vez alojando con un par de amigos de Duque, que trabajaban para North

American Aviation en Fort Worth. Me dejaban con una niñera durante el día, y a menudo por la noche, y yo jamás paraba de hostigarla, *quiero a mi papá*. Cuando mi madre me cuenta esto ahora, ella da por sentado que yo echaba de menos Birmingham debido a que nuestra vida en Texas era tan miserable. Cuando yo le sugiero que echaba de menos a mi padre, ella parece perpleja.

Buscó trabajo, sin suerte. "Traté en Neiman-Marcus, como vendedora, pero me imagino que no era suficientemente glamorosa. Finalmente me ofrecieron un trabajo como recepcionista en un restaurant, a veinte dólares a la semana, pero eso era lo que me costaba tu niñera, y me di cuenta de que me estaba dando de cabezazos contra una pared de piedra, así es que llamé a Duque, y supongo que lo engatusé hasta el punto en que logré que dijera que me amaba y quería que yo volviera, y yo dije que volvería. Entonces un amigo me consiguió un trabajo en North American y me podría haber pateado a mí misma, porque ya te había prometido que regresaríamos a casa, y teníamos que hacerlo. Pero siempre me he preguntado qué hubiera pasado si me hubiera quedado. Ah, bueno."

Mi hermano nació nueve meses después de la noche del regreso al hogar. Duque había organizado una fiesta:

—Tuvimos una celebración animadísima—dice mi madre—, y yo me sentí muy emocionada, pensando en que había cortado todas mis oportunidades de felicidad, para siempre, y tomé más de la cuenta, y esa noche concebimos a Toby.

Otro "error", otro "accidente." ¡La fragilidad de la vida, el frío azar y la suerte ciega! Mi hermano vino como yo vine, una sorpresa no grata, y se nos dijo esto como si no tuviera importancia, como si venir o no venir fuera lo mismo, dos hechos y nada más.

Los nombres son absurdos. *Arthur* por un legendario rey inglés, modelo de honor. *Geoffrey* (con su horrible abreviación monosilábica), un antiguo blasón para sellar la conexión de Duque con esa isla coronada, benedicta terra, nuevo Eden, tierra patria de Purdey, Garrard, Harrod's y The Connaught. Y luego Toby, no, bien lo sabe Dios, el Tobías del antiguo testamento y ni siquiera el tío Toby que aparece en *Tristram Shandy*, sino el Toby de los jarros Toby, esas espantosas baratijas de cerámica que coleccionaba mi padre, teniendo predilección por los personajes de Dickens. Estas curiosidades, tan absolutamente británicas, él las estimaba tanto como sus grabados de escenas de caza, y así con gran amor se lo tituló Toby.

—Bud Bowser le aserruchó el piso a tu padre.

Trabajaba para mi padre, quien lo había traído a Birmingham de California. Cuando mi madre y yo regresamos a Hastings Place lo encontramos viviendo en la habitación de visitas. Era un tipo pequeño, con dientes sobresalientes y un fino bigote, y desarrolló un desagradable afecto por mi madre, quien no tuvo una actitud recíproca.

—No dejaba de insinuarse, y acabé por contarle a tu padre, quien lo echó con viento fresco. No le pegó a Bowser—yo le pedí que no lo hiciera—pero el soplón casi se murió de susto.

Así que Bowser escribió a Yale, pidiendo una copia del certificado académico de mi padre, y la hoja en blanco que recibió a vuelta de correo, la llevó a los jefes de Duque. No lo despidieron inmediatamente: había que ganar una guerra. Pero mi padre comenzaba a caerles a contrapelo. La aventura con Betty había violado los códigos de lo que se consideraba correcto en su trabajo, y cada semana alguien llamaba tratando de incautar el salario de mi padre, y cuando bebía mucho insultaba a la gente, y no respetaba los trámites escritos necesarios en la oficina. Lo único que sabía hacer era modificar aviones.

Joe Freedman recibió un día una llamada desde Birmingham. Freedman había sido un amigo y el abogado de El Doctor: fue el primer alcalde de West Hartford, un judío como de teatro que fumaba puros, contaba chistes escabrosos, que él llamaba "arriesgados," en los carros Pullman, lucía un anillo en el dedo meñique, y sabía como conseguirlo todo. Su hermano Max era consejero de los Hermanos Marx, y los Hermanos Freedman jugaban un póquer espectacular, y llamaban a todas las mujeres "putas." Joe estaba contratado por mi padre, quien lo adoraba, para ser su abogado de por vida y sin remuneración. La llamada al abogado de mi padre en Hartford provino de la oficina de un importante ejecutivo de Bechtel, McCone y Parsons. Mire, dijo el individuo, el Sr. Wolff tiene deudas enormes en Birmingham, y ha pedido prestados miles de dólares como adelantos de su sueldo.

Joe Freedman silbó.

Bien, dijo el jefe de Duque, es un asunto algo indiscreto, naturalmente, pero él nos dice que no nos inquietemos, que su fondo fiduciario estará a su disposición dentro de seis meses.

Freedman se rió:

—¿Qué fondo?

Hubo un silencio incómodo al otro lado del teléfono.

—Vea, lo que Ud. tiene entre manos es un hombre que los ha embaucado. Ustcdes están en el mundo de los negocios, ¿no se han topado nunca con alguien que vive a costa ajena?

El callado interlocutor habló para confesar que había oído hablar de semejantes fenómenos.

—Ahora ven uno de cerca, Duque Wolff. ¿Por qué no lo despiden?

—Porque es un genio—, dijo el hombre al otro extremo.

Pero cuando vino el Día de la Victoria, ese ejecutivo despidió a El Duque, le dio una hora para que despejara su escritorio, y le aseguró que se había acabado su carrera en la aviación. Diecisiete años más tarde, una semana después de la invasión de Playa Girón, mi viejo, Saunders Ansell-Wolff III, se presentó a un puesto como consejero de inversiones. Dio como alguien que podía recomendarlo en cuanto a personalidad y a su calidad profesional al mismo hombre que lo despidió ese día, John McCone, Director de la CIA.

IX

Duque tuvo que aceptar lo que le dieron, un trabajo bastante más abajo en el palo ensebado con
Bell Helicopter en Marietta, Georgia. Vino acom-
pañado de una reducción de sesenta por ciento en
su salario y de una advertencia: se conocía su carrera, se lo observaría cuidadosamente, mejor que se
fijara en lo que hacía. Mi padre no protestó por su
descenso de rango. Tenía confianza en que volvería a ascender, y nos instaló en algunas habitaciones
de una casa de antes de la Guerra Civil en Peach Tree
Battle, Atlanta.

Toby se enfermó con frecuencia en ese agosto de
antes de los aires acondicionados. El calor se pre-
cipitaba sobre nuestros rostros como toallas empa-
padas en vapor. Mi madre estaba muy intranquila,
y mi padre estaba atormentado por unos dolores
de espalda que provenían de un antiguo accidente
que había tenido cuando fue violentamente golpeado por una ola mientras practicaba acuaplano en
California. A pesar de todo, me leía algo todas las

noches—*Robinson Crusoe, Las fábulas de Esopo, Las mil y una noches, Los cuentos del tío Remo,* y mi libro favorito, *La isla del tesoro*—, y me compró un modelo a escala del motor de un avión y lo armó con una hélice de bronce. Entonces lo desarmó para mostrarme cómo funcionaba, y nunca volvió a armarlo.

La primera vez que lo vi afectado por un suceso que no se relacionaba directamente con su familia fue cuando oyó que "nosotros" habíamos dejado caer una bomba atómica, y luego otra. Un cínico podría imaginar que se sintió corrido porque no se le había alertado sobre la naturaleza del trabajo que hacía en los B-29, los portadores de las bombas atómicas, pero recuerdo su sencilla emoción cuando escuchó la radio y oyó lo que les habíamos hecho a ellos. Hace poco le pregunté a mi madre qué había dicho mi padre cuando vio por primera vez los reportajes y las fotografías de los campos de exterminio europeos.

—No recuerdo nada especial sobre su reacción—, dijo mi madre.

¿Pues qué esperaba que diría mi madre sobre la reacción de mi padre ante los campos de exterminio? ¿Que fue "especialmente" profunda? Espero demasiado.

Bell trasladó a mi padre a su fábrica de Buffalo. Mi madre partió al norte en tren, sentada con Toby en la falda, y Duque y yo fuimos por la carretera. El Packard había desaparecido, demasiado rangoso para nuestros medios, y había sido reemplazado por un sedán negro, un viejo y maniático Pontiac. Los neumáticos estaban gastados, el embrague fallaba, y a mi padre le dolía la espalda. Una noche tratamos de dormir en las alturas de las Blue Ridge Mountains, mi padre temblando de frío en el asiento de atrás mientras yo temblaba y me quejaba en el delantero.

Mi padre tenía la ilusión de que una vez que llegáramos al norte la Bell nos pagaría los gastos mientras que buscábamos una casa, y decidió que en tales condiciones un lugar apropiado para descansar sería el Hotel General Brock, el mejor al lado canadiense de Niagara Falls. Nosotros cuatro nos quedamos en un par de habitaciones reservadas para lunas de miel, y debido a que no teníamos dinero contante y sonante usábamos el servicio del hotel para todo lo que necesitábamos y comimos con los recién casados en el Rainbow Room. Duque tranquilizaba a la administración con promesas frecuentes de que la Bell pagaría pronto y alegremente, y así extendió nuestra bienvenida durante seis semanas.

Fue una época terrible para mis padres. Toby tenía disentería, y Rosemary remojaba los pañales en la bañera mientras Duque yacía postrado en cama, meciéndose de lado a lado y gritando de dolor, hasta que finalmente no lo pudo soportar más, y fue donde un matasanos en Buffalo, quien le inundó la espina dorsal con inyecciones de Novocaína.

—Quizás fui demasiado dura—recuerda mi madre—, pero yo creía que gran parte de sus problemas eran sicosomáticos. Cuando las cosas se iban realmente al diablo, su espalda parecía reaccionar arruinándose también.

Yo lo pasé estupendamente recorriendo solo el hotel, haciendo funcionar los ascensores, conversando con los empleados. Salí de excursión al pueblo, aprendí las anécdotas relacionadas con la cascada al seguir a los guías, y llegué a memorizar su letanía hasta que supe recitar las fechas y los nombres y los sucesos fabulosos, las circunstancias de un exitoso cruce por un alambrista y del fallido salto en barril. El pueblo estaba lleno de soldados, y algunos me dejaban servirles de guía. Yo confiaba en la gente que usaba uniformes.

Uno de ellos me preguntó si me gustaría hacer un pequeño viaje con él a través del puente Rainbow hacia las cataratas del lado de Nueva York, y yo dije naturalmente, por qué no. El dijo que su vida había sido triste; cuando le pregunté por qué, pareció irritarse. Salimos del Canadá, cruzando por sobre el río Niágara, y cuando llegamos a la frontera americana me ordenó que dijera que yo era su hijo. Dije que no podía hacerlo, que él no era mi padre, y mi padre me decía que nunca mintiera. Dijo que sería mejor para mí que dijera que yo era su hijo, y lo hice, y el hombre uniformado en la frontera nos dejó pasar.

El soldado era joven, casi demasiado joven para poderse afeitar, y parecía triste, pero a veces se ponía a reír con una risa extraña. Pensé que era mejor no preguntar nada y sólo hacer lo que él dijera. Me preguntó si yo confiaba en él, y dije que sí, pero no sabía qué quería decir su pregunta. Dijo que la confianza era lo más importante que había, y que él no era feliz porque nadie confiaba en él. Estábamos de pie casi al borde mismo del promontorio, mirando hacia Horseshoe Falls, y a la *Maid of the Mist* navegando cerca de los remolinos a gran distancia bajo nosotros. Al otro lado del desfiladero podía ver el General Brock, y quería irme a casa. Dije que quería irme, que era tarde. El soldado dijo que podía irme después de que pasara por una pequeña prueba. Le pregunté qué quería que yo hiciera. No contestó, sino que simplemente se inclinó y me cogió de los tobillos y me levantó en vilo, y me levantó por sobre la cadena que servía de barrera, y me sostuvo así cabeza abajo sobre el brumoso borde de Rainbow Falls. No por mucho tiempo. Ni siquiera grité, creo, a pesar de que nadie habría oído con el estrépito del agua que caía. Entonces me trajo de regreso a tierra, cabeza arriba, y dijo *hala*, ahora puedes confiar en mí, adiós. El hombre en el Rainbow Bridge me dejó pasar de regreso. Debe haber sido del tipo que le gustan los niños, y éstos hacen con ellos lo que quieren.

No me pegaron, ni siquiera me retaron. Es posible que no me hayan creído. Al día siguiente, sin embargo, sí me castigaron. Mi madre me dio dinero para comprar remedios para mi hermano y mi padre, y yo me lo gasté por mi cuenta en un viaje en coche de caballos por el Victoria Park, en una entrada para el Museo Houdini de Grandes Escapes, y en un pasaje para la *Maid of the Mist*. Mi madre me dio una paliza, porque mi padre estaba demasiado débil con las medicinas como para hacerlo.

El ni siquiera vio la fábrica de la Bell en Buffalo sino hasta después que ya había sido despedido, y trató en vano de que le pagaran algo del dinero de los gastos. Explicó, con paciente elocuencia, que la administración del General Brock dependía de la buena voluntad de la Bell, y entonces le explicó a la administración del General Brock que él estaba *seguro* de que pronto se pagaría la cuenta, tan pronto como se cortara el enredo burocrático, pero la gerencia había perdido su confianza en las promesas de mi padre, por lo cual Duque mandó a mi madre y a Toby de viaje en autobús, y él y yo dejamos el hotel tarde por la noche, sin mucho equipaje, y sin decir adiós, sin ni siquiera dar las gracias a nuestros anfitriones.

Nuestro destino era la ciudad de Nueva York, donde encontraríamos santuario con Hubert y Caroline, unos amigos de Duque. El era de Dinamarca, un vagabundo refugiado de la guerra que se preocupaba casi tanto del jazz de vanguardia como de la marihuana. Su mujer había sido otra de las damas de Duque en Hartford, pero hacía tiempo que se había reformado de la suave influencia del colegio donde había finalizado sus estudios. Escribía para *The Daily Worker*, y su vocación era la agitación laboral. Los Hanish vivían en un piso en un edificio sin ascensor ni agua caliente en la calle Cincuenta y Siete Este, cerca de las vías del tren elevado de la Tercera Avenida. Además de nosotros había otro compañero que no pagaba arriendo, un hindú con unos párpados que siempre casi encapuchaban sus ojos negros y con un turbante que yo tenía el privilegio de ayudarle a enrollar y con una sonrisa inescrutable que mi madre me dice ahora tenía mucho que ver con la calidad de la hierba de Hubie Hanish, la que él y sus huéspedes llamaban té. El hindú fumaba cigarrillo tras cigarrillo de marihuana, mientras tenía, una tras otra, sus epifanías privadas.

—Yo hacía la limpieza—recuerda mi madre—, y Caroline cocinaba. Después de la cena todos iban a la habitación de adelante, era un departamento como un tren, y se sentaban en el piso. Circulaba el chocolate, pero tu padre no lo tocaba. Decía que era para chiflados, afeminado. El bebía la cerveza Black Horse de la botella, y todos escuchaban los discos de Fats Navarro, Lester Young, Benny Carter, Charlie Parker, Art Tatum. Probé el chocolate una vez: fuimos a una fiesta y al viajar en el subterráneo me sentía viajando en un carro dorado. No lo estábamos, sin embargo. Estábamos tocando fondo, sin nada. Duque vendió el coche, y entonces empeñó su reloj.

Yo tenía casi ocho años. Mi padre no quería que yo vagara por Nueva York, pero lo hice. Me quedaba casi siempre en la calle Cincuenta y Siete, caminando al este hacia el río para observar los remolcadores trabajando contra corriente, o me quedaba por ahí en la Cincuenta y Siete con la Tercera, frente a una fiambrería, oyendo el duro lenguaje callejero. Yo creía que toda la jerga, y especialmente la palabra *bucks* (dólares), se refería a crímenes violentos.

Una noche yo estaba en la habitación que compartía con Toby, quien estaba llorando. Mi madre y mi padre estaban discutiendo en la cocina pared de por medio. Yo estaba jugando con cubos de madera, y mi torre cayó contra la puerta de la cocina. Mi padre salió echando chispas de furia; pensó que yo había estado escuchando furtivamente. Me pegó en una oreja con su mano abierta, y yo me puse rígido de miedo y confusión, y ni siquiera pude tartamudear algo. Cuando Duque estaba enojado hasta el punto que había perdido el control sobre sí mismo su cara se contorsionaba: sus mejillas danzaban, los músculos se le retorcían en espasmos, y apoyaba la punta de la lengua delante de sus dientes superiores. Me pegó, pero nunca con el puño cerrado, en la cabeza y en los brazos y en las piernas, gritando con una frustración incomprensible, y finalmente encontré palabras para rogarle que parara, que qué había hecho yo. Dijo que odiaba a los que escuchaban conversaciones privadas, y yo le dije que era inocente de escuchar las privadas, sea lo que fuere, y que lo *odiaba*. Y eso lo detuvo. Sus manos cayeron a sus costados, y sus hombros se encogieron. No dijo que lo sintiera. Toby estaba gritando, y mi madre también. Los Hanish estaban curiosamente riéndose como tontos afuera en la sala, donde también estaba el hindú, perdido en sus pensamientos. Mi padre me dio la espalda y se fue, y cerró la puerta con cuidado tras él. Yo me desvestí, y me metí llorando bajo las mantas. Cinco minutos después mi padre vino a la orilla de mi cama y se sentó junto a mí y dijo que lo único que nos quedaba era tenernos unos a otros, quedamos nosotros y nada más. Dije que no me importaba, que todavía lo odiaba, y era así. Y me besó suavemente, en la mejilla y luego en la boca. No me aparté de él. Y luego se puso de pie, pasó su mano por mi pelo, y dejó otra vez la habitación. Me quedé allí por media hora después que mi madre vio que estuviera bien mi hermano y me dio las buenas noches. Entonces dejé la cama y avancé lentamente por el corredor hacia la luz y pasé a través del círculo de fumados hasta llegar donde mi padre, entronizado en la única silla de la habitación. El estaba mirando el vacío, contemplando la nada.

—¡No te odio! ¡Te quiero!

—Así es, por supuesto.

Al día siguiente cumplí los ocho años, y mi padre me llevó a subir por la Quinta Avenida en la parte de arriba de un ómnibus de dos pisos. Llegamos hasta la calle 125 y volvimos a bajar hasta F.A.O. Schwarz, donde me dejó escoger un submarino a cuerda de un tanque de agua lleno de buques de guerra, vapores y veleros de juguete. Entonces me llevó a comer al Edwardian Room del hotel Plaza, y me dijo que cuidara mucho a mi hermano y a mi madre. Esa mañana había aceptado un trabajo en la Pan American Airways que consistía en averiguar por qué se les caían las colas a algunos de sus aviones. Un par de días más tarde partió a Lima, Perú, solo.

Con el primer cheque del sueldo de Duque nos cambiamos de la Cincuenta y Siete Este a Park Lane, un saludo a la magnífica dirección que había tenido Duque en Londres. Pronto se secó el pozo, y así fue como dos semanas antes del día de Acción de Gracias llegamos a ser alojados de pago en una casa de campo hecha de piedra y restaurada por Doak y Julie Kimball en Essex, Connecticut. Doak era un amigo de Hartford de mi padre, y era un borracho. Su mujer tenía el genio pronto y amargo. Nos recibieron porque necesitaban el dinero. No era muy probable que Doak se diera cuenta de que estábamos allí, y Julie hubiera deseado que no estuviéramos.

Toby tenía disentería otra vez. Muchos bebés murieron por esta causa después de la guerra, pues se la contagiaban los soldados que regresaban de Europa. Toby me la pegó primero a mí y luego a Julie y luego a su hijo Buster. Buster usaba unas gafas con vidrios como botellas de Coca-Cola, era tan gordo como una foca noruega y tenía un año más que yo, y su única habilidad en la vida y su único placer era darme una paliza del demonio cada vez que me pescaba solo, normalmente cuando íbamos y volvíamos del colegio cada día.

El plan era quedarnos con los Kimball hasta que Duque se instalara en Lima y nos mandara llamar, a lo más un mes o dos, y Rosemary supo después de un par de días que algo menos de un mes sería su límite. Doak estaba por lo general en coma, pero al menos pasaba sonriendo. Julie estaba siempre enojada, y cuando su hijo se torció un dedo dolpeando su puño contra un lado de mi cabeza, ella aumentó el coste de nuestra pensión, para costear los gastos del entablillamiento de su hijo.

Para ganar suficiente como para mantener a Doak con whiskey, ella había decidido criar pavos para la matanza del día de Acción de Gracias, y mi más temprana memoria de Essex es tener que huir corriendo a refugiarme de una de esas desagradables aves de corral. Ella hizo la matanza en un establo y me obligó a ser testigo de estos ríos de sangre, para que aprendiera de primera mano las realidades de hierro de la vida. Mi madre no discutió con Julie sobre mi educación, ni mucho sobre otros temas.

Estaba alelada con las continuas enfermedades de Toby, y aunque sin duda alguna yo estaba infeliz, también era verdad que estaba entero y sano, y aprendiendo a absorber los golpes.

Nuestra tina de baño volvió a ocuparse en un oficio para la cual no había sido diseñada. Después de que Julie hizo la matanza de sus pavos los colgó al revés y no escurrió la sangre de los cuerpos; se apozó y los tornó color lavanda, y no estaban aptos para la venta. Mi madre se acuerda de esta situación:

—¡Dios mío! Los desplumaba en la cocina, y cada vez que el viento se colaba por alguna de las rendijas en las paredes o el piso una pluma de pavo volaba a posarse en nuestra comida. Un carnicero le dijo que podía rescatar esos malditos bichos y venderlos si los remojaba en un baño, y adivina en qué baño los remojó. Creí que jamás podría volver a comer un pavo en toda mi vida, pero supongo que uno puede acostumbrarse a todo. Pero yo nunca pude acostumbrarme a los Kimballs.

A medida que el invierno se iba poniendo más frío, Doak se emborrachaba más, Julie estaba menos satisfecha, y Buster crecía en tamaño y maldad. Su madre le dijo a mi madre que Buster era inseguro, y mi madre le dijo a su madre que simplemente se trataba de un niño espantoso. Se comía media docena de huevos y una torre de panqueques al desayuno, la comida de un soldado de trincheras en el colegio, y añadía mi almuerzo escolar; y luego volvía a echarse algún combustible antes de cenar.

Cayó la nieve, se adensó el silencio, y aprendí yo solo a leer. Estaba mirando una revista de tiras cómicas, *Plastic Man*, y de repente el globo sobre los dibujos se puso tan grávido como cúmulos cargados de truenos, y las palabras me hablaron.

Vino la Navidad, y no fue muy alegre. Mi madre estaba inquieta; obtuvimos los pasaportes, nos pusieron las vacunas, lo que nos hizo sufrir; habíamos hecho lo nuestro, se nos debía el Perú. Los dos Kimballs despiertos nos preguntaban a menudo cuándo nos íbamos a ir. Rosemary importunaba a Pan American para que nos dieran una fecha de partida. Pan American le dijo que se quedara donde estaba, porque habían surgido ciertas complicaciones. Y entonces en los primeros días de enero mi madre recibió una llamada por cobrar de Duque. Estaba en Nueva York, estaría en la estación de Saybrook en unas pocas horas. Había renunciado. Bueno, sí, y qué con que lo hubieran despedido. *No* estaba borracho. Bueno, y qué si lo estaba.

Nos cambiamos a Saybrook's Pease House, un hotel de verano junto al río Connecticut que se había transformado hace tiempo en una pensión de mala muerte. Una noche Duque se despertó de una borrachera y oyó lo que él pensó que era un ladrón y era posiblemente un gato, y llenó de plomo calibre .45 las paredes hechas con tabiques de cartón, y la próxima mañana tuvimos que hacer nuestras maletas otra vez.

Nos transladamos unas pocas cuadras a una casa de huéspedes en Main Street. Todos dormíamos en una habitación y compartíamos el baño y la cocina y el comedor con los otros inquilinos, mujeres viejas. Una comía sentada a la mesa pero desde su mecedora, tambaleándose hacia adelante hacia su papilla, que atrapaba con el tenedor en el punto muerto de su oscilación, y luego se mecía hacia atrás. Le daban ataques, y frecuentemente se caía del todo de su mecedora, provocando gritos de consternación. Mi padre la cargaba de regreso a su habitación. A otra anciana le gustaba levantar su vestido por sobre la cintura cada vez que yo me aproximaba.

Después del colegio solía sentarme junto al río, observando cómo se rompía el hielo y flotaba hacia Cornfield Point y Long Island Sound. Cuando finalmente se derritió el hielo traté de pescar desde la punta de un muelle clausurado donde solía atracar el ferry. Duque me usó para probar un mecanismo para pescar que él y un vecino del bar local habían diseñado en nuestra habitación, sobre tazas de té colmadas de oscuro ron. El artefacto tenía una complicada bandera roja sobre un resorte, la cual se enarbolaba cuando un pez picaba en una línea que colgaba de un flotador. Iba a hacer ricos a mi padre y su amigo, y habían dibujado planos para la patente. No funcionó en el río. Duque era también el segundo en la línea de mando de una línea de montaje constituida por dos hombres y que producía para un fabricante de pantallas de lámpara que inició el negocio y lo abandonó en menos de tres semanas. Eramos pobres. Por último mi padre encontró trabajo en Pratt & Whitney, su primer empleador, en un trabajo no muy distinto del primero que tuvo allí.

—Estaba resignada a tener que vivir con Duque— recuerda mi madre—. No veía una alternativa a esa vida con él; no cooperaba con él tampoco.

Pero una noche descargó su conciencia sobre él, le dijo en detalle lo que opinaba de su vida. El viajaba a su trabajo en un antiguo Cadillac de dieciséis cilindros, se levantaba a las cinco para marcar tarjeta a las ocho en Hartford, regresaba después de que anochecía y luego de cenar. Este día, día de pago, había regresado a casa con frío, cansado, sucio y borracho. Era marzo. Mi madre estaba esperando:

—Yo estaba sentada al pie de la cama, y él sentado en una silla, sacándose los zapatos. Estábamos cerca uno del otro, casi tan cerca como tú y yo ahora. Le dije cosas terribles, y él se puso a gritar y me dio un manotón, muy fuerte. Nunca antes había hecho algo semejante, y me dejó atontada, y me golpeé la cabeza contra un lado de la cama. Se me hinchó en el lugar del golpe y cuando le mostré lo que había hecho se sintió muy mal, y prometió... bueno, tú sabes cómo era.

Poco después de esta balalla mi madre se quejó a la dueña de la casa de huéspedes acerca de las chinches, y ella dijo que no había chinches en su casa, y mi madre dijo que había, y la mujer dijo que de ninguna manera, y mi padre le advirtió a la vieja que no llamara a su mujer mentirosa, y ella dijo que quién era él para hablar de respeto, que no pagas el arriendo y le pegas a tu mujer y tu hijo usa el lenguaje más *horrible* frente a los otros inquilinos y si hubiera chinches aquí yo sé quién los ha traído. Nos echaron otra vez con viento fresco.

Duque decidió que había llegado la hora de hacer un cambio para mejor, ya que no había ningún lugar peor adonde ir después de la casa de huéspedes. Condujo a Hartford y tuvo un conciliábulo con su consejero legal. Joe Freedman le prestó el primer pago para comprar una casa de madera de dos pisos en Mile Creek Road en Old Lyme, en la orilla del río Connecticut opuesta a Saybrook. A cambio, Freedman tenía un absoluto primer derecho a reclamar todo lo que pudiéramos alguna vez poseer o ganar, además de derechos sobre nuestras almas y cualquier elemento químico o repuesto que pudiera extraerse de nuestros cuerpos. La generosidad de Freedman da testimonio ya sea de los poderes de persuasión de mi padre o de... la generosidad de Freedman. Se subentendía que esta sería la última vez en que mi padre recurriría a la indulgencia de su abogado.

El lugar era agradable, una casa de campo con tejas pardas que había sido la propiedad de un patólogo alemán obsesionado con todo lo japonés. Había importado bambú del Japón, que se había reproducido locamente, y había transformado su terreno en una granja de cucarachas japonesas. Esto no lo supimos hasta abril, antes de que la estación del bambú y de las cucarachas se hubiera precipitado del todo sobre Connecticut. Mis padres en cambio vieron veinte hermosos acres, un amplio granero ocre, una cancha de tenis abandonada, y una casa libre de pavos e inquilinos y chinches, con un piso de tablas anchas. Era una casa maravillosa, y ahí viví, de los ocho a los once años, lo que yo creí que era una infancia de lo más común.

X

Pocos días después de que nos cambiamos a la casa nueva, mi padre la amobló. Encontró una casa modelo expuesta en W & J Sloane de Nueva York, la réplica en tamaño natural de una casa típica de Nueva Inglaterra y totalmente amoblada. Un vendedor le preguntó si podía ayudarle en algo, y mi padre dijo que sí, claro, le gustaría llevársela.

—¿Llevarse qué?—preguntó el muchacho perplejo.

—Toda la bola de cera—dijo mi padre.

—¿Toda la *casa*?

No, explicó pacientemente mi padre, sólo los muebles. Y así, por gracia de la firma de Duque en algunos documentos que hacían promesas improbables, fuimos transportados a la América colonial, con jarros de peltre, con un aparador esquinero de pino, muchos muebles hechos de arce, alfombras de ganchillo y paisajes invernales de Currier & Ives. (Sobre la cama de mis padres Duque colgó dos acuarelas pintadas por su amante Betty durante el fin de semana del día de Acción de Gracias que habían pasado juntos en Mississippi. Mi madre no protestó: eran hermosas acuarelas, con un marco atractivo.)

Ese verano mi padre encontró trabajo cerca, en New London, diseñando la planta de una fábrica para un moribundo fabricante de imprentas. Los fines de semana mi madre y Duque hacían una comida campestre o cenaban con algunos amigos de Hartford, Jack Lester, quien vivía en Essex con su mujer Connie, y Warren y Georgiana Rice, quienes estaban un poco más arriba de nuestra casa siguiendo por el camino de Mile Creek. Duque se sentía cómodo con estos antiguos amigos que nunca ponían en duda la versión de sí mismo que él ofrecía. A pesar de que estaba en la bancarrota y ellos no, nunca les pidió dinero prestado, o al menos nunca se lo prestaron.

Un amigo de mi padre, Gifford Pinchot, era aficionado de la náutica. Tenía un Dragón en el club de yates de Essex: un venerable balandro de carrera de treinta pies de largo con un enorme lanzamiento, una manga estrecha y una obra muerta baja. Yo había estado pidiéndole una y otra vez a mi padre que saliéramos a navegar, y Pinchot le sugirió a Duque que arrendara una lancha a motor por un fin de semana para que me hiciera conocer el sabor del agua salada. Mi padre dijo que desdeñaba esos "nichos pestilentes."

—Navegar es navegación a vela, y punto—dijo mi padre.

—No sabía que eras patrón de yates—dijo Pinchot.

—Por supuesto que lo soy.

—Entonces puedes usar el Dragón.

En el yugo de popa de este delicado bote de caoba

impecablemente barnizada se encontraba un motor de cinco caballos que se utilizaba para navegar el río Connecticut contra los vientos o corrientes desfavorables. En verdad el motor era hediondo cuando funcionaba, y era ruidoso y vibraba. Durante tres días de un cielo despejado y vientos de doce nudos el motor fue nuestro único medio de locomoción, río arriba hasta Stonington, pasando el cabo McCook, que mi padre me advirtió era muy traicionero, pero que no me parecía algo para quitar el sueño cuando regresamos a puerto. Le pregunté a mi padre por qué no usábamos las velas y él me explicó que la driza estaba cortada. Cuando le devolvimos el yate a Pinchot él preguntó cómo nos había ido, y mi padre dijo "ases." Luego, en el coche, le pregunté a mi padre por qué no había mencionado la driza cortada de Pinchot, y él dijo que ya la había arreglado.

—¿Y por qué no usamos las velas después que la arreglaste?

Mi padre no dijo nada, y comprendí que yo había hecho una pregunta equivocada. Pensé y pensé sobre esta experiencia para descubrir qué es lo que había dicho mal, pero no pude resolver el enigma. Jamás se me ocurrió pensar que mi padre había mentido.

Pasé el verano con los libros de Albert Payson Terhune. Al leer sobre sus nobles collies, Bruce, Lad, Treve y Wolff, caí en las garras de una idea fija. Tenía que tener un collie, no uno cualquiera, sino uno que se pareciera a Buff, con una melena blanca, cabeza ancha, cuerpo dorado, orejas alertas, y ojos tristes.

Tuve el perro en agosto, por veinte dólares, lo que valía un bono de guerra que todavía no había alcanzado todo su valor y que mi abuela me regaló para mi primer cumpleaños. El cachorro tenía seis semanas. Mi padre nos trajo en el coche de regreso de Norwich, donde lo compramos, con el perro sentado sobre mi regazo, durmiendo, meando, llorando y lamiendo mi cara. Lo llamé Shep, por supuesto. Dormimos juntos la primera noche en casa, en el porche cerrado del segundo piso, mi lugar favorito de toda la casa. No dormí de veras, al comienzo. A lo lejos retumbaban los truenos, y en el horizonte irrumpían los rayos en algún lugar sobre el canal de Long Island. Tendido sobre mis sábanas húmedas, con el manzano rasguñando las alambreras, traté de calmar y hacer feliz a mi perro, y al final se durmió, y entonces pude hacerlo yo también.

Tener algo pequeño y querido en mi poder me daba seguridad y temor, y todavía lo hace. Durante los primeros días después que recibí mi cachorro lo llevaba a un lado de la casa donde él exploraba el prado que yo acababa de cortar, y el camino de grava, y los bordes descuidados y selváticos del jardín. En el jardín había un pozo, cercado por un escaño decrépito. El pozo ya no se usaba. Se decía que era muy hondo, al menos quinientos pies, y estaba cubierto por una pesada rueda de carreta. Ningún niño podría haber cabido por entre los rayos de la rueda, pero se podía dejar caer piedras a través de ellos, y me gustaba oírlas estrellarse contra los costados del pozo mientras caían, haciendo la debida sonajera hasta que chapoteaban en algún lugar cercano a China, con un batacazo hueco y último.

Mi perro podía caber a través de los intersticios entre los rayos, y yo me sentaba con él en el regazo mientras me lamía las manos. Mis manos temblaban del deseo de empujarlo a través de la rueda y sostenerlo sobre el brocal del pozo. Mis manos eran culpables, no mi cabeza. Mis manos eran curiosas. No tenía ningún deseo de escuchar a mi cachorro cayendo como una piedra y rebotando contra los lados del pozo, ni de oírlo aullar y chapotear. No ansiaba lamentar su muerte. No era agradable sobreponerme con mi cabeza a la voluntad de mis manos, pero parecía necesario. Una vez sostuve a Shep sobre la rueda de carreta, pensé que lo pasaría por entre los rayos abiertos de la rueda y lo sostendría, como me habían sostenido a mí sobre las cataratas del Niágara, y lo traería de regreso a un mundo seguro, como me habían traído de regreso a mí. Pero no lo pasé por la rueda, y después de algunos días mis manos se calmaron, y la tentación de probar mi vida con otra vida no regresó jamás. Años más tarde traté de hablar con algunos amigos de la universidad sobre esta experiencia. Estábamos borrachos, en un rapto confesional, y habíamos leído recientemente *El rebelde* y *El extranjero* de Camus. Conté mi historia de Shep en el pozo, y esperé escuchar sus historias, pero no tenían ninguna. No habían tenido semejante tentación, o no querían compartirla conmigo, así es que nunca mencioné otra vez esa experiencia, hasta ahora.

Cuando mi perro tenía un año lo herí, gravemente. Lancé una pequeña bomba en nuestra pradera, pensando que él estaba seguro en la casa, y él trató de traérmela de regreso, y le explotó en la boca. Se recobró, pero a partir de entonces lo espantaban los ruidos muy fuertes, y sin embargo nunca pensó en desconfiar de mí.

Hace poco pasé por Old Lyme y detuve el coche frente al colegio elemental, un hermoso edificio de piedra con un grácil techo de pizarra, rodeado de árboles que le dan sombra, en la Calle Mayor de un hermoso pueblo con muchos árboles que dan mucha sombra y con una famosa y grácil iglesia congregacional. Las proporciones del exterior del colegio correspondían a mis recuerdos. Me sorprendió comprobar que las cosas no siempre se esfuman o disminuyen. Old Lyme estaba donde yo lo había dejado hace un cuarto de siglo.

Las salas de clase parecían haberse reducido de tamaño, con techos más bajos y con fuentes de agua y con escritorios mucho más pequeños, y no había tinta en los tinteros. Pero los alumnos del cuarto curso estaban aprendiendo sentados donde mismo estuvimos nosotros en el cuarto curso, pasando más allá de la oficina del director, a la izquierda por el pasillo, la segunda puerta a la derecha. El colegio me conservaba en sus anales, comenzando con el primer día, una nota de la señorita Mueller: "El padre de Jeff lo trajo al colegio. Parecen extraordinariamente en armonía uno con otro. Los dos tartamudean."

—Ahora bien, niños, algunos de ustedes son nuevos entre nosotros. Para que todos sepamos los nombres de todos, quiero que cada uno se ponga de pie, comenzando con Marilyn y yendo de derecha a izquierda por cada fila de escritorios, y diga su nombre. Mi nombre es señorita Mueller, y estoy segura de que pasaremos un buen año y todos seremos amigos.

Marilyn Mather se puso de pie y dijo su nombre, seguida de Carl Gerr y Skippy Sheffield, luego de Eliot y Norman y Lionel y Dorothy y Margaret Dean y era mi turno, y yo me puse de pie, sonrojándome, y estaba de pie ese día con la boca abierta, haciendo lo posible por decir dos sílabas, *Jeff Wolff,* un truco sin importancia, excepto para alguien que tartamudea. Ese primer día, como todos los primeros días en todos los colegios nuevos, las sílabas no acudieron. Me retorcí, forcé guturales, tragué aire y lo gruñí, pero nada vino.

—Di sólo tu nombre—dijo la señorita Mueller, no sin su mejor voluntad.

—Ju-ju-ju no puedo.

Hubo risas. Yo hubiera estado más contento con menos risas, o más. La señorita Mueller me preguntó que cómo era posible que no pudiera decir mi nombre, pero podía decir con tanta tranquilidad *no puedo.* Incluso entonces me pareció una pregunta atinada, pero no era una que pudiera contestar, así como no podía decirle a esos niños mi nombre. Así es como se me clasificó de especial, quizás peligroso, quizás tonto. Resolví ante Dios que los desengañaría de creerme tonto.

La señorita Mueller les dijo mi nombre y me dio la bienvenida a Old Lyme. Era una buena mujer. Gracias a ella aprendí dónde crece la copra (pero no qué era), la importancia importantísima del sisal para pueblos de varios países lejanos, y averigüé que los lugares donde se extrae el zinc y el tungsteno son de color azul oscuro y rojo castaño en algunos mapas. Aprendí que nosotros los americanos éramos las maravillas más maravillosas que nunca habían existido, y con ver a Margaret Dean, una niña norteamericana de ocho años sentada una fila delante mío y dos a la izquierda, daba su juicio por bueno.

La señorita Mueller era la sobrina o la sobrinanieta o prima en tercer grado de un Presidente de los Estados Unidos. Lo confesó tímidamente durante un recreo, y sin la menor ostentación. Creo que se trataba de Millard Fillmore, pero puede haber sido Chester Alan Arthur. La señorita Mueller tenía también algún interés de propiedad sobre un político llamado Tyler, creo, porque la primera exclamación patriótica que aprendimos fue ¡*Tippecanoén y Tyler también*!

Cuando regresé a mi antiguo colegio para preguntar qué había sido de mis antiguos compañeros y profesores, estuve conversando con la secretaria en la oficina del director. Ella había trabajado en el colegio cuando yo era estudiante allí, y ella no estaba de acuerdo en que hubieran pasado tantos años desde entonces. Conocía de nombre a casi todos mis compañeros, pero no se acordaba de Marion. Marion llegó al quinto curso, a cargo de la señorita Champion, con un mes de retraso. Lo hicimos pasar un mal rato, por su nombre, porque era nuevo, y porque su padre conducía un Studebaker del que nuestros padres decían que parecía que iba cuando venía. En Halloween, Marion vino a la fiesta disfrazado de Superboy. ¡Qué disfraz le había hecho su madre y al diablo el precio! Una malla de terciopelo violeta bajo pantalones cortos de color púrpura amarrados con un cinturón dorado como el sol. La capa era de seda, dijo, seguramente de rayón, y en lugar de la insignia reglamentaria—una S roja sobre un campo violeta—Marion lucía un rayo eléctrico.

Este equipo elevó a Marion en nuestra estimación, y él debe haber gozado con este sentimiento, porque al día siguiente fue al colegio con el disfraz, y lo mismo al día siguiente. La señorita Champion le sugirió que podía dejarlo descansar por un año, pero él dijo que era imposible, que esto era lo que él normalmente usaba, era lo que usaba Superboy el hijo de Superman, y que él era Superboy y eso era lo que él usaba.

Incluso la señorita Champion se rió de esa idea, Superman en Studebaker. Pero Marion se empecinó en la verdad de su declaración, y hasta dio como evidencia las gruesas gafas de su padre, un aspecto en que se parecía a Clark Kent. No nos persuadió, y esto le cayó mal a Marion. Y entonces ofreció demostrarnos sus poderes. Iba a volar. Dijo que no volaría muy lejos, ya que sólo deseaba demostrar un aspecto menor. Volaría por la tarde del día siguiente, mientras que su madre estaría en algún otro lugar jugando al bridge. Despegaría del techo de su casa, que estaba junto a la biblioteca pública.

La tarde siguiente nos reunimos en el jardín frente a su casa. Desde el refugio de su buhardilla Marion nos vio congregarnos, como una multitud para un linchamiento. Nos sentíamos un poco tontos y como si nos estuvieran tomando el pelo, y me sorprendió ver a Marion salir a gatas por una ventana y trepar a lo más alto del techo, casi a tres pisos sobre nosotros. Se acercó poco a poco hasta el borde del techo. El viento ondulaba su maravillosa capa, y el sol destellaba en sus violentos colores—azul cobalto, púrpura, oro—, y era casi posible tener fe. Marion, pacientemente, pero con cierta condescendencia, miró hacia abajo y nos preguntó *a nosotros:*

—¿Están listos?

Las niñas especialmente parecieron inquietarse y ruborizarse, y una de ellas gritó:

—¡Vuela, Marion!

Y lo hizo. Dejó atrás el techo, se extendió la capa, y cayó contra el prado congelado, y quedó sin respiración y boca abajo. Alguien fue a buscar a la bibliotecaria, y ella mandó a llamar al Dr. Von Glaun, y él nos mandó a patadas a casa y ensalmó la pierna de Marion.

A la semana siguiente Superboy vino al colegio vestido de civil, y hasta el día mismo en que su padre y su madre se lo llevaron en un nuevo Hudson Hornet a otro colegio en otro pueblo, nadie lo molestó. Había dicho que iba a volar, y estábamos satisfechos de que había volado.

Mi padre supo acerca del caso de Marion, por supuesto, y admiró su animosa valentía. Pero utilizó la experiencia como una ocasión para dictar algunas prohibiciones: no alardees, no mientas, no te dejes provocar a desafíos, "aprovéchate de los viejos amigos y de los tontos."

152

Yo era demasiado joven entonces como para saber que mi padre me contaba muchas cosas sobre sí mismo que no eran verdad, pero intuí que acaso él había sido el tipo de niño que le cuenta a sus amigos que puede volar, y que acaso fue el tipo de niño que sale gateando por una ventana y se dirige al borde del techo. Pero ahora yo sabía que él no habría saltado de ese techo.

Mi padre me enseñó. Me mostró cómo pescar y lanzar una pelota de fútbol, y no se cansaba de nuestros juegos y pases antes que yo. Me enseñó a nadar correctamente, pero nunca con la fácil elegancia que él revelaba en el agua, moviéndose con poder y certeza, con sus largos brazos entrando en el agua con los codos doblados justo como debía ser. Era agradable observarlo nadar hasta la orilla del agua y darse cuenta cómo le llamaba la atención a la otra gente en la playa. No estaba haciendo alarde de sí mismo. Lo que hacía bien lo daba por sentado. Lo que no podía hacer, o no había hecho, le parecía valioso.

Se preocupó especialmente de enseñarme a disparar, y a limpiar mi rifle después de cada vez que lo usara, y a llevarlo vacío, con el seguro puesto, con el cerrojo abierto, sobre mi brazo doblado. Un domingo, él estaba sentado sobre un tronco en la playa bajo el Cabo McCook, leyendo el *New York Times*. Yo estaba entre él y el agua, donde se suponía que debía estar. Había construido un castillo de arena y estaba disparándole en vez de usar como blanco las latas que mi padre había colocado al borde del agua. Una vez que hube destruido el castillo desde adelante, comencé a disparar desde otros ángulos. Mi padre no se dio cuenta de cómo yo me movía hasta que quedé de espaldas al mar. Apunté a una torre alta, y mis ojos no se fijaron en el trasfondo de mi blanco hasta que tiré del gatillo, y vi lo que acababa de hacer. La bala levantó polvo de la torre de arena y se incrustó en el tronco a seis pulgadas del muslo de mi padre.

No me confiscó el rifle. No me castigó. No me gritó. Me consoló, pero también me hizo saber que había ocurrido algo de importancia; esto no cambió nuestra relación, sino que la confirmó. Durante varios años después de que tiré de ese gatillo no discutí los juicios de mi padre.

Me dio una paliza dos veces en Old Lyme, las dos veces por mostrar poco respeto hacia mi madre. Una vez Rosemary me pidió que limpiara mi habitación, y yo levanté el dedo del medio, le hice una puñeta. Estaba de espaldas a mí, en eso me había fijado, pero estaba frente a un espejo, y eso no lo había visto. La otra vez en que me castigó mi padre fue la noche antes de una reunión de los Cachorros de Boy-Scout. Rosemary, que por aquel entonces se sentía inclinada a las buenas obras y la actividad cívica, era la madre de nuestra manada y nos había encargado a nosotros los cachorros un proyecto que había que llevar a cabo con limpiadores de pipas y papel. Teníamos que construir tiendas de indios y darles una población. Antes de acostarme le mostré a ella un pequeño grupo de figuras humanas, que se sostenían como si fueran trípodes.

—Son bonitas, Jeffi, pero, ¿por qué tienen tres

piernas?

Me reí, me sentí orgulloso, llamé a mi padre. A veces me equivocaba respecto a él, y exactamente en casos como este, pensando que podría desear ser cómplice de una maldad digna de un sabelotodo, un retablo pornográfico para la manada de cachorros de su mujer. Mi padre estaba fuera de sí de la desilusión que le causaba mi falta de respeto por mi madre, y por algo que ella hacía sólo por que yo me sintiera orgulloso de ella. Me pegó fuerte esa noche, con el cuero con que asentaba su navaja. Había cometido una ofensa leve, un poco de tonta lascivia, pero ahora sé que fue sabio en su furia. Me estaba haciendo a la idea de que yo era algo diferente de la otra gente; había empezado a reírme un poco despectivamente, y Duque despreciaba este tipo de risa más que cualquier otro gesto de la cara, más que cualquier otra expresión del carácter.

Comenzamos la vida en Old Lyme con una camioneta Ford del año 1937, con carrocería de madera y metal color crema y un interior de cuero marrón oscuro. Entonces Duque "compró" un MG. Era el primer coche sport que habían visto jamás en Old Lyme, y me avergonzaba a mí y hacía reírse a todo el resto del pueblo. Era necesario que tuviéramos dos coches porque cada mes más o menos venía el chérif y se llevaba a remolque uno u otro. El Ford era el incautado con mayor frecuencia. El concesionario en Saybrook había reparado una tras otra todas las partes móviles y a veces le gustaba que le pagaran. El Essex Boat Yard había reemplazado la madera de la carrocería con fresno y ciruelo y teca. El coche era tan hermoso que me imagino que el dueño de los talleres pensó que podría de lo más bien quedarse con él mientras que esperaba que mi padre hiciera un pequeño pago a su cuenta. De una manera o de otra Duque siempre se las arreglaba como para encontrar una manera de rescatar sus coches, que significaban más para él que ninguna otra cosa, excepto nosotros, y mi madre a veces se preguntaba en voz alta si no le importaban más que nosotros.

Mi padre consideró que su trabajo en New London no era digno de él. Cuando yo estaba en mi quinto curso en el colegio, él iba a trabajar a Coatesville, Pennsylvania, donde formuló un plan para mantener en buen estado la fundición de Lukens Steel. Le fue bien, y cuidó de sus modales durante los días de semana cuando vivía con una elegante pareja inglesa en un criadero de caballos en Paoli. Venía a casa los fines de semana, trayendo regalos. Cuando terminó su trabajo para Lukens ayudó a diseñar y a supervigilar la construcción de un túnel de viento supersónico en M. I. T., y entonces se quedó en Boston, trabajando para Stone y Webster. Nadie lo despidió durante esos años; trabajó duro. No creo que le pagaran mucho, ni que ocupara un alto lugar en los organigramas de sus compañías, pero esto ayudaba a que no se destacara mucho. Vivía en Boston en el Club de Ingenieros, y a veces yo iba en tren a verlo, y me llevaba a comer a Locke-Ober's o al Ritz-Carlton después de un partido de los Red Sox.

Mientras mi padre vivía bien en Boston, y yo lamentaba su ausencia, mi madre se escurría del ataque de farmacéuticos, verduleros, de los hombres que quitaban la nieve, vendedores de petróleo para la calefacción, de la compañía de teléfonos y de electricidad, de todos los que vendían algo en la localidad y que mi padre necesitaba o quería. Normalmente ella declaraba no saber nada ("Mi marido es el que lleva las cuentas"), algunas veces mentía ("El cheque viene por correo"), y a veces imploraba ("Nos congelaremos...moriremos de hambre...quedaremos atrapados por la nieve...enfermaremos..."). Nunca lloraba, a pesar de todo. No puedo recordar que haya visto llorar a mi madre. Esto tiene que ser un fallo de mi memoria. Estoy seguro de que mi madre debe de haber llorado en mi presencia. Puedo imaginar por qué, pero no puedo recordar cuándo.

Era una época dura para ella. Cada vez era más difícil llevar la casa, y la presencia de mi padre en Old Lyme durante los fines de semana era tan desagradable para Rosemary como era incómoda su ausencia durante la semana. Se quedaba en cama por la mañana del sábado o el domingo, leyendo y descansando. Le gustaba que lo atendieran, era siempre cortés en sus pedidos ("ya que estás de pie me podrías traer una cerveza...el periódico...un sandwich...mis gafas...mi encendedor...un destornillador pequeño..."), pero esperaba que uno respondiera a su cortesía con una acción inmediata. Una tarde lluviosa, cuando estaba remojándose en una tina de agua caliente, hizo subir a mi madre y le pidió que moviera la estufa eléctrica un poco más cerca de la tina, pues sentía una ligera corriente de aire frío. Ella subió las escaleras, se paró mirándolo desde su altura, y sostuvo la estufa sobre la rebalsante agua del baño.

—Quizás estarías más cómodo—dijo—, si pusiera la estufa ahí donde estás tú.

Mi padre la miró asombrado:

—Tú no harías eso.

Mi madre sonrió, hizo una finta con la estufa incandescente:

—¡Jesús!—dijo él—¡Tú no harías *eso*!

No lo hizo.

—El llegaba los viernes por la noche con un regalo para ti, un regalo para Toby, y una bolsa de ropa sucia para mí—recuerda mi madre, sonriendo ahora.

No le interesaba la casa luego de que la había amoblado y había visto cómo W & J Sloane la había desamoblado poco a poco. El desplegaba su energía arreglando sus artefactos. Como su padre, tenía una veneración por cosas pequeñas, caras y precisas. Nunca estaba simplemente sentado, con sus manos ociosas. Manipulaba una escopeta, reparaba un reloj, se entretenía con algo desarmable o inflable. Siempre limpiaba los objetos que poseía—sacaba brillo a sus botas o engrasaba un fusil—, pero nunca se preocupaba del desorden que dejaba al limpiarlos.

Era generoso conmigo en relación a sus fines de semana. Los sábados del otoño me llevaba a los partidos de fútbol de Yale, y en la primavera al circo. Ibamos temprano a New London para ver cómo levantaban la carpa y nos paseábamos mirando los animales salvajes y los fenómenos que los Ringling Brothers exponían antes de los números principales. Todos los terceros sábados del mes me llevaban a New London para que me cortaran el cuero cabelludo en la peluquería del Hotel Mohican, y me hacían un corte militar de acuerdo a las instrucciones de mi padre. Esta ordalía era normalmente seguida por un almuerzo en el centro, una oportunidad para hablar de modales y códigos, y entonces salíamos a perseguir algo que había atraído el interés de mi padre. Yo notaba como él cambiaba cuando hacía sus correrías esquilmando las tiendas. Había una hinchada fanfarronería en su voz, una actitud segura, agresiva, que desarmaba a los obsequiosos comerciantes que daban alas a mi padre aunque deben haber sospechado que no les pagaría nunca. A los vendedores les gusta vender; Duque comprendía esto, perfectamente.

Cuando regresábamos de sus compras y despilfarros mi madre a veces trataba de hablar con él acerca de las cuentas, pues ¿qué harían con ellas? Duque se ponía rojo de rabia, se enfurruñaba, no aceptaba que le echaran a perder su fin de semana con insignificancias. Las cuentas, que ella amontonaba en su escritorio, y en el piso donde había estado el escritorio después de una visita de W & J Sloane, las tiraba él a la basura, sin abrirlas.

Una vez a la semana el Sr. Dean recogía la basura. Era un hombre lacónico, con una mandíbula protuberante, antiguo residente de Old Lyme, y conducía una camioneta agonizante con barandas de madera podrida. A medida que mi padre aumentó su temeridad acerca de no pagarle, el Sr. Dean aumentó su indiferencia hacia nuestra acumulación de basura, lo cual enfadó a mi padre, lo que puso de mal humor al Sr. Dean, lo que puso a mi padre furioso, lo que me hizo sentirme muy incómodo.

Yo amaba a la hija del basurero, Margaret, y ella no me amaba a mí. Creo que la intensidad de su carencia de afecto por mí puede haberse visto agravada por las experiencias de su padre con mi padre, pero para ser justo con todos, yo le di a ella por mi propia cuenta suficientes razones como para evitar mi compañía.

Margaret era alta, inteligente, digna, reservada. Siempre la llamaban *Margaret*, nunca *Maggie*. Su pelo oscuro estaba recogido en complicadas trenzas, y usaba vestidos de zaraza hechos por su madre o su hermana o por ella misma en tal forma que se recogían un poco en la cintura y se expandían en el ruedo. Cuando sonreía, se ruborizaba, y a los diez años su cara tenía la estructura de una mujer. Durante algunos pocos días calurosos al principio de la primavera, soñé que caminaba con ella y con Shep por nuestros bosques, y la salvaba de algo. Soñé que la traía a casa a cenar, y la retenía allí para siempre.

Estas efervecencias no eran sensuales, según creo, pero eran graves. Mi madre se burló de ellas, desde la perspectiva de alguien para quien el amor había perdido un aspecto definido. No estoy seguro de que mi madre pudiera recordar, clavada como estaba con mi padre, qué sentimientos despertaba el primer amor. Mi padre podía, porque no había amado profundamente hasta que amó a mi madre, o quizás porque su imaginación era más viva que la de mi madre. O quizás simplemente era mejor actor.

En todo caso, Duque me escuchó contarle acerca de Margaret Dean, y me aconsejó bien. Todos dan buenos consejos en estas ocasiones, y los consejos no varían: sé cortés, no te impongas; dale tiempo al tiempo, no la asfixies, mantén el respeto; preocúpate de otras cosas. Y como todos los que piden consejo acerca del amor, yo no seguí el de mi padre. Asalté a Margaret con notas sin firmar, y luego con notas firmadas en que le declaraba mi amor. Le eché a perder sus días en el colegio. Una vez pasó muy cerca de mí camino al almuerzo y me dijo dos palabras: "Por favor." Yo malentendí lo que ella quería decir, y estuve radiante todo el día. Esa noche la llamé por teléfono para preguntarle si le gustaría conocer a mi collie. Colgó cuando yo acababa de balbucir mi nombre. Le mandé una nota:

"Ayer me dijiste *por favor*. Te amo."

Esta vez al menos, recibí una nota de regreso:

"Quise decir que por favor me dejaras tranquila. No me gustas."

Había perturbado tanto a esa preciosa niña que nadie se burlaba de mi amor por ella, porque ella no se atrevía siquiera a comentar mi estupidez. Pero en la Navidad de nuestro quinto curso formulé un plan. Me dieron los veinticinco dólares que normalmente me daban para comprar en Hartford en la tienda de Ruth Atkins. Este año no le compré nada a mi madre, nada a mi padre y nada a mi hermano. Me parecía que mi estrategia no podía fallarme y que ganaría a Margaret Dean. El plan consistía en dar dos regalos, uno de ellos normal, el otro un *coup d'éclat*. El primero era un presente a mi amada de unos guantes de lana de la tienda de Harry Atkins. Los seleccioné con gran cuidado. Le había robado los mitones a Margaret de su casilla mientras que ella estaba almorzando, para saber así su número, estudiar sus preferencias y dejarla en la necesidad de mitones nuevos. Escogí un par bordado al modo escandinavo.

Me quedaban veintitrés dólares, y los gasté todos en el mejor equipo de química de la serie Gilbert, el ATOMIC, con sales y líquidos y tubos de ensayo y balanzas y retortas, todo ello acomodado en una caja de metal azul brillante del tamaño de un maletín. Este regalo no era para mí, ni para nadie de mi clase, ni para nadie con quien hubiera jamás conversado. Era para el niño más simpático del sexto curso, el más apuesto, el mejor atleta, el más popular: Walter "Walky" Dean.

En el último día de clases antes de la Navidad, durante la fiesta de curso, le di a Margaret sus mitones, y sin leer la tarjeta que yo había ilustrado con corazones rotos transpasados por flechas y hombres de nieve que se derretían con ojos tristes, sin abrir el paquete que yo había envuelto con retazos de un fino tejido de algodón que había tomado del canasto de costura de mi madre, ella arrojó mi regalo al tarro de la basura. Me dolió, pero no me sorprendió. Crucé el pasillo hacia el sexto curso a cargo de la señorita Graves. Puse la pesada caja, magníficamente envuelta, sobre el escritorio de Walter Dean y le dije:

—Toma. Amo a tu hermana. Haz que ella me quiera a mí.

Mi vida no fue una serie de humillaciones sin interrupción; sino solamente una serie de humillaciones casi sin interrupción. No creo que supiera esto, así como no creo que me diera cuenta de que llevábamos una vida extraña. Mi madre, como las otras madres, pertenecía a la Asociación de Padres de Familias y a la Liga de Mujeres Votantes, hasta que estar con gente a quien mi padre debía dinero llegó a ser demasiado penoso para ella, y se retiró a su casa. Odiaba tener que vivir de la mentira de que teníamos status y medios económicos como para mantenerlo, pero no se apretaba el cinturón. ¿De qué hubiera servido, en todo caso? Duque había resuelto hundirse más y más en deudas. Ella podía sin cambiar mucho la situación vestirse bien y alimentarse bien ella y sus hijos.

Compartimos muchas acciones e intereses con los americanos reglamentarios de la época, vimos las mismas películas, nos preocupamos por los rusos y la Bomba, oímos todos los domingos a Jack Benny y Fred Allen. Mi madre se reía cuando otros se reían del senador Claghorn, mi padre del Sr. Kitzel. Como casi todos los demás, celebrábamos la Navidad, y ¡cómo! La rutina durante esos tres años en Old Lyme fue invariable: en la tarde antes de la Navidad, Duque me llevaba a New London para escoger un árbol, y comíamos, y él tomaba un ponche, y luego otro. Me decía que los tiempos eran malos, lo que yo sabía, y que este año no sería como el pasado, y que el cuerno no derramaría abundancia. Yo sonreía valientemente. Encontrábamos un árbol, siempre "el mejor árbol que hemos tenido nunca." Duque se detenía cuando regresábamos a casa en un parador, para tomar unos pocos tragos y celebrar las fiestas. Me presentaba a los cantineros quienes me estrechaban la mano con demasiada firmeza y me decían, sacudiendo sus cabezas:

—Tu padre es un hombre de un buen humor de putamadre, un tipo de lo mejor que hay, eres un niño con suerte, tu papá es el mejor, superior, créeme.

Ahora tomaba Canadian Club, sin hielo, nada de rocas, y luego un perseguidor del primer Canadian Club. Me mandaban a jugar con las máquinas o con el tocadiscos automático. Caía la nieve; la nieve cayó todas las Navidades que pasamos en Old Lyme. En alguna rara ocasión un cantinero se pasaba en cuanto a familiaridad. Recuerdo un lugar llamado The Lobster's Claw, cerca de Niantic, un parador con un rubio corpulento, de unos veinticinco años, detrás del mostrador. Sabía lo suficiente como para que no me gustara este barman, noté la desagradable indiferencia de su trato. Después de algunas copas miró a mi padre:

—¿Qué va a ser, calvito, lo mismo otra vez?

Hubo un pesado silencio en The Lobster's Claw. Mi padre estudió su vaso vacío, y sus manos. Con el dedo índice llamó al cantinero, quien sonreía presuntuosamente. Pensando que había hecho una broma exitosa, él se aproximó a mi padre, quien agarró al muchacho por la camisa y le vació un cenicero repleto cuello abajo por el pecho. Entonces Duque se marchó, conmigo tomado de la mano, y el cantinero gritó tras él: "No vuelvas más, ridículo hijo de perra." Lo que me molestó fue "ridículo."

En el camino de regreso a casa mi padre pisaba el freno para hacer patinar la parte de atrás del coche y enseñarme, según decía, a conducir sobre el

164

hielo. Cuando acarreábamos el árbol, mojado por la nieve, a la sala, mi padre maldecía contra él. Mi madre trataba de no mostrar su mal humor. Era Nochebuena, mi noche y la de Toby. El asado estaba recocido y frío. Ella notaba que Duque estaba borracho, su acento se había vuelto británico y sus modales eran demasiado refinados. No quería estar borracho, pero lo estaba, y esto lo ponía triste, lo que lo hacía beber más. Después de cenar, tratábamos de adornar el árbol. Una Navidad mi padre derribó el árbol y rompió los adornos. Mi madre era siempre muy valiente las vísperas de la Navidad. Encendía el fuego, apagaba las luces, enchufaba el árbol. ¡Maravilloso! Mi madre se las arreglaba para sonreír. Me mandaban a acostarme, pero no dormía. Oía voces abajo, cada vez más altas, mi madre ahora enojada, "por favor, Duque, *¡por favor!*" Y entonces mi madre subía corriendo, y mi padre la seguía tambaleándose y se daba porrazos contra las paredes dirigiéndose hacia su habitación, y pasaba a ver a Toby en su cuna, y le hablaba pesadamente mientras Toby dormía. Yo no me podía dormir, con Shep junto a mí en el suelo, y ni una sola vez en esa única noche pensaba en Margaret Dean.

Mi madre estaba mortalmente cansada la mañana de Navidad, y mi padre con resaca, pero me dejaban asaltar los regalos antes de la madrugada, y me miraban. Era grotesco, creo. Me gustaba enormemente desgarrar el papel de un sexto paquete antes de haber terminado de abrir el quinto. Los que tenían tarjetas escritas por mi madre y mi padre los abría primero. El año de mi presente a Walky Dean me dieron exactamente lo que yo le había dado a él. Mi padre estaba tratando de decirme algo, o tratando de hacer que me sintiera mejor. También me dieron un trineo, un Flexible Flyer, y esa mañana, deslizándome en él por Braggart's Hill, donde había mucho hielo, puse mi lengua contra el volante de metal, y se me pegó. Cuando conseguí despegar la lengua estaba sangrando tanto que me tuvieron que llevar donde el Dr. Von Glaun.

El Dr. Von Glaun era bueno con nosotros. Yo creía que quería ser médico, porque eso es lo que mi padre me había dicho que era lo que yo quería ser, y porque yo quería tener un instrumental como el que habían tenido su padre y su abuelo. El Dr. Von Glaun me contó acerca de los aspectos más duros de su profesión y me dejó mirar por su microscopio.

Le salvó la vida a mi hermano. Toby tenía un dolor de estómago, junto a un par de otros síntomas, ninguno de los cuales era muy alarmante. El Dr. Von Glaun consiguió diagnosticar, inspirado y por teléfono, una enfermedad muy poco frecuente, en que el pequeño intestino se mete dentro del mayor, un proceso que lleva a dolores espantosos y a la muerte del paciente cuanto comienza a eliminar sus propios órganos. El Dr. Von Glaun arregló una operación en New London, hizo que alguien viniera desde Boston con mi padre, quien incluso le pagó al especialista.

Toby se demoró bastante en recuperarse. Se puso mañoso y consentido durante la convalescencia y siguió así después, y yo comencé a pelearme con él. Aprendió a aprovecharse de la absoluta prohibición que había contra pegarle o empujarlo, y mi madre tomaba su lado en nuestras discusiones. El estaba en peligro en una forma en que yo no lo estaba, era más pequeño, y se parecía a ella en el físico y en el temperamento así como yo me parecía a mi padre. Aumentó la distancia entre nosotros. Yo juraría que Duque no hizo nada para separarme de mi madre, que nunca sugirió que ella no fuera brillante o que su gusto no fuera impecable. Pero mi madre sentía su juicio pesando sobre ella, y si la memoria me engaña, es posible que ella y yo fuéramos suavemente empujados a separarnos, y no nos distanciáramos sin más.

Ella era concienzuda, paciente, nunca brusca. A mí se me lavaba, vestía, se me daba de comer, se me mantenía, recibía lecciones de música, se me educaba mejor de lo que hubieran permitido nuestros medios económicos. Ella siempre estaba dispuesta a jugar un juego de béisbol, y podía batear y correr mejor que yo o ninguno de mis amigos hasta que llegamos al sexto curso. No obstante, algo faltaba entre nosotros. A veces yo sentía, cuando la veía mirarme, que ella hubiera deseado estar sola. Ella debe haber sentido que yo deseaba estar con otra persona.

Así es como, con un hermano enfermo, una amada con trenzas a quien le hubiera gustado conjurarme fuera de la superficie de la tierra, con una madre absorta por las cuentas y falta de amor por su marido, pasé la mayor parte de mi tiempo solo. Leía, caminaba con mi perro, leía, andaba en bicicleta, leía. Pescaba peces luna, solo, o caminaba por entre nubes de tábanos hacia las orillas descubiertas por la marea del río Duck, para sentarme ahí y contemplar algo diferente que las páginas de un libro.

No era un paria en el colegio, sólo un marginal,

extraño, separado por mi tartamudez y el gusto y modales elegantes de mi padre y mi idea mórbida de lo que era el humor y mi corte de pelo militar. Mis compañeros de clase se hacían partiduras en el pelo, se lo engominaban como presidentes de banco de nueve años.

Tenía un amigo, un compañero de curso. Michael era un buen atleta, cortés, callado y, como yo, estaba acostumbrado a la soledad. Su madre se había ido de Old Lyme, dejando a su padre con un hijo y dos hijas. El padre de Michael trabajaba en las Naciones Unidas como traductor del japonés al ruso, del ruso al inglés, del inglés al japonés, o cualquiera de cerca de una docena de otras combinaciones. El había ayudado a descifrar el código militar y diplomático japonés justo antes de Pearl Harbor, y sus aficiones eran los rompecabezas matemáticos y los criptogramas. Los niños eran un misterio sin interés para él, y para resolver el acertijo de la manutención de su hijo recurrió a mis padres, quienes le dieron la bienvenida a Michael como huésped, más o menos a precio de costo.

Mi vida cambió. Michael era respetuoso con mis padres, de un temperamento calmado, y había nacido para enseñar. Trató de enseñarme muchas cosas. Me aconsejó sobre cómo llevar mis asuntos con Margaret Dean en la mejor forma posible (sin ningún efecto), y cómo librarme de las iras de mi madre ofreciéndome como voluntario para hacer pequeños favores en la casa en tal forma que no se me exigieran mayores servicios. El estaba de acuerdo con que mi perro era más hermoso y más inteligente que ninguna otra criatura, y con que mi hermano era una peste. Estaba de acuerdo con estos puntos porque calculaba que su apoyo me daría algún gusto y a él no le costaba nada.

Michael era un hermano. Así es que peleábamos a veces. Yo comenzaba las peleas, pero nunca las ganaba. Michael era dos pulgadas más bajo que yo, pero era como un buldog una vez que se encarnizaba. Había un delicado equilibrio entre nosotros. Por una parte, él vivía en mi casa; por otra, él tenía mejores notas, más amigos, y era mejor en béisbol.

El béisbol causó nuestra peor pelea. Incluso antes que la primavera comenzara a aligerar el peso del invierno, los niños en mi colegio comenzaban a jugar juegos de béisbol en praderas húmedas, los niños y las niñas juntos, y en estos juegos antes de la temporada me iba bien. Como buen hijo de mi padre, siempre estaba tratando de batear más allá de las bardas del campo, pero como bateador al menos normalmente conseguía algo. Mi sentido posicional no era muy seguro; lanzaba lejos y a veces con exactitud.

El Colegio Elemental de Old Lyme tenía un equipo de béisbol y, cuando la temporada comenzaba de veras, jugaba contra los equipos de los cercanos Saybrook y Westbrook y Madison y Essex y Deep River. Mi madre era chofer para partidos fuera de Old Lyme, y se apilaban hasta once muchachos en el Ford, y para retribuirle sus servicios, supongo, el entrenador a veces me dejaba jugar. No me gustaba el Sr. Carver: le gustaba dar palmadas en el culo y puñetes en los brazos, le encantaban los discursos para infundirnos ánimo, una caverna de vientos.

Cuando estaba en el sexto curso, en mayo, nuestro equipo estaba entrenando para el partido que abriría la temporada. Era contra Deep River, fuera de casa. Yo estaba jugando entre la segunda y la tercera base, donde me habían puesto para ver qué tal jugaba ahí, cuando Skippy Sheffield, un catcher y bateador ambidextro que parecía a los once años como que seguramente jugaría con los Red Sox antes que yo pudiera legalmente conducir, que de hecho no llegó a nada, disparó un lanzamiento directo hacia mí. De puro miedo levanté mi guante, y la pelota dio en él, y allí se quedó. Sin saber qué otra cosa hacer con ella, la lancé a la segunda base, donde la cogieron, y hubo jugada doble. El Sr. Carver, que estaba mirando a otra parte, no vio esto. Lo que sí me vio fue perder una pelota que venía cayendo de lo alto y contra el sol, y vio cuando la pelota me dio en la frente.

Al día siguiente, sábado, el Sr. Carver tenía que pasar por nuestra casa a recogernos a Michael y a mí. El Ford había sido remolcado otra vez, y mi padre todavía no había pensado en las dulces palabras necesarias para recuperarlo. El Sr. Carver llegó en un coche lleno de muchachos y le dijo a Michael que se subiera en la parte de atrás y a mí que me fuera a la casa, que no me necesitaba por hoy, quizás alguna otra vez. Michael no quería irse sin mí, pero lo hizo. Yo me fui al otro lado de la casa y me quedé parado mirando las cucarachas japonesas, amontonadas de a seis, perpetuándose en tierna calma. Mi padre estaba matando el tiempo reparando un altímetro que necesitaba para el panel de instrumentos de su coche, y oyó lo que sospechó eran lágrimas. Salió y me preguntó qué pasaba:

—Nada.

A mi padre no le gustó que le diera un "nada" como respuesta a su pregunta, y preguntó otra vez, severamente. Lancé una pelota dentro del bolsillo de mi guante Rawlings "Phil Rizutto," y conté sollozando mi historia, sin dejar de hacer una referencia a mi jugada de ayer que había eliminado a dos de los jugadores del contrincante. Mi padre se enojó mucho, y me arrastró a su MG, sin oír ni las protestas de mi madre ni las mías. En el camino se encasquetó una absurda gorra de tweed, del tipo que suelen usar los corredores de marcha que ya van cuesta abajo en sus últimos años. El asiento del conductor del MG estaba al lado contrario. Esto no iba a ser agradable. Traté de convencer a mi padre de que lo olvidara, pero esto lo enfureció todavía más: se había cometido una estúpida injusticia conmigo, y Duque desfaría el entuerto.

Cuando llegamos, los equipos ya estaban jugando, y Old Lyme estaba en el bate, con Michael en la tercera base. Me miró como si no quisiera conocerme. El juego se interrumpió mientras mi padre estacionaba el MG, el MG *rojo*, a seis pies de la base meta, lejos de los coches de los otros padres, sedanes negros, quizás un cupé gris como mucho sport. Mi padre se acercó al Sr. Carver, dando gritos. La voz de mi padre creció en intensidad, y comenzó a tartamudear. El Sr. Carver cometió el error de tocar el brazo de mi padre para calmarlo, y mi padre empuñó su mano tan rápido que Skippy Sheffield salió arrancando de su puesto de bateador. Entonces mi padre me miró, y no dio el golpe. Bajó la voz:

—Ponga a jugar a mi hijo.

El Sr. Carver explicó que ya había un bateador en la base.

—Quiero que mi hijo sea el bateador ahora mismo.

Me empujaron a la base. El lanzador estaba desconcertado y me hizo pasar a primera base. Traté de ganar la segunda base, falló el intento, y "nuestro" lado tuvo que retirarse. Mi padre me llevó entonces de regreso a casa, y no podía hablarme. Yo no quería hablarle.

Esa noche Michael y yo peleamos. Yo comencé, molestándolo, haciendo todo lo posible por irritarlo mientras nos cepillábamos los dientes y nos poníamos los pijamas. Le hice bromas acerca de su altura, su corte de pelo, su ropa, sus hermanas, su padre.

—Tu viejo es un ascético fanático—le dije, repitiendo palabras de Duque, sin saber el significado de ninguna de las dos polisílabas en mi acusación.

—Y eso, ¿qué quiere decir?—preguntó Michael.

—Pero, ¿es que no sabes *nada*?

Entonces añadí que mi padre pensaba que su padre era un tacaño, y que no le pagaba a mi padre lo justo por los gastos de Michael. Así es que finalmente conseguí lo que quería, y nos revolcamos por el suelo, dándonos golpes y patadas, tratando de hacernos daño uno al otro. Yo maldecía; Michael no decía nada mientras luchaba; iba al grano. Mi madre nos detuvo. Subió porque mi perro estaba aullando, y cuando nos separó ninguno quiso decir qué había causado la pelea, porque al menos por esa vez ambos comprendíamos exactamente qué la había causado.

Esa noche nos quedamos tendidos en silencio por un largo rato en el porche donde dormíamos. Otras noches hablábamos tan pronto como se apagaban las luces, sobre sexo, sobre ver el mundo juntos, sobre el colegio, coches, lo que Ripley publicaba en *Increíble pero cierto*. Esa noche ninguno quería hablar primero. Entonces Shep comenzó a quejarse. Estaba confundido y se sentía triste, y Michael se rio de eso, y llamó al perro para que se subiera a su cama. No dije que Shep era mi perro, que no podía tenerlo, porque ni siquiera pensé en decirlo. Así que habíamos pasado eso, y comenzamos a hablar, y le dije a Michael que no debiera de haber ido al partido sin mí, y Michael dijo que creía que posiblemente yo tenía razón acerca de eso. No sabía qué más decirle, excepto que había mentido acerca de lo que mi padre decía acerca de su padre. Michael dijo:

—¡Cristo!, ¿*viste* la cara del viejo Carver cuando el Duque estaba a punto de pegarle? Fue estupendo, casi se meó en los pantalones. Skippy salió corriendo bastante rápido también.

Buen amigo. Mi padre había llamado a su padre tacaño, sin embargo. Y no mucho después de que lo llamara tacaño, Duque regresó de Nueva York en el jeep dado de baja por el ejército que el extraño padre de Michael solía conducir sin capota, en invierno y verano. Este era el invierno, y estaba nevando, y el interior del jeep era un caos de ruidos. Duque escogió este momento para hacer su plática de enganche, una historia laberíntica de mala suerte con alusiones a contratiempos momentáneos en las inversiones en petróleo y uranio. El padre de Michael se detuvo a un costado de la carretera Merritt y abrió la guantera y desgajó trescientos de un manojo de billetes, tres veces lo que mi padre le había pedido prestado.

—Toma.

—Te pagaré en sesenta días, quizás menos.

—No, no lo harás. Nunca me pagarás de vuelta.

Y entonces el padre de Michael siguió conduciendo hasta perderse en la tempestad. Mi padre no tiró el dinero a la cara de ese hombre, o así al menos lo oí de Michael años más tarde, en una carta, y por entonces no tenía ninguna razón para dudar de su palabra.

Finalmente, cuando se secaron todas las fuentes de crédito, tuvimos que irnos de Old Lyme. "Yo no podía ir a una verdulería a veinte millas a la redonda," recuerda mi madre. "Todas las semanas alguien venía a llevarse algo, muebles, el tocadiscos, la estufa, incluso leña." Joe Freedman quería la casa misma, y ese fue el colmo, se planeó una escapada.

Duque consiguió un trabajo con una firma de ingeniería de Nueva York como asesor a la Administración de Co-operación Europea de Averell Harriman. Tenía que ir a Turquía, a organizar una aerolínea. Mi madre, Toby, y yo iríamos al sur, a Florida. No se me dijo nada de esto, pero me enteré oyendo lo que hablaban, y se me ordenó que no dijera nada, no fuera que la gente fuera a "pensar mal," no fuera que los comerciantes lincharan a mi madre y a mi padre. Yo quería despedirme del Dr. Von Glaun, pero esto no era posible; le debíamos dinero; no era comprensivo.

Quería despedirme de Michael, cuyo padre se lo

había llevado de nuestra casa después de pelearse
con mi padre sobre un asunto que no tenía ninguna
relación evidente con el dinero, algo de política o
psicología infantil. Más tarde Michael fue a Alaska
a ganar dinero para ir a la universidad, lo ganó, y
cuando venía conduciendo de regreso (en un jeep),
se quedó dormido en la autopista de Pennsylvania
(durante una tempestad), se salió del camino y quedó paralizado. Mucho más tarde se cayó en la ducha,
y se quemó horriblemente con el agua hirviendo mientras yacía incapacitado de moverse. Me contaron
esto hace un par de años, cuando me detuve en mi
antiguo colegio. Fui a la casa donde Michael vivía
cuando nos dejó, donde vive ahora. Me estacioné
afuera durante media hora, vi que se movían las cortinas, una cara, quizás, en la ventana. No pude abrir
la puerta del coche. Me alejé, entré en la autopista
de Connecticut, me aterroricé de mi miedo, y regresé a su casa, corrí a la puerta principal, toqué el tim-
bre, esperé un tiempo excesivamente breve como
para que un amigo paralizado hiciera rodar su silla
de ruedas hasta la puerta, y me alejé otra vez. Nunca le dije adiós a Michael cuando yo tenía once años,
tampoco.

Nos escapamos, mi padre en el MG que escondió en un garaje cerca de Hartford, mi madre y Toby
y yo en el Ford. Unos pocos días más tarde, Eaglebrook, tratando de localizar a sus ex-alumnos y los
que casi pudieron haber sido ex-alumnos para que
hicieran donaciones, siguieron la pista de Duque
hasta Old Lyme, le escribieron al jefe del Correo,
y recibieron de regreso la carta con un membrete
que decía "cambiaron de dirección, domicilio actual

desconocido." El tenaz colegio escribió entonces a una autoridad municipal que contestó lo siguiente:

El individuo arriba mencionado abandonó este pueblo de Old Lyme hace algún tiempo, y según mis informaciones lo hizo dejando muchas grandes y pequeñas cuentas sin pagar. Los acreedores también quisieran saber dónde se encuentra ahora. Esta es la tercera vez que esta oficina responde consultas a este respecto, quizás con menor sequedad en los casos anteriores. En todo caso, no tenemos ninguna información sobre dónde pueda encontrarse a esta persona, y no sabemos de nadie que la tenga, pero conocemos a muchos que quisieran tenerla. No deseamos recibir nuevas consultas.

XI

Nuestro Ford, como el camión de Joad en *Las uvas de la ira*, estaba cargado con todas nuestras posesiones que no habíamos dejado atrás para que las recogieran nuestros acreedores. No habíamos dejado nada guardado, excepto el MG y a Shep, y las cosas iban amarradas al techo y a los parachoques como venados muertos. Para cuando llegamos al sur de Nueva Jersey, a mediados de agosto, con la temperatura en tres cifras, la camioneta sobrecargada comenzó a echar vapor por el radiador, y la presión del aceite comenzó a bajar, y no parecía haber modo alguno en que el dinero pudiera durar hasta tan lejos como Florida.

Ya en Delaware mi madre parecía loca. Conducía sentada sobre una almohada para ver por el alto parabrisas, y se apretaba con tanta fuerza contra la puerta que parecía querer pasar de largo a través de ella. Sus nudillos estaban pálidos sobre el volante; sacaba la cabeza por la ventana para secar el sudor de su cara y escapar de las batallas desatadas entre Toby y yo. Me pregunto qué se prometió a sí misma durante ese maldito viaje, cuan cerca estuve de ser abandonado en la habitación de un motel de Myrtle Beach con una nota al cuello: *¡Hola! Mi nombre es Jeff. Lo único que como es basura con nueces de Stuckey. Quiero un par de mocasines Seminole con cuentas y ver un rancho de serpientes. Mi madre se fue, buscando una manera mejor de vivir.*

No paraba de pedirle a mi madre un bote a motor. Exceptuando a Toby, siempre indiferente a las cosas materiales, éramos una familia de pasiones materiales, ideas fijas que se adueñaban de nosotros como una fiebre, y eran pertinaces. Los deseos de mi padre eran los más variados y caprichosos: cualquier cosa de calidad, un auto novedoso, un bastón de ciruelo, tijeras plegables, un chaleco a cuadros. Mi madre, con arena entre los dedos de los pies, siempre quería estar en algún otro lugar más caluroso y con más sol, y estudiaba los periódicos de otras ciudades, folletos de viaje y horarios de salida y llegada de los barcos en la misma forma en que mi padre estudiaba los catálogos de Abercrombie & Fitch. Mis deseos eran menos que los de mi padre, pero igualmente intensos: un bote con motor fuera de borda, una lancha con motor fuera de borda, una lancha de carrera con un motor fuera de borda, un hidroplano de carrera con un motor fuera de borda.

Un par de meses antes que nos marcháramos de Old Lyme, yo había mandado a pedir un catálogo de Evinrude, y me pasaba una hora o más cada noche estudiándolo, y especialmente el retrato de un niño sonriente y su padre que eran impulsados en la madrugada a lo largo de la brumosa costa de un verde lago por un Fastwin de tres caballos, con Weedless Drive. Yo quería uno. Mi padre sabía que lo quería, y mi madre sabía que lo quería. Mi madre no consideraba mi deseo muy novedoso, aunque sí totalmente imposible. Para contentar mi ardor por la navegación Duque arrendaba a veces un bote a remos gris que hacía agua, que tenía un Johnson Seahorse en el yugo, y me dejaba llevarlo a pasear en él. Esto no satisfacía mi sueño del todo, que consistía no sólo en estar libre de la tierra sino también de los hombres de tierra, ir a alguna parte por mi propio poder, solo. A pesar de todo, mi placer al timón de cualquier motora era tan extremado, que Duque cedió ante mí, y de hecho le robó a un vendedor de embarcaciones cerca de New Haven un Evinrude de un caballo y un bote Penn Yan, uno precioso de ocho pies con cuadernas de abeto, asientos y terminado de caoba, y cubiertas de lona blanca. Prometió pagar esto apenas le autorizaran un cheque, transfiriera unas acciones, cuando su contador regresara de vacaciones en el extranjero...muy pronto.

Dos meses más tarde la tienda recuperó el bote, que se me había permitido navegar en la bahía en Point o'Woods mientras uno de mis padres vigilaba desde la playa. También se llevaron el motor. No fui testigo de esto. Todo lo que supe fue que tan pronto como mi padre partió a Turquía, desaparecieron mi bote y mi motor. Mi madre me ahorró los detalles, me dijo sólo que no había lugar en el coche para llevar el equipo de navegación con nosotros a Florida, pero que lo reemplazaría cuando llegáramos allá. Ella sabía que no podía hacerlo, yo sabía que no lo haría, y desde el momento mismo en que no tuve el bote que antes había tenido, no le di un momento de paz.

—Estuviste dale que dale conmigo todo el camino al sur—dice mi madre.

¿Qué tipo de bote puedo comprarme? ¿Otro Penn Yan? ¿Lo juras? Mi papá me lo dio. Lo echo de menos. ¿Vas a cumplir tu promesa? ¿Cuándo veré a Shep? ¿Le están dando de comer lo que a él le gusta? Dile a Toby que se corra, está en mi mitad del asiento. Tengo hambre. ¿Podemos ver ese lugar de barba española? ¿Qué es la barba española? Echo de menos a papá. ¿Por qué tuvimos que cambiarnos? ¿Podemos comprar el bote apenas lleguemos a donde vamos? ¿El primer día? ¿Me lo prometes?

Llegamos cojeando y en total bancarrota, y encontramos un refugio transitorio con una pareja que había vivido cerca de nosotros en Old Lyme. Melinda había sido amiga de Duque durante su infancia en Hartford y nos había entusiasmado para que nos cambiáramos a Mile Creek Road con una ingenua vehemencia que no desplegó cuando llegamos a Florida. Era robusta, echaba tacos, estaba tostada color nuez, y pensaba que los niños eran una peste.

Administraba una colonia de vacaciones en La Isla del Tesoro llamada "Pedazos del Ocho" o "El Perro Negro" o algo semejante, una colonia residencial cuyas casas ostentaban nombres como "La casa de Benn Gunn" o "Bill Bones" o "El Cofre del Hombre Muerto." La casa principal era "La Casa de Long John Silver," y había una lancha a motor que se llamaba la *Hispaniola*, y fue suficiente como para atragantar para siempre mi entusiasmo por mi libro favorito.

No me gustaba Melinda, su preferencia por ciertos substantivos, ni Florida. El agua tenía gusto a sulfuro, era caliente, extraños objetos se arrastraban por la arena, los mangles me parecían ridículos. El clan de Melinda pertenecía a la vanguardia de la Naturaleza, y se paseaban desnudos por la Isla del Tesoro, lo que yo me resistía a hacer, y me daba vergüenza revelar mi gazmoñería. Mi madre usaba traje de baño, pero para transigir con el espíritu del lugar donde éramos huéspedes obligaba a Toby a andar con el culo al aire. Se sentó en un cactus en la playa, y se puso a llorar.

Después de una semana de esto encontramos una cabaña por cincuenta al mes en Cayo Siesta, cerca de Sarasota. Estaba sólo a un cuarto de milla del Golfo de México, pero ese asilo fue el lugar más miserable en que jamás viví. Era ínfimo, con tabiques de cartón blandos como moho por la humedad que lo penetraba siempre todo, congelándonos y enmoheciendo nuestra ropa. Los pisos desnudos de madera, pintados de gris, eran resbalosos y fríos y los tablones estaban sueltos; estaban erizados de astillas. La pestilencia del sulfuro se cernía como una niebla perpetua, la arena se pegaba a la ropa de cama y a los forros de vinil, las habitaciones eran oscuras, y yo tenía vergüenza de vivir ahí.

La vergüenza estimulaba la imaginación. Fantaseaba que estaba en otro lugar y en otras circunstancias, me proyectaba dentro de la piel de otras personas. Me había topado con un libro llamado *Gran Rojo*, sobre un cazador de pieles que recorría los bosques de Maine con su hijo y el perdiguero rojizo del hijo. El libro me atrajo porque su acción ocurría en un lugar tan diferente a Florida, y se trataba de un niño solo con su padre. Echaba de menos a mi padre, y se lo dejaba saber a mi madre más o menos cada media hora.

Duque mandaba cheques, casi con lo suficiente para mantenernos, y cartas en que contaba acerca de Turquía y sus aventuras, en que nos rogaba que fuéramos cuidadosos, en que recordaba a mi madre que no dejara que ni Toby ni yo nos enfermáramos de poliomelitis. A mi madre le interesaban más sus cheques que su prosa, como yo sabía. Yo estudiaba esas cartas, con sus letras negras, gruesas, de un tamaño tan grotescamente grande que llenaba una hoja con solo sesenta u ochenta palabras. Invariablemente concluían con alguna expresión afectuosa en que expresaba su nostalgia del hogar y eso me hacía correr a mi habitación, cerrar mi puerta de un golpazo y caer sobre mi cama. Nunca he podido liberarme del desasosiego que me produce el correo de la mañana—las buenas noticias, una gran oportunidad, el éxito total—y eso comenzó entonces, al esperar esos sobres azules, finos (y no muchos de ellos, tampoco), cubiertos como el parachoques de un fanático con pegatinas con instrucciones, advertencias, recriminaciones: FRAGIL... NO DOBLAR... ¡EXPRESO!... TRATAMIENTO ESPECIAL... COPIA URGENTE... ¡DESPACHAR CON URGENCIA! Mi padre realmente creía que peticiones especiales recibían un tratamiento especial. De hecho, muchas de sus cartas nunca llegaron. Esto es, algunos cheques nunca llegaron. Esto es, mi madre recibió protestas de mi padre de que había enviado

—PRIORIDAD—algunos cheques que jamás llegaron. Quizás llamaron demasiado la atención sobre sí mismos.

Salía a caminar mucho, y me gustaba que la gente se pusiera a conversar conmigo. La mayoría era agradable, turistas libres de toda preocupación o ancianos retirados que echaban de menos a sus nietos de Michigan. Algunas veces me preguntaban:

—¿Dónde están tus padres?

—Mi mamá está aquí en Sarasota.

Algunos preguntaban entonces dónde estaba mi padre. Preguntaran o no, les decía:

—Mi papá es un cazador de pieles en los bosques de Maine. El próximo año voy a llevar allá a mi collie Shep para recorrer las trampas junto a él. Vamos a vivir en una cabaña de troncos.

La gente que se había interesado en saber dónde estaba mi padre decía *vaya, qué extraño, que maravilloso para todos ustedes, qué trabajo más fascinante.* Otra gente simplemente se quedaba mirándome. Más tarde estas historias le llegaron a mi madre, y ella me pidió con suave buen humor que dijera la verdad, que a veces yo confundía a la gente. Después de que mi madre habló conmigo de esto yo continué contando la misma historia, excepto que ahora confirmaba la sospecha, sí, mis padres estaban divorciados, y yo me iría pronto a Maine, mi padre y yo preferíamos un clima más frío.

Ingresé al séptimo curso en una casucha de metal detrás del Sarasota High School. No había niños negros en mi clase de treinta alumnos, pero había bastantes de un tipo que no había visto nunca antes, niños con ropas rotas y magulladuras en su piel, compañeras de curso con pechos tan grandes como los de mi madre. El circo de los Ringling Brothers invernaba en Sarasota, y venían al colegio niños enanos que eran hijos de enanos junto a hijos de tamaño normal del Hombre Alto, niños de piel aceitunada que eran hijos de acróbatas y de domadores, y de los jactanciosos e irritables equilibristas. Yo no podía captar bien por dónde iba el discurso de nuestra profesora con su acento de Georgia. Además, era hermosa. Me excitaba cuando la contemplaba. Se sonrojó cuando me sorprendió mirándola fijo, o sintió que yo le estaba sosteniendo la mirada. Yo me sonrojé también. Pedí que me cambiaran a otra clase; ella lo quería también, pero ninguno de los dos pudo hacer sus razones comprensibles para sí mismo, y menos para el director, así es que nos quedamos atascados uno con el otro.

A mí me dolía el estómago todos los días de colegio por la mañana, con dolores que me hacían doblarme sobre mí mismo. Mi madre creía en ellos y no creía en ellos. Un internista hizo un examen fluoroscópico y sugirió que podría ser un buen remedio traer a Shep a Florida.

Hacía la cimarra con frecuencia, me quedaba en el muelle municipal de Sarasota alimentando al Viejo Pete, un pelícano con las alas rotas, y me dedicaba a inventar historias para los viejos excéntricos de los escaños. A veces hacía auto-stop para regresar a casa, y si mi madre no estaba allí, y normalmente no estaba, sacaba la llave de donde ella la había escondido y abría el armario donde se guardaba mi rifle de aire comprimido y me iba por entre los palmitos hasta la bahía de Sarasota en la costa este de Cayo Siesta. Me escondía en los manglares y disparaba contra los barcos de pasajeros que pasaban por ahí, o contra los árboles, o derecho hacia arriba en el aire, para ver si podía conseguir que un postón cayera derecho hacia abajo, sobre mí. Cuando Shep llegó en una jaula de madera al depósito de Railway Express, ocupé mejor mis días, viéndolo correr por la costa del Golfo, perseguir las gaviotas que se burlaban de él y lo hacían correr hasta que casi se perdía de vista, y entonces corría en la otra dirección, hasta que casi se perdía de vista, ida y vuelta hasta que consumíamos todo el día, una ambición que había llegado a ser verdad.

Tenía un amigo. Ernie vivía en un parque de casas rodantes justo a un costado del Tamiami Trail. Nos reunían nuestras maltratadas Schwinns. El montaba en la suya hasta mi casa, yo en la mía hasta la suya. Me gustaba más su remolque, y también a él. Su padre metía una baraja de sucios naipes, reunidos con un elástico, bajo unos pañuelos sin usar. El padre de Ernie nunca estaba en casa, y nosotros siempre teníamos un elástico extra, para el caso de que rompiéramos el suyo. Guardaba las cartas en una caja de puros junto a una biblia de Tijuana en ocho páginas que escribía teta como *tutu*, y una cosa cuyo uso no pudimos adivinar, algo que al año siguiente supe que se llamaba un estimulador francés. Ernie era el niño más zarrapastroso de mi clase, y le molestó a mi madre que lo hubiera escogido como mi amigo. No lo escogí, ni él escogió, éramos todo lo que quedaba después que los otros escogieron. Ernie me contó que su padre se lo hacía todas las noches a su madre, y yo le dije a Ernie que era un saco de eso, y le conté a mi madre la historia para ilustrar lo que los tontos tratan de hacer creer a los inteligentes como yo.

Mi madre dijo que yo ya tenía doce años, era hora de hablar. Dije que sabía lo que había que saber. Me preguntó si yo entendía que la gente algunas veces hacía el amor porque era agradable, y no sólo para tener hijos. Le dije que había oído esto, y lo creía, que alguna gente cochina hacía esas cosas. Me dijo que mucha clase de gente hacía tales cosas, que ella misma a veces lo hacía, sólo por hacerlo.

Quedé asombrado. Habría quedado todavía más asombrado si hubiera comprendido que mi madre no se estaba refiriendo principalmente, o de ninguna manera, a sus relaciones íntimas con mi padre, que mi madre estaba tratando, con buena voluntad, de decirme algo que ella creía que yo debía saber. Quedé asombrado.

Mi madre había conocido a un ex-policía de Michigan. Este hombre, como el padre de Ernie, vivía en un trailer, pero el suyo estaba más al norte que al sur de Sarasota en Tamiami Trail. Tenía el cuello grueso y era rudo; había aparecido por nuestra cabaña una o dos veces, y en "nuestra" playa, donde dejaba que mi madre le aceitara su espalda y estómago llenos de pelos. No me gustaba, y yo no le gustaba a él, a pesar de que él hacía como si yo le gustara. Mi madre sabía que él estaba fingiendo, pero no le daba mucha importancia.

Estos recuerdos son penosos para mi madre, lo sé. Pienso que caen demasiado pesados por su gravedad específica. Mi madre cometía errores de gusto y juicio, pero yo era un juez que ahorcaba.

—Sé que no fui perfecta como madre en Florida. Estaba centrada sobre mí misma, tratando de pasarlo bien, de recobrar mi juventud, de ser deseable otra vez. Tu padre había sido tan imperioso acerca de la gente, quién estaba bien y quién era un imbécil, y una vez que estuve lejos de él, libre para escoger a la gente yo misma, escogí como amigos a personas que él no habría aceptado. Quizás tenía razón. Ciertamente yo hacía elecciones desatinadas.

Pienso en Sarasota y pienso en el sexo, y estos recuerdos me deprimen más que me excitan. A la niña que se sentaba frente a mí en la clase la llamábamos Forma-de-Pera, y yo la molestaba tan sin descanso sobre sus senos, era tan cruel con ella por el mero hecho de que los tenía, era tan obvio que era "un problema" y tenía "problemas" que llamaron a mi madre al colegio para una entrevista. Se hizo un inventario de mis ofensas, las que contó el director enumerándolas dedo a dedo. Mi madre explicó que nuestra vida familiar era difícil, teníamos poco dinero, el padre estaba de viaje por negocios, todos trataríamos más, no podía conmigo, realmente, recién había comenzado ella a trabajar, ¿qué podía hacer? ¿Qué, maldita sea, sugerían *ellos*?

Estuvieron de acuerdo en que yo era despierto.

Buen nivel de inteligencia, bla-bla-bla. Alarmante-mente maduro en algunos aspectos, irregular, incluso atrasado, en otros. Pobre en sentido cívico, mala actitud. Quizás un hobby podría ayudar.

Mi madre me preguntó después de esa reunión si a mí me gustaría comenzar un hobby. Le dije que me gustaría la navegación, en un bote Penn Yan motorizado con un Evinrude Fastwin con Weedless Drive.

De hecho, tenía "intereses." Después de octubre mi principal preocupación fue la Navidad, no lo que iba a recibir, sino lo que daría. Quería una sola cosa fuera de mi bote, un tren eléctrico, y yo sabía que mi madre no me compraría un tren eléctrico. Había tomado un trabajo como vendedora en una elegante tienda para mujeres en el centro, y yo la hostigaba asaltándola allí para pedirle unas monedas para ver una película en el Ritz o tomarme una soda en Rexall's. Le resultaba incómodo negarse cuando estaba con clientes o con sus empleadores; se sentía avergonzada por mí, y yo sabía hasta el último centavo lo que valía librarse de mí.

El propósito de estas incursiones en las monedas de mi madre era de hecho engañoso, acaso incluso desprendido. Leyendo a la luz de una linterna una noche de otoño busqué algo que me hiciera perder el sueño, y encontré el catálogo de Navidad de Sears. Puse marcas junto a los regalos que le compraría a mi madre, comenzando con un cofre de secoya que comencé a llenar de cosas: un sombrero para el sol, sandalias para la playa, una prenda de vestir llamada "liga," joyas al estilo azteca, una manta. Para pagar todo esto acumulé mi mesada, más lo que podía extraerle a mi madre durante el trabajo, más lo que robaba de su cartera durante la noche. También cuidé a los niños de un dentista y su mujer, hijos y padres que eran tan exóticos en sus hábitos normales y en sus cariños sin complicaciones que yo a veces me quedaba mudo en su presencia, estudiándolos como un naturalista estudiaría un fenómeno raro.

Las monedas se apilaron, y luego los regalos. No sé qué quería que significaran para ella, qué creía que estaba diciendo. Quizás no pensé en absoluto. Sé que había en esto algo agresivo, y que mi cclo generoso me llevó a nuevos actos de delincuencia.

El centro de Sarasota era poco atractivo, y nunca peor que cerca de Navidad. Ese era el primer año de "Rudolph the Red-Nosed Reindeer" y lo tocaban sin parar por altavoces que colgaban con estrellas de cromo y chillones ángeles de goma desde los cables eléctricos que iban por sobre tierra. La gente tomaba sus rayos bienhechores con diez días todavía por delante para comprar. La gente bronceada por el sol compraba nieve plástica para árboles plásticos.

Inspeccioné las tiendas de regalos y de recuerdos hasta encontrar algo especial que robar para mi madre. Escogí una tarjeta. Tenía nieve pegada, y un mensaje en relieve, y un corazón de seda acolchada color lavanda y que olía a lavanda. Lo escondí bajo mi chaqueta de los Red Sox, pero el sobre se me cayó cerca de la puerta y me pilló el dueño. Lloré, pero esto no lo ablandó, y mandó a llamar a un guardia. El policía hizo como que me arrestaba, y juró mandarme donde no volvería a hacer daño. Me llevó más abajo por la cuadra hasta donde ya no nos veían de la tienda, me dio una palmada detrás de la oreja y me dijo que me fuera a casa y me portara bien. Me fui a casa.

Decoramos un pino famélico. La Navidad fue fría y húmeda, y mi madre estuvo asombrada de sus regalos. ¿De dónde habían salido? ¿Quién pagó? ¿Por qué tantos? Sonreí, era un enigma, sabía lo que sabía. Hubo un tren eléctrico, después de todo. No funcionaba. Mi madre trabajó con los cables y las conexiones como alguien ante su última oportunidad, veinte segundos para resolver El Sentido de la Vida. Ella recuerda que no me comporté como un "hombrecito" ante el tren silencioso e inmóvil. Recuerdo que pensé que aunque me mataran no sabía por qué ella me lo había comprado.

Desde Turquía mi padre me había enviado una espada ceremonial, un fez, zapatillas de harem y un cronómetro, mi primer reloj de hombre grande. Indicaba las mareas, las fechas, y las zonas horarias. Dividía el tiempo en unidades tan grandes como meses y tan pequeñas como milésimas de segundo, y tenía tres botones diferentes para apretar. Los números eran luminosos, al igual que las manecillas (con dos segunderos). La esfera era negra, con tres sub-esferas plateadas. Decía que era fabricado en Suiza, tenía diecisiete rubíes, y era resistente a los golpes y al agua.

Lo llevé al colegio el día que acabaron las vacaciones de Navidad. Un farsante del otro lado del pasillo, Jimbo, el hijo del vendedor de muebles que no le había dado un trabajo a mi madre, también tenía un reloj nuevo, un aparato americano, un Hamilton, quizás un Bulova. También aseguraba moverse sobre rubíes, y ser a prueba de golpes y de agua.

—Tu reloj es una mierda—me dijo Jimbo—. Los golpes y el agua lo van a reventar.

—Lee lo que dice. Es resistente al agua, y a los golpes también.

—Resistente no es lo mismo que a prueba de golpes.

—Mentira.

Jimbo propuso una competencia a la hora de almuerzo, dejar caer los relojes y luego sumergirlos totalmente. Aunque no muy contento, estuve de acuerdo. Había testigos. Forma-de-Pera era de la claque de Jimbo, y solo mi cumpa Ernie estaba de mi parte. Sostuvimos nuestros relojes de la punta de la correa, y *uno... dos... tres...* los dejamos caer al suelo. O al menos yo lo hice. Jimbo no dejó caer el suyo. El mío de echó a perder, y él se rió. Mi reloj nunca volvió a andar.

Al día siguiente traje mi espada ceremonial al colegio, y ofrecí metérsela por una oreja y sacársela por la otra—magia, quizás—si no dejaba caer su reloj en un recipiente lleno de agua. Lo hizo. Su reloj estaba hecho para dejarse caer dentro de un recipiente lleno de agua.

Paula Wilson, la niña más hermosa de la clase, quien se sentaba detrás mío donde no podía verla, me dijo a la salida del colegio que sentía que se me hubiera roto el reloj. Así es que yo me arrepentí de que todo el año hubiera estado tirando lápices al suelo para que pudiera mirar hacia atrás desde abajo y mirar dentro de su falda y ver sus blancos y limpios calzones de algodón. Paula se hizo mi amiga "decente." Sus padres vivían en una enorme casa blanca al estilo de las misiones, con un techo de tejas rojas, cerca del Ringling Museum. Inexplicablemente, yo les gustaba, y dejaban que llevara a Paula al cine. En el cine incluso nos tomábamos de la mano, pero la experiencia fue como una semana en el campo al brazo de la Sociedad para el Aire Fresco.

Todo estaba viniéndose abajo. Todos los días peleaba en el colegio, y el viejo de Ernie decidió que yo era una mala influencia para su niño. Lo era. Ernie y yo llevábamos a veces nuestros rifles de aire comprimido al sitio abandonado de una construcción para dispararnos uno al otro como veíamos en las películas del sábado por la mañana en el Ritz, o las películas de gangsters que veíamos los días de semana cuando yo conseguía que hiciera la cimarra junto conmigo. Al comienzo nos disparábamos desde escondites, tirando a cualquier parte en la proximidad del otro y gritando "canalla" o "rata amarilla." Pero lo que estaba en juego se volvió más importante, y finalmente le di en la parte de atrás del cuello cuando abandonó su parapeto para correr a otro escondite. Se desplomó, pensé que lo había matado. Cuando llegué donde Ernie, él estaba revolcándose en la arena, gritando. Nada podía calmarlo, hasta que dejé que me disparara en la espalda desde cien pasos de distancia. Me dolió como el demonio, y nunca volvimos a jugar juntos otra vez.

A Duque lo habían contratado y lo habían mandado a Turquía sabiendo sus empleadores que a él no le gustaba pagar sus cuentas, y con una advertencia de que aquí se le daba una última oportunidad a un hombre de talento, pero descuidado. Mi padre comenzó a trabajar en agosto de 1949, con un contrato por un año, por un año de prueba. En abril, nueve meses más tarde, llegó sin previo anuncio a Sarasota, en el MG. (Lo había escondido en el garage de Harry Atkins, diciéndole confidencialmente que era robado. Harry, el marido de Ruth, Dios lo bendiga, se dejaba convencer por todas las intrigas de Duque.)

Habían despedido a mi padre. No explicó por qué. No importaba; estábamos en bancarrota, así es que la primera acción de mi padre fue cambiarnos a una casa más cómoda, una cabaña pequeña, bien hecha, y limpia, por Cayo Siesta cerca de Midnight Pass. Desde aquí se tenía mejor acceso a la playa, y Toby tenía un patio donde podía jugar sin que lo pincharan los cactus y ortigas.

Lo único que me importaba es que mi padre estaba en casa. Trajo consigo un baúl lleno de juguetes y curiosidades, cosas para Rosemary de un bazar en Istanbul, para Toby un mono mecánico que hacía girar un bastón y luego se subía en él, tarjetas postales de barbudos hombres a caballo blandiendo sus espadas y antiguos rifles, un par de gemelos de campaña Zeiss para mí. Se me prometió un bote.

Pasaron las semanas, y mi madre se preguntaba en voz alta cómo íbamos a comer. Duque sonreía ampliamente: nada más fácil, Pan Am había perdido su equipaje en el trayecto de Viena a París. No podían encontrarlo, habían reconocido el fracaso, y querían sacárselo de encima por mil quinientos dólares, bastante hasta que surgiera otra oferta de trabajo.

Cambié cuando mi padre regresó a casa. Mis retorcijones de estómago desaparecieron, y tenía a alguien que mediara en las amargas disputas entre Toby y yo. Mi padre me acompañaba a veces a mirar el entrenamiento de verano de los Red Sox.

Los Red Sox habían estado jugando encuentros amistosos durante varias semanas antes de que Duque regresara, y yo había hecho la cimarra muchos días para mirarlos jugar. Walt Dropo estaba poniéndose en forma para ser el Mejor Jugador Nóvel del año 1950, Billy Goodman estaba bateando bien, pero yo iba a mirar a Ted Williams, distante y caído de hombros, solo consigo mismo. Yo quería tener su nombre en una pelota, una ambición casi imposible de realizar. El equipo era vulnerable cuando atravesaba un baldío para llegar al campo de juego desde los edificios donde estaban las duchas y los camarines. Ahí tiraba mangas, los llamaba por sus nombres. Tenía dos pelotas Spaulding, una para que la firmaran todos los jugadores del primer equipo excepto Williams, la otra envuelta en papel de seda, virgen, para El sólo. Día tras día me daba el esquinazo, pasaba corriendo junto a mí sin mirarme, una vez pasó corriendo *sobre* mí cuando traté de bloquearle el camino. Todos los demás sonreían y firmaban.

Un día Williams venía de abandonar el campo de juego después de una magistral tarde contra los Tigers en un amistoso, y ahí estaba yo otra vez, cariacontecido.

—No estés parado ahí como un tonto, chaval, nunca conseguirás nada de lo que quieres.

¡Qué voz! ¡Articulaba palabras! A mí. Le alcancé la pelota, pues Williams se había detenido junto a mí, examinándome, como si yo estuviera a la venta, para comer.

—Lápiz. ¿Ni siquiera tienes un lápiz?

Le pasé mi bolígrafo. Tuvo que rasparlo un par de veces contra el cuero para que comenzara a fluir, poniendo dos runas en la pelota. Pero estaba firmando.

—Ted, ¿pondría *A Jeff de Ted Williams, El Magnífico Solitario?*

—Jesús, qué tío.

Y ya se había ido, lanzando la pelota por sobre su hombro. La pelota decía *Ted Williams.* Y el maldito bolígrafo se había saltado algunas partes, con lo cual la mayor parte de las letras estaban rotas. En casa, estudié la pelota. No me satisfacía. Soldé las fracturas en las letras de su firma, haciéndola clara y perfecta. Entonces practiqué su manera de escribir hasta que la sabía mejor que él. Y entonces escribí en mi pelota lo que él habría escrito si hubiera tenido tiempo: *Para Jeff, Un Gran Muchacho, Ted Williams, El Magnífico Solitario, ¡Al Bate!*

Llevé mi pelota al colegio. Todos estuvieron de acuerdo en que se trataba de una falsificación. Todos estuvieron de acuerdo en que la parte donde decía *Ted Williams* era una falsificación también. Pocos días más tarde Toby sacó esta pelota al patio y la perdió. Me confesó esto, pero no lo admitió ante mis padres. Les dijo que me había visto hacer un lanzamiento desviado que había caído en los pantanos de los manglares, que yo le echaba la culpa de todo. Le pegué en el estómago, donde jamás debía pegarle. Mi madre me dio una bofetada y yo me fui de la casa por una hora o dos.

Las cosas se pusieron cada vez peor en el colegio, y para mayo la Señorita Bartlett ya no me podía soportar. Yo hacía la cimarra, era pendenciero, soltaba tacos y jamás dejaba en paz a Forma-de-Pera. Tenía seguidores en mi campaña contra esta muchacha, y un día, tanteando la situación, propuse un debate en la clase basado en el tema de los sufrimientos de Forma-de-Pera. Increíblemente, la señorita Bartlett aceptó. Yo era el portavoz del lado afirmativo. Se resuelve: algo así como *Los Pechos de Gail son Provocativos así es que está Bien llamarla Forma-de-Pera*. Ganó sin dificultad el lado negativo, pero no sin que antes mi equipo hiciera a Gail salir llorando de la casucha de metal. La señorita Bartlett suspendió las clases tres horas más temprano que de costumbre, y al día siguiente su novio, un luchador contra los caimanes en los Jardines de la Jungla de Sarasota, vino al colegio con ella, y me llevó aparte:

—Cúidate, mocoso, te estaré llevando la cuenta.

Esto me pareció divertido, y lo repetí varias docenas de veces esa mañana a espaldas de la señorita Bartlett, con lo que creí era una reproducción exacta de un acento pantanoso. Algunos de mis compañeros se rieron, menos cada vez.

Esa tarde mi padre me vino a buscar al colegio en su MG. Recién había recibido una llamada de mi maestra, quería hablar con él. Le advertí lo injusta que era, que no le hiciera caso. Mi padre, de buen humor, dijo que él juzgaría de su injusticia por sí mismo. Debía esperarlo en el coche. La capota estaba abajo, el sol picaba con vicio, los asientos de cuero se caldeaban. Se me había ordenado que me quedara ahí sentado y no me moviera, que ni siquiera abriera la puerta del coche. Miré cómo el equipo de la escuela superior, los Marineros de Sarasota, practicaba béisbol por una hora, y luego otra, y yo me preguntaba por qué no podía yo ser como ellos, simplemente buena gente. Tenía miedo. Vi que mi padre venía caminando hacia el coche, lentamente. No parecía enojado, sólo decidido.

—La señorita Bartlett me ha contado todo lo tuyo—dijo mi padre al arrancar.

—Déjame explicar—dije, y luego no dije nada.

—No pasa nada, realmente. Eres de los que venden por docena, sólo un sabelotodo.

Siguió conduciendo, y yo dije:

—Me portaré mejor, no voy a volver a ser así.

—Quizás—dijo mi padre—. Lo espero. Porque para eso es lo que te voy a dar una zurra cuando lleguemos a casa, para que no vuelvas a portarte así.

Yo estaba histérico, mi padre calmado. Lo desafié a que me hiciera cargos específicos y se encogió de hombros. Lo único que dijo fue una cosa:

—He enviado trecientos curriculum vitae, y nadie ha contestado.

Mostró furia una sola vez, cuando me resistí a entrar a mi habitación. Entonces me agarró del brazo con tanta fuerza que me di cuenta de que me lo rompería si no me movía, y su lengua hizo esas espantosas contracciones que a veces hacía, y dejé que me pusiera donde él quería tenerme, sobre mi estómago, mirando hacia la pared, con mis pantalones y calzoncillos abajo. Entonces comenzó a pegarme con el asentador de la navaja tan fuerte como podía, correazos silbantes que vaciaron mis pulmones al primer golpe, así es que nunca recobré la respiración como para gritar mientras estaba allí tendido con los ojos desorbitados mirando un poster en la pared, peces grandes comiéndose a peces chicos, mientras mi madre al otro lado de la puerta con llave gritaba: *¡Déjame entrar! ¡Qué le estás haciendo, maldito hombre espantoso, que le estás haciendo a él!*

Entonces cesó, así es que mi madre no se fue a llamar a la policía, sino a hacer una cita con un abogado, había tenido suficiente, eso era todo lo que podía soportar. Cuando pasó todo, mi padre me abrazó, y dijo sólo esto:

—Pórtate bien. Trata, al menos. No seas así. Trata.

Y entonces me puse a llorar, tan avergonzado de todo, sabiendo mejor lo que yo había hecho que lo que él sabía, o la señorita Bartlett sabía, o mi madre sabía, o nadie que yo conociera sabía. Y cuando regresó mi madre, lista para decirle un par de verdades por la última vez, muriéndose por librarse de él para siempre, queriendo protegerme de él, lo encontró en el baño, preparándose para afeitarse. Mi madre nos vio por la puerta abierta. Yo estaba sentado al borde de la tina, mirando hacia arriba. Mis ojos estaban rojos de llorar, pero contemplaba con total admiración y maravilla las piernas gruesas y musculosas de mi padre, sus amplias espaldas, la envergadura de su cuello. Un vello como de durazno había comenzado a crecer en mis mejillas. Mi padre llevaba sólo los anchos calzoncillos Sea Island de algodón, tipo boxeador, comprados en los Brooks Brothers y que eran sus preferidos, siempre celestes. Se había enjabonado la cara con un hisopo, mango de hueso y brocha con cerdas de tejón, un instrumento pesado que a veces yo pasaba en seco por mi propia cara. Era tan suave como el abrigo de piel de mi madre. Revolvió las cerdas en jabón de afeitar empacado en una caja de teca, y se enjabonó las mejillas y luego sobre el labio superior, y entonces la barbilla, y finalmente el cuello. Asentó su navaja en la larga lengua de cuero oscuro con la cual recientemente había golpeado mi trasero con tanta fuerza, y comenzó a afeitarse, seguro, audaz, con gesto decidido, primero sus mejillas, y luego sobre el labio superior, y entonces la barbilla al mismo tiempo que hablaba conmigo.

—Ese asentador era de mi padre, la navaja también. De su padre antes... Buena hoja... Acero quirúrgico... Muy afilada.

Mi padre estaba afeitándose un lado del cuello.

—El Doctor la usó todos los días hasta que tuvo setenta años...

Mi padre se afeitaba el otro lado del cuello.

—Un día se estaba afeitando la nuez de Adán...

Mi padre estaba afeitándose la nuez de Adán, echando hacia atrás la cabeza como un hombres a quien lo estuvieran ahorcando, ahogándose en sus palabras, haciéndome casi levantarme del frío borde de la tina para entenderlas.

—... y de pronto se dio cuenta de que quería pasarse la maldita navaja derecho por dentro de la garganta, acabar con todo. Nunca volvió a usarla, me la dio a mí—. Mi padre se quedó inmóvil, se contempló en el espejo, me vio en él, hizo una morisqueta y se pasó la navaja por la garganta. La sangre comenzó a salir a lentos borbotones de la blanca espuma que cubría el cuello de mi padre. Abrí la boca, hice un ruido ahogado, y mi padre se dio vuelta y me miró hacia abajo y sonrió y dijo suavemente:

—No es nada, mira.

Y no era mucho, sólo una broma, un pequeño corte, pero eso no era lo que él había querido decir con *no es nada*. Entonces supe que si las cosas le iban demasiado mal, él sería capaz de hacerlo, *no es nada*.

Las cosas se pusieron malas para él. Trató de conseguir trabajo en todas partes y nadie lo quería. Ya era conocido, supongo. Sus vitae se volvieron más y más desesperadas, tratando de realizar la magia que habían conjurado antes. Tengo una de esos días, puesta en el correo en la época en que ya se habían acabado los mil quinientos del equipaje perdido, y el Ford estaba en el garaje para otra reparación de las válvulas. Ahora hablaba, leía y escribía—"como un nativo"—francés, español, italiano, alemán, turco, persa, y, en uno de esos gestos briosos que no podía resistir, burmano. El título de la Sorbona venía ahora de *"Lá Ùnivèrsité de Sorbónne, Ecóle Aeronautique,"* itálicas y acentos suyos. Su trabajo en Birmingham era descrito, en parte, como sigue:

Formó parte de un estudio de toda la industria aeronáutica encargado por el Ministerio de Guerra, que dio como resultado el que a la Compañía Bechtel-McCone se la destacó para construir y operar el centro más grande de modificaciones para la Fuerza Aérea, en Birmingham, Alabama. Completó toda la planificación de las instalaciones y su construcción así como tuvo a su cargo toda la ingeniería y la supervisión de la construcción del arriba mencionado. Organizó y administró la sección de Ingeniería con 350 así como a las 3.200 personas en la sección de Producción, incluyendo el control de materiales, planificación, horarios, y control de la producción. Diseñó todas las modificaciones instaladas en los B-24 y la mayoría en los B-29. Responsable de todo lo arriba mencionado.

En su vita escribió que le habían pagado bien por tal virtuosismo de hombre-orquesta, nunca menos de dieciocho mil dólares al año desde 1940, la mitad de lo que le habían pagado por el trabajo del que acababan de despedirlo, acerca del cual no decía que lo habían despedido. Sin embargo: "Estoy deseoso de regresar a un trabajo relacionado con la aviación, y consideraré cualquier salario sobre $8.000 al año." Al menos doscientas compañías, cree mi madre, declinaron este gambito de generosidad, esto en una época en que la mayoría de ellas estaba contratando por el Miedo a los Rojos y los contratos en base al costo de producción más un margen de utilidad asegurado.

Mi padre estaba bebiendo mucho, normalmente whiski pero a veces su trago de los Grandes Problemas, el ron Hudson Bay de ciento cincuenta y un grados de graduación. Discutía por la noche con Rosemary, y una mañana ella se presentó al desayuno con un moretón en la mejilla. No le hablaba a mi padre, y esto hizo que lo sintiera por mi padre más que por ella, pues ella estaba tan intratable y él estaba tan ansioso de que se le perdonara.

A veces se divertían. En el Hotel Ringling conocieron a un joven pianista y organista llamado Rip. Era un pájaro raro, bajo y nervudo, un Rory Calhoun de bolsillo con rizos negros, y un temperamento espantoso, y una mujer delicada. Después de que Rip terminaba de tocar, las dos parejas iban al Tropicana, un parador en Cayo Siesta, donde un borracho sin razón aparente lo llamó una vez "Judío hijo de perra." Mi padre le pegó una buena paliza, y Rip quería matarlo de un disparo en el estacionamiento, pero no lo hizo, y al día siguiente Rip me llevó a la cárcel donde mi padre orgullosamente confesó ser culpable de asalto, y lo dejaron ir con una palmada de felicitación en la espalda de la jovial policía de Sarasota.

La madre de Rip era dueña de una enorme mansión a tres horas de distancia, a orillas del lago Wales, y una noche después del trabajo él, yo y Duque fuimos hasta allá en su camioneta. Rip pisaba el freno cada vez que veía un conejo, se estacionaba dondequiera que la camioneta había ido a detenerse, agarraba una .32 de nariz chata de la guantera y perseguía al animal por los arbustos, gritándole y disparándole. Como muchas cosas, esto me dejó perplejo, pero supuse que estaba sorprendido porque no conocía la vida, así es que no le pregunté ni a Rip ni a mi padre por qué nuestro anfitrión odiaba tanto los conejos.

Para llegar a la orilla del lago pasamos por una entrada, con una caseta de guardabarrera a cargo de un individuo hosco que acaso alguna vez pudo haber jugado de defensa si es que sabía recordar dónde estaba la izquierda y la derecha. La casa estaba rodeada por un muro de piedra, con cascos rotos de botellas incrustados en su parte superior. Mi padre preguntó que por qué tantas precauciones, y Rip tendió su dedo índice a noventa grados de sus labios.

Llegamos de madrugada, y la niebla subía del lago. Rip me preguntó al desayuno si me interesaría ver la casa de botes, y yo dije que sí. Ahí, listo para lanzarse al agua con una polea, había un hidroplano con motor fuera de borda, un Jacoby clase B, lona y madera terciada barnizada color caoba, con un huracán Mercury de diez caballos puesto en el yugo de popa.

—Mantenlo bajo cuarenta y usa el salvavidas—, me dijo Rip.

Anduve en la lancha hasta que me hicieron parar, después de la puesta de sol. La madre de Rip nos llevó a un sencillo restaurant a la orilla del río donde comimos bagre, y todos hicieron una gran alaraca para tenerla feliz a ella. Este era el día más feliz que había tenido nunca con mi padre hasta que empezó a beber ron, y se puso silencioso, y miró fijo y con dureza a la madre de Rip, y le dijo a Rip que su madre estaba tratando de intimidarlo.

—No lo eches todo a perder, Duque—dijo Rip—. Ten cuidado ahora.

Estaba mirando a mi padre con gran intensidad, y éste se rio y dijo:

—¡Qué diablos!

—Así es—dijo Rip, y no se rio—. Qué diablos.

Cuando cumplí los doce años, mi madre insistió en que me hiciera Boy Scout, poniendo sus esperanzas en que me reformara el programa tan decente de la institución. Después de que mi padre me dio esa paliza por inútil y mal educado, me transformé en un Boy Scout modelo, subiendo rápidamente de rango a rango, casi hasta el tope. Estaba obsesionado. Yo era una maravilla. Nunca antes había sido una maravilla, y me gustaba serlo. Aprendí a usar el sistema, encontré el ángulo de acceso. La única insignia de mérito que se exigía para ser Aguila y que faltaba en mi despliegue era la de *Pioneering*, la insignia fundamental que requería conocimiento del bosque, saber cortar árboles y hacer fuegos, ser competente en el bosque.

Mis certificados de mérito se concentraron en otros aspectos, en las artes sedentarias, domésticas y comerciales, enfermería (Primeros Auxilios), comunicaciones (Código Morse y Periodismo), economía doméstica (Cocina y Cuidado de los Perros). Mientras mis compañeros en los Boy Scouts iban tranquilos a las ceremonias mensuales, donde recibían una insignia o quizás dos acompañadas de un apretón de manos, yo iba excitado y nervioso, ganándolas de a cinco por vez: Administración Personal (lo que hizo necesario que me supervigilara mi padre mientras yo hacía un presupuesto, y aprendía a explicar por qué era mejor que uno viviera dentro de sus medios económicos, y por qué cien dólares se usaban mejor trabajando para América en un bono de ahorro que escondidos bajo el colchón. "Habla con tus padres o tutor acerca de cómo se utilizan los recursos familiares para satisfacer las necesidades inmediatas y prever a largo plazo. Di cómo puedes ayudar con el presupuesto familiar." Otra exigencia que mi padre me ayudó alegremente a satisfacer fue la de prepararme para decirle a mi Jefe "cuán importante para nuestra economía es el crédito y las ventas a plazos. Averigua y di lo que tienes que hacer para obtener una buena calificación como 'digno de crédito'.")

Obtuve la de Trabajo en Cuero y Leyes, Seguridad en el Tránsito y Ventas, pero *Pioneering* se me escapaba. A pesar de todo, esto no quedó en nada. Bajo la rúbrica de *Premios y Honores* en mi vita yo mantuve hasta después que acabé la universidad "Scout con una insignia menos de las necesarias para ser Aguila." Y también aprendí en frías letras de imprenta que la masturbación no causaba ni locura ni verrugas, sino que meramente revelaba perturbación mental, desperdiciaba el tiempo, y hacía que un muchacho no estuviera en forma para los juegos o la compañía de otros Boy Scouts.

Cien días después de que mi padre regresó de Chicago, Boeing, en Seattle, finalmente picó en su vita. Le pagaban seiscientos cincuenta al mes, menos de lo que quería, pero representaba otra oportunidad, y se preparó a partir el mismo día en que llegó la carta. Nosotros iríamos cuando él ya hubiera encontrado una casa en un barrio donde hubiera un buen colegio.

Duque cargó el MG y nos dijo a Toby y a mí que cuidáramos a nuestra madre, como siempre lo hacía cada vez que se iba, que parecía ser cada vez en que yo pensaba que estábamos otra vez seguros y reunidos. Le rogué que me llevara con él, le prometí que no sería un problema, que lo mantendría despierto en el camino, que sería su copiloto. Yo creía que si pedía esto con cuidado, escogiendo justo las palabras apropiadas, me llevaría, así es que lo pedí en mil formas, pero no cedió. Por último, accedió a que fuera con él hasta el centro de Sarasota, y dejó que lo llevara a Rexall a comer un sandwich. Dije que él necesitaba gasolina para las muchas horas de conducir que le esperaban.

No había turistas en agosto. El pueblo estaba sofocante, con las aceras vacías y el alquitrán derritiéndose, sólo otro apartado lugar tropical. La tienda estaba refrigerada a temperaturas árticas. Sentí la escarchada butaca de cuero a través de mis pantalones cortos y camiseta, y miré a mi padre al otro lado de la mesa, tranquilo, de ninguna manera ansioso de comenzar el viaje. Yo quería que nos quedáramos ahí donde estábamos para siempre. Recorrí el menú y ordené sopa de guisantes, un sandwich de pavo caliente con relleno y puré de patatas servido como si fuera un volcán relleno con una gruesa salsa color canela. Mi padre me aconsejó:

—El pavo en estos lugares es pésimo. Es un bocadillo de pavo. La próxima vez pide un rosbif, poco asado, y si no está casi crudo mándalo de vuelta.

Supongo que hay veces en que me he sentido más infeliz, más asustado, pero no sé cuándo. Mi padre percibió esto. Dijo que todo saldría bien, estaríamos todos juntos en seis semanas, la vida sería mejor, me gustaría Seattle, diablos, uno no podía alejarse más de media milla del agua en Seattle ni aunque uno quisiera. Le pregunté si a mi madre le gustaría Seattle, y Duque dijo que seguro, le encantaría, sólo para que todos estuviéramos juntos. Me apretó la mano, y entonces comencé a llorar a gritos, traté de echarme puré de patatas y relleno para cerrarme la boca, pero no sirvió de nada. Mi padre se levantó y yo creí que había llegado el momento, ya se iba, aquí me quedaba yo, esto era todo lo que iba a ocurrir. Pero vino a mi lado de la mesa y se sentó junto a mí, pasó un brazo por sobre mis hombros y me abrazó, me besó en la mejilla, no me soltó mientras hablaba:

—Cristo, mucho ha sido malo, una verdadera vida perra. Un poco de tiempo más, sé valiente, y se pondrá mejor. No me gusta esto a mí tampoco. No dejaré que ocurra otra vez.

Le pregunté de nuevo si podía irme al oeste con él. Sacudió su cabeza y trató de secar mis lágrimas. Entonces vi que nuestra camarera y otra nos estaban mirando, riéndose como tontas de mi viejo con su brazo alrededor de un niño grande como yo, besándome, llevando gafas sin marco y un sombrero de tweed, sin parecerse en nada a un cliente normal de Rexall, o de ningún otro lugar.

—Puedes pagar la cuenta —dijo mi padre, dándome un suave golpe en el brazo—. Aquí tienes uno de diez, tú calcula la propina. Gasta lo que sobre en una película.

Y entonces se había ido tan rápido que no alcancé a decirle adiós, había salido por la puerta, y yo estaba allí sentado, mirando a las camareras. Me dieron la espalda y yo tomé el billete de diez y me fui sin pagar. Todo el calor de agosto me dio en el rostro y secó mis ojos. Podía oír el agudo gemido del pequeño motor del MG cuando mi padre cambiaba de marcha. Miré por la calle en dirección al ruido, pero se había ido.

Caminé hasta la tienda de regalos donde me habían pillado robando. Robé un cocodrilo de madera para mi hermano y una tarjeta para mi viejo. La postal mostraba a un niño y su padre pescando en el Golfo, sacando del agua una maldita cosa enorme, un pez vela o tarpón o algo así. No escondí la tarjeta, simplemente salí con ella.

El resto fue una miseria. Mi madre se hizo amiga de una alemana cuyo marido era un soldado que le pegaba a la mujer y disparaba por la ventana de la alcoba cuando ella lo dejaba afuera de la cabaña que tenían a una milla de donde estábamos nosotros. La mujer estaba desesperada e histérica, con el cabello revuelto y los ojos asombrados. Se escondió con su hija de nueve años en nuestra casa una semana después de que se fue mi padre. La hija jugaba a ser doctor con Toby, y yo jugaba a ser doctor con ella. Yo estaba bastante crecidito como para jugar al doctor con ella. Entonces la mujer y su hija se cambiaron a la cabaña vecina a la nuestra. El soldado venía todas las noches después que cerraban los bares, maldiciendo y amenazando, acelerando el motor de su camioneta, tocando la bocina. Un policía vino cuando lo llamó mi madre, pero era una película que ya había visto muchas veces. Le dijo a mi madre que la mujer podría haber hecho que lo metieran a la cárcel hace mucho tiempo, pero no hacía una denuncia formal contra él.

—Lo odia y lo ama—el policía le dijo a mi madre, guiñando un ojo—. Debe tener algo que a ella le gusta, ¿qué cree Ud. que será?

Pocos días después de que se fuera mi padre, mi madre encontró un trabajo en un Dairy Queen en el Tamiami Trail, vendiendo conos de helado por cincuenta dólares a la semana, usando una gorra de papel. Le pregunté cuándo saldríamos para Seattle.

—Nunca. No nos vamos de aquí. Me voy a divorciar de tu padre.

Esto no era Birmingham ahora, donde a un niño pequeño se lo conducía suavemente a enfrentarse con la realidad. Mi madre describió sus deseos, pero no los justificó. Había tenido trece años para pensar en dejar a su marido. Tenía treinta y dos, y le debe haber parecido una disyuntiva de ahora o nunca. Supongo que le pregunté por qué había engañado a mi padre, quien se había ido de Sarasota creyendo que su mujer lo seguiría al oeste. Si se lo pregunté, no me lo dijo, estaba demasiado ocupada como para responder a mis preguntas. Mi madre trabajaba diez horas al día en el Dairy Queen, seis días a la semana, y por la noche tomaba clases de taquigrafía, para progresar. Quería llamar por teléfono a mi padre, pero mi madre dijo que no tenía como para llamadas de larga distancia; además, no sabía su número.

Me iba al centro a menudo, haciendo auto-stop, y recorría las agencias de viajes. Eran comprensivos con un niño de doce años, no había mucho negocio. Me dijeron cuánto costaba el pasaje a Seattle, en tren y en bus, solamente de ida. Apuntaba los precios en mi memoria. Un agente me preguntó por qué no volaba, así es que obtuve los datos acerca de los aviones también.

Le decía a mi madre que yo juntaría dinero como para irme al oeste donde mi padre. De alguna manera. En esas ocasiones se quedaba mirándome, y yo me iba en mi bicicleta a Midnight Pass, y pescaba en la rápida corriente entre el cabo de Cayo Siesta y la punta de Cayo Casey. Caminaba por la playa con Shep. Estaba desierta, excepto por las medusas abandonadas por la marea baja, y los caparazones roídos de los cangrejos, zumbando con mosquitos.

El colegio iba a comenzar en dos semanas. En la casa junto a la nuestra el hombre de la camioneta hablaba seductoramente a su mujer hasta que ella le abría la puerta. Se reían por un rato, ponían alto la radio. Luego él le pegaba. La niña debe haber dormido durante todo ello; nunca oí su voz. Así pasaban los días y las noches.

La última noche la pasé sudando en la cama, oyendo las ranas croar por las profundidades del patio. Había llovido mucho ese verano, y esto había ocasionado una marea roja y una plaga de ranas. Había tantas ranas cerca de nuestra casa que los autos que pasaban de noche a altas velocidades rumbo a Midnight Pass a veces patinaban sobre ellas. Midnight Pass era un lugar para hacer el amor. Yo no podía dormirme pensando en las muchachas. Se suponía que mi madre estaba en su clase de taquigrafía y que yo estaba cuidando a Toby. Me levanté de la cama. Quería tenderme en la sala, que era más fresca. Allí zumbaba un ventilador en la ventana. Había encendido allí una luz para mi madre, y la luz escapaba por la rendija de la puerta cerrada entre la sala y el corredor fuera de mi habitación. Abrí la puerta, pero no me vieron. No lo vi todo, solo a mi madre y la pistola de un policía colgando enfundada de una mecedora frente a la puerta que yo había abierto. Cerré la puerta, regresé a la cama, me dormí. Todo había acabado.

A la mañana siguiente le dije a mi madre que quería irme donde mi padre. No discutió. Bueno, dijo, mejor que vueles, es más seguro. No quiero que cruces solo todo el país en bus o tren. Tendremos que averiguar cuánto cuesta y cuándo salen los aviones. Sé cuanto cuesta, dije. Delta, le dije a mi madre, sale de Tampa esta noche, hace escala en Atlanta, sigue a Chicago. Habría una larga espera en Midway, y después se volaba en Northwest a Bismarck, Great Falls, Spokane y Seattle. Bueno, dijo ella, bueno, puedes irte esta noche.

No hubo mala voluntad, lágrimas, promesas, gritos, excusas. Fui a Sarasota esa tarde a comprar un bote y un motor fuera de borda, le dije al vendedor que los pusiera a mi cuenta, tal como lo hubiera dicho Duque, y que me los mandaran por vía aérea a Boeing. El vendedor me pasó la mano por el pelo antes de echarme riéndose de la tienda. El avión salió a la hora desde Tampa. Antes de que subiera al avión mi madre me metió veinte dólares en el bolsillo y me recordó que habíamos llegado a Sarasota hace un año y un día. No la odiaba, y ella no me odiaba a mí. Pero excepto por tres breves encuentros no volví a verla hasta que tuve veintiséis años.

No mucho después de que yo partí para Seattle, Ruth Atkins, quien había prometido a mi abuela en su lecho de muerte que se preocuparía de mí, siguió la pista de Rosemary hasta el Dairy Queen, irrumpió por delante de la fila de clientes. Desafió a la hermosa señora rubia con su gorra de papel:

—¿Cómo pudiste dejarlo que se fuera? ¡Donde ese padre espantoso! ¿En qué estabas pensando?

¿Y qué podía decir mi madre? Que yo quería irme, lo cual era verdad. Lo que dijo de hecho fue esto:

—Era demasiado para mí. No podía seguir así.

Todavía le duele:

—Mandarte a Seattle fue una acción espantosa de mi parte, porque no me había puesto en contacto con él antes de que tú partieras.

Así es que la llegada fue desastrosa. Pasé veinte horas en Midway, comiendo hot dogs y bebiendo gaseosas, y llegué enfermo a Seattle. No había nadie allí para recibirme. Mi padre había tomado una vacación de dos semanas tres semanas después de que había comenzado a trabajar. Nadie lo podía encontrar. La Ayuda de Viajeros me tomó de su mano, se puso en contacto con mi madre y me entregó por unos pocos días a un colega de mi padre en la Boeing.

Estaba bien, yo no tenía miedo. Estaba contento. Estaba donde quería estar, todo saldría bien, lo sabía. Pero para mi madre esto todavía exige una explicación, y ofrece una:

—No lo llamé para decirle que ibas sino hasta después que saliste para Chicago, porque no sabía qué haría él. Quizás regresaría a buscarme. Quizás no querría recibirte.

XII

Era aquello que yo tanto había ansiado, pero no puedo reconstruir la escena de nuestro reencuentro. Recuerdo que a mi padre le pareció mal nuestra mentira de que yo tenía once años para obtener un medio pasaje, pero le pareció peor el que hubiéramos pagado al contado. Mi confianza en este hombre era tan incondicional que jamás se me pasó por la cabeza, cuando llegué a Seattle y él no estaba allí, que él no me encontraría, y pronto.

Quizás mi padre me dijo, cuando vino a buscarme después de algunos días, dónde había estado. Es posible que estuviera deprimido con la noticia de que mi madre había acabado con él. Pero no recuerdo desesperación alguna, nada de ira. Pareció absolutamente feliz de verme. Inmediatamente se preocupó de mis necesidades. Había llegado a Seattle con una sola maleta, una maleta pequeña que mi padre llamaba un "bulldog," un bolso de cuero gastado con cerrojos de bronce que había pertenecido a su padre. Al día siguiente al que mi padre me recogió de la casa de su colega en Mercer Island, me compró ropa y una lancha pequeña con un motor Evinrude de cinco caballos, apenas el músculo necesario para levantar el casco a ras de agua. El bote era mío y podía usarlo como quisiera, siempre que le prometiera a mi padre, palabra de honor, usar mi chaleco salvavidas. Mantuve mi promesa. Comprendía que mi padre me perdonaría cualquier cosa excepto que rompiera una promesa o le dijera una mentira. La verdad, me dijo, es nuestro vínculo más poderoso. Yo sabía que nunca, jamás tenía que mentirle. La verdad lo hace todo posible entre nosotros, me decía. Yo creía en lo que decía mi padre, pero tenía que entrenarme en casuística para distinguir entre las verdades cruciales que me decía y las mezquinas mezcolanzas que a veces usaba—¿necesariamente?—para confundir a vendedores y empleados, gente fuera de nuestras vidas.

Debe haber llovido algunas veces durante los dieciocho meses que viví en Seattle. Dicen que nunca para, excepto a veces en agosto. Pero yo recuerdo sólo sol y nieve, el monte Rainier contemplando desde lo alto el lago Washington y la bahía Puget. Debo haber tenido problemas en el colegio: mis certificados describen a un niño molestoso con notas poco vistosas y un tartamudeo terrible que con frecuencia visitaba al director, al terapeuta del habla, y al consejero sicológico para responder de sus muchas Ces y Des y Efes en Latín y Metalurgia. Recuerdo amistosos compañeros de colegio, maestros con

216

pálidas y amplias caras escandinavas, que enseñaban sin acento en el novísimo colegio Nathan Eckstein.

Nathan Eckstein no era sólo nuevo, con equipos electrónicos para ayudar en el aprendizaje y un gimnasio en que los aros de básquetbol tenían redes, sino que también se decía que era el "mejor" colegio de Seattle, con los niños y niñas más "decentes," y para mandarme allí Duque sufría un largo viaje al trabajo desde el distrito de la Universidad en la parte norte de Seattle hasta la Boeing en el sur. Quizás no le importaba. Todavía le encantaba conducir el MG, especialmente desde que había instalado un escape libre alternativo que hacía un ruido impresionante cuando la policía no estaba cerca para oírlo.

Al comienzo vivíamos en una pensión en el distrito universitario. Acampábamos en una sola habitación limpia, durmiendo en literas, mi padre en la de abajo. Antes de que comenzara el colegio pasaba leyendo revistas las pocas horas en que no estaba explorando el lago Unión y la bahía Portage en mi nuevo bote: me tenía absorto la lectura de *Sports Afield* y *True* y *Argosy* y *Field & Stream*, especialmente los anuncios de escopetas. Creía que quería un rifle para matar venados, uno de los Merlin o Winchester 30-30 que estudiaba en los anuncios a cuatro colores y de toda una página. Mi padre me aseguró que yo me equivocaba, no quería matar venados.

—Bueno—dije—¿puedo matar una roquera? Bastaría con un rifle pequeño, de mira telescópica.

Mi padre me preguntó qué era una roquera, y yo le expliqué que era una pequeña marmota que vivía entre las rocas, en las montañas. Mi padre me dijo que por supuesto no podía matar una roquera, así que nunca llegué a ser un cazador.

Leía *Argosy, True, Yachting* (que prestaba poca atención a las lanchas a motor) y otras dos, *Quick* y *Confidential,* que escondía al pie de mi saco de dormir. Para compensar estas revelaciones periódicas de un mundo impuro estaba la influencia de algunos estudiantes que se alojaban en nuestro edificio, con los cuales mi padre se había hecho amigo. Me trataban bien, tan entretenidos por mi sofisticación como por mi inocencia. Uno de ellos era Ted Holzknecht, capitán del equipo de fútbol de la Universidad de Washington, nombrado por el *Collier's* como el mejor centro del país. Me llevó a un par de prácticas de los Huskies, donde le dije a los compañeros de equipo de Ted que yo era íntimo de Ted Williams, ese que jugaba para los Red Sox. ¿Quizás habían oído hablar de él? Yo tenía una pelota que él me había firmado, estaba en alguna parte en Florida.

Si a mi padre le decía la verdad, a otros les mentía por equivocación, o antes de que pudiera refrenar mis palabras. Las mentiras por equivocación se pasaban como enfermedades contagiosas de Duque a mí y de ahí a otras personas. Mi padre había jugado fútbol en el equipo de Yale, había nadado en Yale, volado aviones de combate para Gran Bretaña. Mis propias invenciones eran, normalmente, fantasías, a veces escapismos. Cuando la gente me preguntaba acerca de mi madre nunca decía la pura verdad así como nunca decía la pura verdad en Sarasota cuando me preguntaban dónde estaba mi padre. A la gente que me preguntaba dónde estaba mi madre le contestaba que se encontraba conduciendo hacia el oeste con mi perro collie y mi hermano mayor, que llegaría en cualquier momento ahora.

El único rival que Duque tenía en mi estimación era Elgin Gates. Durante la semana Gates trabajaba como capataz en el taller de un vendedor de motores fuera de borda en el lago Unión, afinando motores de carrera. Yo guardaba mi bote donde él trabajaba, y él me permitía hacerle pequeños encargos. Durante los fines de semana en la temporada él corría en los grandes hidroplanos de la categoría C y D. Era el mejor en el Noroeste, lo cual en 1950 quería decir mejor del país. Vi cuando él superó un par de records del mundo en velocidad, y pensé que eso era algo que me gustaría hacer.

Nunca había tenido un héroe, fuera de mi padre y de Ted Williams, hasta que encontré a Gates. Tenía todas las virtudes: era accesible, tenía habilidades que yo quería tener, la gente reconocía su autoridad, tenía prestancia. Lo mejor de todo fue que su respeto por mí vino a regañadientes, pero llegó. Al comienzo me echaba a patadas del taller, luego me toleraba, entonces me ordenó que le trajera café. Un día me pidió que le pasara una llave de un cuarto de pulgada, sin decirme cómo era. Un poco más tarde pidió un desmontaválvulas, entonces me pidió que le sacara la unidad inferior a uno de sus motores y se la pusiera a otro. Yo era su ayudante de mecánico.

Se tomaba una botella de cerveza de dos tragos, y cuando su mujer—que usaba grandes cantidades de lápiz labial y las tenía grandes—pasaba a pedirle dinero, coqueteaba conmigo. Gates hurgaba en su billetera mientras ella se apartaba el pelo colorín caído sobre alguno de sus ojos:

—¿Por qué no te esperé a ti, amor?—decía. ¡Por qué no te habré esperado a *ti*!

Elgin Gates me instruyó sobre el sistema de clases:

—Los jefes siempre le sacan el jugo a los trabajadores—me hablaba mientras se lavaba las manos con jabón Lava, y removía la grasa de sus uñas con un delgado cuchillo de plata—. Yo traspiro, el hombre de arriba es el que conduce el Cadillac. Yo duermo en una casa rodante, su mujer se pedorrea a través de seda. Obtén una educación, muchacho; pásame esa cerveza. ¿Quieres un trago? Dije un trago, no que te la tomaras toda de un maldito trago.

—Mierda, Elgin...

—No eches tacos donde yo estoy. Todavía eres un cachorro, no sabes distinguir la mierda del betún de zapatos en nada sino en botes y motores, y ni siquiera de eso sabes tanto.

Aprendí. Después de algunos meses Duque me dejó cambiar el Evinrude por un Mercury clase A, con una parte inferior Quicksilver. Ahora tenía un volante en la lancha, y un acelerador. Participé en una carrera durante la Feria del Mar de Seattle, cien millas de vueltas alrededor de la isla Mercer en el lago Washington. Ochenta botes comenzaron la maratón, terminaron veinte. Los conductores abandonaban no a causa del mal tiempo o de la pista, sino porque a la gente de más edad le debe haber parecido, después de un par de vueltas, una manera insensata de invertir horas, describiendo círculos todo el día, de rodillas sobre el pantoque mojado y grasiento de un pequeño bote, remecida y recibiendo los gritos de un pequeño motor. Terminé casi al final de los sobrevivientes, pero no en la cola. Lo primero que le dije a mi padre, que me miraba sonriendo y se había pasado cuatro horas al extremo de un muelle mirando aparecer mi lancha a una milla de distancia y luego desaparecer, le divirtió:

—Puedo ganar con un casco más liviano.

Duque me compró un bote más liviano. Comencé a ganar carreras. Afinaba mi propio motor en el taller de Elgin Gates, pero mi padre consiguió que sus amigos en la Boeing diseñaran y construyeran un sistema nuevo y mucho mejor para reabastecerse de gasolina en las carreras de largas distancias. Boeing también pintó mi lancha color guinda, e hizo que su computadora estudiara varios modelos de hélice para encontrar la apropiada para mi bote, motor y peso. Pesaba menos de cien libras, así es que iba rápido, y era lo suficientemente tonto como para conducir tan velozmente como podía en cada segundo de la carrera. Duque me llevaba a cualquier carrera que hubiera a menos de un día de distancia y me alentaba. Cualquier cosa que yo quisiera hacer, siempre que realmente lo deseara intensamente, él siempre quería que yo la hiciera.

Después de un mes en la pensión nos cambiamos a tres habitaciones en la planta baja de una casa grande que daba al lago en Laurelhurst, el Lake Forest o Grosse Pointe de Seattle. Para entonces ya estaba acostumbrado a los extremos cambios de circunstancia y fortuna que parecían gobernar nuestras vidas. No me hice preguntas sobre nuestro alojamiento en una sola habitación en una pensión, ni acerca de nuestra residencia en este sitio lujoso. Sabía con certeza que siempre habría suficiente comida—siempre había habido y habría—y dinero suficiente. Y si no había suficiente dinero, Duque compraba lo que quería de todos modos. "Compró" un Chris-Craft Riviera, una lancha de dieciséis pies de caoba barnizada con asientos de cuero rojo. El barniz reflejaba furiosamente el sol contra mis ojos cuando lo conducía por el lago Washington. Manteníamos este bote amarrado a un muelle que se proyectaba de un muro de contención de piedra al pie del prado frente a nuestra casa, y me gustaba sentarme contemplándolo, preguntándome cuánto podía durar esta secuencia afortunada.

Muchos de mis compañeros en Nathan Eckstein (pocos de los cuales tenían apellidos como Eckstein o Wolff) tenían botes como el mío, o como el de mi padre. Todos en el colegio eran gallardos o hermosos: "impecable" era la palabra que incluía todas las virtudes posibles. En Sarasota yo había preferido usar vaqueros, con amplias bastillas dobladas sin mayor cuidado, y camisas de algodón teñidas de escocés, franela falsa. Ahora llevaba pantalones color ladrillo con la línea marcada como una navaja y, en lugar de mis Buster Browns, mocasines de cuero rojo pulido, a los que sacaba brillo todas las noches hasta que me dolían las muñecas. Trataba de que mi pelo se peinara como cola de pato, pero no cuando mi padre andaba cerca.

Después del colegio me quedaba en el Bar-Bee-

Cue en el Distrito Universitario y tomaba Coca-Colas y alimentaba el tocadiscos automático, para oír a Les Paul y a Mary Ford, "The World is Waiting for the Sunrise." Sabía lo suficiente como para no pagar para oír "Ghost Riders in the Sky" de Vaughn Monroe. En casa, después de que había doblado mi chaleco "impecable" rojo oscuro con cuello en V marca Lord Jeff, que había colgado mi camisa deportiva de rayón, que me había peinado correctamente, ponía la mesa y hacía nuestras camas. Cuando llegaba mi padre cocinábamos algo que sacábamos de una lata. Después de la cena mi padre leía, mientras que yo fingía hacer mis deberes escolares.

Mi profesora a cargo del curso me enseñó tanto latín como historia de Washington, y para ella la caída de Roma y la Guerra del Cerdo de Charles Griffin—una guerra de un disparo en el territorio de Washington, en que no se derramó sangre, que duró desde 1859 hasta 1871—eran acontecimientos de magnitud equivalente. Incluso yo sabía más que eso; mi padre no aparentaba creer que la historia de Washington importara mucho para mi futuro, así es que por inferencia se me permitió despreocuparme de mis estudios, y actuar de acuerdo a la premisa de que todo lo que necesitaba saber, ya lo sabía. Esto debe haber preocupado a mi maestra, pero no lo demostró, y la recuerdo como amable y paciente, sin perfil, poco excitante, la señora que pasaba lista y me dio tres Des y una Efe.

Era un estudiante serio del jazz, sin embargo, discípulo de mi padre. Lo oía a él tocar variaciones de blues en una guitarra de cuatro cuerdas, y una cosa de Bix en do, "In a Mist," en un piano vertical arren-

dado. Al menos por una hora las noches que estábamos en casa escuchábamos discos: Jack Teagarden, Art Tatum, Joe Venuti, y Eddie Lang. El primer disco que Duque me dio era por estos dos últimos que acabo de nombrar, que se llamaban a sí
mismos Mound City Blue Blowers. El disco tenía
"Pateando al perro" en una cara, y "Castigando al
gato" en la otra. Mi padre me decía qué debía escuchar, y a mí me encantaban esas sesiones con él,
oyendo girar los discos, contemplando los sellos
(Blue Note, Commodore, Jazz Victor) y luego, cuando alguien realmente se embalaba, mirándonos uno
al otro, sacudiendo nuestras cabezas ante su maravilla: ¡Jesús, si no era ese grupo una cosa grande!

Dixie Thompson era rubia y limpia, llevaba gafas, tenía notas estupendas y la mejor sonrisa del
colegio. Su padre, un médico, conducía un Packard.
Debido a que conducía un Packard, un coche que mi
padre respetaba, fue escogido para ser nuestro médico. Pasé mucho tiempo con Dixie, siempre con otra
gente alrededor. Yo hubiera deseado que fuera diferente, pero Dixie era sociable. En su primer año en
la Universidad de Washington, donde se llamaba
Dixie Jo, salió segunda en la elección de Reina del
Día de los Novatos, perdiendo—inverosímilmente—
ante Twink Goss. En el último año fue presidente de
la YWCA de la universidad y miembro de una asociación femenina estudiantil honorífica que "reunía fondos para una beca vendiendo bastones de caramelo
en Navidad."

Es posible que otros recuerden a Dixie por su buen corazón, buena voluntad, y buenas obras, pero yo recuerdo su rostro. Llevé su retrato en mi mente durante diecisiete años, y cierta vez en Nueva York, después de una larga noche en el *Newsweek* y tres horas bebiendo en el Lion's Head, regresé a mi cuarto en el hotel extenuado y borracho. A las cuatro de la mañana no había donde tomarse otro trago, y ya me había resignado a dar la noche por acabada cuando sentí una presencia en la habitación. Era Dixie. Incluso encendí el televisor, para ver si estaba allí. La encontré en la guía telefónica, indicada simplemente así: *Thompson, Dixie*. Marqué, me contestó una adormilada compañera de cuarto, le dije "despiértela, es Geoffrey Wolff de Seattle, Nathan Eckstein, dígale que es Jeff, ella se tiene que acordar de Jeff Wolff." Después de una discusión la mujer habló con su amiga, y yo derramé mis memorias ante Dixie, quien finalmente habló:

—Son casi las cinco de la mañana. Alguna gente trabaja.

Y me colgó. Todavía pienso que me debió de haber hablado un par de minutos. Le escribí a la mañana siguiente, le conté acerca de mí, mis hijos, mi mujer. No le interesaba en absoluto, me imagino, porque no me ha contestado, y han pasado casi diez años.

Mi padre no se inquietó profundamente por la decisión de mi madre de quedarse en Sarasota. Simplemente no creía que ella pensara dejarlo. Oh, tra-

taría de vivir algún tiempo sola, como había tratado de abandonarlo en Birmingham, pero ya reco-
braría la cordura. Había un sentimiento de superioridad en su falta de duda: mi padre no creía que
mi madre pudiera sobrevivir sin su ayuda. Pensaba que ella se hundiría, y entonces él la salvaría. Era
un hombre sentimental, y pienso que él creía que
porque él amaba a mi madre, podía conseguir que
ella a su vez lo amara a él. También tenía fe en La
Familia, en que todos debiéramos estar juntos.

Así es que la llamaba a menudo por teléfono, sin
conseguir nada en absoluto, y yo siempre hablaba
con ella y con Toby. Mi madre me dice que durante una de esas conferencias le pedí volver con ella
y ella dijo que no, que no podía cruzar el país de ida
y vuelta cuando se me diera la gana. No puedo creer
que le haya pedido regresar a Sarasota, pero mi madre rara vez me ha mentido, excepto acerca de ser
hijo de un judío, y quizás mi padre había estado borracho y me había asustado. Todo es posible, pero
no creo que quisiera dejar Seattle para ir a Sarasota.

Yo no era justo. Siempre tomaba el lado de mi
padre. Cuando él regresó de Turquía, mi madre me
rogó que no le contara acerca del ex-policía de Michigan, acerca de lo que ella llamaba sus "indiscrecio-
nes," y durante algún tiempo no lo hice. Pero luego
sí le conté. No podía tener secretos con mi padre.
Espero que esa haya sido la única razón por la cual
se lo conté, y no para observar lo que pasaba una
vez que lo supiera.

No pensaba que mi padre fuera sensual, como
mi madre. Mi padre sabía "distinguir una buena
pierna," como él decía, y le gustaba hablar con mu-

chachas hermosas; pero yo entonces pensaba que
él era fiel a mi madre del matrimonio hasta la muerte. Ahora me pregunto qué sentía él cuando me llevaba al cine con una chica de trece años estrujada
entre nosotros en el MG, ella riéndose y coquetean-
do con mi padre. Ella se sentaba junto a mí en la oscuridad, junto a él también, y él olía el mismo cabello que yo. Era siempre mi padre, siempre correcto,
como cualquier otro padre.

Una tarde pude entrever algo diferente, lo que
podría pasar si mi padre decidía no ser como el padre de cualquier otro muchacho, si yo me acercaba
a él como un compinche y violaba el orden natural
de las cosas. Era un domingo del verano, pocos meses antes de que cumpliera catorce años, y mi padre
y yo estábamos sentados en el prado mirando los
veleros. Un Lightning se dio vuelta por allí cerca, derribado por un golpe de viento. Se le rompió el más-
til, y mi padre remolcó al bote y a las dos muchachas que navegaban en él a nuestro muelle. Tenían
dieciocho, quizás veinte años, y estaban tiritando
de frío y miedo. Duque les dio ropa seca, y les hizo
té mientras que ellas usaban nuestro teléfono. Pronto estaban riéndose de todo, y especialmente una
de otra parloteando vestidas con los pantalones cortos Burma de popelina de mi padre y sus camisetas
extra-grande.

Duque les preguntó si les gustaría un poco de ron
en el té, y se miraron una a otra, y dijeron sí, riéndose. Mi padre les tocó discos, y al poco rato estaban
bebiendo ron sin té. Hicieron una alaraca acerca
de mí, especialmente una de ellas, y de pronto me
di cuenta, cuando su amiga hizo otra llamada y le

dijo a alguien hablando quedo que no se preocupara, "nos llevarán a casa cuando se hayan secado nuestras ropas," que algo estaba a punto de pasarme. Dos muchachos y dos muchachas, así es como las chicas parecían verlo. Quizás lo entendía todo mal; quizás la muchacha que fue tan amable conmigo simplemente lo era, le gustaban los niños, y tenía un hermano pequeño. Pero me parecía que aquello en que había estado soñando por las noches estaba a punto de ocurrirme.

Comencé a buscar los detalles que pudieran testimoniar de este milagro ante mis amigos. Que simplemente me fueran a hacer algo en vez de que yo fuera el hechor, me molestaba un poco, así es que para añadir unos pocos años a mi edad, instantáneamente, le pregunté a mi padre si podía beber una cerveza. Me miró fijamente y dijo bueno, no veía cómo una cerveza me podía hacer mucho daño. Las muchachas se rieron como locas con esto, y yo me quedé sentado silencioso y hosco por algunos minutos mientras Duque les tocaba "In a Mist." Entonces me tomé otra libertad, me acerqué al piano y abrí la cigarrera de plata de mi padre, encendí un cigarrillo con su Dunhill de plata, aspiré experimentadamente, profundamente. Mi padre estaba comenzando las últimas ocho barras, su mejor parte, pero cuando encendí el cigarrillo se levantó rápidamente y me lo botó de un manotazo en la boca.

—Eso es demasiado. Te daría una paliza si no tuviéramos invitados. Se acabó la fiesta, señoritas, mi niñito ha olvidado sus modales y su edad.

Las chicas se vistieron y se fueron vestidas con su ropa húmeda y esperaron al borde de la calle a que vinieran a buscarlas. Me fui a la cama. Sé que mi padre fue demasiado duro conmigo. Algo puede haber motivado esta actitud celosa, pero creo que posiblemente lo enfurecí al tomarme la libertad material de usar su cigarrera. Esa noche me desvelé preguntándome por qué nunca parecía poder aprender dónde caían los límites de mi padre; un paso en tierra firme, el próximo fuera y precipitándome al espacio.

Mi padre nunca salió con mujeres mientras que vivimos solos juntos en Seattle, o al menos no que yo supiera. No me preguntaba por qué. Se estaba reservando para mi madre. Pero una vez me sorprendió. Era el día antes de la Navidad, y contrató a una persona para que limpiara nuestras habitaciones. Antes de que ella llegara de la agencia me mandó a que fuera a ver un programa doble en un cine del centro. Llegué a casa antes de lo esperado. Los instrumentos de trabajo de la mujer de la limpieza estaban apoyados contra la barandilla del porche de atrás, y la casa estaba tal como yo la había dejado. La mujer de la limpieza, que habrá tenido unos sesenta años, era tan flaca como una escoba, y estaba borracha. Me pellizcó los cachetes. No me mostré amistoso. Bromeaba con mi padre. El tenía una marca de lápiz labial en su mejilla, y el nudo de su corbata estaba suelto. Me pareció un payaso, pero él no podía saber por qué, no podía ver la huella carmín en él. Podía ver los labios borroneados de la mujer de la limpieza, sin embargo, y súbitamente se abrió una gran distancia entre ella y él.

—Puede irse ahora—, dijo él.

—Todavía no he limpiado, amor—dijo. Era descarada y no se había dado cuenta del mal humor de mi padre.

—Está bien—dijo él—. Será alguna otra vez.

El estaba sorprendentemente obsequioso.

La mujer de la limpieza se puso de pie ceremoniosamente, como si se elevara sobre su dignidad:

—No es tan fácil como todo eso, amor, *alguna otra vez...*

Se estaba burlando de mi padre, en víspera de Navidad.

—Tome, tenga—le dijo él. Le dio un billete de veinte dólares. Ella le lanzó un beso, y se fue riendo.

Le pregunté a mi padre si la había besado.

—Por supuesto que no. Jesús, ¿cómo puedes imaginarte una cosa semejante?

—Tienes lápiz labial en la mejilla.

—Oh, eso—dijo, tocándose la mejilla, ruborizándose—. Bueno, sí, hubo una fiesta en la oficina, había una muchacha hermosa, colorina, buen trasero, de unos veinticinco, sólo un beso amistoso, muy hermosa...

Como si "hermosa" hiciera alguna diferencia. La hacía.

El trabajo de mi padre en la Boeing era el de enlace entre diseño, ingeniería y producción, precisamente lo que había hecho en Lockheed para el XP-38 y en North American para el XP-51. Ahora el proyecto era el XB-52, y se trataba de la era atómica; la aviación había cambiado, todo era negocio. Mi padre no había cambiado, no era todo negocio, y si la facilidad con que se saltaba los reglamentos le ganó admiradores que trabajaron bajo su supervigilancia en el modelo y el prototipo del bombardero, también llamó la atención de alguna gente sin mucho sentido del humor.

Llamó la atención del FBI. Mi padre no se preocupaba mucho de los papeles y los planos, y no cerraba siempre con llave su escritorio por la noche. Esto era una molestia, pero nada como para causar las grandes dificultades que sobrevendrían luego de la investigación que se hizo para determinar si era persona a quien se podía confiar secretos de seguridad nacional. Mi padre necesitaba en su trabajo una investigación que lo pusiera en la categoría Q—de hecho casi un acceso a toda la información atómica—, y el FBI había acumulado un meticuloso archivo sobre su vida.

Era a finales de agosto de 1951. Lo recuerdo porque ocurrió al día siguiente de la carrera de hidroplanos de fuerza libre cerca de Floating Bridge. Nuestro Chris-Craft Riviera acababa de ser "vuelto" (la palabra que usaba mi padre en vez de "devuelto a la tienda por falta de pago," una expresión que usaba con tanta frecuencia que abreviaba sus muchas sílabas a dos), y estábamos mirando los grandes hidroplanos con motores interiores pasar tronando cerca de los flotadores desde mi pequeña lancha de carrera, la Y-Knot. Los botes eran impulsados por motores de avión, Allisons y Rolls-Royces, a veces por dos motores, y podían sobrepasar las doscientas millas por hora. Uno de los botes que iba retrasado en el grupo era un aparato gris y no muy elegante con dos motores en línea y sobrealimentados, y en la recta comenzó a adelantar a sus rivales. Los motores estaban funcionando a altas revoluciones, los sobrealimentadores gritaban, y mi padre me tocó en el brazo.

—Mira hacia otro lado—dijo—. Ese tipo está a punto de reventar.

Miré cuidadosamente, vi que el bote estaba tambaleándose un poco.

—¿Qué?—le pregunté a mi padre—. ¿Qué dijiste?

—Ha empujado demasiado a esos Allisons. No van a resistir tanto. Ahí. Desapareció.

Y miré donde el bote había estado, y ya no había bote.

—Vamos—dijo mi padre—. Eso es todo lo que escribió.

Al día siguiente la FBI vino de visita. Era domingo. Se identificaron y mi padre me dijo que saliera de la habitación. Dos de ellos le hablaron. Traté de oír lo que le decían. Eran corteses, serios. Mi padre no levantó su voz. Cuando decía algo, que no era muy a menudo, no lo interrumpían. Cuando se fueron se despidieron dándole la mano, y también me la dieron a mí. Uno de ellos le recordó que no debía dejar la ciudad, ellos se mantendrían en contacto. Mi padre dijo que por supuesto, que estaría en casa.

Pocas horas más tarde echamos unas maletas en el MG y condujimos a Port Angeles y tomamos el ferry al Canadá: Victoria, en la isla de Vancouver. Mi padre me llevó al Empress, y allí lo oí usar el nombre Saunders Ansell. El Empress era enorme, y mi padre lo conocía. Dijo que era allí donde había estado, "con un amigo," cuando llegué a Seattle desde Florida. Tomamos té con pasteles y galletas y sandwiches sin corteza cortados en tercios y cuartos. Mi padre me miró desde el otro lado de la mesa de té en el elegante foyer y dijo que yo necesitaba una chaqueta decente. Fuimos a la mejor sastrería de Victoria donde me compró una chaqueta escocesa Black Watch. Venía con botones de bronce con una corona estampada en ellos, y mi padre insistió en que los quitaran y los cambiaran por botones de bronce sólido, pesado y sin relieves. Me sentí orgulloso de mi figura en el espejo. Me sugería alguien que había sido educado para comer sandwiches de pepino en el foyer del Empress.

Mi padre estaba muy inquieto. Al día siguiente condujimos fuera de la isla a un lugar llamado Wilcooma Lodge, situado a la orilla de un fiordo. Comimos salmón ahumado y miramos el agua. Mi padre bebió whiski con Lon Chaney, Jr., uno que se hospedaba allí, y cuando vino a acostarse me despertó. Se sentó a la orilla de mi cama, meciéndose hacia adelante y hacia atrás, sujetando su cabeza entre las manos. Estaba borracho, pero no estaba furioso esta vez. Estaba triste.

—He hecho cosas horribles—dijo.

—¿Qué cosas?—le pregunté con miedo de que me las dijera.

—No sé—. Sus manos estaban frente a su cara, puestas allí como una máscara. —Jesús, un hombre como yo, con poder para quitar la vida, máquinas de destrucción... A veces, viejo, pesa mucho, créeme. De veras, pesa mucho, mucho, mucho.

Entonces me dio detalles específicos. El se había

puesto firme con el XB-52, había discutido en contra de su construcción como un bombardero atómico. No podía permitir otro Hiroshima, Nagasaki, ya tenía "bastante sangre en sus manos." Tenía problemas por su posición anti-atómica, grandes problemas. El FBI no había acabado con él todavía.

Nos quedamos una semana. Me sentía orgulloso del valor de mi padre, de los riesgos que estaba corriendo. Remamos por el fiordo, hablando acerca de los viejos tiempos. Mi padre pasaba muchas veces su brazo por sobre mis hombros, decía que quería que yo fuera lo que me viniese la gana ser, siempre y cuando ayudara a otra gente. Me dijo otra vez lo importante que era el que nos dijéramos la verdad el uno al otro, costara lo que costara. Me dijo que él pensaba que yo estaba bien, y eso era todo lo que le importaba. Dijo que creía que quizás Rosemary no vendría a Seattle, pero que eso estaba bien, era posible que viajáramos al sur, para ver cómo les estaba yendo a ella y a Toby.

Me enseñó a conducir. Me las arreglé bien durante tres millas por el camino de tierra de Wilcooma Lodge, pasando bien los cambios, y después se me fue el coche en una fácil curva hacia la derecha. El parachoques de la izquierda y la puerta quedaron para chatarra, pero mi viejo fue capaz de reírse acerca de eso, le contó a nuestros anfitriones ingleses cómo yo había "estrellado la máquina" contra la cuneta. Me dijo "no te preocupes, ya vas a encontrarle la ciencia."

Ese día hizo una larga llamada a Seattle, y cuando colgó consiguió alguien que remolcara el coche. Lo seguimos en un taxi hasta el ferry a Seattle y subimos a bordo temprano, luego de poner al MG en la bodega. Veíamos como la gente subía por la pasarela, lentamente al comienzo, luego más frenéticamente a medida que el ferry se preparaba para desatracar.

—Te digo una cosa—dijo mi padre—. Te apuesto un dólar a que alguien pierde el barco.

—Si el barco ya se ha ido, ¿cómo vamos a saber que lo ha perdido?

—Tenemos que ver cómo lo pierde.

—No sé...

—Lo haré más difícil para mí. Alguien tiene que perder el barco, y estar tan malditamente enojado que sacuda su puño contra nosotros, dé saltos, y lance su sombrero al suelo.

—Acepto. Un dólar.

—Si tira su sombrero al suelo y salta sobre él, me debes dos dólares, ¿te parece bien?

—De acuerdo.

Teníamos las amarras a bordo, estábamos comenzando a entrar al canal. "Mira," dijo mi padre, señalando. Le debía dos dólares, y se los pagué quince años más tarde.

Nos paramos tras las barandillas de barlovento todo el camino a Seattle. Era una noche clara, seca y fría, y vimos como el sol se hundía hacia Asia y por un instante, como una bombilla de magnesio, iluminaba la sierra Olympic. Mi padre pasó su brazo por sobre mis hombros. Yo quería hacer que él se sintiera contento.

—¿Va a salir todo bien?—le pregunté.

—Sí—dijo.

Y así fue, de momento. Mucho después supe lo

que había ocurrido. El FBI había seguido su pista hacia atrás, topándose con deudas y algunos escarceos con la policía, borracheras, el tipo de cosas que el FBI encuentra cuando busca. Lo siguieron todo el camino hasta su primer trabajo en Northrup. Aquí había un hombre despreocupado, un buen ingeniero, un americano patriótico. Entonces, abruptamente, en 1936, desaparecía. Groton no había oído hablar de él, excepto para decirle a alguien en Birmingham que no habían oído hablar de él. Yale no sabía nada de él. La Sorbonne no sabía qué diablos se le estaba pidiendo que verificara, ¿qué escuela de *aeronáutica*? Mi padre no había nacido, según aseguraba, en Nueva York, en el Hospital Columbia Presbyterian. ¿Quién era? ¿De dónde había venido? Aquí había un hombre muy cerca de los bombarderos atómicos, que parecía haber sido depositado en este país pocos años antes de que comenzara una guerra mundial, y parecía no venir de ninguna parte. Aquí había un hombre que estaba obligado a contestar algunas preguntas.

Las contestó, de alguna manera. Boeing lo mantuvo en su planilla. No me puedo imaginar por qué. Probablemente lo salvaron los contratos con un margen de ganancia asegurado. Estos contratos del gobierno salvaron a muchos. Las ganancias de Boeing eran un porcentaje de sus gastos; mientras más dinero pagaran, más ganaba la compañía. Mi padre de algo le servía a Boeing, aunque fuera imperfecto. Y quizás el FBI decidió que incluso un hombre con defectos de personalidad puede ser un patriota.

Pocas semanas después de nuestra fuga al Canadá y del regreso de mi padre a Boeing, llegó Alice, "Tootie," mi madrastra.

XIII

Alice llegó con el siglo. Cuando la conocí en una habitación en la esquina de uno de los pisos más altos del Olympic Hotel ella tenía cincuenta y un años, y se veía de más edad. Mi padre, a los cuarenta y tres, parecía tener la edad de ella. Ella había estado casada dos veces, había sido viuda, y luego se había divorciado. Su primer marido era un magnate de la industria química (su firma, Sandoz, desarrolló el LSD) y un pedante. Alice adoraba su memoria, y estaba orgullosa de que él se hubiera considerado desvestido sin sus polainas. Usaba quevedos, y era de acuerdo a todos los informantes un caballero muy serio.

Su segundo marido era diferente. Era el bogavante de un ocho de Harvard que ganó en Henley, fue miembro de Porcellian y jefe de su clase. Eso era todo en su caso, sin embargo. Le gustaba México— el sol, las horas y los espíritus—y gastó el dinero de Alice rápidamente, el capital tanto como el interés. Como mi padre, él era más joven que ella.

Me gustaba Alice. Tenía una voz musical, entrenada a su precisión de vibrato por maestros de canto y colegios refinados. Me gustaba su hermoso cabello blanco que llevaba recogido sobre su cabeza, y su formalidad. Era remilgada, pero no parecía fría. Era maciza, supongo que el eufemismo es "digna de Rubens," y se daba aires, pero eran los aires de una maestra de escuela, y me parecieron cómodos, al comienzo. Más tarde, cuando pronunciaba *is* en "isolate" como para que rimara con "sis," yo la corregía, y después llegué a burlarme de ella. Pero entonces, con sólo trece años, yo suponía que ella debía saber algo que yo no sabía.

Mi padre nos presentó con orgullo. Sabía "que nos amaríamos uno al otro." No se me había advertido nada acerca de Alice, jamás había oído de ella, antes de que él me llevara a su habitación. Ella y mi padre se besaron cuando ella abrió la puerta, pero esto fue amistoso, de manera alguna carnal. No sé cuál pensé que era la relación entre esta mujer y mi padre, pero no pensé en su asociación como una traición hacia mi madre.

Estaba equivocado. Luego supe que Duque había conocido a Alice desde que vivíamos en Old Lyme. La había conocido en Boston, y habían pasado mucho tiempo allí juntos, codeándose con los amigos de Harvard de su ex-marido. Se habían encontrado en París mientras nosotros vivíamos en Sarasota, y mi padre había estado con esta buena señora en el Empress de Victoria cuando yo partí de Sarasota, y en Wilcooma Lodge cuando yo aterricé en Seattle.

Rosemary estuvo furiosa cuando Duque le contó

de Alice. Yo, por supuesto, apliqué el código tradicional que disculpa a los hombres y condena a las mujeres, pero era fácil justificar: siempre hubo entre Alice y mi padre un sentimiento más de acuerdo que de pasión. Se gustaban uno al otro, y luego ya no, pero nunca sentí un ardor menguar o fluir entre ellos. Pero yo era un niño, y veía lo que quería ver.

No supe, ni siquiera intuí, que mi aspecto había repelido a Alice. Cuando la conocí yo llevaba unos pantalones de gabardina verde clara, y estos se sostenían con un cinturón de charol blanco de un cuarto de pulgada de ancho. Sobre una camisa brillante con representaciones de isleños morenos que retozaban bajo palmeras llevaba la chaqueta escocesa que mi padre tan recientemente me había comprado, y esta chaqueta la despreció especialmente. También la desilusionaron mis modales en la mesa. Esa primera noche cenamos en Canlis's, un restaurante elegante que estaba situado en las alturas de una colina y tenía una vista al lago Unión, y yo me abrí camino rápidamente de plato a plato. Finalmente ella dijo:

—Por favor no tragues como un lobo.

Y yo dije:

—Pero yo soy un Wolff, ¿no es así?

Duque se rio y me dijo que disminuyera la velocidad. Noté que el cuello de Alice se puso lleno de manchas rojas, pero no sabía todavía que ésta era una señal de peligro, *No Nos Parece Divertido*.

A la mañana siguiente me llevó al Prep Shop en

Frederick & Nelson. Las ropas eran ridículamente poco audaces pero decidí que le daría el gusto a la buena señora, dejaría que me vistiera de la cabeza a los pies. Me mantuve firme en cuanto a mi pelo, de tal manera que los muchachos de St. Bernard's y Collegiate, donde se habían educado los hijos de Alice, no me habrían reconocido como uno de ellos. La segunda noche cenamos en el Cloud Room del Camlin, y observé los mesurados movimientos de mi padre con sus cubiertos mientras que me hablaba y Alice escuchaba, llevando de vez en cuando la esquina de su servilleta de lino a las comisuras de los labios.

—Hablé con Rosemary esta mañana.

Mi padre, al hablarme a mí, nunca antes la había llamado *Rosemary*, siempre *tu madre*.

—Hemos decidido que un divorcio es razonable, es mejor para ella y para mí.

No esperó a que yo dijera algo, pero en todo caso no había nada que yo quisiera decir.

—Tú te quedarás conmigo, por supuesto.

Asentí, comí un bocado de mi asado de lomo.

—Toby se quedará con su madre. El la necesita, y es justo.

Asentí.

—Supongo que no hay mucho más que decir acerca de esto. ¿Tú sabes lo que ella piensa?

Asentí.

—Bueno. ¿Qué te parecería que Alice se quedara en Seattle?

—Duque—dijo Alice, haciéndole señas para que dejara el tema por ahora.

—Quiero decir viviendo con nosotros—dijo mi

padre.

—Oh, Duque. ¡Dale tiempo al muchacho!

Traté de meterme todo un espárrago en la boca sin chorrearme salsa holandesa en mis nuevos pantalones de franela.

—Por mí, está bien—dije.

—Estupendo—dije, sonriéndole a la buena señora al otro lado de la mesa.

Nos cambiamos a una casa grande a orillas del lago Washington, al noreste de la base de la Aviación Naval, Sand Point. Me dieron un bote nuevo, más rápido, especialmente hecho para mí. Tenía para mí todo el piso de arriba de la casa y podía tocar la música que quisiera, tan alto como se me diera la gana. No veía mucho a mis amigos del colegio, y Duque no veía mucho a sus amigos de la Boeing. Alice no se sentía a gusto con ellos. Comencé a oír hablar de lo diferente que ellos hablaban, de las metidas de pata que hacían. Mi padre no usaba una corbata todas las noches para cenar, pero yo tenía que llevar una, y al comienzo esto me gustó.

El MG se colocó sobre unos bloques cuando llegó el frío, y Duque y Alice compraron un Buick Roadmaster Estate Wagon nuevo, con el metal verde colonial, acabado de madera y transmisión Dyna-Flo. Se casaron en una ceremonia civil que tuvo lugar en casa el día en que se finalizó su divorcio, y algunos de sus amigos de reuniones de MG le hicieron bromas por el Buick, con su transmisión automática y cuatro entradas para el aire ("Ventaports") en el capó. Alice me dejó probar el ponche hecho en casa mientras que la ayudaba a hacerlo, y gocé con la sensación de estar por las nubes. Algunos de los amigos de Duque silbaron cuando vieron la casa y la comida: salmón ahumado, caviar, ostras, un jamón Smithfield. Me gustó la impresión que parecíamos causar, pero vi que a mi padre no, y que cuando la gente le dijo que "debes haber descubierto oro" el cuello de Alice se puso rojo. Para entonces ya sabía lo que eso quería decir.

Mi padre se emborrachó y fue al garage con algunos amigos del club MG. Hicieron andar el motor, hablaron del pasado, se jactaron de sus coches. Mi padre me hizo sentar tras el volante mientras contaba otra vez cómo había "estrellado" el coche, y yo me sonrojé. Entonces le dijo a sus amigos que estaba guardando el MG para dármelo cuando cumpliera los dieciséis años, y yo estaba tan contento que toqué la bocina.

Después que se fueron los hombres con sus mujeres, me mandaron a la cama. Oí una discusión, mucho peor que nada que hubiera oído entre Duque y Rosemary, una pelea a gritos. Alice no parecía tenerle miedo. Mi padre subió, se sentó en mi cama. Estaba respirando agitadamente, y yo tenía miedo.

—Hice toda esta maldita cosa por ti.

—¿Qué, papá?

—¡No me digas *qué, papá* a mí! ¿Crees que yo quería esto?

—No sé.

—Lo sabes bien. Sólo que no tienes las agallas para hacerte responsable.

Sonaba como si me odiara.

—Dime lo que he hecho—le pregunté. Actuaba como un abogado.

—Jesús—dijo, y luego me imitó: *¡Dime lo que he*

hecho! Nada, chico, y nunca harás nada tampoco.

Entonces se fue, bajando dificultosamente la estrecha escalera, maldiciendo. Lo último que oí antes de que se lanzara por la puerta de adelante y se alejara conduciendo el Buick fue:

—Eso es todo lo que escribió, Arthur.

Pocas semanas más tarde oí sin que lo supieran una discusión entre mi padre y mi madrastra acerca de dinero, una discusión moderada acerca de valores y acciones, dividendos anuales, "qué tal pintaban los impuestos." Le pregunté a mi padre quién pagaba por qué en estos días. No reaccionó ante la pregunta como si fuera indiscreta. Me dijo que su sueldo en la Boeing era alto, que lo habían ascendido. Además, dijo, al fin había tomado posesión de la herencia de su padre, medio millón de dólares. Dije que eso era maravilloso, éramos ricos, ¿no es cierto? No era propio de personas bien educadas el hablar de estas cosas, me explicó mi padre. Los caballeros no discutían asuntos de dinero. Por otra parte, mientras que su dinero estuviera anclado en inversiones Alice pagaría muchos de los pequeños gastos de llevar la casa. Ella era muy quisquillosa en este aspecto, explicó mi padre, así es que yo nunca, nunca, nunca tenía que hablarle a mi madrastra acerca de dinero, de él o de ella. Yo tenía que quedarme tranquilo sabiendo que teníamos bastante.

Creer en la fabulosa historia de la herencia requería gran fuerza de voluntad, un apetito de creerlo todo que hoy sólo puedo atribuir al hecho de que preferia su idea fabulosa a la trasparente realidad de que mi padre era un embaucador, que vivía a costas de una mujer que no parecía mostrar la inclinación a dar nada gratis. Creo que *no puedo* haber creído en el medio millón. Quizás no me importaba. Yo estaba seguro. Como dijo mi padre, ahora había suficiente, viniera de donde viniera.

Seattle no podía retenerlos. El último día de enero, dos meses después de que se casaron, Duque renunció a su trabajo. Alice estaba cansada del provincialismo de este "lugar de aterrizaje para Alaska," y de tener agua precipitándose sobre su cabeza cada vez que salía afuera. A mi padre le habían ofrecido un trabajo en Tennessee, en un centro de pruebas de motores a reacción. Le subirían el sueldo a mil doscientos al mes y le darían una gran responsabilidad. Increíblemente, se las había ingeniado para pasar la misma vita que tan recientemente había provocado las sospechas del FBI.

Se decidió que haríamos un viaje en regla, mandaríamos en un transporte las cosas de la casa y el MG y mi bote y motor (esta vez, naturalmente, iban donde yo iba), y conduciríamos al sur en el Buick. Alice y yo llegaríamos a conocernos, pensaba mi padre, si viajábamos juntos en un automóvil tres mil millas. Llegamos a conocernos.

Hubo momentos agradables. Fuimos hacia el sur a lo largo de la costa hasta Los Angeles, alojándonos en el Benson en Portland, el Palace en San Francisco y el Bel Air en Los Angeles. Adquirí una pátina de sofisticación, y cuando Alice me sacó a bailar en el Coconut Grove en el Ambassador, donde oímos a Gordon MacRae y bebí *créme de menthe frappé,* decidí que este tipo de vida me venía bien. Guardé los menús (Chasen's, Romanoff's—donde mi padre, a cambio de diez dólares, consiguió hacer que pareciera que lo conocía el dueño—, The Brown Derby y el Polo Lounge). Fui solo a ver *Mister Roberts,* la primera obra de teatro que vi en vivo, y expresé mis opiniones acerca de ella. Mi padre me llevó a escuchar a Billie Holiday en un sencillo club cerca de Watts, y luego a Jack Teagarden, cuyo contrabajo le gritó cuando acabaron el número, "Duque, viejo bandido." Este era el músico que se había embarcado con mi padre a Europa después de que a este lo habían echado de la Universidad de Pennsylvania, "después que tu papá dejó la universidad." Aceptó que Duque lo convidara a tomarse algunos tragos. Alice—quien quería que yo la llamara "Tootie," lo que no podía hacer—regresó al Bel Air. El contrabajo le dijo a mi padre que podría haber sido un buen guitarrista, si hubiera seguido tocando. Guardé unas cerillas de ese lugar.

A la mañana siguiente mi padre y mi madrastra me llevaron a la costa a algún lugar cerca de Venice, donde Elgin Gates tenía ahora su propia tienda de botes y motores y su propio Cadillac. Gates ofreció dejarme conducir su hidroplano clase D, que daba sesenta y más, una maravilla de bote, si volvía al día siguiente. Duque y Alice estaban dispuestos a traerme de regreso, pero a mí ahora me interesaba más la ciudad. Pensaba que me gustaría ser un trasnochador, estudiaba la forma en que se vestía mi padre, compraba *Confidential* para leer acerca de los escándalos en lugares como el Coconut Grove y no sólo para estudiar fotografías del abismo entre los senos de Abbe Lane.

Aprendí a comer ensalada con un tenedor. A pedir aceite y vinagre en vez de Thousand Island. A aceptar queso, y a pedir la carne casi cruda en vez de bien cocida. Estaba casi listo para comer alcachofas.

Me mostraron las cavernas Carlsbad y el Gran Cañón, pero no me interesaron mucho. Frente a nosotros teníamos a New Orleans, jazz y Brennan's. A mi padre esto le pareció divertido, por un tiempo, y luego ya no le divirtió tanto. Mis conocimientos estaban acercándose mucho a los suyos. En algún lugar de Tejas pasamos un coche tumbado en la cuneta y había cerca una ambulancia y una patrulla del estado. Dos millas después mi padre dijo, como para sí mismo:

—Ese era un Roadmaster, igual a éste.

—No—dije, una milla más tarde—, era un Super. Sólo tenía tres entradas de aire.

Viajamos otras diez millas.

—Discutes demasiado. Se te está transformando en una costumbre, y la mayor parte del tiempo no tienes razón.

Alice estaba durmiendo en el asiento de atrás. Estábamos tratando de llegar a Dallas antes de que anocheciera.

—No estoy discutiendo, sólo diciéndote que era un Super. Tenía tres tomas de aire. El Roadmaster tiene cuatro. Como el nuestro.

Mi padre se detuvo a la orilla del camino. Suspiró.

—Ya hemos dejado ese coche como veinte millas atrás—dijo—. Si regresamos nos costará como cuarenta millas, una hora de nuestro día, de nuestras vidas. No es necesario. Ni siquiera interesante. Ese coche era un Roadmaster, eso es todo.

—Te apuesto diez dólares a que era un Super. Lo miré con cuidado, tres hoyos.

Mi padre no aceptó la apuesta. Dio media vuelta y enfiló hacia el oeste, hacia el sol. El sol despertó a Alice. Hizo preguntas, yo las contesté. Mi padre estaba silencioso. Ella dijo que no podía creer que un hombre grande dejara que su hijo lo hiciera correr por todo el mapa de esta manera. Pensé que ella no me caía bien. Había comenzado a pensar esto antes, oyendo a mi madrastra hacer declaraciones caprichosas sobre mí cuando ella sabía que yo estaba escuchando. Mi padre siguió conduciendo. En silencio. Alice estaba disgustada. Yo estaba feliz, no podía esperar a que contaran esos tres malditos Ventaports, y aclarar la cosa. Casi hice una alusión a las gafas de mi padre, pero algo me hizo pensar que esta era una mala idea. Cuando llegamos al lugar en que el Buick Super se había salido a la cuneta ya se lo habían llevado. Un policía caminero de Tejas estaba midiendo las marcas del frenazo. Mi padre preguntó que adónde habían llevado el coche chocado. El policía le dijo que el pueblo estaba fuera de la autopista, a cinco millas bajando por un camino de tierra.

—Pregúntale de una vez qué tipo de coche era—dijo Alice.

—Eso—dije—, pregúntale, él te lo dirá.

Mi padre no dijo nada. Condujo cinco millas hasta

una estación de servicio en un cruce de caminos y me dejó quedarme sentado durante un minuto contemplando el Buick Roadmaster chocado. Yo pensé que Alice había conseguido cambiar los coches. Era el tipo de cosa que ella era capaz de hacer, y para entonces ya sabía que con dinero se puede llevar adelante cualquier empresa.

XIV

El trabajo de Duque nos llevó al centro del estado de Tennessee, como a sesenta millas al sur de Nashville. Este era el reino del Walking Horse y el *bluegrass,* lugar pacífico y bautista. Ahora Tullahoma está en pleno desarrollo, pero cuando llegamos a comienzos de la primavera de 1952 no tenía nada sino una destilería de whiski, algunas haciendas, el honor de haber ocupado un lugar modesto en la historia de la Guerra Civil como cuartel de invierno del general Braxton Bragg luego de la batalla de Stones River y, todavía en construcción, el Centro de Desarrollo de la Ingeniería Arnold, un lugar con medios para probar motores a propulsión y cohetes, con túneles de viento ultrasónicos y donde mi padre era el jefe de la planta.

Como lugar de residencia resultó elegido Shelbyville, a dieciocho millas de distancia. Ahí me mandaron al colegio Bedford County Central High, una congregación segregada de niños y niñas hospitalarios que pronto me aceptaron como una novedad cuyo acento y ropa era una maravilla. Firmé para participar en los entrenamientos del equipo de fútbol en la primavera, y para mi sorpresa resistí, no lloré ni arranqué la primera vez que me dieron fuerte. Jugaba como extremo, tenía buenas manos, ninguna velocidad y ningún criterio. Jugaba lo suficientemente bien como para conseguir citas con casi cualquier chica que invitaba.

Uno podía conducir a los catorce años en Shelbyville, y yo tenía catorce, pero no podía conducir. Duque y Alice no me dejaban. Estaba seguro que Alice no dejaba que Duque me dejara. Mi madrastra y yo discutíamos bastante; era una guerra rigurosa, sangrienta, con miradas duras y risas despectivas, chistes no explicados y cuchicheos. Mi padre me dejó escapar con demasiado en este aspecto, y a veces era mi cómplice en esta falta de respeto. Yo consideraba que Alice era una farsante.

Ella se daba aires falsos, sobrevaloraba la "buena educación" y lo convencional, el sentimiento correcto, lo esperado. Cuando nos cambiamos a un rancho blanco de tres habitaciones en Lynchburg Boulevard en la parte "decente" de Shelbyville, Alice trajo sus tesoros de Nueva York donde los tenía guardados, y repletó hasta la última esquina con pesadas piezas de caoba tapizadas de brocado y terciopelo. Había un reloj enorme y complicado de Tiffany, que daba la hora por magia putativa, que no daba la hora, porque los mudanceros lo habían roto. Había una mesa Sheraton de comedor, y alrededor de ella comíamos asado todos los domingos, y delicados platos otras noches. Echaba de menos la carne mechada y las croquetas y las cacerolas de atún de mi infancia, pero Alice, si de veras era una farsante, no era la única de la casa.

Yo había transformado mi habitación en un sagra-
rio erigido a la sociedad de los cafés. Clavé con alfi-
leres en la pared las cerillas de los cabarets de San Francisco y los menús de los restaurantes de New Orleans,
y dejaba caer en los oídos de mis confiados amigos
nombres de personas que acababa de conocer en *The
New Yorker* y *Quick*. Leía a John O'Hara y a J.P. Mar-
quand. Magnificaba el rango que se daban a sí mismos
Duque y Tootie (la llamaba "Toots," lo que la irrita-
ba), y cuando mi padre cambió el MG (¡*mi* MG!) por
un Jaguar gris deportivo XK-120 con asientos de cuero
rojo, expliqué su extravagancia contándole a Tommy
Ray, quien me dejaba conducir su pequeño Morris
Minor cuando la policía y mis padres no estaban mirando, que Duque tenía acciones suficientes para controlar General Electric, y trabajaba sólo como "hobby."

Mi padre daba exactamente esta impresión a sus
colegas. Gaylord Newton, quien lo había contratado
arrebatándoselo a Boeing, me escribió que mi padre
era un hombre de talento y con grandes energías, al
comienzo, pero "pronto descubrí que se estaba tomando bastante tiempo del trabajo para viajar por Tennessee con Alice. No obstante, tenía buenas ideas y
despertaba bastante entusiasmo en la gente que trabajaba a sus órdenes. Su único fallo en esa época era
la impresión que daba de que realmente no necesitaba
el trabajo, desde un punto de vista financiero."

Fuera de mis rencillas con Alice, cuyo principal pe-
cado era el elemental de no ser mi madre, la vida en
Shelbyville era suave: aire, noches, voces suaves, el
suave asiento de atrás del Cadillac sedán de la madre
de Tommy en una película en el drive-in o en un boliche de hamburguesas, con una suave muchacha en mis

brazos.

Cuando llegó la Y-Knot corrí en la lancha arriba y abajo por el estrecho río Duck, atrayendo quejas de la gente que vivía por allí cerca y ganando alguna útil notoriedad. El periódico local publicó mi foto con la de un par de amigos a quienes dejaba conducir el bote. Eran mis mecánicos en las carreras en los lagos del Tennessee Valley Authority cerca de Knoxville. Duque nos llevaba, remolcando el bote con el Jag a pesar de que hubiera sido más lógico usar el Buick. Le dijo a Alice que prefería el Jag porque le "sacaba más millas por galón."

Amaba ese coche, y lo conducía con el acelerador a fondo, a ciento veinte, entre Shelbyville y Tullahoma. Un policía vino a nuestra casa una noche durante la cena y le dijo a mi padre:

—Lo justo es lo justo. Yo no lo voy a detener si no puedo alcanzarlo, pero fíjese bien, puede tomar una curva una mañana y encontrar un tractor en el medio del camino, disminuya la velocidad, maneje con cuidado, buenas tardes, señora.

Una noche yo lo saqué sin permiso. Era a finales de abril, con bastante calor como para que mis padres pudieran usar su aire acondicionado Carrier, algo que llamaba la atención en 1952. Me desvelé pensando cómo lo haría, tal como me había quedado sin dormir noche tras noche pensando en ello por las últimas semanas. Lo dejaría rodar por el camino de entrada hasta la calle, lo haría partir, lo conduciría una cuadra, estacionaría un momento, vería si se encendían las luces. Nunca pensé que realmente lo haría, pero ahí estaba, sentado en la entrada al garaje en el maldito aparato, mis manos al volante. Era una noche tranquila, excepto por el ruido de las cigarras. Una noche oscura, excepto por las luciérnagas. Oí el aire acondicionado zumbando en su alcoba, bajando la temperatura hasta cerca de los sesenta antes de que el solenoide funcionara y lo acallara a un ventilar quedo, y luego irrumpiera en un fuerte zumbido otra vez. Ese era el momento. y solté el freno de mano y dejé que el coche rodara, crujiendo. Jesús, era un camino largo, cincuenta yardas, y entonces ya estaba allí, bloqueando el camino bajo el farol de la calle. Las polillas se azotaban contra los faros amarillos con tanta fuerza que pensé que despertarían a mi padre. Di una vuelta a la llave y el motor giró, pescó. Ninguna luz. Me las arreglé para que no se parara cuando solté el embrague, pero me temblaban las rodillas y apenas llegué hasta el final de la cuadra. Detuve el motor. La casa estaba oscura. Calculé que podía llegar hasta aquí y todavía decir la verdad. Sería difícil para mí, pero le diría a mi padre lo que había hecho. El había hecho esto mismo. Me lo dijo. No tanto: había conducido el Rolls sólo hasta el final del camino de entrada a la casa de su padre, pero ése era más largo que el nuestro. La casa seguía oscura. Me alejé, aumenté la velocidad hasta ciento veinte en un camino recto por el campo abierto, reduciendo a diez para las curvas, alejándome de ellas en cuarta. Toqué alto la radio, conseguí oír jazz de Atlanta, al gusto de mi viejo. Me estacioné frente a los billares, donde solían estar mis compañeros más revoltosos del colegio. Esperé con el motor andando hasta que salió uno de ellos. Le pedí un cigarrillo.

—¿Tu padre te dejó usarlo?

—Nones. Me lo robé.

—Lógico. Esos son unos bonitos pijamas.

Conduje el Jag a casa, derecho hasta el garage. No me dio ni pizca de miedo. Me fui a la cama feliz, dormí como un recién nacido. A la mañana siguiente me di cuenta de que el coche estaba al revés. Mi padre siempre lo entraba marcha atrás. No se dio cuenta, me imagino, o sólo se rascó la cabeza cuando lo encontró después del desayuno. Nueve años más tarde se lo confesé, y se puso enormemente furioso. Debe haberse preguntado en qué otras formas yo traicioné su confianza durante esos años en que él creyó en mí.

No de muchas maneras. Finalmente, sin embargo, le mentí por la primera vez. Alice me pilló, pero disimulé hasta el final, creando una terrible confusión durante algunos días. Cuando iba saliendo a un crucero vespertino por Shelbyville en el Caddy de la mamá de Tommy (que se nos permitía usar a cambio de asistir a las ceremonias de la Primera Iglesia Bautista todos los domingos, y cantar en el coro y pasar un tiempo de tertulia con otros atrapados parroquianos con lo que nosotros pensábamos era exquisita sutileza), saqué la cigarrera de mi padre, especialmente torneada para llevarla en el bolsillo de atrás del pantalón, del cajón de su escritorio. Se suponía que yo no debía fumar, pero mi padre, que fumaba, no era inquisitorial en esta materia. Cuando regresé de mi noche en las calles del pueblo, mi padre estaba frenético, buscando la cigarrera que le faltaba.

—¿La has visto?—me preguntó Alice. Mi padre suponía que ella la había perdido.

—No—dije. Todavía había tiempo para corregir esto, sin pena, añadiendo *no exactamente*, pero me había preguntado la persona equivocada; no me importaba mentirle a Alice.

—Dice que no la ha visto—le dijo mi madrastra a mi padre.

—Si dice que no la ha visto, entonces no la ha visto —afirmó mi padre.

Ahora estaba asustado. Puse la cigarrera en la gaveta de una mesa de la sala, e inmediatamente la encontré allí.

—Aquí está—le dije alegremente a Alice—, aquí mismo, ¿ves? Buenas noticias, papá, ¡la encontré!

—Acabo de buscar ahí—dijo Alice—. Creo que tú la pusiste allí.

—No miento—mentí.

—Geoffrey nunca miente—dijo mi padre.

—Ahora acaba de mentir—dijo mi madrastra.

Fui a mi habitación, di un portazo. Mi padre me siguió, pero me quedé tendido, vestido, en la cama, dándole la espalda.

—Ella está demasiado segura de sí misma—dijo mi padre—. Le carga admitir cuando se equivoca. Pero es buena gente. Mañana la perdonarás. Son muy duros uno con el otro.

No dije nada, oí como mi corazón daba golpazos contra mi pecho, no supe qué decir, ahora ya lo había hecho, cruzado la línea. Me pregunté por qué era yo como era. Finalmente me quedé dormido, entre los sonidos de la pelea que ellos sostenían acerca de mí. La voz de Alice perdía su barniz cuando gritaba, y mi padre perdía su tartamudeo cuando lo controlaba la furia, como lo hizo aquella noche.

Un antiguo colega de la Boeing, Joel Ferrell, trabajó con mi padre en Tennessee en el laboratorio de propulsión. "A causa de su gran tamaño, su tartamudeo, su personalidad extrovertida, tu padre llamaba la atención" en Tullahoma y en Shelbyville. "Era generoso y cariñoso casi hasta el exceso."

La carta que Ferrell me envió a mí acerca de mi padre fue una carta agradable de recibir: "Me sentí enriquecido por haber conocido a Duque porque traía humor y picardía a nuestras vidas, y era un hombre muy inteligente y capaz." Ferrell recuerda que en esos días soñolientos de Tullahoma el único lugar cerca para almorzar era Archie's, y que Duque y él estaban terminando el plato principal cuando pasó una caravana de automóviles. Ferrell se dio cuenta de que era el General Jimmy Doolittle, que venía a inspeccionar las instalaciones a nombre de la Fuerza Aérea. Se suponía que Ferrell y mi padre tenían que recibir al general, debían partir al momento.

—Terminemos el postre—dijo Duque—. Llegaremos a tiempo.

Ferrell recuerda:

Duque condujo a unas ciento diez millas por hora las ocho o diez millas hasta el AEDC. Poco antes de alcanzar la reja de entrada pasamos el convoy que llevaba al general Doolittle. Nos preparamos para su llegada. Duque había mencionado antes que conocía al general. Sin embargo, a veces Duque tendía a exagerar, y la mayoría de nosotros creímos que ésta era una exageración. Pero cuando Doolittle llegó y vio a tu padre, su reacción inmediata fue decir:

—Hombre, por Dios, ¡Duque Wolff! ¿Qué haces

tú por aquí? ¿Eres tú el que nos pasó allá atrás en la carretera? ¡Por supuesto que eras tú!

Ferrell también recuerda que mi padre viajaba a Birmingham para contratar ingenieros de los que trabajaban para Hayes Aircraft, lo que se llamaba Bechtel-McCone cuando Duque trabajaba allí. Un antiguo empleado de mi padre, y jefe de los ingenieros después de que despidieron a mi padre, le dijo que esperaba que su antiguo jefe no estuviera en el pueblo para ganar prosélitos entre los empleados.

—Diablos—dijo mi padre—, ni siquiera puedo decir g-ganar p-prosélitos, menos hacerlo.

—Le enviaba flores a Alice todos los días—recuerda Ferrell—. A causa de eso, las cuentas del florista eran bastante altas. Hubo algunas discusiones en relación a esas cuentas cuando Duque se fue de la región.

Mi padre no se dedicaba al trabajo con la seriedad que se esperaba de él, y mientras menos duro trabajaba, menos respeto mostraba hacia sus superiores. Decidió que Gaylord Newton estaba inflado y era un incompetente, y así lo dijo una noche en que estaba borracho. Al día siguiente, Newton lo despidió. "Siento que esto haya pasado," me escribió Newton hace poco. "Duque actuó correctamente al aceptar la situación y darse cuenta de que no había otra cosa que hacer. Como dos años más tarde lo encontré en Nueva York, por casualidad, en Park Avenue, y tuvimos una conversación amigable, lo que me sorprendió a la luz de lo que había pasado. Dijo que le estaba yendo bien."

Eso es lo que él creía. De hecho estaba al otro lado de la cumbre. El creía que su montaña rusa no era como la de los demás, que simplemente seguiría subiendo.

XV

Duque no me dijo que lo habían despedido. Dijo que había renunciado para comenzar un nuevo negocio, sin especificar de qué naturaleza, independiente. En esa época, agosto de 1952, yo estaba en el colegio de verano de Choate, tratando de conseguir que los verbos concordaran en tiempo y número, que mi pelo erizado se tendiera dócilmente como el de un estudiante de Yale, ensuciando mis nuevos zapatos blancos, aprendiendo tenis. Este iba a ser un trabajo de importante rehabilitación, y podía tener sólo uno de dos resultados: uno que aprendía rápido era *casual*, no se esforzaba, le brotaba; uno que aprendía lento era un *weenie*, pequeñito. No quería ser un *weenie*.

Durante el mes de mayo mi padre había tomado una de sus frecuentes vacaciones de AEDC para traerme al norte a conocer los colegios de Nueva Inglaterra. Ahora él estaba de acuerdo con Alice en que me haría "muchísimo bien" salir de casa. Mi madrastra se encontró con nosotros en el Plaza, donde nos quedábamos en Nueva York, y me llevó a bailar al Rendezvous Room del hotel y al Stork Club. Después de almorzar al día siguiente en el "21" nos apretujamos en el Jaguar y fuimos a Deerfield. Hubo una amable conversación con el Dr. Boyden, quien hizo como que recordaba a mi padre, ubicándolo: *¿cómo resultó éste?* Las manos de mi padre temblaban mientras estábamos sentados ante el escritorio de Boyden bajo las escaleras del edificio principal desde donde el director podía observar a sus muchachos subir y bajar todos los días, todo el año, torpe o ágilmente, preparándose para más tarde, para *la vida*. Mi padre nos dejó abruptamente, y Boyden me preguntó cómo pasaba los veranos. Le dije que corría en lancha. No creo que lo impresionara, él por entonces ya lo había escuchado todo.

Encontré a Alice y a Duque afuera luego de mi entrevista con el Dr. Boyden. Estaba planeado que nos quedaríamos hasta el día siguiente en el Deerfield Inn y que nos encontraríamos al otro día con profesores y administradores, pero mi padre dijo:

—No vendrás a Deerfield. Vámonos de aquí.

Subió la cuesta a Eaglebrook con un alarde de destreza, mostrándome un patinaje de cuatro ruedas en una de las cerradas curvas. Alice estaba enojada. La gente de Eaglebrook fue amable con mi padre, le rogaron que se mantuviera en contacto, me llenaron de atenciones. Les dije que me gustaría estudiar allí, pero el director dijo que yo tenía demasiada edad, qué lástima, y sonrió cortésmente.

Vimos Andover, pero el colegio me asustó, todo negocio. El director de admisiones no demostró el menor interés en mis pasatiempos del verano, pero me preguntó por qué había salido mal en latín, y si me gustaba la geometría plana.

Choate era el lugar. Llegamos en un hermoso día verde; vi una clase mientras era enseñada bajo un olmo. Todos se veían limpios con chaquetas blancas de lino y trajes de algodón y camisas blancas con cuellos deshilachados. El encargado de las admisiones era como un tío buena persona; su cara era rubicunda, y se acordaba de Alice, cuyo hijo Bill había estudiado allí y había jugado fútbol bien. El hijo de Ruth Atkins se había graduado de allí hace poco, pero los nombres de los ex-alumnos que escuché ese día fueron Andrew y Paul Mellon, Chester Bowles, Adlai Stevenson, John Kennedy.

El director de admisiones le envió una nota después que nos fuimos a su hermano, Seymour St. John, el director:

El Sr. Wolff me impresionó como un niño grande y contento que parecía tan entusiasmado con su pequeño Jaguar como si recién lo hubiera recibido como un regalo al terminar sus estudios. Sin embargo, el Sr. W. es, a lo que creo, la persona a cargo de uno de nuestros grandes proyectos de energía atómica con todas las responsabilidades que eso implica. Debido a su capacidad para manejar organizaciones de gran calibre e importancia, a lo que creo, el Sr. W. fue llamado por el gobierno a ocupar esta importante posición. Todo esto lo fui descubriendo poco a poco a lo largo del día completo que la familia pasó aquí.

Durante nuestra entrevista Wardell St. John me preguntó qué deportes me gustaban. Dije:

—Fútbol, botes...

Antes de que pudiera hacer un inventario de mis

trofeos ganados con un motor fuera de borda, mi padre me interrumpió:

—Le encanta remar, quiere tratar de pertenecer a la tripulación en la primavera.

El Sr. St. John asintió aprobadoramente:

—Siempre podemos usar a un buen bogador.

—Bueno—dije—, me gustaría ser uno.

En la solicitud para ser admitido Duque explicó que yo, como él, era episcopal y que posiblemente seguiría sus pasos a Yale. Hubo alguna confusión sobre este último punto porque yo le había dicho al Sr. St. John que iría a Johns Hopkins, y que sería cirujano, pero mi padre explicó que yo me refería a la escuela graduada, después de Yale.

Le dije al Sr. St. John que quería ser un Choatie. Mi padre fingió un generoso mal humor por el hecho de que yo prefiriera a Choate sobre su gran rival tradicional, Deerfield, "mi propio colegio," pero él se resignaba a mi elección. El Sr. St. John me mandó a la biblioteca Mellon a escribir unos exámenes. Su memorándum recupera el episodio:

> Después del Test Otis quedaba sólo una hora, así es que dejé a Jeff con los exámenes de inglés y de álgebra. Eligió escribir el de álgebra primero porque pensó que sería el más difícil. Cuando regresé una hora más tarde había terminado ambos exámenes y ¡estaba leyendo un libro! No he visto los resultados, pero de acuerdo a Jeff han quedado algunas preguntas sin contestar.

¡Y cuántas! No podía colocar bien la puntuación ni hacer sumas exactas ni restas. Este es el párrafo inicial de mi primera carta a Choate: "Una retrasada nota de agradecimiento por mi chacqueta" (que había dejado olvidada). "De hecho llegó a tyempo para el clima 'caluroso'!" Mi ortografía idiosincrásica de chaqueta no provenía de mis pretensiones de conocer la Sociedad Francesa, ni de mi interés por la labor al saxofón de tenor Illinois Jacquet.

No importa, las habilidades verbales y matemáticas no lo eran todo en 1952. Había un sitio en el formulario en que se solicitaba la admisión para hacer una lista de parientes y amigos cercanos que habían estado en Choate y mi padre, sin ninguna referencia a su primo Buzzy Atkins, dejó que mi madrastra apilara nombre tras nombre. Bajo la rúbrica *Referencias Financieras* él puso a The Bank of New York, quien respondió a la consulta del colegio con la respuesta más ingeniosamente discreta posible:

Ocurre que la cuenta se lleva a nombre de la Sra. Wolff. Escribo esto, por lo tanto, temiendo que una consulta que se ha referido a Arthur S. Wolff no sea correctamente identificada. He conocido a la Sra. Wolff por varios años y la tengo en alta estima. La consulta del Colegio al Banco se refiere sin duda a su estado financiero y puedo asegurar con confianza que yo no creo que ella o el Sr. Wolff acepten ningún compromiso que no estén dispuestos a cumplir plenamente.

Pocos días después de que Choate recibió esta carta, me aceptaron. Regresé por seis semanas a Shelbyville, me dediqué a pavonearme, me bañé en las piscinas de un par de los niños ricos del pueblo (el hijo de un fabricante de lápices, el hijo de un fabricante de cajas de cartón corrugado), y le prometí a dos chicas (hija del concesionario de la Chrysler, hija del concesionario de la Mercury), que si alguna de ellas me dejaba explorar bajo sus suéters ésa podía bailar conmigo en las Fiestas de Choate. No se imaginaban qué quería decir, y me dieron órdenes de mantener las manos tranquilas.

Antes de partir a la escuela de verano recibí los consejos de mi padre. Elije a tus amigos con cuidado, no fanfarronees ni mientas. Estudia bastante, escucha, compórtate como una persona bien educada, no olvides cortarte y limpiarte las uñas. Sé valiente. Vístete con cuidado pero sin ostentación. Ni pidas dinero prestado ni lo prestes...

Volé al norte a Nueva York a comienzos de julio, y me hospedé por un día y una noche con una compañera de colegio de Alice que vivía—¡tal como lo había hecho yo!—en la calle Cincuenta y Siete Este. Ella, sin embargo, vivía entre Park y Madison, en un duplex. Tenía una hija de mi edad. La mujer hablaba como Alice, como Tallulah Bankhead en las películas pero una octava más alto, haciendo trinos de sus notas, puntuando sus observaciones con paréntesis, *pero no ves, querido muchacho, en qué absoluto desierto ha tenido que ir a dar Alice, Seattle y ahora (¿dónde es que ella está otra vez, mi dulce?)... Ah, por supuesto, ¡Shelbyville! Bueno, sea donde sea...*

La dama dio un cocktail la tarde en que yo llegué. Se suponía que yo debía ir a una comedia musical con su hija, pero yo no quería. Su hija era tan exótica como su madre pero usaba frenillos que la hacían cecear. Tampoco la hija estaba muy atraída por mí, ya que mi pelo, creciendo más largo para hacer un nuevo papel,

264

estaba erizado como si me hubieran enchufado a un cable de alta tensión. La hija fue a la comedia musical con otro muchacho, y yo me quedé con la gente grande. La dama bebió una gran cantidad, y me pidió que me sentara junto a ella en el sofá. Olía maravillosamente; su piel era blanca como la leche. Tomó mi mano y me ruboricé. Los invitados se fueron yendo de a poco, y por último se fueron todos, excepto por un caballero con una gruesa cabellera blanca y un mostacho blanco de general. El también se ruborizó. La mujer le pidió que le sirviera otro trago, y cuando nos dio la espalda ella puso mis manos sobre sus blandos pechos y luego entre sus delgados muslos, contra su vestido de seda negra. Me dijo, no como un susurro, sino como una declaración:

—Eres un amor. Voy a dejar que me hagas feliz.

Entonces el hombre del pelo blanco cuya cara estaba ahora muy roja, se llevó a la mujer a cenar afuera, pero antes de que se fueran ella me besó ("Abre la boca, querido, no la frunzas") y dijo que regresaría pronto. Me desvelé esperándola. Regresó la hija, discutió con su pareja, hubo un portazo. Su madre regresó como a las cuatro, y treinta minutos más tarde fui al baño, me cepillé los dientes, traté de conseguir que mi pelo se alisara y me paré frente a la puerta de su habitación oyendo latir a mi corazón. La puerta estaba abierta una ranura, o cerrada descuidadamente. La abrí. Me paré a su lado, mirándola desde la altura. Su cabeza estaba cubierta por una almohada. La habitación olía a gin, agua tónica, lima, flores. También olía a la mujer. Toqué la almohada, no dije nada, la toqué otra vez. Se dio vuelta. Tenía la edad de mi madrastra, cincuenta y dos. Usaba un antifaz negro sobre los ojos.

Nunca había visto algo semejante. Levantó el antifaz, se quedó mirándome, parpadeó, volvió a ponérselo. Le dijo a la almohada:

—Ah, eres tú. Andate a la cama.

A veces huelo su perfume en la calle y miro a todas partes esperando verla. Ahora debe tener casi ochenta, o estará muerta.

Cuando despidieron a Duque, él y Alice partieron rápidamente a The Colony Club en Barbados para recuperarse del trauma de tener que dejar el distrito de Bedford en Tennessee. Viajaron por el Caribe mientras yo trataba de transformarme de ser el Lotario de los drive-ins a una lagartija de salón envuelta en hiedra. Hacía amigos fácilmente, el tipo contra el cual mi padre me había prevenido que no hiciera amistades fáciles con ellos, muchachos que gozaban contando cuentos verdes, robándose el clavo de un ataúd o tomando varios litros de Four Roses después de que se apagaban las luces, gente que se reía mucho, que sabía salir adelante con el menor esfuerzo.

Un joven profesor de inglés me enseñó a analizar una oración, a desarmarla como si fuera una máquina en vez de utilizar la magia, en la misma forma en que un recluta aprende a desarmar su M-16 en la oscuridad. Todo el verano estuve haciendo diagramas de oraciones, cincuenta al día. El trabajo o era perfecto o estaba equivocado, mal, tu arma no funciona, estás muerto. El profesor no era simpático, no cautivaba. No parecía importarle mucho si yo diagramaba las oraciones bien o no. Pero sí le importaba. Llegué finalmente a aprender cómo funciona una oración.

Un niño rico me invitó a Greenwich por el fin de semana a su casa mientras que sus padres estaban de viaje. Le dije al decano, George Steele, "El Pingüino," que mi abuela me había pedido que pasara el fin de semana con ella en Nueva York, donde vivía en Hampshire House, ¿podía ir?, ella estaba débil, me necesitaba. El Sr. Steele dijo que yo no podía ir; ni sonrió ni explicó.

Los informes sobre mí al fin del verano eran mezclados. Un profesor me llamaba "una peste en la residencia." Otro observaba que yo me "había ido de un examen antes de que terminara." Otro dijo que yo era "el mejor del curso, buena inspiración." Otro: "Va a necesitar que lo vigilen y mucho trabajo. Es indisciplinado." El Sr. Steele lo sabía todo de nosotros, y me conocía a mí: "Jeff es un joven agradable, buena habilidad desarrollada, pero tiene unos hábitos de estudio pobres, y se distrae fácilmente. Creo que es demasiado 'viejo' para su edad. Un poco demasiado sofisticado para su propio bien, y debiera de refrenárselo."

Después de que acabó el colegio me encontré con mis padres en el Plaza. Estaban muy bronceados, parecían prósperos. Parecían como los padres de la mayoría de mis compañeros, excepto que quizás no estaban tan profundamente bronceados ni eran tan prósperos, y no estaban tan finamente labrados. El cuello de mi madrastra no era tan como el de un cisne como algunos que había visto en el campus de Choate, y sus brazos eran fofos. Noté la calva de mi padre y sus facciones acusadas. Un camarero del Plaza me dijo con acento español que yo era igual a mi papá, y por la primera vez esto fue algo que yo no había querido oír.

Fui con un amigo de Choate a Jimmy Ryan's, justo al oeste de "21" (que le señalé cuando pasamos como un lugar donde solía almorzar), en la calle Cincuenta y Dos. Ahora yo era Earl Wilson. Escuchamos a Wilbur DeParis y bebimos whiski de centeno y ginger ale. Llevaba el ritmo de la banda con el palillo de plástico para revolver el cóctel, golpeándolo contra un cenicero, que me robé.

Nuestra última noche en Nueva York la pasé con mi padre y mi madrastra. La mujer del vestido de seda negro vino a nuestra habitación para tomar unos tragos con su amiga Alice. Me quedé sentado en silencio, mirándola. Ella había bebido mucho. Yo no le había dicho nada a mi padre. La mujer se sentó junto a él, le susurró algo. El puso mala cara. Quizás le había susurrado algo acerca de mí, quizás acerca de él. Quizás no era nada en absoluto. Mi padre también había bebido demasiado. Se dio vuelta hacia la mujer agresivamente:

—Eres mala, vete.

—Pero...—comenzó a decir.

—Pero...—comenzó a decir Alice.

—¡FUERA!—gritó él, y ella se fue.

Observé esto cuidadosamente con la cabeza inclinada hacia un lado. Estaba impresionado.

Pasamos el verano en el Cabo Cod, en una enorme casa llena de corrientes de aire en North Chatham. Jugué tenis, navegué un catamarán Beetle, contemplé las muchachas. Me vino a visitar un amigo de Choate. Nos tomamos un cuarto de galón del Canadian Club de mi padre mientras él y mi madrastra estaban en una fiesta. Nos tomábamos cada uno una medida y rellenábamos la botella con dos medidas de agua. Dejamos de beber cuando el whiski estaba tan transparente como gin. Alice estaba furiosa. Mi padre opinó que nuestras resacas eran cautivadoras.

Desde North Chatham le escribí al Sr. Steele:

Mi conciencia me ha estado molestando acerca de esa salida por un fin de semana que le pedí. Dije que iba a quedarme en la casa de mi abuela. Esta afirmación no era verdadero. Le puedo asegurar que nada semejante ocurirá otra vez.

Nunca imaginé que nada pudiera significar tanto para mí como ahora Choate. Sinceramente espero que este asunto del fin de semana no haya disminuido mis posibilidades de regresar a Choate.

Realmente estoy muy avergonzado de la mentira que le dije y espero que Ud. me crea cuando le digo que esto jamás pasará otra vez. Espero con ansias la hora de regresar a Choate este otoño.

¿Cómo se escaparon "verdadero" y "ocurirá" a las correcciones de mi padre?

No había estado en el colegio ocho semanas cuando ya desilusioné a mi padre. Había abierto una oficina en Nueva York como un asesor a la administración de empresas, y anunció que traería a un posible cliente, un general retirado de la Fuerza Aérea, al juego de fútbol Yale-Harvard. Me invitó a que lo encontrara allí, con un amigo.

Mi amigo era el hijo de un dueño de hotel, y a los catorce había descubierto que el jefe de los botones de su padre estaba administrando un servicio de prostitutas al hotel. Había confrontado al cafiche, y habían llegado a un acuerdo, o al menos eso fue lo que él me aseguró. No le dijo a su papá lo que sabía, y conseguía las putas que quería, un servicio de cinco estrellas a la habitación, lo que él llamaba "un acuerdo ideal." Me contó de este acuerdo al gusto de su corazón mientras íbamos en un taxi al partido Yale-Harvard. El chófer nos había comprado un octavo de galón de Mount Gay, que mi padre había aprendido a apreciar en Barbados. El padre de mi amigo había ido a Yale. Como Duque. Pero antes de decirle *qué coincidencia, mi papá fue allí también,* le pregunté a qué año, *college,* y hermandad había pertenecido su padre. 1925, Pierson, Fence, Cabeza de Lobo. *Ah, entonces no pueden haberse conocido, mi papá fue 1930, Saybrook, Deke, Huesos.*

Saliendo por una de las entradas que daba a la marca de las cincuenta yardas en el lado de Yale del estadio, vomité en el abrigo de pelo de camello del general retirado de la Fuerza Aérea. Mi padre no me dio un bofetón, ahí mismo. Me metió en una cama en una pequeña habitación del Taft, y cuando me desperté me dio un bofetón.

Su oficina en 270 Park Avenue, una cuadra al norte de Grand Central, tenía vista a un restaurant en un patio. Mi padre solía llevarme a comer a The Marguery, donde aprendí a gustar de la vichychoisse, y a pronunciarla. Si el camarero decía que el lenguado estaba fresco yo preguntaba cómo estaba preparado, y, cualquiera que fuera la respuesta, lo pedía. Normalmente acababa mi comida con helado de agua, o quizás Brie si no había sido refrigerado o estaba pasado. Mi padre me dejaba usar su cuenta en ese restaurant, y en Brooks, Abercrombie & Fitch, J. Press, Chipp and Sulka.

Su oficina tenía en la puerta una placa de fresno barnizado hecho por un tallador de madera en el varadero de yates Minneford en City Island:

ARTHUR SAUNDERS WOLFF III
Management & Engineering Consultant

Era bastante grande para la pequeña puerta de una pequeña oficina. Había una sola habitación, exquisitamente amoblada pero asfixiada por el escritorio de mi padre, de ocho pies de largo. Una vez dormí sobre este escritorio, con siete amigos dispersos en el sillón y sobre el suelo, después de un baile en el St. Regis Roof. Eramos grandes personajes de la sociedad.

Mi padre tuvo una serie de secretarias. La primera era preciosa y eficiente. Pero las horas de Duque eran erráticas, y también lo eran sus exigencias. No quiero implicar que fueran inconvenientes, en el sentido tradicional, pero se pasaba las horas de oficina comprando cosas por teléfono, y su secretaria se pasaba el tiempo recogiendo las cosas que él encargaba, o explicando por qué todavía no se habían pagado. Pronto empezó a sospechar que el trabajo de mi padre era transitorio. Después de que ella renunció vino otra, y otra, y otra, cada una menos cautivadora que la anterior, menos pulida y bonita, hasta que al final había un servicio de contestación que siempre decía que mi padre estaba en una reunión.

Había hecho imprimir unos folletos, los había encuadernado y enviado a cientos de compañías. El papel—grueso, cremoso, de treinta libras, cien por ciento de algodón—provenía de Cartier. El nombre de mi padre aparecía en relieve, grabado en gris oscuro en el estilo tipográfico de *The New Yorker*. Dirección prestigiosa, número de teléfono de una central prestigiosa (PLAZA 5-6640), tipografía prestigiosa. Su truco para dar el toque final fue encuadernar los folletos en cuero Mark Cross.

La vita detallaba las mentiras normales, pero ahora había añadido una rúbrica, PUBLICACIONES; "Artículos en referencia a la administración de empresas, selección de lugar para una fábrica, planeamiento de la fábrica y distribución de sus partes, procedimientos ejecutivos y administrativos, y varios estudios sobre mantención publicados por McGraw-Hill y otras editoriales." El formato no estaba de acuerdo con la usanza normal para una bibliografía, pero Duque era un pionero de formatos.

La propaganda estaba dividida en secciones divididas por lengüetas de cuero con el título impreso: UN ACERCAMIENTO PERSONAL; Es obvio que una cámara no es mejor que su lente; así, también, el resultado final de los esfuerzos de un asesor no es mejor que el calibre del hombre que realmente lleva a cabo la labor asignada.

UNA AYUDA PARA LA ADMINISTRA-CION: Al ayudar a mis clientes no asumo ninguna autoridad en la organización excepto la que se me señala. El valor de mis servicios es inherente a las recomendaciones que deben ser aceptadas en base a obvios beneficios, hechos indiscutibles y la forma de su presentación que es gráfica y explícita.

AMPLITUD DE OPERACIONES: Mis clientes contratan [el subjuntivo o el futuro indefinido habrían sido tiempos más apropiados] mis servicios como asesor para mejorar la efectividad de las operaciones y reducir los costos en relación con las siguientes actividades comerciales:

Gerencia
Organización
Manufactura y Operaciones
Administración del Personal y
Relaciones Laborales
Distribución de Mercados y Promoción de Ventas

El cliente tiene la seguridad de un servicio al más alto nivel y de la mejor calidad, dondequiera que esté situado y cualquiera sea la esfera de acción de su negocio.

METODO DE OPERACIONES: Mi trabajo se realiza en contacto directo con la dirección de la empresa y se contratan mis servicios por medio de un jefe importante o socio. Así, mi aproximación a los problemas es realista en sus percepciones. No intento hacer una revolución.

273

Además, tampoco tengo soluciones fáciles ni sistemas igualmente aplicables a todos los casos, ya que mis recomendaciones se hacen a la medida de cada cliente. Debido a que tengo una profunda consideración por el factor humano en las relaciones entre el personal, trabajo con los empleados de mi cliente a base de comprensión y cooperación. Esto asegura que ellos acepten el programas, al participar realmente en el proyecto a realizar.

SERVICIOS ESPECIFICOS: Informes Ejecutivos, Control de Presupuestos, Contabilidad de Costos, Informes Financieros y de Operaciones, Informes a los Accionistas y a los Empleados.

CONDICIONES PROFESIONALES: Los honorarios son de acuerdo a los días que se inviertan, pero también puede llegarse al acuerdo de un contrato anual.

Este documento—que prometía solucionar cualquier embrollo, conseguir que los empleados amaran su trabajo y a sus patrones, aumentar la productividad y reducir los costos de producción, analizar los mercados, diseñar tests de aptitud, curar el cólico, la gota, y el sarampión, retornar a los capitalistas a sus carros de golf y al capitalismo a su merecida eminencia—mi padre lo envió a Ford, GM, GE, Chase, The Bank of New York, Bethlehem Steel, Sears, Roebuck & Co., McGraw-Hill (!), International Harvester, United Fruit, North American Aviation y a muchos otros miembros menores en la lista de las Quinientas empresas más importantes publicada por *Fortune's*.

Ni una sola respondió. Mi padre recibió una consulta de los ex-campeones de tenis Frank Shields y Sidney Wood, amigos de Roxbury. Ellos estaban en el negocio de las lavanderías y querían venderle a él el servicio de las toallas.

Para ese entonces ya sabía que mi padre era un farsante. No estaba totalmente seguro acerca de Yale, pero estaba seguro de que era un farsante. Había aprendido la lección de mi padre: había tratado que yo creciera valorando la precisión del lenguaje y de los datos. Así es como cuando estaba con él me transformé en un tirano de la exactitud, nada parecido a lo que él había querido que yo fuera. Incapaz de confrontarlo con los hechos brutos de su caso lo mareaba hablándole acerca de detalles, la fecha *exacta* de la Batalla de Hastings, el lugar más frío del mundo, la distancia entre la luna y el sol, el número de tomas de aire en un Buick Special. Me transformé en un artista de la letra chica.

Yo fui mucho más duro con mi padre, una vez que me enteré de la verdad acerca de él, de lo que él había sido nunca conmigo. El siempre había sabido la verdad acerca de mí. Y nunca la había usado cruelmente.

Después de que mi padre instaló su oficina en Nueva York vivimos algún tiempo en el Uno de la Quinta Avenida. Desde ahí hacía mis expediciones durante las vacaciones a clubs de jazz o a bailes. Fui colocado en una lista de solteros deseables por la madre

de un amigo de Choate, y fui a The Holidays, The Collegiate, The Get-Togethers, y The Metropolitan,
The Hols, The Cols, The Gets, y *The Mets,* como los
llamábamos. Me paraba junto al borde de la pista de
baile, con una mano descansando en la cintura de un
smoking, con un codo desdeñosamente saliente para
mantener a desconocidos a una cierta distancia, explorando el talento. *Casual.* Iba a los bailes, pero no
bailaba en ellos, porque no podía bailar, a pesar de
las lecciones de Alice. *Weenie.*

El verano de 1953 regresamos a Connecticut, primero a Weston, luego a una casa pequeña y hermosa
en Wilton, y después a una casa grande y antigua en
Nod Hill Road en Wilton. Cuando expiró el contrato de arrendamiento que tenía mi padre para 270 Park,
trajo su "oficina" a casa en Wilton. Tenía tiempo a
montones y lo usaba para comprar y defenderse de
los acreedores. Cartier, me dijo más tarde, mostró
una actitud especialmente deportiva, le pidió sólo
dos veces que pagara y luego supusieron que él prefería no hacerlo, y lo dejaron en paz. Todavía oíamos
jazz juntos cuando yo regresaba a casa desde Choate,
pero ahora sabía más que mi padre. Le explicaba (a
veces pacientemente) por qué Dave Brubeck era mejor pianista que Art Tatum. No perdía los estribos
conmigo pero una vez, luego de que yo le había co-
rregido un dato trivial de la historia del jazz, se fue
de la habitación, pero primero se detuvo en el umbral,
se tornó hacia mí:

—Geoffrey, te quiero. Te quiero porque eres mi
hijo, por supuesto. Pero te quiero además de eso.
Quiero que te ocurran cosas buenas. Quiero que seas
feliz. Quiero esto para ti y a veces prefiero estar con-

tigo antes que con ninguna otra persona. Pero no ahora. No estos días. Estos días sabes demasiado. Hablas como un peluquero, y me aburres espantosamente, y me carga estar en la misma habitación contigo la mayoría de las veces. Espero que esto cambie.

Muchas personas mayores en Choate participaban del juicio de mi padre acerca de mí. El Director me dijo, en los ritmos de la oratoria desde el púlpito que le gustaban tanto, que yo era "el eslabón débil en la cadena de Choate, fuerte en su totalidad," si no fuera por mí. Un director de residencia le informó que "Geoff es sin duda alguna el mayor problema que tenemos en Woodhouse." Por favor: "Se puede estar seguro de que buscará la manera de sacarle el hombro a cualquier trabajo, de evitar asumir cualquier responsabilidad y de aprovecharse de cualquier privilegio que se le otorgue. Parece tener un sistema de valores totalmente falso." Sólo se decía esto para mejorar las cosas: "Tiene seguridad en sí mismo; es ferozmente leal a su familia y a sus amigos." Era leal a mi padre a sus espaldas. Era un azote frente a él, pero no dejaba que nadie dijera nada malo acerca de él.

Durante las vacaciones de Navidad en mi primer año en Choate me mandaron a Sarasota por algunos días para que estuviera con mi madre y mi hermano. Aterricé en Tampa con mayor aplomo que el que tenía cuando salí de allí para Seattle tres años antes.

He aquí cómo había cambiado: estaba más alto, con el cabello dócil; más macizo, con una chaqueta de tweed de Brooks Brothers, una camisa azul con cuello abotonado de Brooks Brothers, una corbata de Brooks Brothers. Es cierto, la chaqueta de tweed y los pantalones de franela no eran exactamente lo más apropiado para los rayos del sol y ochenta grados, pero me consolaba la imagen que ofrecía a mi madre: la de un joven caballero, un petimetre.

Mientras iba volando había pensado bastante acerca de la impresión que deseaba causar. Prosperidad, control, sabiduría del mundo. "Parecías bastante experimentado," admite mi madre. "Me hiciste saber que ya no eras virgen." Mi madre se mantuvo indiferente ante la importancia de esta ficción. "No pensaba que yo ocupara un lugar decisivo en tu vida. Habías crecido independiente de mí. Sentía que no tenía ninguna responsabilidad por tu dieta, salud, moral, o nada. No tenía derecho a preocuparme."

Mientras Toby miraba con la boca abierta al hermano que había visto mundo, en el camino de Tampa a Sarasota, confesé mis pecados imaginarios. Había agotado el inventario para cuando llegamos al centro. El lugar había cambiado. Ahora Sarasota había revelado su empuje, la Atenas del Golfo, ¡con teatro vivo! Le dije a mi madre que a mí me gustaba un tanto el teatro, quizás la invitaría a salir una noche, con una cena en el Hotel Ringling después de que cayera el telón.

—Shep se fue—me dijo mi madre.

—Lo mordió una serpiente—dijo Toby—. Quizás se lo comió un caimán.

—Quizás se arrancó—dijo mi madre—. Quizás

alguien se lo robó. Era tan amistoso.

Miré por la ventanilla del coche, lejos de la cara de mi madre y de mi hermano. No quería que me vieran ahora. El pueblo era el mismo de siempre, decrépito.

Mi madre y Toby vivían en un piso del centro, en un sótano. Era pequeño, húmedo, oscuro. Mi madre trabajaba muchas horas, todavía en el Dairy Queen. Su ex-policía, como el soldado de la mujer alemana, vino una tarde a gritarle, amenazó con ahorcarla, matarla de un balazo, acuchillarla. Sus motivaciones, al menos durante mi breve visita, eran oscuras. Mientras mi madre trabajaba en el Dairy Queen, me quedaba con Toby, tras una puerta cerrada con llave.

Para Navidad mi madre me dio una radio de plástico blanco, AM y FM. Ningún regalo me ha emocionado tanto. Representaba un enorme sacrificio, treinta horas trabajando en el Dairy Queen. Yo sabía el precio hasta el último centavo, pero mi madre no demostró lo que le había costado. Al día siguiente en el aeropuerto de La Guardia una mujer me dio un empujón y la radio se cayó y se rompió. Mi padre la reemplazó con un modelo más caro. Habría sido mejor de su parte si la hubiera reemplazado exactamente, o de ninguna manera.

Seis meses más tarde fui a Arlington, Virginia, a visitar a mi madre y a su hermano Steve. Mi madre estaba escapando del ex-policía. Mandó a Toby desde Washington a Nueva York a ver a su padre una hora antes que yo llegara. Yo iba a pasar la noche en Arlington en casa del tío Steve, y un día de turista en Washington. A la tarde siguiente debía volar a Maine a pasar una semana con una muchacha que había conocido en Choate.

Steve era un burócrata en el Pentágono, y era igual a su padre, pero más alto. A diferencia de su padre, y al igual que mi madre, se reía fácilmente. Me caía bien, y sabía que le caía bien a mi padre. Mi padre lo había ayudado, con el tipo de pequeños actos de generosidad y bondad que le gusta hacer a los miembros de más edad en una familia para favorecer a los más jóvenes, invitándolos por fines de semana, presentándolos a personas de influencia. Así es que me asombré cuando oí que durante la cena mi tío hacía comentarios acerca de mi padre que me parecieron crueles, frente a mí, como si no estuviera allí. Las observaciones se referían a hecho concretos, creo, a las deudas de Duque, a sus mentiras, a su dependencia en Alice, a lo mucho que bebía. Pero tampoco había ningún motivo para hacerlas y eran gratuitas, y me enfurecí. Mi tío opinó que yo era muy joven a los quince años como para encolerizarme ante una persona grande. Entonces mi madre se rio, se encogió de hombros, y dijo:

—¿Cuál es el problema? Steve tiene razón acerca de Duque, es un farsante.

En toda mi vida jamás había oído a mi padre hablar mal ya sea de mi madre o de su hermano. Esa noche llamaron por teléfono a Steve, teóricamente de la Policía del Estado de Georgia. Era un mensaje para Rosemary. El ex-policía de Michigan había tenido un accidente mientras conducía hacia el norte en busca de ella, y sus últimas palabras habían sido acerca de su amor. Mi madre se conmovió: "Me quedé desvelada pensando en él, en parte como si me hubieran quitado un peso de encima al liberarme de él, en parte sintiendo que estuviera muerto." No había muerto, ni estaba herido. Sólo había querido divertirse con mi madre.

Mientras mi madre pasaba una noche intranquila, pensando que el hombre había muerto, yo estaba de mal humor. Estuve de mal humor mientras volábamos a Bangor. Mi amiga y sus muy decentes mamá y papá me esperaban en el aeropuerto en su muy razonable camioneta Pontiac. Yo había pasado dos horas con esa chica cuando vino a cantar a Choate con el coro de Ethel Walker. Después del concierto habíamos caminado hasta detrás de la capilla, y para mi asombro me pidió que la besara. Ahora sostenía su mano en el oscuro asiento de atrás mientras sus padres nos llevaban a Blue Hill, haciéndome preguntas. No podía sacarme a Steve o a mi madre de la cabeza, excepto cuando me preguntaba si la muchacha de Ethel Walker me dejaría tocar uno de sus maravillosos senos. Ella notó mi estado contemplativo, sabía que acababa de visitar a mi madre divorciada.

—¿Ves a tu madre con frecuencia?—me preguntó.

—La veía—contesté.

—Pero por supuesto la verás otra vez pronto—dijo la madre de la chica.

—No—dije—. Mi madre murió anoche.

¿Qué diablos acababa de hacer? Silencio, silencio absoluto. No sé si me creyeron en el asiento delantero, pero ella estrechó mi mano con fuerza y empujó una de sus piernas contra la mía. Así que esa era una de las razones por la que lo había dicho. El otro era para matar a mi madre, un simple caso de asesinato, auténtico odio ahora. No debiera haber dejado que su hermano menor dijera esas cosas espantosas, verdaderas, acerca de mi padre.

Vagué por la majestuosa casa frente al mar de la muchacha durante una semana, haciendo el doliente ante sus padres, quienes muchas veces me preguntaron si no había algo que ellos pudieran hacer, ¿no prefería estar con mi padre?

—No—dije—, es mejor así, estar lejos de todo, para que se me aclaren las cosas.

¿No debiera ir al funeral?

—La enterramos la misma noche que murió. Ella lo quería así.

¡No pueden haberme creído! Pero se preocuparon incesantemente de mí. El padre de mi amiga había sido dueño de una sastrería llamada The English Shop en un pequeño pueblo de un college en Massachusetts. Entonaba las alabanzas de este college y yo podía pensar tan sólo en abrir una cuenta en su tienda, lo fácil que habría sido con buenos enchufes. Le dije al padre de la muchacha que yo definitivamente había cambiado de opinión acerca del college: Yale era demasiado grande, New Haven demasiado ruidoso y sucio, su pequeño college era el lugar para mí, de todas maneras. Era mejor no tratar de seguir las enormes huellas de mi padre en Yale.

El hombre estaba radiante. Me confió a su hija. En su bote, en su Pontiac, y en su sofá traté de explorarla. Ella no me dejaba. Este era un asunto al que estaba determinado. Le puse aspirina en su Coca-Cola, un conocido remedio contra la frigidez, y todavía no me dejaba.

—Esta Coca tiene un gusto horrible—dijo—. Tiene gusto a aspirina.

¡Por Dios, si acababa de morir mi madre! ¡Acababa de poner a mi madre bajo tierra! ¡Me merecía algo!

Tenía tres manos, y las movía en azarosos asaltos a sus pechos y sus muslos, rogando que le fallara una de sus maniobras defensivas y me dejara colarme, desabotonarla, tocar, apretar. Le dije que me había originado "bolas azules, nueces de amante." Esto le interesó y me aproveché de su distracción para pasarle la mano por la media, más allá de la liga, dentro de esa entrepierna suave y húmeda, contra esos suavísimos calzones. ¡Bang! Sus piernas se cerraron como un candado.

—Llévame a casa—gritó.

Conduciendo a su casa, inclinado sobre el volante, me quejé:

—Supongo que no te gusto.

—No se trata de eso—dijo ella—. No eres justo.

—Tú eres la que no es justa—dije—. Escucha, déjame tocarte, sólo cinco minutos. Sólo esta vez, y te prometo que no volveré a hacerlo.

Se puso a llorar. Sospeché lágrimas de cocodrilo. Me detuve. Apoyé su cabeza sobre mi pecho, tan comprensivamente. Dejó de sollozar, descansó contra mi pecho. Pasé mi mano por su pelo, suavemente, la mantuve lejos de *ahí* y *ahí*. Podía confiar en mí. Le toqué el cuello, no descendí a su blusa. Podía confiar en mí.

Querido Dios, rogué, *haz que se quede dormida y creeré en Ti. Haré que me confirmen. Dame sólo esta vez a crédito.* Estaba dormida. Sus piernas estaban ligeramente separadas. Le solté el sostén con una mano, una habilidad que había practicado con una de las prendas de mi madrastra, instalada alrededor de una almohada. La muchacha respiraba tranquilamente. Esto era, el gran momento de la vida. De pronto, se sentó enhiesta, acomodó su armadura, dijo:

—Bueno, con eso está bien, vámonos a casa.

Esa noche le escribí una carta a mi compañero de cuarto en Choate: *Lo pasé fenomenal con mi mater en D.C. Comí en el Mayflower. Bastantes escondrijos aquí en Maine. Anoche llegamos hasta la meta con ese bombón de Walker's, enormes campanas, ¡CALIENTE! Anduve por todas partes en el coche de su viejo, le dije que tenía permiso de conducir, lo hicimos en el asiento de atrás.*

Cerré el sobre, le puse la dirección y los sellos. Pero se me quedó en el cuarto de invitados cuando regresé a Connecticut al día siguiente. Esa noche llamé por teléfono a esa chica, una chica tan dulce, pero no la encontré. Su padre contestó:

—Mi hija no quiere oír su voz otra vez, y yo tampoco. Y le recomiendo que se presente a Yale. Quizás ellos sean lo suficientemente estúpidos como para aceptarlo.

XVI

Toby tenía ocho años cuando voló a Nueva York a pasar el verano con nosotros. Mi padre lo fue a buscar al aeropuerto y lo llevó al "21" a almorzar.

—Me hizo probar por primera vez la ginger ale, y el mozo lo conocía y parecía tenerle aprecio. Todo eso me dejó tremendamente impresionado.

Toby se dio cuenta de que su padre "al parecer no trabajaba," porque tenía todo el tiempo del mundo para gastarlo con su hijo.

—A pesar de todo, el viejo tenía la apariencia, incluso cuando estaba más desocupado, de estar embarcado en grandes negocios, en Negocios. Siempre había algo que hacer, seleccionar guantes, mandar a reparar un paraguas.

Nunca hablaron de nada personal, hasta que al final del verano Toby dijo que le gustaría quedarse en Connecticut con Duque y Tootie. "Era tan agradable ahí, simplemente mucho más agradable." Nuestro padre dijo que no, que no sería justo. Además, Rosemary jamás lo permitiría. Toby le preguntó si podía regresar el próximo verano, y así lo hizo. Amaba a su madrastra.

—Tootie era ases. Era generosa acerca de nuestra madre, hacía que yo le escribiera, decía cosas simpáticas acerca de las conversaciones que tenían por teléfono. Parecías un extranjero en la casa. Yo creía que odiabas estar con Duque, con Tootie, o conmigo. Yo te tenía como un ídolo, por supuesto. Pero no nos llevábamos bien, nuestros sentimientos eran complicados.

Por aquel entonces, en los veranos de 1953 y 1954, Toby me acordaba de mí mismo a los ocho o nueve años, y por razones que incluso ahora no alcanzo a comprender estas memorias eran dolorosas. No me avergonzaba el palurdo. Al contrario: un hermano pequeño era una cosa agradable de tener, como una chaqueta de aviador. Me gustaba lucir a Toby ante mis compañeros de Choate y me enorgullecía de ello. Siempre había bastantes amigos de Choate en nuestras casas de Connecticut.

Cuando acabó el año escolar hubo una serie de bailes durante la Semana del Tenis en el Manursing Country Club, el American Yacht Club, el Greenwich Country Club, el Wee Burn Country Club... A algunos me invitaban; en la mayoría me dejaba caer. Mi compañero de habitación en el colegio, Frank, se quedaba a menudo con nosotros en Wilton. Tartamudeaba también, y se podía reír con mi padre como no podía hacerlo yo acerca del problema que compartían. Mientras menos yo respetaba a mi padre, más lo estimaban mis amigos. No era como sus padres, tenía otros juguetes, un vocabulario diferente. Tenía la décimo primera edición de la *Encyclopae-*

dia Britannica—igual que los abuelos de mis compañeros de curso—pero también tenía libros de coplas subidas de color y podía recitar, del primer al último verso, *Eskimo Nell.* Mi padre tenía objetos con mangos de madreperla, usaba guantes de cuero de chancho. Había lámparas en nuestra casa que estaban hechas con pedazos de antiguas velas de barcos. Nos bañábamos con jabón Pear. Ordinario. Lo extraordinario era una colección que tenía mi padre de caricaturas francesas, *Veintiuna Maneras de Suicidarse*, estudios de un humor negro y sardónico de soluciones finales.

Me sorprendía comprobar lo maravillosas que mis compañeros consideraban las cosas de mi padre, pero así lo hacían, y su número de admiradores aumentaba, encontraban excusas para quedarse con nosotros. Les encantaba la manera de hablar de Duque. Una muchacha era *un caramelo,* y si era bonita y ardorosa era *de lujo.* Las gafas de mi padre eran *antojos*, y cuando estaba cansado estaba *cansado hasta las corontas.* Cuando mis amigos y yo nos *emperifollábamos* para ir a una fiesta, mi padre me decía que dejara los *petardos*, a pesar de que fumaba de todos modos, unos Balkan Sobranies de tabaco negro y boquilla dorada. Mi padre consideraba que eran vulgares, y lo eran. Mi madrastra pensaba que la manera de hablar de mi padre era vulgar, pero no lo era.

El vocabulario de mi padre era el vocabulario de un estudiante porque entre nosotros se encontraba entre estudiantes. Era un camaleón. Le daba a sus clientes lo que él creía que ellos querían. Las compañías recibían su estreñida jerga administrativa, los directores de colegio devoción, los vendedores de coches referencias bancarias, los mecánicos conocimientos de mecánica. Era un embuste, completo. No había nada en él sino mentiras, y amor.

El director del colegio que escribió que yo parecía tener "un sistema de valores totalmente falso" añadía que este triste estado "había sido en parte ocasionado por cosas tales como recibir un automóvil deportivo como regalo de Navidad". Mi primer sobrenombre en Choate había sido "Art", porque mis amigos me identificaban totalmente con mi padre, pero poco después de que cumplí los dieciséis años me lo cambiaron a "Porfirio", por Porfirio Rubirosa, el conductor de coches de carrera y playboy que se había matado en el Bois de Boulogne. Una semana después de cumplir los dieciséis años me dieron mi permiso de conducir de Connecticut, cambié mi bote de carrera por un Austin Sedan 1948, y lo choqué tres días más tarde. Cinco semanas después de mi cumpleaños de los dieciséis recibí de regalo un nuevo Porsche 1300 convertible, y ya para entonces fumaba y bebía en presencia de mi padre.

Corrí el Porsche a todo lo que daba por el Nod Hill Road, tal como mi padre corría su Ferrari, un deportivo de dos asientos, de tres litros y carrocería Ghia que había "comprado" cuando "compró" mi Porsche, usando el tercer Jaguar de su establo como un pie para ambos coches y prometiendo hacer unos pagos mensuales asesinos, que nunca hizo. Ya por esta época Alice había adoptado una actitud de resuelto antagonismo hacia los caprichos financieros de su esposo, y no quería saber nada de sus juguetes o de las deudas que acumulaba a causa de sus juguetes. Con toda razón estuvo espantada cuando vio por primera vez el Porsche, y esto aumentó la distancia que nos separaba.

Una noche, con la niebla cubriendo el Nod Hill Road, mi padre y yo casi chocamos de frente. Estábamos borrachos, y apenas nos las arreglamos para desviar nuestros coches hacia las cunetas opuestas. Nos encontramos al medio del camino en una abrupta curva hacia la derecha cerca de un muro que daba a un campo de pastoreo de ovejas y nos abrazamos y nos reímos: eso sí que habría sido algo fantástico, ¡liberar a la vieja de nosotros y de los malditos coches de un solo golpe!

Mi padre finalmente chocó su Ferrari contra ese muro de piedra y tres semanas más tarde, a los dieciséis años y medio, di vuelta mi Porsche sobre otro muro diferente. La muchacha que iba conmigo fue arrojada limpiamente del coche y se escapó sin pagar mucho, cinco puntos detrás de la oreja. Yo me aplasté la nariz, un interno adormilado le dio unos puntos en South Norwalk, y traté de curarme de la conmoción durmiendo. Mi padre se sentó junto a mi cama y me despertó a cachetadas. Me reí de él al verlo caminar por un edificio público en sus pijamas, pero él ya no se estaba riendo. Era un "Porfirio" de oropel con "un sistema de valores totalmente falso".

Se decidió que debía trabajar ese verano antes de mi último año en Choate. El verano anterior había sido despedido por indolente después de tres semanas de cortar pasto y recortar setos como aprendiz del jardinero de Raymond Massey en Wilton, pero éste ahora iba a ser un trabajo serio. Me contrató Motores Tolm en Darien, donde Duque mandaba su coche y el mío para que lo repararan y lo afinaran. (Había cambiado ahora, bajando de categoría, el Ferrari por un Mercedes 190SL, y la chatarra del Porsche había sido reducida a un VW.) Duque le debía tanto a Tolm que me metió a este trabajo de verano. Fueron buena gente conmigo para que si alguna vez le daba por pagar sus cuentas se las pagara a ellos primero. Mi trabajo a setenta y cinco centavos la hora era agradable y educativo. Lavaba y enceraba los coches deportivos de los clientes que los traían para repararlos. Mi socio en este trabajo era un soltero negro, George, que habrá tenido unos cuarenta y cinco años. En vista de su superior experiencia se le pagaba veinticinco centavos más por hora que a mí. Nos hicimos amigos; le hablaba de Choate y él escuchaba, y pronto supo los nombres de mis profesores y amigos, contestando al verso con el refrán:

—George, estoy hasta la coronilla con Bill Morse.

—Ese muchacho es demasiado grande para sus zapatos. Un buen golpe en la cabeza lo reduciría de tamaño, sí señor.

Tomé la decisión de enseñarle a George acerca de los grandes músicos de jazz que habían enriquecido la cultura de su gente, pero cuando me dieron permiso para traer un tocadiscos al garage donde trabajábamos solos con mangueras, escobillas, y cueros de ante, George dijo que no lo provocaba el jazz, prefería a los clásicos, Kostelanetz y Ezio Pinza. No importa, era mi máquina, y yo arbitré un acuerdo, dos pinchadas para mí, una para él, y así: "Rockin' Chair," "Struttin' with Some Barbeque," "Some Enchanted Evening."

Un día le sugerí a George que viniera a comer a casa en Wilton y después saliéramos a divertirnos juntos con mi padre a Westport.

—Mierda—dijo—no sabes nada.

Por razones que no consigo entender Tolm confiaba en mí para que yo le trajera los Jaguars, Triumphs y Mercedes de los distribuidores de Nueva York. Una o dos veces a la semana venía al trabajo vestido como un Choatie, usando una corbata de lazo, zapatos de dos tonos, y una chaqueta de algodón, y tomaba el tren a Nueva York para ir a recoger el coche. El último que traje era un Mercedes 300SL gris con alas de gaviota, todavía cubierto por la mugre del muelle y la grasa del transporte. Los asientos eran de cuero de guante negro. Se me explicó que la velocidad del coche durante el rodage estaba regida por un tope en el acelerador que me impedía superar las ochenta millas en la marcha más alta, pero esto podía sobrepasarse en una emergencia, rompiendo el sello de plomo y poniendo en peligro la garantía del coche. Cuando iba bajando una larga cuesta en Stamford por la autopista Merritt se produjo una emergencia. Sentí la urgente necesidad de correr el coche nuevo de Motores Tolms a ciento cincuenta, y lo hice. Motores Tolms, cuando encontró el sello de plomo roto, se enojó y me despidió, reduciendo sus pérdidas y resignándose a un sitio al final de la lista de acciones de Duque. Me despedí de George, le prometí que nos mantendríamos en contacto.

—No, tú tienes pescados más grandes que freír, qué vas a pensar en el viejo George.

—No digas estupideces, George.

—Sí, claro—dijo George, las últimas palabras que le oí la última vez que lo vi.

La noche en que choqué mi Porsche había estado bebiendo en Rip's Lounge. El pianista y organista de Sarasota había abierto un cabaret en el distrito comercial de White Plains. Allí dentro estaba como boca de lobo; las paredes eran peceras, burbujeando en luz verde. Rip usaba un smoking blanco cuando tocaba. Destacaba ventajosamente, según creía él, su pelo negro peinado con brillantina. Fui con Duque, un amigo de Choate, y dos chicas a las que habíamos invitado a salir. Mi pareja era una rubia que hablaba crudamente, la hija de Buster Crabbe, y cuando mi padre dijo que había conocido a su padre, no le creí. Su padre, después de todo, había sido alguien, ¡Tarzán! Duque había en verdad sido su amigo en Miami, donde nadaban juntos en un circo acuático. No obstante, Susie Crabbe prefirió a mi amigo de Choate, Jack, y así lo hizo también la muchacha que venía con Jack. Medité sobre esta injusticia mientras un maravilloso guitarrista de jazz, Mundell Lowe, tocaba un solo. Cuando hubo terminado, Rip, que se consideraba la atracción principal, comenzó a tocar y yo le hablé, muy fuerte, a Jack.

—¿Dónde crees que estaremos de aquí a diez años?

—No sé—dijo Jack—. ¿Quién sabe?

—¿A quién crees que le irá mejor?

—¿Qué quieres decir con mejor?—pregunto Jack.

—Tú sabes, tú sabes. Entonces sabremos. Escucha, lo sabremos.

Mi padre estaba enojado.

—Cállense y escuchen la música.

—Escucha lo que te digo—le dije a Jack—, juntémonos en diez años y veamos qué nos ha pasado.

—Estás hablando en serio.

—¡Puedes apostar el culo que estoy hablando en serio!

Mi voz había subido de volumen. Rip nos miró duramente. Duque miró duramente a Rip.

—Bueno—dijo Jack—es un trato. Cien dólares a que para entonces estoy más feliz, en mejor situación, más adelantado en mi carrera. En diez años.

Nuestras parejas se rieron cuando sellamos el trato con un apretón de manos. La gente nos estaba mirando. Rip dejó abruptamente de tocar "Otoño en Nueva York", abandonó el proscenio. Cuando pasó por nuestra mesa murmuró algo, probablemente a mí. Mi padre estaba borracho ahora, y con ganas de pelear. Quizás Rip le había dicho algo a él, habíamos interrumpido el número de nuestro amigo, era su club. Rip se dirigió a los baños en el subterráneo, y yo lo seguí. Al pie de las escaleras pasó su brazo sobre mí como un amigo, y estaba a punto de soltarme un rollo, creo, acerca de la buena educación, cuando nos obligó a darnos vuelta un grito de Duque desde lo alto de las escaleras.

—¡Sácale las manos de encima, latino atorrante!

—¡Qué!—gritó Rip—. ¿Qué dijiste?

—Te conozco por dentro y por fuera, compañero.

Mi padre estaba sacudiendo un dedo.

—Baja hasta acá, tú, farsante hijo de perra—dijo Rip—. Eres puro viento, siempre lo has sido, sólo un miserable, parlanchín y gorrista, ven aquí abajo, acabemos con esto de una vez.

—No soy tonto—dijo mi padre—. Tienes una pistola.

—No la necesito para ti—. Rip se sacó la pistola de la pistolera bajo el hombro.

—¡No me dispares!—gritó mi padre.

Rip trató de dármela a mí, pero yo me eché hacia atrás. Era la pistola de cañón recortado que había usado para matar conejos en Florida. Les imploré que no siguieran. Rip lanzó la pistola al suelo.

—Si bajo a buscarte—dijo mi padre—la vas a recoger. Eres un mafioso, sé todo acerca de ti.

Rip recogió la pistola, la sacudió y cayeron todas las balas, lanzó la pistola a un canasto de la basura, llamó con la mano, dijo con voz tranquila:

—Baja hasta acá, no quiero pelear delante de los clientes.

—Vete a hacer puñetas—dijo mi padre.

Rip comenzó a subir rápidamente. Lo seguí, tratando de agarrarlo por la chaqueta, y para cuando lo alcancé ya estaba a la puerta de su club, observando cómo partía mi padre, dejando huellas de goma quemada. No tenía ningún sentido seguirlo, su Ferrari era demasiado rápido.

—Es un gallina—dijo Rip.

—No—dije—, no lo es.

Pero sabía que lo era.

Yo no fui bueno para Choate, pero tampoco Choate

fue bueno para mí. Devoción, cortesía, un alto sentido de la propia importancia, vanidosa satisfacción de sí mismo, y una dosis matadora de homilías caracterizaba el Choate que yo conocí. El negocio de Choate era definir y encerrar. Alice comprendía esto en base a la experiencia de su hijo, e incluso antes que yo llegara a la escuela de verano le escribió a Seymour St. John: "Choate hará maravillas por Jeff. Aprender a compartir y también a aceptar con agrado las restricciones." Y luego otra carta: "Le ayudará a Jeff, se acostumbrará a las restricciones."

Cortar todas las galletas iguales tenía su virtud. Vale algo el que le enseñen a uno que el vecino tiene derechos, que las reglas convencionales no son de partida malignas, que las leyes no son siempre un incentivo a desafiarlas. En Choate, no obstante, cortar galletas era una obsesión. A los muchachos a quienes llamábamos "flechas derechas" les iba bien. El resto de nosotros— "negativos," quejosos, sacadores de vuelta, y sabihondos—hacía tambalearse el sistema, y algunos se divertían. Los felices sabían lo que estaban haciendo, pero yo no lo sabía. Decía *no* por reflejo, no aceptaba el freno, no veía el por qué, no jugaba el juego, no me unía al equipo. Estaba avergonzado de mí mismo, y amargado por el hecho de que Choate no me amaba. Debiera de haber comprendido que los muchachos que no se unen al equipo no pueden esperar que el equipo los ame.

La mayoría de los profesores de Choate y muchos de los muchachos opinaban que yo me reía demasiado pronto y a menudo de las cosas que les eran sagradas: el resultado del partido contra Deerfield, la elección del gobierno estudiantil, nuestro privilegio de que no se nos permitiera fumar. El discurso de despedida de Seymour St. John a mi clase cuando nos graduamos, publicado en el libro del año 1955, *El breve*, se cerraba con una cita no identificada "de uno de mis héroes." Es una homilía clásica, exactamente el tipo de cosa que escuchábamos en la capilla cada tarde después de cenar, y antes de comer los domingos: "Los ideales que han iluminado mi camino, y que una vez tras otra me han dado renovado valor para enfrentarme alegremente a la vida, han sido la Bondad, la Belleza, y la Verdad."

Puede ser. No había estudiantes negros en Choate, y alguien alguna vez le preguntó al director por qué. No había estudiantes negros en Choate, dijo el Reverendo St. John, porque no era justo elevar las aspiraciones de los negros invitándolos a un colegio cuyas costumbres, exigencias, y nivel académico estaban más allá de su alcance. A pesar de eso, dijo, todos éramos iguales ante los ojos del Señor. Así es que invitaba a un predicador negro a darnos un sermón cada año. Este era un hombre enorme con una voz musical, un bajo a lo Robeson; tenía un acento refinadísimo, el producto de una educación en Trinity College, Cambridge. El Director estaba radiante al oírlo hablar. La última vez que lo escuché, distribuí relojes despertadores por toda la capilla, y sonaron a intervalos de cinco minutos durante casi una hora. *Mea culpa*, fue el eslabón débil el que lo hizo. Mi padre lo había hecho también, en el colegio Clark. Era simplemente una tontería, una maldad fácil, no tanto la acción de un joven rebelde como la de un crío malcriado y temperamental.

En la primavera de mi quinto grado visité al director para hablarle de corazón a corazón. Tenía problemas. Había acumulado cuentas. Desde mucho antes, desde mediados de mi primer año, esto había sido un problema. He aquí una nota de George Steele en 1952: "He tenido que escribirle a tus padres acerca de tu cuenta en la librería. Ahora, antes del próximo año, espero que acabes con estas situaciones inconvenientes." Después le mandaron un telegrama a mi padre, con copia a Steele, de la posada St. George, donde se nos permitía a veces cenar, y en cuyo subterráneo algunos de nosotros fumábamos, un vicio que se castigaba con la inmediata expulsión: LA CANTIDAD DE $49.19 QUE DEBE SU HIJO JEFFREY WOLFF NO HA SIDO CANCELADA. SI NO LA PAGA EN SU TOTALIDAD PARA EL QUINCE DE ESTE MES NOS VEREMOS OBLIGADOS A ENTREGAR ESTA CUENTA A NUESTRO ABOGADO PARA SU COBRANZA.

Pero la causa inmediata de mis problemas era una infracción contra los reglamentos del colegio, más o menos. Los alumnos del quinto grado teníamos la obligación de estar presentes en un cierto número de comidas cada semana, y un encargado solía tomar la asistencia, sentado en cada mesa de doce estudiantes. Para la cena del domingo, sin embargo, los encargados estaban libres, y nosotros mismos firmábamos para garantizar nuestra presencia. Fui al comedor, firmé, incliné la cabeza para dar las gracias que el Director daba por nuestros muchos beneficios, me tomé de un trago un vaso de leche y me fui a comer bien a St. George's. Un flecha derecha, sabiendo que se me había acabado la cuota de ausencias permitidas, me denunció al Sr. Steele. El Pingüino fue de la opinión de que en efecto yo había mentido, había quebrantado el Código de Honor, y era necesario que mi caso fuera considerado por el Comité de Honor.

En el Comité de Honor había un muchacho al que conocía bien. Era tan estúpido como un zapato. Tres semanas antes me había robado un suéter. Lo vi como abandonaba mi habitación con él y lo rescaté de su cajón. Lo había usado todos los días después de eso, delante de él. Lo llevaba entonces. Me vapuleó, dijo que no había un lugar en Choate para mentirosos, que yo no merecía estar en este maravilloso colegio. Las otras personas presentes en la habitación, miembros de la clase superior a la mía, estuvieron de acuerdo, asintieron. Me quedé sentado en silencio, no me defendí, por supuesto tenían razón, el suéter no era nada comparado con mi quebrantamiento de las leyes del Honor, yo era de baja estofa, un miserable, de verdad.

Se portaron como auténticos deportistas. Me dejaron escapar sólo con una advertencia. Fui a ver al Director, y él me dijo que no merecía seguir en el colegio. Cuando salí de su oficina me sentí manchado, disminuido, y más allá de toda salvación. Creía que ese hombre me despreciaba, y tenía todo el derecho a despreciarme. Ahora encuentro un memorándum generoso en mi archivo, que describe nuestra entrevista:

Jeff Wolff vino el 3 de junio a decirme que acababa de cambiar de manera de pensar y esperaba que pudiera tener una oportunidad de demostrarlo en el año que tiene frente a él. Al menos hasta donde yo puedo juzgar, Jeff fue totalmente sincero y no estaba motivado—al menos no principalmente—por el temor de que no se le permitiera seguir en Choate el próximo año. Admite que ha sido menos que honesto, que ha sido descuidado, y que en general ha sido un inútil en su relación con la vida del Colegio. Le dije que tenía que dedicarse un 100% en todos los aspectos en su sexto grado o no lo seguiríamos admitiendo. Sugerí que esto podía ser un desafío que iba más allá de lo que Jeff estaría dispuesto a aceptar, pero él insistió en que era precisamente así como él quería que fueran las cosas.

Salí de la oficina del Director y quería estar solo. Había únicamente la capilla. En Choate no estaba nunca solo, excepto allí. Me gustaba la capilla por eso, cantaba himnos con gusto, incluso respeto. Sólo en la capilla desterraba los resentimientos. Rezaba para ser mejor. Trataba. Mi biografía en *El breve* está ilustrada con una caricatura pobremente dibujada de un muchacho estudiando un libro llamado *Cómo ser uno de los muchachos*. Estudié esta materia con dedicación, para mi vergüenza. Hice que me confirmara el Director, en la religión del Director. Formé parte de la Sociedad del Altar y del Comité de Becas. Canté con el coro en la capilla, con el coro normal, y con los Maiyeros (que prendían ser como los Whiffenpoofs). Traté de que me incluyeran en el equipo de fútbol: "Buen esfuerzo," dijo el entrenador, "deseoso. Va a ser un competidor difícil de parar. Peleó duro como defensa. Buen desarrollo." Pero no era suficientemente bueno, así es que me hice director de la barra. ¡Dios mío! Prefiero confesar que he sido un ladrón de poca monta. Mis amigos se divertían viéndome. Yo estaba perplejo.

Los Maiyeros dieron un concierto en Miss Porter's, en Farmington. Me enamoré de una chica de Philadelphia. Le gusté, por un tiempo, y me visitó por un día y una noche en Wilton durante sus vacaciones de Navidad. Yo había esperado que ella se quedara por más tiempo, pero perdió rápido el interés. Parecía incómoda con mi padre. Duque no era lo que ella conocía de Main Line. Era callada, reservada, no era hermosa, era guapa, con hombros masculinos. La quería por buenas razones, y como de costumbre me gustaba demasiado. Quería que ella me amara. Alardeaba, trabajaba para encantarla, dejaba caer nombres famosos, sentía como se me escapaba, la oí llamar por teléfono a Nueva York, a New Haven y a Hartford para preguntar por un tren más temprano. Cuando la llevé a la estación de Norwalk fuimos en silencio. En la estación me dijo que no había necesidad de que yo esperara el tren, pero lo hice. Esperamos cinco minutos juntos. Ella hizo como que leía un libro.

Esa noche le escribí una carta, veinte o treinta folios, quizás cincuenta. Mentira tras mentira. *Bons mots* del diccionario de citas famosas *Bartlett's* que yo esperaba que no fueran famosas para ella, porque las desplegaba como si fueran mías. Referencias a la temporada en sociedad que se avecinaba, estaba tan ocupado con bailes de estreno en Boston y Nueva York. El verano parecía también repleto de actividades, mi padre estaría como de costumbre jugando polo en Brandywine y Myopia. Yo estaría jugando en el circuito de campeonatos de tenis del este, Longwood, el Casino de Newport, tenía una buena oportunidad de llegar a un alto nivel en el escalafón si podía mejorar mi revés, pero jugar squash en el Racquet Club estaba arruinando mi muñeca. Y así más y más y más... Incluso cité, como un epígrafe final, una línea o dos de Sófocles, en griego: *Así son las moscas para los dioses como los niños para los hombres,* o algo así. Firmé, por último, "afectuosamente."

La carta probablemente era peor de como la he presentado aquí. Sé que la escribí en papel con el membrete del Racquet Club (que había tomado de un montón que mi padre había substraído cuando Frank Shields lo llevó a almorzar allí para venderle el uso transitorio de toallas), y sé que la sellé con cera de una vela de Navidad y le imprimí las armas de Duque, grabadas en el salero que le había dado a Alice como regalo de matrimonio, en la cera.

Esa noche mi padre encontró la carta, la abrió, la leyó. No me la trajo. La rompió primero, y luego vino a mi habitación y me despertó. Sabía lo que yo había tenido que pagar, hasta el último centavo; fue tan cariñoso. No me citó la carta, ni se refirió a ella. Me dijo que yo era mejor de lo que yo creía, que no necesitaba añadirme nada. Tenía calor humano, me dijo; calor y energía eran lo importante. A veces estas virtudes no recibían su reconocimiento al comienzo, pero finalmente se imponían. La honestidad consigo mismo y para los demás era importantísima, dijo, saber quién yo era, y ser quien yo realmente era. Lo que dijo era la verdad; yo sabía que era así. Ni siquiera pensé en dar vuelta sus palabras en contra de él, estaba tratando tanto de salvarme de algo, para hacerme regresar al buen camino. Siempre recibí esto de él: comprensión, cariño, generosidad, energía para salir adelante.

Había conocido otra chica en Farmington, Marion Rockefeller; la llamaban "Pebbles." Amorosa, respondona, amigable. Me invitó a un baile poco después de la charla de mi padre acerca de la verdad. La pasé a buscar a su apartamento en la Quinta Avenida. Su padre quería irnos a dejar al Plaza. Cuando bajábamos en el ascensor con Laurance Rockefeller, me preguntó si yo era pariente de los Wolff en Loeb, Rhodes, gente excelente. Le dije que no. Quizás entonces del Dr. Wolff (se me iluminó el mundo), un hombre de muy buen corazón que trabajaba en el Mt. Sinai? De ninguna manera, mi abuelo *había sido* un médico, pero ahora estaba muerto; había ejercido en un hospital católico en algún lugar de Connecticut. El Sr. Rockefeller había agotado su interés en mis ancestros. Noté que miraba mis pies. Llevaba mocasines negros con mi smoking. Miró la faja de mi cintura. El Sr. Rockefeller también llevaba smoking, pero con zapatos delgados y finos y un chaleco negro cruzado por una delicada leontina de oro. Pensé que se veía mejor que yo, y pensé que él lo pensaba también. Bailé un par de veces con Pebbles, luego se interpuso un muchacho de St. Paul que me puso muy mala cara y le dedicó una gran sonrisa a la hermosa muchacha, y nunca más volví a verla.

Mi nariz estaba poniéndose más ancha y se volvía aguileña. Mis labios más gruesos, mi pelo más oscuro. Un amigo en Choate me preguntó si yo era judío. Dije que creía que no. Le había preguntado esto a mi madre una vez, y ella había respondido *¡por supuesto que no!* Le había preguntado a mi madrastra; se había reído: *¡no seas tonto!* Ahora, un mes después de que mi padre se había sentado en mi cama diciéndome que decir la verdad es todo lo que necesitamos, que la identidad propia es un tesoro, le pregunté:

—¿Soy judío?

—Por supuesto que no. Has sido bautizado, y has recibido la confirmación como episcopal.

—No quiero decir eso. Eso no cuenta. ¿Tú eres judío?

—Soy un anglicano confirmado.

—¿Tu madre era judía?

—Era holandesa, Van Zandt, buena familia, luteranos, creo.

—¿Tu padre?

—Ateo.

—No te estoy preguntando sobre su religión. Te pregunto acerca de lo que soy.

—¡Por Dios! Sabes bien que no soy anti-semita. No me avergonzaría ser judío, si lo fuera. No lo soy, eso es todo. ¿Para qué te iba a mentir? Wolff es un nombre alemán, prusiano. Tu abuelo y tu abuela eran ingleses. Eso es todo.

Así es que cuando la gente me preguntaba, y lo hacían a menudo, explicaba que Wolff era un nombre alemán, prusiano. Alguien en Choate comenzó a llamarme "Kraut." En el curso de Historia Moderna de Europa leímos sobre el jefe del estado mayor de

Himmler, el General de la S.S. Karl Wolff. Y cuando llegué a clases la mañana siguiente a cuando nos asignaron esa lectura, media docena de muchachos se puso de pie y me hizo el saludo nazi, *Sieg Heil!* Después de más o menos una semana dejaron de saludarme así, pero siguieron usando "Kraut." Puede leerse ahí, en *El breve:*

GEOFFREY ANSELL WOLFF
"Art" . . . "Porfirio" . . . "Kraut"

XVII

Bueno, pero ¡por Dios!, ¿por qué tan melancólico?
Mi vida no era toda gente sentada a la orilla de mi
cama, explorando la verdad. Me reía, me gradué, a-
prendí. En el año del cuarto grado en Choate descubrí
la antología de la poesía americana de Louis Untermeyer y la leí hasta gastarla, hasta que sus hojas tan
bien empastadas se desprendieron del lomo del libro,
y me compré otro. Frost, Dickinson, Whitman, Crane,
Pound, Stevens, Williams, Eliot: me aprendí Eliot
de memoria como jamás llegué a saber Eskimo Nell.
Al cumplir los dieciséis años y por Navidad recibí libros de Robert Lowell y Theodore Roethke. Luego
vino Hemingway, quien me enseñó los modales y los
códigos que mi padre había perdido la autoridad para inculcarme, pues las costumbres y códigos de Hemingway calzaban perfectamente con los sentimientos de mi padre y sus más profundas convicciones.
¡O'Neill! *Viene el heladero* fue mi Libro de las Revelaciones; allí estaba mi padre con sus sueños ilusos;
Alice era Hickey, el "Heladero de la Muerte," o yo

era Hickey, oyendo la alcohólica letanía de mi padre, o Choate era Hickey, escuchando mis fanfarronas afirmaciones: *Mañana lo arreglaré todo, limpiaré mi traje, encontraré un trabajo, dejaré a Alice, actuaré bien, como nunca, me afeitaré, venderé el Ferrari, haré un presupuesto, dejaré la botella, me reformaré, conseguiré que me acepten para el equipo de fútbol, seré jefe de la barra, jugaré en el equipo, seré un Choatie, bueno...*

No se suponía que leyéramos a O'Neill. Se suponía que leyéramos a Whittier, Hardy, Cooper, Irving. Pero yo insistía en salirme de la lista, leyendo libros que rompían las reglas para descubrir cómo lo hacían. Había forrado mi antología de Untermeyer con la sobrecubierta de un manual de geometría de un sencillo marrón, pero el profesor de inglés en el sexto grado sabía el número que yo calzaba:

Geof ha estado oponiendo resistencia al trabajo que hemos estado haciendo, opinando que una dieta de James Joyce, Pound, Eliot, Gertrude Stein y otros despertaría más interés y tendría más valor que una de Hardy y los otros clásicos que estudiamos. Creo que Geof estaría mejor si dejara de soñar acerca de cursos universitarios de literatura inglesa y se dedicara a dominar algo que él cree que no desafía suficientemente sus capacidades. Para sonar una alarma fuerte hablé con él francamente, solos. Debo decir que no tengo crítica alguna de su comportamiento durante las últimas dos semanas. Creo que mi alarma, o mi verdaderamente atinado sentido común, han dictado su callada pero pensativa atención en clase durante esta última parte del año. Todavía consideró que era necesario a veces exhibir su mayor conocimiento y sofisticación ante los admiradores que tiene en la clase, pero ha tenido buen cuidado de guardarse las críticas que antes solía hacer al curso mismo.

A este memorándum el Director respondió: "¡Se escribe Geoff!" Sí, yo estaba callado. Sí, yo había estudiado a este profesor. Este hombre que se ganaba la vida con los libros despreciaba los libros. No me despreciaba a mí, despreciaba a Joyce y a Stein.

John Joseph era otro tipo de profesor. Era moreno, con acusados rasgos faciales, y lo llamábamos "El árabe." Los otros profesores tenían en su mayoría diminutivos en sus apodos: Gorrita, Plupi, Chanchito, Intrusete, Gordito... El árabe era serio, duro de cabeza, irreverente, exigente, ceremonioso. Cocinaba una cenas civilizadas para sus amigos, y me trataba como a un amigo. Me abrió el camino a algunos libros. Mucho después que dejé Choate el Sr. Joseph me escribió para preguntarme cómo me iba yendo, y acabó su carta preguntando qué había sido de mi "elegante, a la moda, juvenil y deportista padre en su coche deportivo." Le contesté que había muerto, "un mal hombre y un buen padre." El Sr. Joseph dijo: "Nunca digas otra vez que tu padre fue un 'mal hombre': no hay 'malos hombres'." Ahora me gustaría poder creer en eso.

El Sr. Joseph había nacido en Boston y se había educado en Harvard. Me dijo que yo le acordaba de Dexter, de los "Sueños de invierno" de Fitzgerald. Nunca había oído de Fitzgerald, pero encontré "Sueños de invierno" y no supe qué conclusiones sacar, y no me di cuenta sino hasta años más tarde que el Sr. Joseph había dado un juicio que no era ni una alabanza ni una condena, sólo preciso. Vio que yo estaba fuera de la ventana mirando hacia adentro, y él sabía que esto no era cómodo. Dexter "no quería estar asociado con objetos resplandescientes y gente brillante—él quería poseer lo que brillaba. A menudo trataba de alcanzar lo mejor sin saber por qué lo quería, y a veces se topaba contra las misteriosas negativas y prohibiciones que se concede la vida."

Años más tarde el Sr. Joseph me confesó cuán hondamente odiaba esa "cosificación" de la vida americana, nuestro apetito por las "cosas resplandescientes," el vicio que gobernaba los deseos de mi padre. Pero aprendí otras lecciones de Fitzgerald por aquel entonces, y lo tomé como mi tutor. Leí "El niño rico" y compré primeras ediciones de *Todos los tristes hombres jóvenes, Cuentos de la época del jazz, Los hermosos y los condenados,* y por supuesto de *Este lado del Paraíso.* Duque tenía la esperanza de que yo iría a New Haven, a Yale, por él, junto con más de cuarenta de mis ciento treinta compañeros, pero nunca se me pasó por la cabeza ir allí después que leí a Fitzgerald, quien decía que Yale era para vendedores de bonos. El Sr. Joseph proponía Harvard, pero eso no podía ser, yo tenía que ir al Paraíso. Lo visité, conocí al gran R. P. Blackmur, quien me habló de su amigo Cummings, de sus *defectos,* como si yo fuera uno de sus colegas en las letras. Oh, sí: Princeton.

Pero antes de que entrara al primer año con la clase de 1960 pasé un año en Inglaterra, en Eastbourne College, en la costa de Sussex, a una hora en tren de

Londres. Mi padre estuvo borracho la mayor parte del verano después que yo terminé el colegio, y discutía conmigo y con Alice. Hubo momentos agradables, cuando jugábamos tenis juntos, o mirando tenis en Forest Hills. El tenía un estilo magnífico, pero nunca ganó un set contra mí. En Forest Hills sus favoritos eran los excéntricos. Yo estaba a favor de Tony Trabert y de Vic Seixas, gente formal que jugaba siempre para ganar. A Duque le gustaban Sven Davidson y Art Larsen, payasos que se desentendían del entrenamiento pero que a veces sorprendían a todo el mundo con un gran set o dos, rara vez tres.

Mientras más tiempo pasaba con mi padre, más tartamudeaba. A medida que, él me gustaba menos y menos, me parecía más a él. Me sentía atrapado, no estaba feliz conmigo ni con Alice, quien no estaba feliz conmigo. Yo quería irme lejos, pero Alice no me enviaba. Me había mandado a Choate y con eso ¿qué había conseguido? Hizo planes para dejar a mi padre. Era obvio que él no volvería a trabajar otra vez, sino que dilapidaría las mensualidades que ella le concedía. La primera vez que ella rompió filas fue a causa de un juguete que el había ordenado de Hoffritz, una herramienta que tenía una llave a un extremo, pinzas al otro, y cuchillas y tijeras y destornillador entre medio. Ella abrió el paquete, y miró esta cosa por todos lados, y comenzó a reírse, peligrosamente. No se reía a menudo en esos días. Mi padre le estaba secando la cuenta del banco.

Se fue a Nueva York. Sentí premoniciones de miseria, y peor todavía, de caos. No quería estar solo con mi padre. Quería estar solo conmigo mismo. Antes de que Alice regresara, recordé el legado de mi abuela. Me liberaría para ir a Inglaterra por un año de estudios después del colegio con otros veinte estudiantes americanos, bajo el ojo vigilante de la Unión de Angloparlantes.

¡Ese sí que fue un año! Eastbourne era un colegio nuevo, tenía menos de cien años. Allí no había estudiado ningún Gran Hombre, a menos que uno contara al hijo de Lloyd George, y nadie en Eastbourne se preocupaba en contarlo. Los miembros del consejo directivo eran en su mayoría plebeyos, con unos pocos que había sido hechos caballeros hace poco. Los profesores eran obstinados, duros de piel, y justos. El colegio funcionaba en base a un código en vez de respetar una ley común: se daba el precio de todo, y se exigía su pago. Veintisiete o veintiocho profesores venían de Oxford o de Cambridge, y eran snobs del mérito más que de la clase. Yo era el primer americano que habían tenido y de partida me dijeron que yo no sabía nada importante.

En Choate había aprendido a construir una oración; Eastbourne me enseñó a escribir un párrafo que tuviera sentido. Escribía hasta seis ensayos a la semana, y regresaban a mis manos, al comienzo, con insultos al margen: "¿Qué *puede* esto querer decir, muchacho?" Tenía seis clases al día, tres de historia y tres de inglés. Una hora de Shakespeare cada día, y sólo dos obras en todo el año, *Antonio y Cleopatra,* y *Enrique IV, Segunda Parte.* Jamás se nos obligaba a memorizar pero no podíamos impedir aprendernos las obras de memoria, y la sintaxis y la métrica del verso libre permeó nuestras propias gramáticas. Después de clase, nuestras conversaciones estaban adornadas por las figuras retóricas de Shakespeare: nuestros insultos eran los de Falstaff a Pistol, nuestras ironías las de Antonio a Lepidus.

Leímos el *Paraíso perdido*. Lo leímos otra vez para enfrentarnos al examen que tendríamos el próximo verano, en competencia con todos los que en Gran Bretaña aspiraban a ser admitidos a Oxford o Cambridge. Para mí los exámenes eran nominalmente sin consecuencias, pero pasarlos me importaba enormemente.

> Todo el mundo estaba frente a ellos, donde escoger
> Lugar de descanso, y la Providencia era su guía:
> Cogidos de las manos y con pasos vacilantes y
>   lentos,
> A través del Edén emprendieron su ruta solitaria.

Saber algo era ser admitido al Edén. La historia era maravillosa, las fechas eran maravillosas, la exactitud era maravillosa. Compartíamos el desprecio de nuestros profesores por personalidades ignorantes, el placer que ellos sentían en el ataque contra Jaime II, expulsado del trono por tomar té con los jesuitas y otra gente malvada. Verdaderamente.

Eastbourne era una ubicación curiosa para el Edén. Un pueblo veraniego con hoteles de pasado esplendor frente a la costa, cuando acababa la temporada y comenzaba el colegio, el pueblo quedaba en manos de su población de clérigos retirados y antiguos empleados del gobierno. Había un instituto culinario en el pueblo, donde muchachas de la clase media aprendían las artes domésticas. Me encontré con muchas de ellas en los salones de té y en los parques, y las llevaba a caminar a Beachy Head para besarlas sobre el brezo y el tojo. Janet, ¿te acuerdas de mí? Ibamos al parque por la noche, incluso en el invierno. Nos encontrábamos y nos besábamos, no decíamos una sola palabra. Te sentabas en mi regazo, y me dejabas meter mis manos bajo tu impermeable y falda. ¿Por qué nunca nos dijimos nada? Creo que Janet tenía vergüenza de su acento de Yorkshire, y yo temía romper el encanto. ¿Realmente llevaba, de acuerdo a los reglamentos del colegio, un sombrero de paja? ¿Incluso entonces, de noche, en el parque?

Tenía diecisiete años, pesaba ciento cuarenta libras, boxeaba por el colegio, jugaba rugby. Enviaron a casa informes a Duque. El director de residencias de School House hacía notar que me había nombrado prefecto de la residencia "lo que basta para mostrar que todos nosotros opinamos bien de él." Ese año todo me sorprendió. Por ejemplo, no me sentía avergonzado de mí mismo.

Un compañero de curso en Choate, un flecha derecha rubio y estrella del fútbol, se escapó de su colegio en Inglaterra. No pudo soportar las payasadas que le hacían. Otros americanos acababan por irse a casa. Yo nunca sentí la nostalgia del hogar, nunca me sentí solitario. Desapareció mi tartamudez. Estaba enamorado del amor con una muchacha que había conocido al venir a Europa en el *Queen Elizabeth;* ella era de mi edad, y una heredera en Denver. Viajaba en primera clase con su madre. Me invitaron a pasar la Navidad con ellas en Florencia. Otro informe salió rumbo a mi casa: "Ha llegado a ser un prefecto útil en la residencia y se ha entregado de lleno a una gran cantidad de actividades estudiantiles. Ha jugado vigorosamente al rugby por el colegio, consiguiendo puntos a menudo y en momentos cruciales." Mis párrafos parecían tener alguna razón de existir: "Defiende con entusiasmo y provocativamente sus opiniones sobre literatura, y al fin comienza a saber lo suficiente como para justificarlas. Está aprendiendo a escribir." El Director, quien se describía a sí mismo como "un dictador benevolente, no tenemos nada de vuestra absurda democracia en mi colegio, espero que veas las cosas exactamente como las veo yo," me dejaba ir a Londres los fines de semana.

La comida era espantosa, por supuesto, y el clima. No había calefacción central, y se nos exigía que dejáramos las ventanas abiertas para que entrara la niebla. Misericordiosamente oscurecía los dramas nocturnos: dormíamos de a treinta en cada dormitorio, y me escandalizaba al comienzo cuando me despertaba y veía doce camas vacías y a todos presentes. Escribía cartas, diez y más al día. Tomaba lecciones de piano, aprendía a usar una cámara y el cuarto oscuro. Hacía listas con las cosas que había hecho, los pensamientos que había pensado, las muchachas que había besado, los muchachos a quienes les había pegado, los coches que había conducido, los libros que había leído, los lugares vistos, todo lo que había *hecho,* todo lo que tuviera peso y masa y realidad, todo lo que pudiera sumarse. Por entonces ya sabía que era un sobreviviente, que estaba destinado a un largo y duro viaje.

Una vez antes había sentido lo mismo, el ser capaz de salir adelante. Todos los muchachos en Choate debían sufrir la clase de Retórica, la provincia del Sr. Pratt, un personaje dramático que llevaba capa, usaba un bastón y decía las cosas más insultantes que jamás he oído que un ser humano le diga a otro. Los muchachos lo odiaban y lo temían, hasta que dejaban Choate, cuando parecían ponerse de acuerdo para venerarlo. Nos sentábamos de a treinta cada vez en el subterráneo de la capilla. El Sr. Pratt llamaba a cinco de nosotros por turno, de acuerdo a un sistema propio, de tal manera que cinco veces al año, quizás cinco semanas seguidas, cada uno de nosotros hablaba por cinco minutos sobre un tópico libre. Si no le gustaba lo que oía, el Sr. Pratt daba golpes con su bastón y gritaba; casi nunca le gustaba lo que oía. Mi primer año me senté temblando semana tras semana durante siete semanas antes que me llamara. Quería decirle que yo tartamudeaba, pero no quería decirle que yo tartamudeaba. Lo que más quería era no tartamudear.

El Sr. Pratt llamó adelante a un matón de pocas luces, un muchacho de Lake Forest quien decidió desarmar al ogro a base de un ingenio barato. Comenzó su discurso sonriendo presuntuosamente:

—El Doctor Frud, el infame—él lo pronunciaba *ínfame*—huno, nos cuenta que hay una guerra entre el supernegro y el yid. Me gustaría explorar...

Apenas dos palabras después de que se había iniciado este monólogo, oí rezongar a Pratt; luego surgió tras nosotros un sonido como un cascabel de muerte, y se levantó. Nos encogimos mientras las palabras tronaban sobre nosotros, atizando al tonto y avergonzado muchacho en el podio:

—¡Malvado! Niño canalla. ¿Dónde te crees que

estás?

Mientras que el muchacho pensaba en una respuesta para esta sorprendente pregunta, y quizás desarrollaba una presentación alternativa—acerca de la Grandeza de Napoleón, o Por qué me enorgullezco de ser del Medio Oeste—Pratt descendió como una bala de cañón por el pasillo con el bastón alzado y la capa abriéndose tras él, revelando su forro de seda de un color rojo sangriento. Subió al escenario por la izquierda mientras que el muchacho hacía mutis sollozando por la derecha, como si lo persiguiera un oso. El Sr. Pratt habló:

—¡WOLFF! ¡EL PROXIMO! ¡HABLEME!

Hice balbuceando una descripción de las carreras de lanchas. Me había aprendido de memoria tres hojas escritas a doble espacio, y veinte minutos después de empezar, sacudiendo mi cabeza salvajemente de lado a lado para forzar la salida de las palabras, *forzar*las, cada palabra, sin substituciones, sin hacer trampas con las sádicas explosivas, sin trucos para sostenerse hasta una nueva oración *(vamos a ver, el hidroplano más rápido del mundo es, vamos a ver, vamos a ver, Slo-Mo-Shun, vamos a ver)*, simplemente haciéndolo...después de veinte minutos sabía algo que antes no sabía. Antes de que llegara al fin de mi presentación, el Sr. Pratt levantó la mano:

—Tenemos que comer, Wolff. Basta. Bien hecho.

Esa fue la vez en que me fue mejor en Choate, pero en Eastbourne me fue siempre mejor que esa vez.

En Florencia resultó que mi heredera de Denver

no era tal, ni era yo lo que ella había esperado. Su madre había hecho deducciones injustificadas acerca de quién era un muchacho de Choate rumbo a Princeton vía un colegio privado inglés; me había reservado una habitación en el Excelsior, en una habitación con vista al Arno. Esto, según me enteré, debía pagarlo yo, y se suponía que yo debía invitarlas a ella y a su hija a salir y a cenar. Eran cazadoras de fortuna sin cautela alguna. Yo tenía trescientos dólares para darme la gran vida en seis semanas de mi gira continental, pero antes que comprendiera que tenía que pagar, y antes que la heredera y su madre descubrieran que no podía pagar, tuve el placer de una noche solo con una hermosa y experimentada muchacha de diecisiete años.

Al día siguiente peleamos. Creí que nuestro combate había sido por amor en vez de por mi desilusionante Dun & Bradstreet. Me emborraché y me puse taciturno con la grapa en el Grand, donde escuchamos a un mal pianista norteamericano tocar "When Sonny Gets Blue," una y otra vez, siempre que yo le pagara los tragos. Inexplicablemente la muchacha me mordió un dedo, y me salió sangre. Me imaginé que yo era Dick Diver cuando le daba un bofetón, considerando la suerte que había tenido de haberme relacionado con alguien que era tan interesantemente inestable. Después que le pegué, ella me besó en forma todavía más inexplicable, lánguidamente. Entonces me dejó, "para siempre," como ella dijo. Fui al Ponte Vecchio a las tres de la mañana y pensé en suicidarme. A la mañana siguiente me escapé sin pagar del Excelsior, tomé el tren nocturno a París, me encontré con unos amigos americanos y lo pasamos fenomenalmente bien. Luego pasé las vacaciones de primavera con ellos en España durante seis semanas, siguiendo los toros, por supuesto, diciéndoles a las muchachas de Smith College en su tercer-año-en-el-extranjero que éramos de más edad, lo que ellas pretendían creer.

A fines de año rompí una regla muy parecida a la que había roto en Choate y que me había entregado a la merced del Comité de Honor. En el Sabat fui al cine. Esto era serio; se suponía que debía descansar o asistir a los servicios religiosos. Me pilló la esposa de un profesor, me llamaron donde el director:

—¿Fue a la iglesia hoy, Wolff?

—No, señor.

—¿Hizo algo?

—Sí, señor.

—Diga.

—Vi una película, señor.

—Ud. es un condenado idiota.

—Sí, señor.

—¿Qué película?

—*El hombre del brazo de oro,* señor.

—¿Buena?

—Muy buena, señor.

—Usted es un doble condenado idiota si piensa así. Debiera de darle de palos. En vez de eso se acabaron para usted los fines de semana en Londres. Váyase.

—Sí, señor. Lo siento.

—Por supuesto. Eso no cambia nada.

El director le escribió a mi padre: "Realmente ha rendido bien este año aquí. Es desafortunado que se haya comportado tontamente al final, pero eso se olvidará, y recordaremos la buena impresión que causó. Es un buen muchacho."

Hasta me dieron un premio. El Premio Brian Tunstall para Estudios Imperiales, por un trabajo en que expliqué las insurrecciones coloniales de 1776. El premio consistió en un libro—*Todos los cuentos de Ernest Hemingway*—y apretones de manos del Obispo de Chichester y del Duque de Devonshire, presidente y vicepresidente respectivamente del consejo de administración del colegio. Al día siguiente debía partir a pasar el verano en Francia con mis amigos americanos, pero Duque llamó por teléfono. Alice se había ido otra vez, y con ella el dinero. Debía pedir prestado para el pasaje de regreso, lo más pronto posible. La conexión telefónica no era buena, pero distinguí por primera vez que el graznido a lo Oxbridge de mi padre no le resultaba perfectamente, realmente, que quedaba plano en la a, que no era suficientemente abierta, y que no la arrastraba suficientemente.

Quería quedarme, pero dije que estaría en casa "toute suite." Tenía que ir primero a París, dije, a "seguir el rastro de un zorro que me debe muchas libras." Mi padre me indicó que pidiera dinero prestado al colegio para el pasaje de regreso, o a su querido viejo amigo de la RAF, Nick Van Sittart, ahora Lord.

—Llama a Nick—dijo mi padre—. El te va a invitar a almorzar a White's y te dará cien libras para que regreses a casa.

Llamé por teléfono a Lord Van Sittart, y dije que

venía de parte de Duque Wolff.

—Nunca he oído hablar de él.

—¿Arthur Wolff? ¿Durante la guerra? ¿Un piloto americano?

—Ah, *él*. El americano al que le gustaban los pilotos. Siempre pidiendo que lo presentaran a los buenos sastres. Apenas me acuerdo de él, lo siento.

XVIII

Eastbourne me prestó dinero para regresar a casa en el *Ile de France*. Con algún anzuelo u otro medio tortuoso mi padre consiguió juntar ochocientos dólares para pagar mi primer semestre en Princeton. Después de eso se suponía que corría por mi cuenta. En Eastbourne había concebido hermosos sueños acerca de Princeton y de mí mismo. Pero incluso antes de llegar allí, sentí que se me escapaban. El verano en Wilton antes de mi primer año en la universidad fue difícil. Alice llegaba y se iba, siempre a la deriva. Comprendo por qué se iba, pero no por qué regresaba. No podía soportar a mi padre, al parecer, y él parecía tratarla con indiferencia. Pienso que ella se sentía solitaria, pero no quiero ser condescendiente con ella. Tampoco considero que la soledad no sea un motivo importante.

Por ese tiempo yo estaba feliz cuando estaba solo, o quizás me gustaba ese estado de estar solo, la ilusión de independencia. Pensaba que mi padre era un campo magnético de desastres, y lo evitaba. Me las había arreglado para sobrevivir, en las cataratas del Niágara, en Nueva York, Old Lyme, Sarasota, volando a Seattle, en Eastbourne. No: nunca había estado solo en esos lugares; lo que quería decir con "solo" era estar aparte de mi madre, de mi padre, y de mi madrastra.

Duque me llevó en el coche a Princeton. Los nuevos académicos llevaban abrigos de mapache durante la semana de orientación de los nuevos estudiantes, la segunda semana de septiembre de 1956, a pesar de que las temperaturas estaban cerca de los noventa grados. Unos rectángulos de tres por cinco pies de felpa colgaban de sus paredes, con un PRINCETON en naranja contra un fondo negro, para que no se olvidaran de donde estaban pasando la noche. A la mayoría de mis amigos de esa clase de 1960, amigos durante el college y hasta ahora, los conocí dentro de la primera semana de nuestra llegada. Nos reconocimos unos a otros de una mirada: sin abrigos de piel, sin banderines en nuestras paredes, sin hacer nunca una referencia a Scott Fitzgerald. Los que habían estudiado en Exeter daban el tono: sardónicos, listos, rápidos para reírse y echar abajo; "negativo" era un adjetivo honorífico. Había ex-alumnos de Choate en Princeton, pero yo me mantenía aparte de ellos.

"Nosotros" marcamos como indeseables a los pujantes, competitivos, sacos de tweed ("parece que ese idiota nació de un huevo de madrás," un amigo me dijo de alguien que quería ser su amigo), atletas, lagartijas de salón (uno llevaba su abrigo Chesterfield a las clases de la mañana, queriendo hacer creer que acababa de regresar de una noche triunfante en La Ciudad; todos sabían que eso no era posible, los ho-

322

rarios de trenes no calzaban y el college no nos permitía conducir), latinoamericanos, cristianos fervientes, ejecutivos... Marcar a los indeseables creaba una selección natural. Discriminación. Crítica, juicio: *esto* era mejor que *aquello*. Esa era nuestra educación. Choate me enseñó que había sido escogido entre muchos; Princeton me dijo que había sido seleccionado entre muchos que habían sido suficientemente buenos para Choate. Ahora "nosotros" seleccionábamos entre los muchos que habían sido suficientemente buenos para Princeton.

En pocas semanas los ingleses y los franceses bombardearon Egipto, los soviéticos aplastaron a los combatientes por la libertad húngaros, Ike hizo polvo a Adlai. Veíamos la historia en la televisión del Nass' y del 'Nex. La Taberna Nassau era oscura y húmeda, un lujoso subterráneo donde los héroes de Princeton de antaño tenían su altar en remos y bastones de hockey. El Annex Grill era mejor: cantineros italianos, mugre de parador de carretera.

Nos emborrachábamos hasta perder el sentido. Momento: yo me emborrachaba hasta perder el sentido. Mis amigos sabían cuando detenerse en todo. Yo siempre me propasaba.

Princeton era más fácil que Eastbourne, incluso más fácil que Choate, demasiado fácil. Todo era primeros principios, cursos panorámicos, requisitos de práctica. Como todos, tenía que tomar un curso de ciencia con laboratorio. Había sólo dos opciones para sábelotodos: "Rocas" (geología) e "Inadaptados" (sicología). Química, física, biología...ahí había exigencias, los estudiantes a veces salían mal. Escogí "Inadaptados," y salí mal. Fui al examen final con mis lápices y el profesor—Sonriente Jack Algo—anotó algunos nombres en la pizarra de la enorme sala de conferencias; mi nombre estaba entre ellos, junto al número de laboratorios a los que no había asistido. Algunos de los jóvenes caballeros habían faltado a dos, cuatro, incluso seis horas de laboratorio. Yo había faltado a trece.

—¿Está el Sr. Wolff en la sala?

Yo estaba sentado en la primera fila, hice una seña con la cabeza.

—Sólo quería conocerlo antes de decirle adiós—dijo Jack el Sonriente, sonriendo—. No tiene para qué tomar el examen. Ya tiene su nota.

¡Este sí que era problema, el feroz *siete*! Princeton daba un *uno* por trabajo excelente, *seis* a quien salía mal, pero el *siete* se reservaba a algo especial, "Descuido Flagrante." Se me castigaría con un curso especial de lectura durante el verano pero mucho peor, al final de mi primer semestre y de los ochocientos dólares de mi padre, era poco probable que fuera un buen candidato para una beca completa.

Luego salí mal en otro curso, pero este fracaso me confirió una distinción. El Curso de Entrenamiento de Oficiales de Reserva de la Fuerza Aérea era motivo de bromas en Princeton, pero no sabía esto cuando me inscribí. Quería volar, pero un mes después que entré al college supe que no llegaría a formar parte del Escuadrón de las Aguilas. Necesitaba gafas, al igual que mi padre. Las compré con marco de alambre, como las suyas. Y salí mal en la Fuerza Aérea. El oficial a cargo le hizo saber a mi consejero en la facultad que entre otras evidencias de lo mal preparado que estaba (zapatos sin lustrar, hebilla del cinturón carente de brillo), se encontraban mis respuestas incorrectas a las siguientes preguntas del examen a fin del semestre a las que había que contestar verdadero o falso:

Los Estados Unidos de Norte América son la nación más poderosa de la tierra. V o F (marque con un círculo la respuesta correcta)

La excelencia científica e industrial puede alcanzarse con la misma facilidad bajo el yugo comunista que en nuestra Sociedad Libre. V o F (marque con un círculo la respuesta correcta)

Con dos fracasos me había metido en camisa de once varas. Mis amigos—incluso los negativos, los experimentados—me animaron a que me subiera los calcetines, bebiera menos, faltara menos a clases, siguiera las reglas. No me había presentado a una beca cuando pedí ser admitido a Princeton, y no creía que cumpliera los requisitos para tener una. Pedí un trabajo y me lo dieron, lavando y yendo a dejar la ropa sucia de mis compañeros por un dólar la hora, quince horas a la semana. No era suficiente. Expliqué mi apurada situación en la oficina de ayuda para los estudiantes. A pesar de dos suspensos, ellos hicieron lo posible por mí: si mi padre estaba en bancarrota, eso era una pena, pero no tendría que dejar Princeton por esa razón. Se encontraría alguna manera, no debía preocuparme, haga Ud. su parte y nosotros haremos la nuestra. Una cosa: pídale a su papá que nos mande por correo una declaración sobre su estado financiero, para que podamos arreglar las condiciones con él.

No quiso hacerlo, dijo que sus circunstancias no eran ningún maldito asunto de Princeton. Le pedí que no me visitara en el Mercedes, con trajes hechos a la medida y zapatos Lobb hormados a mano. Me visitaba en su Mercedes, usando los trajes a la medida y el resto, lo que siempre usaba. Les encantaba a mis amigos, y lo llamaban El Duque, pero no en su cara. Pensaban que era con mucho el padre más elegante (o el más risible) que conocían. A veces lo invitaban a las fiestas, y venía.

Tres semanas después que entré a Princeton, el tesorero de Eastbourne le escribió al director de Choate acerca de un asunto "incómodo."

La matrícula para el semestre de la fiesta de San Miguel, y los extras para ese semestre y la matrícula del semestre de Cuaresma han sido pagados, pero no se ha recibido la cancelación de los extras para el semestre de Cuaresma y el período de Verano, ni la matrícula del Verano. Tuvimos que prestarle al muchacho sumas considerables para las vacaciones de Pascua y también para pagar su pasaje de regreso a América. El resultado es que el padre nos debe cuatrocientas ocho libras, dieciocho chelines y cuatro peniques. Le he escrito al padre sin respuesta, A.S.A. Wolff, Esq., "Driftways," Nod Hill Road, Wilton, Connecticut, el 18 de julio, el 15 de agosto y el 10 de septiembre. ¿Qué debo hacer?

St. John le escribió a mi padre, con copia a mí:

Acabo de recibir a través de la Unión de Angloparlantes una carta sumamente inquietante de Eastbourne College... Naturalmente, estoy preocupado por varios puntos: el buen nombre suyo y el de Geoff, nuestra buena reputación, y nuestras relaciones con Inglaterra... Eastbourne dice que escribe esta carta como última esperanza— antes de recurrir a la acción de la ley... Al parecer Geoff hizo un trabajo estupendo en Eastbourne, y tiene un futuro tan feliz ante él, que me sentiría muy mal si fuera mancillado en cualquier manera...

Le escribí a St. John contándole la verdad. La matrícula y pensión era mil doscientos dólares al año en Eastbourne, el pasaje de tercera de ida y vuelta cuatrocientos, y esto todavía hacía sobrar ochocientos de mi herencia, que mi padre prometía pagar a medida que llegaran las cuentas. Otra gente promete que la luna está hecha de queso.

"Mi padre dijo que NO había recibido cuentas de Eastbourne. Me lo acaba de decir el fin de semana pasado. Temo que ahora sé que la verdad es diferente. ¿Qué puedo hacer? No tengo dinero. Llamaré a mi padre inmediatamente. Temo que él tampoco tiene dinero. No es necesario decir que si me he sentido orgulloso por lo que he realizado allí, este sentimiento está más que contrapesado por esta vergüenza para mi familia y mi país." Madre mía.

St. John contestó comprensivamente. Se sentía aliviado al poder informarme que mi padre le había asegurado que había un cheque en el correo. Se debe haber perdido. Yo pagué la deuda tres años más tarde. Pero por mientras, para celebrar la "vergüenza para mi familia y mi país," me emborraché hasta caerme al suelo y me despertó en los escalones de entrada al Laboratorio de Física Palmer un estudiante que iba a su clase de ingeniería a las 7:40 A.M., quien me llevó a la enfermería. Se pensó que me había caído de una altura, pero de hecho me había caído sólo de mi propia altura, y estuve seis horas tendido bajo la lluvia de octubre. Un doctor notó que yo estaba incoherente; ¿acaso había habido un golpe en la cabeza? Me sacaron rayos-X, un análisis de sangre. Estaba borracho. Esa tarde me enviaron donde el Asistente del Decano de Estudiantes. Hizo la observación de que aquí él veía una constante de auto-destrucción. Me daba cuenta de esto, y le dije que era como él decía. ¿Cómo lo explicaba? Traté, realmente traté de explicarlo. Hablé acerca de la predeterminación, el ser hijo de un padre. El decano habló acerca de comienzos frescos, de pizarras limpias. La quejumbrosa conmiseración que sentía por mí mismo cerró mis oídos. También, es excitante deslizarse rápidamente cerro abajo.

Comencé a acumular cuentas, ¿por qué no? No podía viajar a Poughkeepsie o a Northampton vistiendo harapos. Conducíamos once horas en el antiguo convertible Buick, ilegal, de un compañero de cuarto, violando la prohibición de Princeton en contra de que los estudiantes condujeran, todo para que pudiera llevar a una chica de Smith a Rahars y besarla tres horas más tarde (quizás) a la entrada de su residencia, mientras que la directora de la residencia observaba, una hora antes de la medianoche. Entonces pasábamos la noche en casa del amigo del primo de alguien en Amherst, durmiendo en el suelo, y al día siguiente conducíamos de regreso a través de la lluvia. A esto lo llamábamos "salir con muchachas."

Mis otras "citas" eran regalías de mi melosa voz de barítono en un grupo llamado Los Tigres Tonales (siendo el tigre la mascota de Princeton), un grupo pequeño y armónico de más o menos una docena de miembros. Cantábamos canciones divertidas y tristes. En el invierno del primer año me hice hacer un frac en Langrock, para poder cantar en los bailes de estreno. En la vacaciones de primavera Los Tigres Tonales volamos a Bermuda para cantar en el Belmont Manor. Había menos muchachas que muchachos en Bermuda cuando estábamos ahí. Sorprendentemente, los cantantes no las seducían. Las seducían los jugadores de fútbol, que estaban en Bermuda aparentemente para jugar rugby, pero de hecho practicaban para el fútbol de la primavera. Los jugadores de fútbol se afeitaban los tobillos antes de ponerse cinta adhesiva para reforzarlos. Así se los reconocía como jugadores de fútbol, por sus tobillos afeitados. Me afeité los tobillos. Esto era una metáfora, del tipo que mi padre había comprendido por muchos años. Estaba aprendiendo, no era en absoluto complicado, jabón y una navaja, júbilo.

Ese verano fui a Colorado con un cuarteto de Princeton, Los Boomerangs. Cantábamos "¡Dulce Adelina!," "Mavourneen," "Bandoleros" ("Somos valientes y felices ban-dou-leeeei-rous;/Conquistamos o pe-rei-ceeeei-mous!") y "Flirteando." Usábamos chaquetas a rayas y sombreros de paja. El bajo, hijo del dueño de una empresa de pompas fúnebres, me enseñó a beber martinis en el Bar Mineshaft cerca de Central City, donde cantábamos en el Saloon Hoyo de la Gloria a cambio de la comida y las propinas. No cantábamos muy bien, en parte a causa de los martinis. Quedamos en bancarrota y luego en bancarrotísima, y cuando pasábamos el sombrero de paja le dábamos color con un billete de cinco dólares, hasta que una noche lo recibimos de regreso con menos de dos dólares. Primero le pedí dinero prestado al segundo tenor, y luego al primero. Se suponía que debía regresar al menos con mil dólares para ayudarme a pagar Princeton en mi segundo año. Regresé con las manos vacías, con el cuerpo cortado. Mis amigos me ayudaban, querían que yo fuera otro que el que era. ¿Quién? Había un dicho en Princeton que debieran haber bordado y vendido en la librería de la Universidad: "Sé siempre tú mismo, y si eso no basta—sé otro."

En el otoño de mi segundo año un amigo de Filadelfia vino a nuestra casa de Wilton. A Duque estaban a punto de darle puerta por no haber pagado el arriendo, y él quería cerrarla con estilo, con una fiesta. Era el fin de semana del partido de Yale, y algunos de nosotros fuimos. Ganó Yale. Cuando regresábamos del partido Duque dijo que lo sentía por Princeton, pero se alegraba por él.

Mi amigo de Filadelfia era un tipo curiosamente tenaz; le gustaba saberlo todo, y estaba dispuesto a insistir para obtener la respuesta a sus preguntas. No era exactamente un snob, ni tampoco dejaba de serlo, un hombre de St. Paul que despreciaba a los farsantes en sociedad, y le encantaba sacarlos a la luz como si fuera un hurón. Yo sabía esto. Cuando mi padre hizo su inocente comentario sobre la victoria de Yale,

330

le dije a mi amigo:

—Mi papá fue a Yale. ¿No es así, papá?

Mi padre se puso rojo. Esta no era una pregunta que él hubiera deseado.

—Estuvo en la hermandad Deke, y en Huesos también. ¿Verdad?

—Los hermanos de Huesos no hablan acerca de Huesos—dijo mi padre.

A mi amigo le había despertado el interés.

—¿Cuál es Calaveras y Huesos? ¿El edificio parecido al Partenón o el al estilo de Georgia?

Mi padre permanecía en silencio.

—Y Deke, ¿dónde está situada?

Mi padre no dijo nada, y comenzó a sacudir la cabeza. Su rostro estaba púrpura. Mi amigo, que medía casi siete pies de altura, no tenía el menor miedo ante el gesto contrariado de mi padre.

—¿Qué Colegio Mayor da a la calle Trumbull?

—Saybrook—dijo mi padre.

—Está equivocado—dijo mi amigo. En base a lo que él o yo o Duque sabía, mi padre podía tener razón.

—Ha pasado mucho tiempo—dijo mi padre—. Mi memoria no es muy precisa.

—La verdad es—dijo mi amigo, cuando mi padre se alejaba—que él no asistió a Yale.

Lo dijo suficientemente fuerte como para que mi padre lo oyera. Mi padre salió de la casa, caminando lentamente y muy erguido, con sus hombros echados hacia atrás. Mi amigo, deseoso de no avergonzarme todavía más, me dio la espalda. Los odiaba a los dos. Me odiaba a mí mismo.

La parte de *Este lado del Paraíso* llamada "Agujas y Gárgolas" es la vergüenza pública de Princeton y su orgullo privado. Evoca con exactitud ciertos aspectos del Princeton de mi época, opulento y blando, delicado, más allá del tiempo. Fitzgerald describe así los clubs en que se agrupan los estudiantes para comer:

> Hiedra, por encima de todo y furiosamente aristocrático; Cabaña, una mezcla impresionante de aventureros brillantes y mujeriegos bien vestidos; La Posada del Tigre, amplios de hombros y atléticos... Toga y Birrete, anti-alcohólicos, ligeramente religiosos y políticamente poderosos; Colonial, extravagantes...

Al final del primer semestre de mi segundo año mis amigos y compañeros de cuarto no soñaban con pertenecer a La Posada del Tigre, y menos todavía a Toga y Birrete, a pesar de que estos eran dos de los Cinco Grandes de los más de veinte clubs para comer en Prospect Street. Ponían sus miras en los Tres Grandes, Hiedra, Cabaña y Colonial, en ese orden, a pesar de que a veces se pasaba alguien que había sido invitado por Hiedra a Cabaña o Colonial a causa de que allí era miembro el padre o el hermano, o para mantenerse juntos en un club una pandilla de amigos.

El proceso de selección para los clubs, conocido como "Porfía," era complejo y humillante. Después de la noche del Recorrido Arquitectónico (la primera vez en que se suponía que los estudiantes del curso inferior veían los clubs), miembros de los clubs visitaban grupos de estudiantes en sus cuartos. Cada club iba al menos una vez a cada piso, pero la selección era rápida y sin miramientos. Los miembros de cada club reconocían a la gente de su tipo, y después de cada entrevista le daban una nota al estudiante de segundo año, desde la más alta (1:"as") a las más baja (7: "Negligencia Flagrante," "neg-flag," "fiambre," "plátano," "debilucho," "oso," "pavo"). Ocurría con frecuencia que de un piso con seis estudiantes de segundo año sólo uno era deseable para un cierto club, o tres, o cinco. A los deseables se les hacía la corte ávidamente, a veces en equipos de a dos, mientras que a los indeseables se les ofrecía una conversación insulsa encargada a un especialista en botar basura.

—¿Eres heredero en alguna parte? (¿Perteneció tu padre, abuelo, primo, a algún otro club de Princeton?)

—¿No? Qué lástima. ¿Adónde fue al college tu padre? ¿*Quizás* a Yale? Nunca había oído eso antes. Oye, ¿me puedes dar un vaso de agua? ¿En qué me especializo *yo*? Pensé que era yo el que hacía las preguntas. Bueno, en fin, me especializo en Inglés. Sí, es bastante interesante. ¿Te gustan los deportes? ¿Sí? Eso está bien. ¿Dónde compraste esa chaqueta? ¿Es nueva, no? Bueno, tengo que decir que la has cuidado bien, a mí me parece absolutamente nueva. De veras, ¿*nunca* usas colgadores de ropa de alambre? Buena idea, supongo que los colgadores *realmente* deforman los hombros, gracias por el dato. Ha llegado la hora de seguir rodando, supongo que a los otros también se les ha acabado de qué hablar.

Mis compañeros de piso eran: el hijo de un diplomático, el hijo de un magnate de la industria textil, el hijo de uno de los socios más importantes de un banco de inversiones, el hijo del presidente de una compañía aseguradora. Eran muy apetecidos por Hiedra, Cabaña, Colonial, por muchos motivos. Los otros clubs reconocían que estos individuos estaban más allá de lo que les era posible soñar para ellos, y dejaron de visitarnos. A veces, cuando los visitantes del club de la Hiedra, o de Cabaña o de Colonial, abandonaban nuestra habitación oíamos grandes risas al otro lado de la puerta que acababa de cerrarse. Se comprendía que estas risas no se referían a mis compañeros de piso. La gente, amigos, me susurraron al oído que pensaban que yo era un "raro," que no me tomaba suficientemente "en serio" todo el asunto de la Porfía, que no era "educado." Se rumoreaba con fundamento que en la noche del Recorrido Arquitectónico le había dicho al presidente de Cabaña que me gustaría ver menos de la biblioteca, el comedor, las mesas de billar, la habitación del televisor, y más de la cocina, el subterráneo, las cañerías, la calefacción, y los interruptores. Y que al irme le había dicho al presidente de Cabaña:

—Está bien construida. La compro.

Esta broma no había caído muy bien. Se decía que yo tenía la reputación de ser un salvaje, y a veces notorio, que era un borracho, que carecía de metas. Se decía que yo tenía deudas. Se consideraba que yo me reía de pronto, sin motivo evidente o razonable.

Después de una semana sólo tres clubs venían a nuestro piso, y yo me pasaba cinco o seis horas al día hablando tonterías con un joven caballero imperioso y despreciativo. Habría todavía otros diez días y noches de la misma cosa. No, no para mí.

Dejé plantado a un fulano de Grosse Pointe, del club de la Hiedra, que se preguntaba en voz alta, por enésima vez, qué tal le iría al equipo de hockey este año. Le expliqué, por enésima vez, que no patinaba y no me importaba. No me podía creer que yo no patinara ni que no me importara. Simplemente salí a caminar, basta. Era enero, estaba nevando. Seguí Washington Road hasta la Ruta Uno. Todas las ventanas de las residencias estaban iluminadas. Washington Road estaba oscuro. Me detuve en la esquina de la calle Prospect, pensé en romper con un ladrillo una de las ventanas de Hiedra, algo así de estúpido. Hacía frío. Caminé cerro abajo cerca de una milla, hasta el puente sobre el lago Carnegie. La nieve caía pesadamente; a lo lejos podía ver las agujas, imaginar las gárgolas. Mis compañeros de piso se preocuparían. Se habían preocupado por días, incapaces de mirarme a la cara o de pensar qué hacer. No serían condescendientes conmigo. Me paré sobre el puente mirando hacia abajo, hacia la oscuridad. Pensé que aquí se acababa todo, final del camino, final de hecho de Prospect. La baranda del puente era ancha y baja, y me paré sobre ella, luego me senté al borde contemplando el agua que no podía ver. De vez en cuando pasaba un coche, arrojando una luz sucia sobre la figura jorobada, tan fuera de lugar y expectativa. Un coche se detuvo. Un hombre me preguntó si yo estaba bien, ¿necesitaba que me llevaran a alguna parte? Le hice señas con la mano para que se fuera. No podía ver el agua, pero estaba allí abajo, casi a nueve pies bajo mí, tres pies de agua cubriendo un pie de fango. Pensé en el intento de suicidio de mi abuelo Loftus en la pileta de Washington. No me ahogaría, eso era seguro. Ni siquiera me congelaría. Llevaba un abrigo de mapache; Duque me lo había dado para Navidad, me había dicho que era el suyo en "su universidad." Comencé a reírme. Temblaba de la risa que subía de mi pecho. No podía dejar de reírme. Casi me hizo caerme del puente. Me tendí de espaldas al centro del puente, dejando que la nieve cayera sobre mi rostro. Entonces fui y me tendí al centro del Washington Road. Me quedaría allí hasta que contara hasta cien. Eso era: que alguien más decida. Treinta y dos, treinta y tres, treinta y cuatro...cuarenta y uno, cuarenta y dos...estaba contando rápido...cuarenta seis, siet...vi unas luces bajas que venían desde Princeton, pasando Prospect. Dejé de contar, retuve el aliento, me levanté despacio con bastante tiempo de sobra, y me fui a casa a mi habitación. Compartí seis cervezas con mis amigos, quienes se miraron unos a otros aliviados al escuchar lo que había decidido. No discutieron conmigo. Empaqué, y al día siguiente me retiré de la universidad.

El decano fue la bondad misma. Sería bienvenido cuando quisiera después de que hubieran pasado doce meses, a condición de que cancelara las cuentas pendientes. Contando mi deuda a Eastbourne, debía dos mil quinientos dólares, cien más o cien menos. Dije que acaso no regresaría nunca, pero que pagaría mis deudas. No era un muchacho de college, dije. Bueno, dijeron, acaso pienses diferente más adelante. Buena suerte.

Duque vino en el coche a recogerme. Me besó, y dijo que lo que yo quisiera estaba bien, "que se jodan." ¿Viviría con él? No tenía ninguna obligación, por supuesto, pero él esperaba que yo así lo hiciera, me había echado de menos. Claro, dije, por supuesto. ¿Estaba Alice en casa? No, acababa de irse otra vez esta mañana. Oh, dije, ¿no le gustaba la idea del regreso de su hijastro? Nada de eso, dijo, sólo una de esas cosas, tú conoces a Alice.

Mi padre fue un as todo ese día. Me llevó a cenar al "21," y pagó al contado. La gente me trataba bien, debe haber tenido su cuenta al día. Me dijo que yo había hecho lo justo, sabio, valiente, desafiante, honorable, lo único posible.

Un par de semanas después se encontró con su prima Ruth Atkins en Hartford. Su finado hermano Art Samuels, presidente de Cabaña medio siglo atrás, salió a relucir en la conversación.

—Traté de conseguir que Geoffrey entrara a Cabaña, para seguir la tradición familiar. No hubo caso —le dijo mi padre a Ruth—. Entró a Hiedra, quería estar con sus amigos, ¿qué puedo decir?

XIX

La nueva casa estaba en Newtown, en un camino llamado Cerro de los Abedules, Birch Hill. No había ningún abedul a la vista, pero estaba situada en la cima de una colina que el coche de mi padre no pudo subir la primera noche que llegué durante una tempestad de nieve. La casa extendía interminablemente su único piso, sin acabar, como si el constructor y dueño, dos semanas antes de la fiesta para inaugurarla, hubiera recordado que había olvidado su sombrero en un restaurante en alguna parte y lo hubiera estado buscando desde entonces.

Había una piscina en la parte de atrás, llena hasta los tres pies con agua de lluvia, cubierta ahora por una película de hielo y nieve sucia. Con los deshielos de la primavera, bajaba un alud de barro del Cerro de los Abedules y formaba una represa en las sobrecargadas bardas del vecino, cubiertas de nieve. Nunca conocí a nadie que viviera en una casa junto a la nuestra hasta que fui con mi padre al juzgado. Un vecino lo había acusado de botar la basura junto a nuestro camino, y esto era verdad. Lo descubrieron por su nombre en los sobres nunca abiertos de las cuentas, le dieron una multa de cincuenta dólares, lo amonestaron. Pagué la multa.

Yo pagué todo ese año. Por la comida (luego de que nos cerraron la cuenta en el almacén), el arriendo (por los primeros meses, ciento diez al mes), cigarrillos, y alcohol. No quería pagar. Quería ahorrar lo que ganaba y cancelar mis deudas. Pero si no pagaba yo, no pagaba nadie.

Eran los días de la depresión económica de Eisenhower. Newtown está cerca de Danbury, una comunidad deprimida si es que alguna vez las hubo, y al comienzo no podía encontrar trabajo. Mi padre me consiguió uno en Sikorsky, un fabricante de helicópteros en Bridgeport para quien él había trabajado dos veces antes. Me consiguió el trabajo, dijo, al retirar generosamente su propia solicitud de trabajo allí, haciendo lugar para mí. Cinco años más tarde, tomando una hoja de las vitas de mi padre, describí así mi labor en Sikorsky para un posible empleo:

A cargo de la distribución de la información de ingeniería. Hice un análisis de la eficiencia del sistema y recomendé un cambio completo en los varios procesos de distribución. Esta propuesta fue aceptada, obteniendo como resultado métodos más eficientes de distribución.

Sikorsky me llamaba "Co-ordinador de las comunicaciones de ingeniería." Era el chico del correo, y me pagaban doscientos setenta al mes. Me vestía para el trabajo con un mono, y arrastraba polvorientos sacos de lona de lugar a lugar. Mi vita era exacta, hasta cierto punto. Había estimulado al menos un cambio en el proceso, que contrataran a alguien más para que me ayudara. Nick—un polaco alto y orgulloso de más o menos mi edad—recibía veinte dólares al mes menos que yo, y llevaba cargas más pesadas, así es que me respetaba. Tomaba mi lugar mientras yo leía novelas en el baño, y yo tomaba su lugar cuando él usaba el baño para dormir. No le importaba que yo leyera la correspondencia privada de mis empleadores, y a mí no me importaba cuando él tiraba a la trituradora las cartas que no deseaba repartir.

Mi supervisor inmediato era un emigrado ruso, un príncipe, que me había contratado porque su hijo estaba en Choate y le había escrito inverosímilmente dando testimonio de la "excelencia de mi carácter." Sikorsky fabricaba el popular helicóptero H-58, elegido por la Armada, la Marina, y la Fuerza Aérea de nuestra nación y de otras. Eran necesarios muchos planos y diagramas de las partes, con anotaciones en docenas de idiomas. Era en parte mi responsabilidad cuidar de la jaula de los mapas y asegurarme que los diagramas fueran devueltos y colocados en sus archivos correspondientes. Había tantos dibujos que muchos de ellos me parecían frívolos o innecesarios, y me metía bajo la camisa los diagramas que menos apreciaba y me los llevaba a casa. Ahí los hervía. Eran de gelatina sobre tela, hechos para sobrevivir a la misma eternidad, y cuando se había desprendido al hervir la capa de su substrato de lino irlandés, uno quedaba con goma pegada al interior de la olla y con un pañuelo de doce pulgadas cuadradas, suave y con un tejido apretado.

Mi padre me enseñó este truco. Así es que le debía algo, como él me debía a mí. Nuestro acuerdo—su acuerdo—no me era muy cómodo. Yo tenía que llevar la cuenta de lo que ganara (doce meses por doscientos treinta o algo así, después de deducir lo retenido por los impuestos), entregárselo todo a él para que lo usara como quisiera, y en doce meses me lo devolvería en su totalidad. Seguro. Mi situación me parecía sin esperanza. Lo cuidaría, como lo había hecho Alice, y esto se acabaría.

Nuestros días y noches en Newtown se asentaron en una rutina. Rara vez veíamos a alguien o íbamos a alguna parte. Sikorsky estaba a más de una hora de distancia en coche. Como debía llegar a la fábrica a las ocho, me levantaba a las seis, mientras que mi padre dormía, y regresaba a casa cuando ya había anochecido, tal como él en Saybrook, cuando trabajaba para Sikorsky. La elevación del Cerro de los Abedules nos daba una recepción irreprochable de la televisión, y mirábamos películas del oeste, de policías, programas con competencias, cualquier cosa. Ese invierno de 1958-59 mi padre bebía y jugaba con sus juguetes, un tren eléctrico y un modelo espantosamente caro de un Bentley sobrealimentado que él construyó durante su tiempo libre. Como todo lo que tenía era tiempo libre, invirtió mucho en el coche.

Consumíamos el tiempo. Fumábamos Camels, y recuerdo manosear borracho sus envoltorios de celofán, maldiciendo contra ellos. El animal de la cajetilla fue reducido misteriosamente y perdió su color, disminuyó su agresividad de acuerdo a algún consejo de un experto en mercados. Nos pusimos furiosos, y le escribimos a R. J. Reynolds una carta tan hiriente que le devolvieron al camello su color oscuro y su equipo completo de jorobas.

Se suponía que mi padre debía limpiar la casa y cocinar, pero no lo hacía. Yo cocinaba comidas preparadas y picadillo en conserva, y él protestaba acerca de la comida. Escuchábamos a Bessie Smith— "Dame una pata de cerdo y una botella de cerveza" y "En las alturas de la Montaña Negra"—y mi padre tocaba un piano vertical en el cuarto que usábamos como despensa. Este cuarto era frío, y a medida que pasaba el tiempo se fue llenando con pilas de revistas y con la basura que nadie recogía porque no pagábamos para que la vinieran a buscar, y por último subió mucho de nivel, especialmente cuando hacía calor, como para gozar de la música.

A veces yo anunciaba que tenía una cita en Nueva York por el fin de semana, o quería ir solo a una película, o a tomar un trago con Nick después del trabajo. Entonces mi padre ponía mala cara, y se emborrachaba horriblemente, y visitaba mi cama para decirme cómo yo le había arruinado su vida, como él lo había abandonado todo para que yo pudiera estudiar en Choate, cómo se había casado con una mujer a quien no soportaba para poder mandarme a Choate. ¿Y qué había hecho yo? Le había dado una patada en el culo, eso es lo que había hecho. Entonces hablaba de sus grandes planes, se iba a ir, no me necesitaba a mí ni a Alice a nadie, había soportado toda la mierda que podía soportar, era suficiente, y esta vez realmente lo decía en serio, se lavaba las manos en relación a mí, veríamos a ver cómo me las arreglaba por mi cuenta, para variar...

Algunas noches leíamos tranquilamente, y éramos amigos. Otras noches, oyendo a la lluvia gotear a través del techo a unos baldes de plástico, nos reíamos y echábamos humo y éramos amigos; llamábamos por teléfono al dueño (a quien le debíamos cuatro meses de arriendo) para reclamar de lo mal que mantenía el lugar. Los platos se apilaban en el lavaplatos, y las botellas vacías por todas partes.

—Mañana—me solía decir mi padre—, me pongo en campaña.

Escuchábamos los *Sonidos de Sebring*. Sí: motores de carrera grabados subiendo las curvas de Sebring. También escuchábamos los *Sonidos de Mónaco* y los *Sonidos de Silverstone*. Escuchábamos *Silbidos en la noche*, trenes que iban de alguna parte a otra, hasta que la compañía de electricidad nos cortó la corriente.

Alice regresó brevemente en abril. Ella y mi padre se pelearon inmediatamente, pero ella limpió la casa de todas maneras, y pareció que se quedaba. Me permitió usar su coche. Era una posibilidad de alejarme del Cerro de los Abedules, y me tomé unos días libres del trabajo *(lo siento, tengo la gripe)* para ir al norte a Stowe a esquiar con unos amigos de Princeton. Dormí en el estacionamiento de su refugio y conocí a John, un muchacho de Harvard. Fue el primer beatnik que conocí y yo era uno para él, según me veía. Nunca me había caído tan bien una persona tan pronto y se transformó en el principal testigo de ese año de Newtown, pues cuando regresé a casa Tootie hizo sus maletas y se marchó, gritando:

—¡Todo lo que ustedes hacen es leer! ¡El problema de ustedes dos es esos malditos libros!

No, ese no era nuestro *gran* problema. Vi a mi madrastra dos años más tarde por última vez. Me gustaría verla otra vez, si está viva, y decirle que sé que ella merecía algo mejor durante sus años dorados que lo que recibió de mi padre y de mí, pero cuando dejó a su marido para siempre, mientras él estaba enfermo de pulmonía en California, se escondió rigurosamente, donde ningún Wolff pudiera encontrarla.

Sólo una muchacha visitó ese lugar de Newtown. La había conocido cuando ya iba a dejar Princeton, en Filadelfia, donde su madre le preguntó al padre de mi compañero de cuarto durante el almuerzo en el Club Gulph Mills si su invitado, ese joven con tanto interés en su hija, era "un caballero o un judío." El padre de mi compañero de cuarto dijo que no entendía la pregunta, su propósito ni su construcción disyuntiva. (A pesar de todo, supe de la pregunta, y de su respuesta, de sus labios.)

Esta muchacha, a quien había cortejado con asiduidad en Smith, llegó náufraga a nuestra casa por circunstancias inesperadas, un tren perdido desde New Haven, una llamada por teléfono a mí, y la trajo mi padre en su coche desde New Haven a Newtown. Era mayo. Cuando llegó yo estaba sacando hojas y sapos de la piscina. Había algo más allí, también. Era una marmota, creo, muerta hace mucho tiempo. Estaba pescándola cuando llegó mi amada con mi padre, quien se había detenido para "fortificarse" en un boliche llamado La Posada de los Tres Osos. Estaba usando una pala como un remo, con los pantalones arremangados hasta las rodillas, y entonces lo pesqué, algo blando, blanco, rancio, indecible que lancé cerro abajo hacia los vecinos que se habían quejado de la manera de disponer la basura que tenía mi padre. Saludé a la muchacha y entré a arreglarme.

La maravillosa, alta, flaca, deportiva, rebelde alumna del segundo año de Smith no arisco la nariz durante la comida (croquetas de pollo con puré instantáneo), pero yo podía oler esa cosa muerta en mí. Mi padre estaba saleroso, contaba anécdotas divertidas acerca de su vida en la universidad, sobre badajos robados y relojes de sol pintados y arbolillos asesinados por estudiantes—"sin nombrarlos, por favor"—quienes se meaban desde las ventanas sobre ellos. Estas eran *mis* historias. Mi padre se había vuelto tan despreocupado en sus ficciones, tan indiferente a ellas, que olvidaba de donde provenían. Lo miré fijo, y se ruborizó. Mientras bebía una pequeña taza de café con el dedo chico torcido, usé la palabra "atractivo."

—¡Jesús!—rugió mi padre—. *¡Atractivo!* ¡Qué palabra! Scottsdale es "atractivo," Mimsy es "atractiva," Mimsy tiene un perro "atractivo," un pony para jugar al polo, un marido, un juego de ajedrez "atractivos"...

La hermosa muchacha de pronto estuvo "agotada, hecha polvo, muerta de cansancio." La instalé en el "cuarto de invitados" y dormí con mi padre. Roncaba y se chupaba el dedo. Me desvelé. Fui al baño, vi lo que la chica había visto, la dentadura superior postiza de mi padre (la llamaba "tronchantes") cocinándose en un caldo efervecente en un jarro de cerveza de peltre junto al lavamanos. Tomé nota de las argollas de falso bronce para las toallas, colgando de la boca de Neptuno. A la mañana siguiente, llevé en coche a la chica a la estación de Bridgeport vestido con mi ropa de trabajo.

No. Quería algo mejor. Quería escapar a Princeton, de mi padre. Quería no ser como él, que se hundiera solo. Escribí a Princeton, y Princeton me dio su bienvenida para enero, a condición de que pagara mis deudas. No le dije nada a mi padre de este intercambio de cartas, pero él lo presintió. Me conocía.

John venía a menudo a visitarnos. Le gustaba mi padre y él le gustaba a mi padre. A John no le gustaba Harvard, ni nada convencional. Había crecido en una enorme casa en Lake Forest a la orilla del agua, y pasaba los veranos en otra enorme casa con playa propia en Martha's Vineyard. John quería algo diferente—Bohemia—y Newtown satisfacía esta exigencia, sin duda alguna.

Los coches nos unían a nosotros tres. John tenía un Austin-Healey con un motor Corvette, y lo desarmaba y armaba en nuestro garaje. Duque tenía un capricho llamado un Abarth-Zagato, un pequeño coupé rojo oscuro que costó muchos miles de dólares del dinero de alguna otra persona. Cabían en él dos personas, muy incómodas, y podía desarrollar, cuando funcionaba, la velocidad máxima de un Chevrolet normal de seis cilindros. Su motor Fiat Toppolino de 850cc había sido modificado a partir de uno de 600cc, lo que elevaba su compresión tan alto que con frecuencia volaban las empaquetaduras de las culatas. Había entonces que reducir las culatas para asentar las nuevas empaquetaduras lo que elevaba todavía más la compresión, lo que volvía a echarlo a perder. El coche marchaba raras veces.

Lo que tampoco estaba mal, porque entre mi padre y yo teníamos sólo un juego de chapas de matrícula, y éste había sido robado de una tercera persona, mi madrastra. Las cambiábamos de coche a coche de acuerdo a nuestras necesidades, un procedimiento que John consideraba agradablemente subversivo, mi padre como rutinario, y yo como una molestia.

Tenía mi propio capricho, un Delahaye 1937, un coche más largo que un Cadillac, con una cabina más pequeña que la del Abarth-Zagato. Su tanque de gasolina con capacidad para cincuenta y cinco galones le daba un radio de operaciones de cerca de trescientas millas, y tenía cuatro cambios en marcha atrás. Este era un coche apropiado para los paseos por la *corniche* entre Niza y Montecarlo, pero mi padre lo escogió como el coche más adecuado para llevarme de Newtown a Bridgeport y de regreso. Cuando al menos funcionaba no partía solo, lo que hacía nuestra prominencia carente de abedules una necesaria comodidad. En el estacionamiento en Sikorsky, armado con cables de empalme, estaba a la merced de desconocidos con sistemas eléctricos de doce voltios y algunos momentos que perder.

John nos invitó a mi padre y a mí a Martha's Vineyard a pasar una semana en el verano. Temí lo peor. El padre de John era el secretario de Eisenhower para la Fuerza Aérea, y me daban terror las oportunidades que esto daría a mi padre para su auto-encomio. Así es que John modificó la invitación para dejar fuera a mi padre, pero él se presentó de todos modos al fin de la semana. Trajo consigo una maleta hecha de madera. Cuando se abría se convertía en un bote, en el cual estuvo remando por el puerto de Vineyard Haven, algo que yo me merecía, lo sé.

Mi padre era un misterio, o tan loco como se puede serlo. Sus planes eran fantásticamente delirantes. Iría a la escuela de leyes, se transformaría en un experto en especulaciones en trigo, aconsejaría a los gobiernos de Algeria o de Venezuela acerca de cómo refinar el petróleo. Decidió que el pianista de jazz que tocaba en Los Tres Osos en Wilton era un genio, tan bueno como King Cole. A comienzos de la década del cuarenta en California él había "descubierto" a Cole tocando el piano en una bolera, y King, en respuesta al entusiasmo de mi padre, le pidió que fuera su manager. Mi padre se rio de la idea. *Esta* oportunidad de Newtown mi padre no la perdería, produciría un disco para este pianista, los dos se harían la América. Trajo al hombre a casa, grabó su música en nuestro piano vertical desafinado usando la Ampex mejor y más cara, tomó fotografías para la publicidad con una Rollei (en smoking blanco, bigote fino, y con alfombra), y lo hizo creerse en la cúspide. El hombre tenía la edad de mi padre, con más o menos las mismas perspectivas que mi padre, con una habilidad mayor y un vicio más acusado. El pianista tocaba mejor el piano, pero estaba siempre borracho. Mi padre se emborrachaba sólo una vez a la semana, o tal vez dos.

Duque seguía embistiendo sin mirar hacia atrás. Seguía y seguía embistiendo. Tenía algo en él que le permitía conseguir lo que quería. Los vendedores lo adoraban, era la evolución máxima del consumidor. Sabía elegir, también: se ponía furioso ante productos de mala calidad o que revelaban una mano de obra inferior a la maestría. Llegaba hasta devolver, a crédito, una batidora eléctrica o una carpa alpina porque no rendían, a su criterio, de acuerdo a las especificaciones. Exigía lo mejor, y sin fijarse en el precio. En cuanto a las deudas, no le preocupaban en absoluto. Decía que los comerciantes a quienes se les debe dinero se mantienen alertas, tratan de agradar. Las cartas de cobranza no significaban nada para él. Se reía de los vulgares embates de los clubes de libros y discos, con sus absurdas amenazas de llevarlo ante la ley. La gente a quien le debía un montón, que sacaba su artillería pesada, recibían la observación que mi padre había heredado de Samuel Johnson: "Las deudas pequeñas son como perdigones; resuenan por todas partes, y es difícil escaparse sin una herida; las deudas grandes son como el disparo de un cañón, mucho ruido, pero poco peligro." Era resbaladizo: solía llamar a la compañía de teléfonos para persuadirlos de que le permitieran usar el teléfono sin pagar por otros seis meses, a causa de que lo necesitaba para llamar a larga distancia a personas que le prestarían dinero para pagar la cuenta del teléfono. Mantenía la calma, pero no era frío, indiferente. Le debía al dueño de un bar en Westport un par de cientos de dólares, y cuando este hombre murió en un accidente automovilístico mi padre lo sintió, y le contó a la viuda acerca de la deuda, sin que por eso le pagara nunca.

Por último, llegó muy lejos. No tenía dónde ir, sino lejos. Me cansé de decirle a la gente a la puerta de la casa o en el teléfono que éste no era el Arthur Wolff que ellos buscaban, que mi padre acababa de ser enviado al hospital, que estaba en el Valle de Casimir, o en Quito. Me aburrí de preguntar "¿Cómo sé yo que Ud. es quien dice que es?" cuando preguntaban dónde estaba mi padre o cuáles eran sus planes. Odiaba todo esto, quería arrancarme. Era octubre. Todavía había que sobrevivir muchos meses, demasiados, pero muy pocos para producir un milagro de panes y encontrar los dos mil quinientos dólares que pagarían por mi regreso a Princeton.

Mi padre y yo estábamos mirando a los Giants jugando en la nieve el último partido contra los Colts que decidía el campeonato, cuando llegaron dos policías del Estado de Connecticut durante el primero de los tiempos suplementarios que jugaban a causa del empate. Miraron con nosotros hasta que se acabó el partido, y entonces se llevaron a mi padre a la cárcel en Danbury. Había pasado un cheque sin fondos en Los Tres Osos; habían presentado una denuncia formal. Encontré a un abogado que arregló una fianza, pagué el cheque y conseguí que retiraran la denuncia. Duque había hablado con el abogado. El viejo no había perdido en absoluto su magia, sólo conmigo. Conmigo la había perdido.

Una semana antes de mi cumpleaños chocó mi Delahaye. Me encantaba ese estúpido coche. Estaba en
cama cuando lo oí trepar por el camino de entrada
a la casa, maldiciendo. No veía de tan borracho que
estaba, más borracho de lo que yo jamás lo hubiera
visto. Comenzó a insultarme apenas entró, me llamó
farsante. Fingí que seguía durmiendo. Apareció violentamente en mi habitación, me cegó con la luz del
techo, me dijo que estaba lleno de mierda, que era un
cero a la izquierda, una zeta, una nulidad, en blanco,
un cero doble.

—Te dejo—me dijo.

Me reí:

—¿En qué?

Un error. Su cara se puso más roja. Me senté, haciendo como que me borraba el sueño de los ojos,
mientras que él maldecía contra mi coche, dijo que
casi lo había matado yéndose a una zanja junto al camino, se podía podrir ahí si de él dependía. Normalmente lo único que hacía era amenazar con los dedos,
pero le temía. Ahora empujó con su tieso dedo amari-
llo contra mi pecho desnudo, para puntuar sus oraciones. Dolía. Tuve miedo. Luego ya no tuve miedo.
Me levanté desnudo de la cama, cerré el puño y ame-
nacé a mi padre, y dije:

—Déjame solo.

Mi padre se fue rápidamente a su habitación, cerró la puerta, con llave. Quedé asombrado. No creo
que me tuviera miedo. Creo que temía lo que él podía hacerme a mí. Me senté al borde de mi cama, temblando de rabia. Puso su televisor a todo volumen:
Jack Paar. El odiaba a Jack Paar. Hubo un disparo,
un sonido hueco del .45. Había oído ese estampido

profundo y espantoso antes, proviniendo de un oscuro subterráneo en Birmingham, de un dormitorio en Saybrook. Pensé que mi padre me mataría. Eso fue lo primero que pensé. Luego pensé que se mataría, que ya se había matado. Lo oí otra vez, y otra, y otra. Se lo oía furibundo, el sonido de vidrios rotos, una y otra vez. Todo el cargador. Nada. Silencio de su parte, silencio de Paar. Un quejido suave, una risa que aumentaba de volumen, que se quebraba, un aullido, sollozos, más risas. Llamé a mi padre.

—Mierda celestial—contestó—, ahora lo hice, ¡lo hice!

Había tenido un colapso. No podía llamar a la policía, el teléfono había sido finalmente desconectado. Traté de abrir la puerta. Cerrada con llave. La remecí con fuerza. Bien cerrada. Me eché hacia atrás para abrirla con el hombro y, como en una película cómica, se abrió.

Mi padre había disparado contra Jack Paar; fragmentos de tubos y cables yacían dispersos por el piso. Había disparado contra las hermosas acuarelas pintadas por Betty durante su amoroso encuentro en Mississippi. Había disparado contra sí mismo en el espejo. Detrás del espejo estaba su ropero, y él estaba contemplando dentro del ropero sus trajes. Docenas de ternos hechos a la medida, colgados simétricamente, y a través de cada terno un par de hoyos de balas en las dos piernas del pantalón, un par en la chaqueta. Cuatro perforaciones al menos en cada terno, seis en los que tenían el chaleco.

—Un arma magnífica—dijo mi padre.

—Oh, sí—dije yo—. Un arma *magnífica*.

El cinco de noviembre cumplí veintiún años. Mi padre me tenía un regalo, dos regalos en realidad, un regalo y su envoltorio. Me dio su anillo de oro con el sello, el que uso todavía hoy—leones y flores de lis, *nulla vestigium retrorsit*—envuelto en un pedazo de papel blanco, un documento en regla firmado *Papá*, a cuya firma había sido testigo y había actuado como notario un corredor de propiedades de Danbury: *Te debo Princeton.*

—¿Cómo?—pregunté.

—Nada más fácil—dijo mi padre—, dalo por hecho.

Debía llegar a Princeton el 15 de enero. Para entonces ya habían recobrado por falta de pago el Abarth, y el Delahaye era todavía y para siempre pura chatarra. Iba a Sikorsky con Nick, quien se salía de su camino veinte millas para recogerme y traerme de vuelta en su Edsel. Después del trabajo al día siguiente al Año Nuevo encontré un Buick negro arrendado a la entrada de la casa. Mi padre me pidió que le ayudara a meter las maletas, salíamos pronto y para siempre. Lo que no lleváramos con nosotros, jamás lo veríamos otra vez. Hice algunas preguntas. No recibí ninguna respuesta, excepto ésta:

—Ha llegado la hora de Princeton. Vamos vía Boston.

Casi le creí. Empacamos, dejamos atrás todo. Ahora me gustaría tener esas cosas, cartas, fotografías, una cinta con las insignias al mérito de los Boy Scout, la cinta de Shep: *El más Dócil de la Exhibición* que había ganado en la feria de mi colegio primario en

Old Lyme. Mi padre hizo que le remendaran sus dos trajes favoritos. El resto lo dejó abandonado, con la mayoría de sus zapatos, paraguas, sombreros, accesorios. Dejó abandonado el Bentley que le había costado medio año para armar a partir de las piezas. Se llevó su cámara consigo, la pequeña Minox que siempre andaba trayendo y que nunca usaba ("conviene tenerla a mano si alguien te choca, aquí tienes la vieja máquina de la evidencia," decía, dando golpecitos en la estúpida cadena de la estúpida cámara). Me llevé mi máquina de escribir y mi novela. Mientras mi padre miraba televisión yo había escrito una novela. Trabajaba en ella todas las noches, con la puerta de mi habitación cerrada. Mi padre la trataba como a un rival, que lo era, un lugar tranquilo, inventado, y a salvo de él. Hacía bromas acerca de El Gran Libro, y se sentía porque yo la guardaba bajo llave cada noche cuando acababa con ella, cuando él apagaba el Ultimo Show, y luego el Ultimo Ultimo Show. Me importaba mucho no mostrársela.

En el camino a Boston nos detuvimos en Stratford, adonde se había cambiado Sikorsky. Renuncié, le dije al departamento de personal dónde podían mandar mi último cheque, no le dije adiós a nadie. Cuando regresé al coche, me dijo mi padre:

—La ficción es lo tuyo. Termina Princeton si quieres, pero no dejes que te reduzcan a un maldito profesor o crítico. Escribe cosas inventadas. Tienes dedos para eso.

¿Había leído mis páginas?

—Vaya, ¿lo crees así?

—Te conozco.

Fuimos directamente a Shreve, Crump & Low, el platero más reputado de Boston. Duque se estacionó ilegalmente en la calle Boylston y me pidió que lc ayudara a descargar dos talegos de lona de la maleta del coche. Los llamaba "bolsas de paracaídas," y es posible que eso es lo que fueran. Pesaban tanto como cadáveres. Tuvimos que compartir la carga.

—¿Qué está pasando?—pregunté—. ¿Qué hay aquí?

—No te preocupes. Ayúdame.

Sudamos entrando los talegos a la tienda, pasando junto a damas y caballeros que se quedaban mirándonos hasta que llegamos donde el gerente. Mi padre abrió el cierre y ahí estaba la plata opaca de Alice: cuchillos de plata sólida con cachas como de pistola, instrumentos para cortar pescado y lechuga, cucharitas de postre y tenedores para langosta, tenedores con tres dientes y con cuatro dientes, todos los utensilios imaginables, un servicio para dieciséis. En el otro talego había teteras, cafeteras, jarritas para la crema, saleros, tesoros de Georgia, todo pulido por mi padre, pilas que brillaban peligrosamente en los toscos sacos de lona.

El gerente examinó algunas piezas. Era un hombre correcto. Nos miraba a mi padre y a mí cuando hablaba:

—Son muy bonitos, como usted sabe. Podría conseguir un comprador... Llevará tiempo. Si usted no tiene apuro...

—Quiero el dinero ahora—dijo mi padre.

—Eso es totalmente imposible—dijo el gerente.

—No me quejaré por un dólar de más o de menos—dijo mi padre—. Sé lo que vale la plata, pero esta es una emergencia, no me quejaré.

—Usted no comprende—dijo el gerente.

—Hablemos en serio—dijo mi padre.

—Eso es totalmente imposible—dijo el gerente—. Creo que lo mejor es que se lleven todo esto ahora mismo.

—¿No hará una oferta?

—No—dijo el gerente.

—¿Ninguna?—dijo mi padre.

—Ninguna.

—Usted es un imbécil—le dijo mi padre al gerente de Shreve, Crump & Low—. Hasta luego, caballeros.

Volvimos a cargar el coche. No le dije nada a mi padre, y él no me dijo nada a mí. Ahí estábamos. Era muy simple, de veras, esto era hacia donde todo había estado apuntando, derecho sobre el límite. Esto no era una broma maldadosa. Esto no era una historia divertida que le podía contar a mis compañeros de la universidad. Esto era otra cosa. Fuimos a otro tipo de lugar. Este tenía rejas sobre las ventanas, y el barrio no era bueno. Aquí también el gerente era diferente.

—¿Quieren empeñar todo esto?

—Sí—dijo mi padre.

—¿Puede probar que es suyo?

—Sí.

—Está bien—dijo el dueño de la casa de empeños. Miró algunas piezas, rascó algunas y las tocó con un ácido.

—Es plata sólida—dijo mi padre.

—Sí—dijo el hombre—, lo es.

—¿Cuanto nos prestará, más o menos?

Oí el *nos*. Miré a mi padre y él me miró derecho a los ojos.

—¿Vendrán a buscar esto pronto?

Mi padre se encogió de hombros ante la pregunta.

—Porque si realmente no lo necesitan, si lo venden, yo lo compro. Estamos hablando de mucho más dinero ahora, casi cuatro veces lo que les prestaría.

—¿Qué haría con eso?—preguntó mi padre—. ¿Venderlo?

—No—dijo el hombre—. Lo fundiría.

Mi padre me miró:

—¿Está bien?

—De acuerdo—dije.

Mi padre asintió con un gesto de la cabeza. Mientras mi padre firmaba algo, el hombre sacó el dinero de una enorme caja fuerte. Lo contó, en billetes de a veinte amarrados en fajos de quinientos dólares. Miré hacia otra parte, no quería saberlo todo en este asunto. Había límites, para mí, pensé.

Nos alojamos en el Ritz-Carlton. Nos miramos y nos sonreímos. Me sentía bien, bastante bien, magníficamente. Me sentía estupendamente.

—¿Y ahora qué?—le pregunté a mi padre.

Años más tarde leía acerca de un zapatero de Filadelfia y su hijo de doce años de quienes se decía que habían hecho cosas espantosas juntos, robando al comienzo, entrando a las casas. Luego cosas peores, violaciones y asesinatos. Me pregunté si no habría sido posible que la presión hubiera aumentado en esa forma para nosotros, en juego cantidades más altas, un umbral más bajo de *esto, pero eso no*. Me imaginé ese día en el Ritz, viendo la puesta de sol, que podíamos terminar con unas chicas, juntos en una habitación con dos mujeres. Pero, al igual que en Seattle, no había interpretado bien a mi padre.

—Pidamos que nos traigan champaña y huevos

de pescado—dijo.

Así que bebimos Dom Perignon y comimos caviar Beluga y contemplamos cómo caía la noche sobre el parque al centro de Boston. Entonces cenamos en Joseph's y oímos a Teddy Wilson tocar el piano en el Mahogany Hall. De regreso en el Ritz, tendidos entre las limpias sábanas de una habitación silenciosa, mi padre compartió conmigo un plan que le había llevado bastante tiempo madurar:

—He aquí como funciona. Creo que puedo hacer que esto resulte. Estoy seguro de que lo puedo hacer. Así es como se hace. Bueno, voy a una ciudad no muy grande, me alojo en un hotel, ni el peor ni el mejor. Abro una cuenta en un banco local, cambio unos pocos cheques por pequeñas cantidades, les doy tiempo para que los confirmen. Voy a una tienda de Cadillacs poco antes de que cierren un viernes, indico hacia el primer coche que veo y digo que lo compro, sin probarlo ni hacer preguntas, sin regatear.

Mi padre hablaba cuidadosamente, haciendo las dos voces en la oscuridad. Cuando hablaba como el vendedor que deseaba encantar a su cliente usaba un acento más llano y no tartamudeaba.

—¿Cómo le gustaría pagar, señor? ¿Pedirá un préstamo? ¿Quiere darnos en parte de pago el coche que ahora tiene?

—Compro al contado. (El vendedor se pone radiante.) Le pago con un cheque. (El vendedor muestra preocuparse un poco.) De un banco local, por supuesto. (El vendedor está radiante otra vez.)

—Muy bien, señor. Vamos a hacer que hagan las gestiones necesarias y que lo limpien. Estará listo el lunes por la tarde.

—Ante esto me irrito. Me irrito bien, ¿no crees?

—Eres probablemente el rey de los que se irritan en nuestra época—le dije a mi padre.

Le diría al vendedor que quería el coche ahora, o no lo quería, y punto. Habría una consulta nerviosa, donde no pudiera oír mi padre, con el dueño de la tienda. El dueño observaría la ropa fina de Duque y su porte seguro. Ahora o nunca era el modo natural de actuar de este cliente, *carpe diem*, aquí había una venta *fácil*, el coche se iba de la ciudad, quizás era posible que todo fuera ortodoxo. Quizás no, pero ¿cuántos coches de los mejores y más caros puede uno vender directo de la tienda, sin macanas acerca del precio, el color, o los artículos opcionales? Ahora el dueño estaba a cargo, el vendedor no era hombre bastante como para una decisión semejante. El dueño llamaría al hotel de Duque y recibiría tibias recomendaciones. Temblando, lanzándose en picada, aceptaría el cheque de Duque. Mi padre conduciría hasta una tienda de coches usados a una o dos cuadras, ofrecería vender su coche nuevo y magnífico por lo que le ofrecieran, tenía prisa, sí, tres mil estaba bien. Llamarían por teléfono al primer vendedor. Llegaría la policía. Mi padre protestaría que era inocente, pasaría el fin de semana en chirona. El lunes confirmarían que el cheque tenía fondos. El martes mi padre contrataría los servicios de un picapleitos, si es que el vendedor no se había resignado a una indemnización. Con la policía jamás llegaría a un acuerdo fuera de la corte. Un arresto sin causa lo pondría en la Calle de la Prosperidad. ¿Qué tal me parecía?

—Bonito truco. Puede resultar—dijo el Novicio.

—Por supuesto que resultará—anotó el Experto.

360

A la mañana siguiente nos fuimos del hotel y mi padre mandó por correo la llave del Buick al agente de la Hertz en Stamford, diciéndole dónde podía encontrar su coche. Entonces se materializó un minibús VW. Mi padre había salido en él a dar una vuelta para probarlo. Quizás pagó por él más tarde, o quizás luego se olvidó de pagar. Mi padre llamaba a esto "vivir a costa ajena."

Fuimos hasta Princeton en el minibús, con mi novela en el asiento de atrás junto a un balde de plata relleno de hielo picado y champaña, una compra que habíamos hecho al contado en S.S. Pierce. Llegamos a Princeton como a las cuatro y estacionamos en la calle Nassau, justo frente al Annex Grill y la Biblioteca Firestone.

—¿Cuanto me diste el año pasado?

—Unos dos mil quinientos—dije—, pero bastante de eso fue para mi propia manutención.

—No le cobro a mi hijo una pensión—dijo mi padre. Sacó montones de billetes de a veinte de un sobre de manila. Cinco fajos, dos mil quinientos dólares, ahí estaba, hasta el último centavo, tal como lo había prometido, exactamente lo que me debía.

—Y aquí tienes otros quinientos para ayudarte los primeros días.

—Gracias—dije—. ¿Adónde irás ahora?

—A Nueva York por algún tiempo. Entonces, no sé. Quizás a California. Siempre he tenido suerte en California.

—Parece un buen plan—dije—. Mantente en contacto.

—Seguro—dijo—. Haz las cosas bien, Geoffrey. Sé bueno.

—Seguro—dije—. Esta vez no lo echaré todo a perder.

—No—dijo él—, probablemente no lo harás. Tampoco seas *demasiado* bueno. También es posible ser demasiado bueno.

—No te preocupes—dije, riéndome, deseando que esto acabara pronto.

—No olvides tu libro—me dijo mi padre cuando descargábamos el VW—. Algún día lo leeré, supongo. Me mantendré en contacto, ya sabrás de mí, no aflojes.

Ya se había ido. Doblar ilegalmente en Nassau le permitió devolverse por donde había venido.

XX

Mi primera tarde de regreso en Princeton recorrí las calles pagando deudas, desprendiéndome de billetes, recibiendo recibos y apretones de mano.

—Felicitaciones, hijo. Te diré, nunca pensé que vería este dinero. Eres un hombre que cumple su palabra. Tienes crédito aquí cuando quieras.

—No, señor, gracias. No creo que compre a crédito otra vez.

Mandé un cable por mil doscientos cincuenta a Eastbourne, junté mis *pagado en su totalidad* y ascendí los peldaños de Nassau Hall hasta la oficina del asistente del decano.

—Bienvenido a casa—dijo.

El Club Colonial me invitó a hacerme miembro, y lo hice. Me cambié a un nuevo piso en Holder Hall con antiguos amigos. Le llevé mi novela a Richard Blackmur. El libro tenía trescientas páginas dedicadas a un joven, a veces llamado "Tony" y a veces "Anthony" y a veces "el muchacho." Tony estaba en Europa "madurando," según afirmaba el autor de

Algunas calles semi-desiertas. Tenía un temperamento sensible, era un enemigo acérrimo de la vulgaridad y de las convenciones, era quisquilloso, orgulloso, y se desanimaba fácilmente. Se enamoraba (conseguía acostarse con una mujer dos veces), y rehusaba contestar las cartas de su padre (aquí todo un capítulo), un hombre de Huesos, abogado, héroe del servicio secreto, rubio con cabello fino y ojos azules. Le enviaba a Tony oportunos cheques, pero como era un éxito, un "hombre que usaba buena ropa," Tony lo veía como a un estúpido y un malvado.

El libro era bueno, lo sabía. ¿No había sido el fruto de mi sudor luego de día tras día acarreando sacos de correo? ¿Luego de cocinar y lavar los platos? Presenté una copia al premio F. Scott Fitzgerald (para obras sobresalientes de ficción escritas por alumnos del college) y otra copia a la consideración de Richard Blackmur. El premio se lo dieron a otro, para mi sorpresa, pero sabía que a Blackmur le encantaría el libro. Tenía sólo una pregunta que hacerle: ¿Knopf o Scribners? Oh, sabía que Scribner era un hombre de Princeton y el editor preferido de Princeton; pero, ¿no había bajado la calidad de la editorial en estos últimos tiempos? Veía a Blackmur todas las semanas cuando me reunía a hablar con él acerca de mis estudios, pero nunca me dio la oportunidad para hacerle esta pregunta, o ninguna otra sobre *Algunas calles semi-desiertas.* Tres semanas, cuatro, seis... Finalmente:

—Me pregunto...¿ha tenido Ud. ocasión de echarle una mirada a mi novela?

—Por supuesto; la leí.

Blackmur era pequeño y exacto y misterioso, bebía bastante y estaba más lúcido antes del mediodía y mejor que nunca despés de almuerzo. Estábamos almorzando en Lahiere's, en la mesa reservada especialmente para él.

—¿Qué me aconseja?

—Métala en la gaveta de su escritorio.

—Ah, ya sé, que la guarde unos pocos meses, que vuelva a ella con una mirada fresca.

—No—dijo—, eso no es lo que le aconsejo. Mi consejo es que la meta en la gaveta de su escritorio, la cierre con llave, y pierda la llave de su escritorio. A veces, sin embargo, ocurre que se encuentran las llaves, las devuelven a sus dueños. Esto podría pasar, así es que lo que yo haría es prenderle fuego a su escritorio. Recomiendo el lenguado, aunque las chuletas son comestibles.

No queda mucho de *Algunas calles semi-desiertas*. Seguí casi en su totalidad el consejo de Blackmur, pero no sin que antes dejara que *The Nassau Lit* publicara un par de secciones, incluyendo el primer capítulo, que ocurre en Inglaterra y París, donde "el muchacho" va a una fiesta:

Los dos apaches seccionaron uno hacia el otro desde extremos opuestos de la buhardilla. Uno era un negro semental gargantuesco con una cabeza demasiado pequeña y gracia serpentina; la otra era una chica francesa, arisca, con el pelo levantado y sin pechos ni cintura. Su piel era blanca. Tan blanca.

Bailaron no uno con otro, sino uno contra el otro. Pronto había terminado y se separaron sin una palabra. No siempre era así, pero no se debe mirar hacia atrás. Eso es lo que me habían dicho. No debo mirar hacia atrás.

¡Allá con ellos, y lo que le dijeron! Tony mira hacia atrás:

Hay un viejo camarero en el Hotel Ritz y su nombre es Albert. Me había traído altos vasos de limonada y gotas de agua de la condensación habían caído ¡ay! sobre mi rodilla desnuda cuando tenía la edad de pantalón corto. Y había estado con mi padre, y lo amaba. Y recuerdo cruzar el vestíbulo con él y todo el mundo había gozado mirándonos. Era tan grande y yo era tan pequeño y yo tenía casi que correr para mantenerme a la par con él y todavía sigo corriendo pero ahora estoy muy cansado y no me mantengo tan bien a la par.

Escribí estas palabras en Newtown, con *Déjaselo a Beaver* y *Gunsmoke* haciendo una algarabía más allá de la delgada pared, allí donde mi padre, necesitando afeitarse, estaba sentado en sus calzoncillos fumando sus Camels uno tras otro, manoseando su Colt automática.

El último capítulo, "Un trozo de hueso, un cadejo de pelo," encuentra a Tony en una cárcel italiana, acusado de haber matado una prostituta que él ha lanzado por un tramo de las escaleras. En verdad, ella se cayó sola, pero Tony no se defiende. A los diecisiete está "demasiado cansado como para que le importe nada." Quiere sólo escribir sus memorias en un rollo de papel higiénico, y luego echarlas a la taza y tirar de la cadena. El Cónsul General quiere ayudar al muchacho, cuyo padre era su compañero de curso: "Todos querían ayudarlo, excepto él mismo."

¿Por qué no se ocupan de sus propios asuntos? Todos ustedes. La muchacha está muerta...muy muerta...comprendo...y supongo que fue mi culpa. Así es que por qué no me dejan solo y me dejan dormir en paz hasta que haya acabado el juicio y entonces pueden hacer lo que quieran conmigo. No me importa. De veras, lo cierto es que no me importa...

La razón por la que mentía cuando era más joven, creo, es la misma razón por la cual mis obras de ficción eran tan horrorosas: no sabía que me hubiera ocurrido algo; forzaba mi historia, tal como mi padre forzaba la suya. Blackmur me hizo darle una forma escrupulosamente, darle peso a mi vida. No puedo sobreestimar lo que le debo a ese hombre. Me dejaba inmensamente admirado su precisión y su audacia. Su manera de hablar era elíptica, inclinándose hacia lo indescifrable, pero sus conferencias eran legendarias: Poética en el otoño y Estética en la primavera, el mismo curso, lo que se le ocurría traer a clase en su bolsa verde de lona típica de Harvard, y una vez por una hora se despertaba como de un ensueño privado con una deslumbrante visión penetrante del texto y sus motivos. Haberlo tenido como una presencia semanal en mi vida, haber tenido entrevistas privadas con él cada semana durante dos años, lo era todo. Era el más luminoso de los *New Critics*, y su provincia era la dicción. Las palabras le parecían rubíes, esmeraldas, diamantes, mierda de perro. Tenían su peso, cada una, y aquí fue donde aprendí a comenzar.

Princeton se abría totalmente a cualquier estudiante que quisiera aprovecharla. El departamento de inglés tenías sus momias y maniquíes, pero también tenía a Walt Litz, un refinado especialista en Joyce, Eliot y Stevens con un suave acento de Arkansas y aprecio por los estudiantes que eran excéntricos y marginales. Larry Holland era la autoridad en James, y hablaba en la retórica circular de El Maestro, brillantemente, con períodos que se doblaban uno sobre otro como rollos de seda brillante. Holland no era un conferenciante de quien los estudiantes pudieran tomar apuntes, así es que no era popular en este aspecto. Me ayudó a completar una tesina sobre la gramática, el lenguaje y el punto de vista de *¡Absalom, Absalom!* escrita dos años después de *Algunas calles semi-desiertas*. No le prendí fuego a esa tesina, y la puedo leer sin vergüenza. Había llegado a leer a Faulkner vía Fitzgerald y Hemingway, a una preocupación por las palabras y la gramática desde la preocupación de Fitzgerald por artefactos y costumbres, y la de Hemingway por ritos y códigos. Mi afecto por Faulkner representaba una liberación de los afectos de mi padre, y de sus afectaciones.

A mi padre le encantaba *El Gran Gatsby* (¡se identificaba con Nick Carraway!) y despreciaba *Este lado del Paraíso*. Pero hay una oración en la novela sobre Princeton que se refiere a Amory Blaine y que retrata fielmente a mi padre: "Siempre soñaba con el llegar a ser, nunca con el ser." En mi segundo intento en Princeton llegué a ser lo que llegué a ser mediante el ser en el presente. Mi vida en el college estaba regida por una rutina casi invariable: me levantaba a las doce y media, almorzaba en Colonial, iba a un seminario por la tarde o a mi estudio en la bibioteca, cenaba y jugaba al billar de las seis a las siete y media y regresaba a la biblioteca hasta que la cerraban a medianoche. Entonces bebía y jugaba póquer hasta la madrugada, ganando como trescientos dólares al mes jugando póquer con cuatro cartas descubiertas y una sola tapada o a un invento de Princeton que llamábamos "piernas," que se jugaba con tres cartas. Mis calificaciones eran buenas, de lo que apenas me daba cuenta. Estaba perdido en mis libros, fuera de mí con evaluaciones críticas.

Al comienzo, los primeros meses, no oí nada de mi padre. Entonces me llamó a Colonial durante la cena. Estaba borracho, y me contó una historia triste y confusa sobre una pelea con un banquero. A mi padre le habían pegado en un ojo con un atizador, dijo, pero tendría que ver al banquero, el banquero estaba en el hospital. *¿Cómo estaba su ojo?* El ojo estaba tan hinchado que no lo podía abrir, pero no le pasaría nada. El banquero era "mierda de gallina." Mi padre dijo que necesitaba verme, estaba en dificultades. *¿Dónde estás?* Mi padre dijo que estaba en Gloversville, Nueva York, ¿podía ir? Un par de mis compañeros de club estaban esperando para usar el teléfono. Miré tras ellos al alegre fuego que ardía en la chimenea de la biblioteca del club, oí voces tranquilas y risas serenas, me di cuenta de que había dejado mi cena sobre la mesa, me pregunté si el mozo la habría retirado.

—No puedo—le dije a mi padre—. Tengo que entregar un trabajo.

Entonces oí que mi padre hacía un ruido como si tosiera, como si se estuviera ahogando. Me di cuenta de que estaba sollozando, o riéndose.

—Seguro—dije—. Yo puedo ir. Dime a dónde tengo que ir.

Mi padre había colgado. Más tarde supe acerca del banquero. Había sido el dueño del Abarth-Zagato y del Delahaye y había contratado a mi padre para que le recobrara los coches que no le pagaban, *pon a un ladrón a capturar a otro ladrón*, le dijo el banquero a mi padre cuando lo contrató. El banquero le financiaba coches a soldados, que con frecuencia dejaban de pagar las cuotas mensuales. A cambio de una choza de una habitación en Gloversville, gastos cuando viajaba y cincuenta dólares por cada coche que recobraba, mi padre salía a la caza de recompensas en un camión equipado con una grúa, con un juego de llaves maestras, y llegaba tan lejos como Virginia. El banquero trataba a mi padre como a un sirviente a contrata, lo que de verdad era, y finalmente se tomó una libertad excesiva. La policía de Gloversville buscaba a mi padre con la acusación de asalto.

Así, como un huracán que se aleja mar adentro, más allá de la vista y el recuerdo, sólo para regresar a batir la costa con renovado furor, mi padre pasó asolando Princeton. Pocos días más tarde de su llamada a Colonial regresé a mi habitación para encontrarme con una carta de Seymour St. John y una cuenta de Langrock. Luego llegaron cuentas de Douglas MacDaid, The University Store, Lahiere's y The Princeton Inn, todas incurridas por mi padre, "cóbrenle a mi hijo." La carta de St. John decía que se sentía "tan aliviado como seguramente lo estarás tú" porque le había pagado a Eastbourne College, por "esta evidencia de buena fe e integridad que concierne no sólo a ti y a tu familia, sino a los colegios norteamericanos y nuestro país."

Ese era el primer párrafo. El segundo párrafo decía: "Me acaba de notificar uno de nuestros comerciantes locales, el Sr. Mushinsky, que le debes una cuenta por ropa de casi $500. ¿Es eso verdad? Como sabes, este tipo de cosas te sigue toda tu vida. Tu buen nombre y tu crédito son más valiosos para ti que ninguna otra cosa que tienes, y simplemente no los tienes en tanto dejes cuentas sin pagar. Cómo ningún muchacho pueda haber acumulado una cuenta semejante sobrepasa mi entendimiento."

Yo no lo había hecho. Duque estaba actuando. No volví a oir de él durante más de un año. Se fue al oeste con su botín de Princeton, recalando en el mejor hotel de Chicago, del que era propietario el padre de mi compañero de cuarto en Choate. Se quedó diez días, puso todo a la cuenta, incluso sus anfetaminas. Funcionaba ahora en base a Dexamil. Cuando su cuenta pasó de los mil dólares, el gerente le pidió que la pagara parcialmente. Duque le dijo que estaba esperando que se completara una transacción en la Bolsa de Trigo de Chicago, y deslumbró con algunos papeles que parecían confirmar esta ficción. Consiguió que mi compañero de cuarto le avalara algunos cheques por subidas cantidades y desapareció, dejando una habitación repleta con ropa de Langrock y Mushinsky. Había llegado a Chicago conduciendo un Triumph deportivo y se fue en un Mercedes sedán. Cambiando para mejor todo el camino, dirigiéndose hacia las praderas del oro, "siempre tuve suerte en California."

Pero no sabía yo entonces dónde estaba él. Y luego de que St. John y el decano Lippincott restauraron mi buen nombre y crédito, "más valioso" para mí que "ninguna otra cosa" que poseyera, no me importó un pepino dónde estuviera mi padre, vivo o muerto, mientras que no estuviera cerca de mí.

Me transformé en un huérfano. Había perdido la pista de mi madre y de Toby, no los había visto ni había oído de ellos en cinco años. Sabía que mi madre había dejado súbitamente Sarasota y se había ido a Salt Lake City, donde se decía que el costo de la vida era bajo. (También lo era la forma de vivir, pero el desempleo era alto.) Luego había ido a Seattle, después a algún otro lado, y luego a otra parte. Cuando me preguntaban acerca de ella respondía con vaguedad, con vergüenza de tener que admitir que no sabía dónde vivía. Usaba las técnicas de Duque para dejar que la gente hiciera sus propias deducciones, me las arreglaba para sugerir a la mitad de la gente que preguntaba que ella era una princesa rusa exilada en España, y a la otra mitad que era una española comunista exilada en Rusia. Se había ido, no hay más que decir.

Desde el momento en que tuve que depender solamente de mí, mejoró mi situación en Princeton y en el mundo. Esto es una paradoja brutal, pero mucha gente, amigos y sus padres, se preocupó mucho por mí. Las madres y los padres de mis amigos me interesaban porque sus entusiasmos y temores eran nuevos para mí. Siempre tenía un lugar donde pasar las vacaciones, normalmente un lugar suntuoso. Un día, mientras estaba en el vestíbulo con piso de mármol de la enorme casa del Sr. Lippincott en el Barrio Elegante, conversé unos momentos con un muchacho que había traído un pedido y que de pronto descubrió en la pared un retrato al óleo de un prohombre del siglo dieciocho con peluca y todo: "Supongo que ese es el Sr. Lippincott." ¡Cómo hubiera gozado mi padre con ese error! Sentí un estremecimiento de algo perdido, como si una racha de aire frío me hubiera hecho tiritar, pero se desvaneció.

Por mi parte yo lo pasaba bien en compañía de los padres de mis amigos porque estaba acostumbrado a los adultos y buscaba, quizás, un reemplazante para mi propio padre. Parecía de más edad que la que tenía y trataba de verme más viejo de lo que parecía, una costumbre de los cincuenta que yo llevé a un extremo. Usaba ternos cruzados y gafas con montura de alambre. Un amigo me advirtió que mi anhelo de madurez era mórbido, que debía tener cuidado de no invitar a la muerte, la forma que tiene la naturaleza de decirnos que ya estamos suficientemente maduros. La gente me veía como una hoja en blanco: ten valor, ten cuidado; echa raíces, no dejes de moverte. Sé escritor, profesor, diplomático, corredor, banquero, dueño de bar, espía.

No había necesidad de escuchar a nadie. Era el muchacho con más suerte de todos los que conocía en el college. No le debía una explicación a nadie, estaba libre para ir y venir adonde pudiera costearme el viaje, podía ser lo que quisiera sin considerar el juicio de ninguna otra persona.

John y yo pensamos en abrir un restaurant/bar/galería de arte/librería en el sur de Francia, y decidimos no hacerlo. Tomé los exámenes para el Servicio Diplomático, aprobé el escrito, me suspendieron en el oral en Nueva York. En esos días estaba pasando el verano mirando béisbol y melodramas en la televisión de un amigo de Princeton en Grammercy Park. Nos tendíamos en colchones en el suelo de su apartamento con aire acondicionado bebiendo Budweiser y dejando que un día se hiciera imperceptiblemente otro. No juntábamos veinte dólares entre los dos pero cn una fiambrería en la esquina de la Tercera Avenida y la calle Veintitrés repartían a domicilio, y el padre de mi amigo, que estaba en Europa, tenía cuenta allí. El apartamento, con las persianas cerradas, era tan fresco como uña cueva.

Ese verano leímos *Lucky Jim*, vimos *Recordando con ira* y gozamos con *El hombre de gengibre*. "Creo que somos la aristocracia natural de la raza," el hombre de gengibre le dice a su lujurioso acompañante Kenneth. "Llegamos antes de nuestra época. Nacimos para que nos insultaran esos allá afuera con ojos y bocas." Cuánto nos gustaba eso, dándoles desafiantes de narices a Ellos mientras que bebíamos una cerveza amarga y sin espuma y abrumadoramente cara en Churchill's, donde tratábamos de escandalizar a las señoras. Queríamos ser matones, pero no pasábamos de ser maldadosos. Sólo un par de amigos *recibieron gas*, fueron despedidos al ritmo de *seises profundos* de Princeton prematuramente y en contra de sus deseos. Uno era adicto a las series del oeste en la televisión. Las miraba vestido con chaparreras, espuelas, un sombrero negro de diez galones, un chaleco rutilante, y un revólver de seis tiros. Aprendió a subir el volumen golpeando el dial con su látigo, y se disparó en un pie tratando de sacar rápido su Colt Peacemaker en las duchas del subterráneo. Cuando Princeton lo envió a casa donde su papá y su mamá nos dejó con un discurso de *Maverick*:

—Nunca olviden—nos dijo—, que un cobarde muere mil muertes. Un hombre valiente muere sólo una vez. Las probabilidades de mil a una son bastante buenas.

A otro amigo lo llamábamos Pixie. Echaba de menos los consuelos de las playas de su California natal durante los largos inviernos de Nueva Jersey, y durante su último año vació su sala de todos los muebles y la llenó con arena. Instaló una piscina de plástico que goteaba sobre nosotros que estábamos bajo él en 1879 Hall. Bebía piña coladas bajo palmeras en maceteros, y dejaba que una multitud de lámparas de sol lo broncearan hasta que se ponía púrpura. Su compañero de cuarto, distraído de sus estudios por esta perpetua vacación no pudo terminar (o comenzar) la tesina que nos exigían. Ideó un Buen Plan. Incendió la habitación y le dijo al decano que su tesina había sido devorada por las llamas causadas por las lámparas de sol.

—Has sufrido una doble tragedia—le dijo el decano—. No tienes seguro, así es que tú y tu familia tienen de menos lo que hayan costado tus cosas, las de tu compañero, y el costo de reparar la habitación. Además, como se quemó tu tesina, no te vas a graduar. Hasta luego.

Una cosa era segura: nosotros nunca, como Ellos, como chupones, trabajaríamos. Eso es lo que nos prometíamos a nosotros mismos, hasta que algo cambió nuestra manera de pensar. Durante el verano de 1960 me quedé con un amigo y sus padres en Westchester County. Viajaba todos los días a mi trabajo a Nueva York, a un empleo que me había conseguido el padre de otro amigo, como "aprendiz de investigador" en Auchincloss, Parker y Redpath, una casa de corredores de la Bolsa cerca de Wall Street en Broadway. Me enviaban a reuniones en las cuales ejecutivos explicaban a nuestros corredores el negocio a que se dedicaba su compañía, tratando de conseguir engañosamente que subiera el precio de las acciones por medio de conseguir que fueran recomendadas a los compradores. Cuando no estaba en estas reuniones se suponía que debía realizar una investigación de las inversiones en petróleo.

Compartía una oficina con Lápices y con el Rápido Eddie, las antípodas de la filosofía de la investigación. Lápices era un historiador del mercado. Podía decir adónde uno iría si le decía dónde había estado. Usaba gráficos, mapas, modelos econométricos, todos al servicio de conseguir una profecía acerca de unas acciones textiles, Collins & Aikman, que se movían de 10.5 a 11 a 10 en pequeños cuadritos durante todo el verano. Me arriesgué con diez acciones (Lápices dijo que era la gran oportunidad de mi vida), aunque no puedo imaginarme cómo pude permitirme ese gasto con un sueldo de cincuenta y siete dólares a la semana. Dada la respetable condición de mi empleo me había comprado un terno de corredor de la Bolsa, de lana peinada azul marino con rayas finas y chaleco que me hacía sudar quince libras durante los viajes en el subterráneo desde Grand Central a Wall Street y de regreso. Había tratado de comprarlo a crédito, pero el nombre Wolff debe haber sido conocido para F. R. Tripler, o yo carecía de la presencia de ánimo de Duque. Gasté el resto de mi sueldo en viajes de ida y vuelta al trabajo, en el *Wall Street Journal* y en el cine. Fui a ver muchas películas, favoreciendo especialmente con mi presencia los programas dobles en el RKO de la calle Catorce mientras que se suponía que debía estar sopesando los detalles del destino de la industria petrolífera.

El Rápido Eddie finalmente me explicó el secreto de sus investigaciones para aconsejar en qué invertir. Su compañera era secretaria de una enorme firma de corredores y le decía por teléfono lo que su jefe, también un mago de las investigaciones, planeaba favorecer la próxima semana. El Rápido Eddie siempre llegaba primero, y no tenía que saber nada sobre las acciones, que siempre subían debido a las compras de la enorme firma del jefe de su compañera. Tenía una opinión espantosa de Lápices, y también la tuve yo cuando vendí mis Collins & Aikman por lo mismo que había pagado por ellas, menos las comisiones al comprar y vender.

El socio que ejercía la gerencia en Auchincloss, Parker & Redpath hojeó mi informe sobre la industria petrolera la semana antes que yo regresara a Princeton para mi último año. Tenía la esperanza de que me ofreciera un puesto en la compañía. Sugirió en cambio que me dedicara a una profesión que no usara para nada los números. A pesar de todo, lo sorprendí contemplando mi terno con franca admiración.

Echaría de menos la oficina fresca y limpia, y a sus empleados frescos y limpios. El papel con membrete de la compañía y las llamadas gratis por teléfono. Uno se podía quedar dormido en su escritorio, o morirse, y nadie vendría a molestarlo. Antes de que dejara Wall Street recibí un llamado de unos turistas del estado de Washington, amigos de mi madre que habían conseguido ubicarme. ¿Podían venir a verme? Tenían fotografías de Toby y de Rosemary. Almorzamos en un lugar frecuentado por corredores que habían alcanzado un nivel intermedio en la compañía y que se preparaban para hacerse socios. Llevaba un maletín lleno de novelas, y estaba vestido con mi terno y un sombrero jipijapa. Era a mediados de agosto, hacían casi cien grados, pero los turistas estuvieron tan admirados de la figura que yo cortaba en tal escenario que nunca me preguntaron si tenía calor en mi chaleco de lana. Les mostré "La Bolsa" como yo la llamaba familiarmente, y mientras las campanas doblaban misteriosamente yo les contaba anécdotas y explicaba los símbolos en la "Gran Pizarra," como yo la llamaba. ¿Cómo, preguntó el cabeza de familia, podía alguien ganar dinero en Wall Street?

—Muy simple, realmente. Siempre digo: Compre barato y venda caro.

Hice un inventario de mis inversiones y le sugerí que comprara Collins & Aikman. El marido pareció pensativo y luego me mostró a mi madre. Rosemary estaba de pie junto a un perro labrador negro en la cima de una colina, y llevaba una camisa a cuadros de leñador, y sostenía una escopeta de alto calibre inclinada sobre su brazo.

—Es una campeona para disparar—me dijeron—. Una mujer estupenda, todos la quieren.

Pregunté acerca de su marido. Acababa de enterarme de que se había vuelto a casar. La esposa del turista se encogió de hombros:

—Supongo que está bastante contenta. Mira, aquí está Jack.

Era Toby, con un nuevo nombre. Tenía catorce años, se parecía a mí en Seattle, entrenándose para mecánico.

Los turistas me tomaron una foto. Le escribí a mi madre en papel con el membrete de Auchincloss, Parker y Redpath y le incluí una fotocopia del último capítulo de *Algunas calles semi-desiertas*, la versión que había aparecido en el *Nassau Lit* de "Un trozo de hueso, un cadejo de pelo." Toby dice que les impresionó, creyeron que yo era un financista, me veía como un financista. ¿Y el cuento?

—Sorprendente. Estuve muy orgulloso de no haber entendido ni una sola palabra de lo que nos escribiste.

Le envié una camiseta de Choate y una corbata de Princeton.

Mi último día en mi "trabajo" me encontré con Alice, que iba caminando con otra dama frente al Biltmore. Hizo como si no me hubiera visto desde el otro lado de la calle, pero le grité "¡Eh, Toots!" y ahí estábamos juntos. Caminamos bajo el reloj donde nos habíamos encontrado con otros sacos de tweed de Choate durante las vacaciones del día de Acción de Gracias. Alice me preguntó:

—¿No tienes calor con ese terno de lana?

—En absoluto.

Pedí té. El camarero en el Palm Court me trajo té helado y lo mandé de regreso.

—Quiero té *caliente*.

Decidí que la amiga de Alice tenía una sonrisa irónica. Alice indicó que había dejado a mi padre para siempre.

—¿Dónde está?

—En California.

—¿Dónde?

—Realmente no sé.

—Me gustaría saber dónde está.

—No puedo ayudarte.

—Trata. ¿Dónde lo viste por última vez?

—No me voy a quedar sentada aquí soportando un interrogatorio de su parte, jovenzuelo.

—¿Dónde está?

—No levantes la voz.

Su amiga nos interrumpió:

—Lo que pasa es que su padre es un drogadicto.

Dije:

—Jódanse las dos—y nunca más vi a mi madrastra ni supe más de ella.

Ese verano estaba enamorado de una rubia delgaducha que hablaba en acertijos y demasiado bajo para que se le oyera. Pensé que quería casarme con ella; hablamos acerca de esto y ella decidió que yo era muy errático para su gusto. Comprendí, después de algún tiempo. Al comienzo pensé que se me había partido el corazón; es posible que haya sido así, pero haberla perdido tuvo el efecto de impulsarme más profundamente a mis libros y trabajo. Me fue muy bien en la universidad y pronto conocí a una muchacha de Louisville tan salvaje que su enamorado anterior, Hunter Thompson, la había dejado como caso perdido. Tenía un piso cerca de Columbia en Nueva York, y estudiaba piano en Juillard. Tocaba para mí, se pasaba tocando tardes enteras. Tenía la nariz rota y ojos inteligentes. Bailaba zapateando, y como yo pensaba que este era el espectáculo más provocativo que había visto, bailaba para mí y zapateaba cuando se lo pedía. Bebía un cuarto de galón de whiski Early Times todos los días (con un poco de cerveza y champaña) pero nunca estaba más borracha o menos que la primera vez que la conocí. Mantenía su piso escrupulosamente limpio; pedíamos que nos trajeran comida, nunca salíamos, nos reíamos, hacíamos el amor y recitábamos monólogos. Era incapaz de una conversación. Oía seis o siete párrafos, y luego decía seis o siete que no tenían nada que ver con los míos. Su lugar era un santuario. Tenía la piel más pálida imaginable, como si nunca hubiera salido de la habitación. Me encantaba su acento de Kentucky. Mascaba chicle y hacía globitos. Pasamos juntos todos los fines de semana durante varios meses en completa felicidad hasta que trató de acuchillarme. Esto fue inesperado. Dijo que iba a ir a una marcha el próximo fin de semana encabezada por Bertrand Russell y destinada a protestar por la proliferación nuclear. ¿De dónde a dónde iban a marchar? De algún lugar a otro lugar. Dije que esperaba que no lloviera. Preguntó por qué. Dije que ella no iría si estaba lloviendo, la conocía, no saldría de su piso para marchar, era su propia prisionera, ¿a quién estaba tratando de engañar? Este fue nuestro primer diálogo, y trató de acuchillarme esa noche en la cama. Me había advertido: "No me toques." Toqué su pie con el mío. Al describir un arco, el cuchillo brilló a causa de la luz que un farol de la calle derramaba en la habitación, así es que me pude hacer a un lado a tiempo y la hoja sólo destrozó mi almohada. Me fui, no volví jamás a verla. Me escribió una vez, pero no pude descifrar ni su letra ni lo que quería decir.

En Princeton gozaba de la constante compañía de Stephen, un gran atleta y un caballero elegante a lo que añorantemente creíamos que era el modo de comportarse del siglo dieciocho. Dándole substancia a nuestras conversaciones con frecuentes *caballeros* y citas de Samuel Johnson—"La mayoría de las amistades se establecen por capricho o por casualidad, son simplemente confederaciones del vicio o ligas de la locura"—mirábamos, sobre una botella de oporto rancio, la serie televisiva *Hong Kong*. La serie seguía los placeres y peligros de un agente secreto norteamericano que se hacía pasar por algo que no era, un periodista si recuerdo bien. Stephen y yo, sentados a la media luz de la sala de la televisión del Club Colonial, observando a este individuo con tanta calma ante el peligro y con tanta suerte en la cama, decidimos que nos haríamos él. Y poco a poco, a medida que pasaba el último año del college y llegamos a apreciar más y más la manifiesta superioridad de Hong Kong sobre el distrito de Mercer en Nueva Jersey, *juramos* que ganaríamos nuestra fortuna en el extranjero como... ¡aventureros! Así es como nombramos lo que seríamos, viviendo de nuestro ingenio, en el que confiábamos que nos llevaría lejos, al menos hasta una casa sobre un promontorio y con vista desde la altura a Hong Kong y, al frente, al sutil y peligroso Macao. ¡Al diablo con las consecuencias! ¡Nos forjaríamos una vida, caballero!

Con este fin planeamos trabajar por un tiempo en una enlatadora de salmón en Alaska, donde creíamos que estábamos seguros de ganar pronto grandes sumas de dinero. Entonces iríamos con nuestros macutos al Mar del Sur, yendo sin prisa de las Marquesas a Tonga entregados al comercio de la copra y el sisal (sean lo que sean). Y así hasta Hong Kong, donde nos estableceríamos como periodistas o lo que fuera, y como espías.

A la hora de actuar, Stephen conoció a una estupenda chica de Smith que venía de Lake Forest, se casó inmediatamente con ella, y cayó en brazos de la IBM, la que le ordenó llevar sombrero, guantes, y camisa blanca cuando fuera al lugar de su trabajo, lo que hizo, caballero. Cuando Stephen abandonó el barco para hacerse un buen ciudadano para "esos allá afuera con ojos y bocas," yo me aferré al primer trabajo que pudiera llevarme al extranjero. Estaba a media hora de una última entrevista con el programa de entrenamiento para el extranjero del First National City Bank cuando recibí un cable que me invitaba a enseñar en Turquía, así es que decidí ir a Turquía.

Me fui de Princeton con un último consejo de Richard Blackmur. Me encontré con él frente a la biblioteca una tarde de los últimos días de junio. Había tenido un almuerzo largo en Lahiere's y yo le dije que me iba pronto a Turquía. Yo sabía que él había enseñado allí, tenía él alguna sugerencia, ¿personas o lugares que no debía perderme? Quizás, pensé, me encaminaría con una epifanía, o al menos una runa, palabras que podría estudiar y quizás comprender algún día.

—Nunca—dijo el Profesor Blackmur—, tenga contacto sexual con los melones del Cercano Oriente. Me dicen que ponen el prepucio en peligro.

Un amigo planeaba pasar el verano navegando la costa de Nueva Inglaterra en el cúter de cuarenta pies de su padre. Me invitó a ir con él, y quería ir. Al final de nuestra primera semana navegando, Duque dio conmigo. Había un mensaje de Princeton en la casa de mi amigo cuando llamamos desde el cúter, y desde el océano llamé a mi padre en California. ¿Podía ir a La Jolla por el resto del verano?

—No—dije.

Pero él había oído que me iba a Turquía, tal como él se había ido. Era una última oportunidad de vernos.

—No—dije.

—Tengo un trabajo maravilloso—dijo—. Toby va a venir. ¿No te gustaría verlo?

—Sí—dije.

Mi padre prometió enviarme inmediatamente el dinero que necesitaba para el pasaje del avión.

XXI

Mi padre. Prometió enviarle a Toby dinero para el autobús a La Jolla, y después de postergarlo un poco, lo hizo; a mí me dejó esperando, así es que tuve que pedirle a un amigo dinero para el autobús. Toby partió primero, ansiando ver a mi padre después de siete años, siete años duros para mi hermano. Rosemary había ido aquí y allá a través del país, siempre tratando de mejorar su situación, no consiguiéndolo nunca. Algunas veces Duque, o Alice, enviaban dinero para la manutención de Toby, pero normalmente mi madre debía arreglárselas sola.

Se casó con alguien, otro de los hombres miserables y violentos a los que parecía atraída. Este, un pintor de casas en un pueblo de albergues provisionales erigidos por los trabajadores de una represa cerca de la frontera entre el Canadá y el estado de Washington, trató mal a Toby y finalmente trató de ahorcar a mi madre. Quizás fue la desesperación lo que la llevó a considerar seriamente lo que le había propuesto Duque, en 1961, que vivieran juntos otra vez en California, que quizás incluso volvieran a casarse. "Siempre he tenido arena entre los dedos," dice mi madre. Toby fue al sur como un explorador de este arreglo poco probable. "Era un artista de los cielos azules," dice de mi padre. Mi madre lo era también.

Toby tenía quince años. Pocos meses antes me había llamado a Princeton y me había rogado que lo ayudara a obtener una beca en algún internado, lo que fuera para sacarlo de Newhalem Camp, Washington, y el Concrete High School. Escribí a algunos colegios, incluso a Choate, y le pedí a algunos amigos de Princeton que me ayudaran. Un amigo puso a Toby en contacto con The Hill School en Pottstown, en el estado de Pennsylvania, y a mi hermano le dieron beca completa, que comenzaría el otoño siguiente a nuestra reunión en La Jolla. Yo estaba orgulloso. Once años más tarde Toby me dijo que había ganado la beca falsificando cartas de recomendación de profesores del Concrete High School y falsificando un certificado con notas perfectas en un certificado en blanco que se había robado. La banda de los James, los niños Wolff. Hill estuvo perplejo por su rendimiento errático en sus estudios: ganó premios por su ficción, naturalmente, pero no podía hacer divisiones complejas o sumas. Después de dos años de perplejidad el colegio puso a Toby en su lista de retirados, y nunca recibió un diploma norteamericano de la escuela secundaria, a pesar de que Oxford le dio un Sobresaliente en Inglés.

Pero ahora estaba al borde del rescate, yendo al sur, henchido de esperanza por esta reunión que tanto se había hecho esperar.

—A lo largo de todo el camino por la costa del Pacífico le conté mil embustes a todos en el autobús, —recuerda Toby—. Les dije que era un estudiante de Princeton, y todo lo que quise decirles.

Cuando llegó al terminal en San Diego buscó a su padre, y no lo vio. Esperó en la acera, mirando hacia arriba y hacia abajo de la calle hasta que vio a alguien que podría haber sido su padre, un hombre macizo, calvo, con gruesas gafas. Toby sonrió; el hombre sonrió de regreso. Media hora más tarde Toby fue al baño, y el hombre lo siguió hasta allí.

—De veras—recuerda mi hermano—, esto me confundía.

Cuando Duque finalmente llegó a buscar a su hijo estaba borracho, a pesar de que Toby no lo comprendió en ese momento. Fueron juntos a un pequeño apartamento cerca de la playa Wind'n'Sea, y Duque se sentó en calzoncillos, jugando con un encendedor, hablando de como Rosemary "lo había pateado en el culo, pero que quizás él la perdonaría."

Tenía un trabajo, algún tipo de trabajo, con General Dynamics Astronautics, los fabricantes del cohete Atlas, pero Toby tuvo la impresión de que su padre no había trabajado por algún tiempo, y al día siguiente después que su por tanto tiempo ausente hijo regresó a "casa" le explicó que tenía que ir por unos pocos días a Nevada con una amiga. Le dejó a Toby algún dinero, un Chevrolet arrendado, un aparador lleno de Coca Colas y latas de sopa, un aparato de televisión y el número de teléfono de un oficial de la Marina que se preocuparía de él. Y entonces se alejó conduciendo su Abarth-Allemagne, una versión más cara pero menos cómoda y confiable de su juguete de Newtown, el Abartn-Zagato.

—No sabía qué pensar—dice Toby.

Usó el coche arrendado, a pesar de que no sabía cómo conducir. Lo llevó derecho hacia el sur por la autopista de San Diego, casi hasta Méjico. Cuando finalmente descubrió cómo hacerlo regresar al norte se devolvió al apartamento y esperó a que yo llegara o que su padre volviera a casa.

Yo iba hacia el oeste, también contándole embustes a los pasajeros. Le enseñé a un infante de marina a jugar al póquer de Princeton llamado "piernas"; en Pittsburgh, donde él y yo debíamos separarnos, me plegué a su itinerario para continuar el curso de instrucción. Le había ganado doscientos dólares para cuando llegamos a El Paso, y decidí escapar con la ganancia. Me quedé en Juárez, haciendo por un par de días el acto ritual de la noche volcánica a todo trapo en el pueblo hundido tras la frontera. Llamé a Toby desde una cantina, y me dio las últimas noticias acerca de mi padre. Toby había sufrido otra desilusión. El oficial de la Marina había pasado a verlo. Era amistoso, muy amistoso, y Toby había tenido que echarlo y cerrar la puerta con llave. Había seguido la pista de mi padre hasta un hotel en Las Vegas y lo había llamado allí por teléfono. La voz de Duque sonaba como si él estuviera enojado de que lo molestaran, y le sugirió a Toby se las arreglara con el amoroso marinero mediante el recurso de matarlo de un balazo: en el fondo de un cajón de su cómoda, debajo de los chalecos, había un rifle de supervivencia de la Fuerza Aérea de calibre .223 que se plegaba en su caja, Toby podía usarlo para ese tipo, ¿se le ofrecía algo más? Toby me dijo que esperaba que por favor me apurara en llegar al oeste, pues él ciertamente apreciaría tener alguien que lo acompañara.

Llegué dos días más tarde, justo después del mediodía del domingo. Estaban en la estación de autobuses, en el Chevrolet. Mi padre se veía veinte años más viejo que cuando lo había visto por última vez en la calle Nassau dos años atrás. Tenía las mejillas fláccidas y manchas pardas en su cráneo calvo. Había perdido volumen, adquirido una panza. Se movía con dificultad ahora, vacilantemente. Usaba gafas con una montura tan gruesa como la de Barry Goldwater y su ropa—no podía creerlo—tendía a ser chillona. Era un jubilado a la orilla del mar. Nos abrazamos, todos dijimos lo bueno que era estar juntos, hablamos del estupendo verano que pasaríamos. Toby parecía un patán. Le eché una mirada, decidí que necesitaba atildarse para The Hill y algunas mejoras a cargo de un sastre.

Cuando íbamos hacia el apartamento, mi padre parecía haber perdido más que su juventud. Estaba distraído, rudo, no muy brillante. Parecía un impostor. Nos detuvimos en alguna parte, en la pequeña casa de una mujer. Estaba a cargo de un emporio o era corredora de bienes raíces, me olvido. Parecía como si fuera importante para mi padre el que ella me conociera, inmediatamente. Era amistosa, pero no estaba a gusto. Mi padre me hizo rebuscar el diploma de Princeton.

—Mira—dijo, indicando—, *summa cum laude*. Esos son los honores máximos. La Universidad de Princeton, tal como te dije.

Ella fingió asombrarse. Miré a Toby: ¿Qué estaba pasando aquí? Se encogió de hombros. Mi padre me dijo que me llevara el coche y me fuera con Toby a casa, que él ya vendría con su amiga. Protesté, dije que debiéramos quedarnos juntos, que el día siguiente era de trabajo. Nuestro padre nos hizo una seña para que nos fuéramos. Toby dijo que la mujer había estado en Nevada con Duque cuando el Abarth tuvo algún tipo de problema mecánico, había sido todo bastante inquietante, y desagradable. Nos sentamos por una hora en la playa, enterándonos de lo que nos había pasado. Yo adopté la pose de tío protector, le dije a Toby que tenía que hacer un curso acelerado en todo para estar preparado para The Hill, que yo lo encaminaría, le daría un curso de lectura. Cuando le hablaba yo sonaba como hubiera querido que Richard Blackmur me hubiera hablado a mí.

Esperamos en el apartamento de una sola habitación a que mi padre regresara a casa para cenar. Esperamos. Toby no sabía el nombre de la mujer ni su número de teléfono. Esperamos. Decidimos que no podríamos encontrar su casa y cocinamos la cena, y esperamos. El casero vino a vernos. No se había pagado el arriendo en meses; tendríamos que irnos por la mañana. Sonó el teléfono. La mujer estaba histérica.

—¡No puedo hacer que se vaya! Ni siquiera quiere pararse de la silla en que estaba sentado cuando ustedes se fueron. No se mueve de ahí. No habla. Sólo se balancea para adelante y para atrás llorando. No sé qué hacer con él. Sáquenlo de aquí, ayúdenme.

Llamé a la policía. Estaban ahí cuando llegué, sin Toby. Era como ella lo había descrito. Mi padre estaba catatónico, sollozando, aterrorizado incluso de moverse de la silla. No podía hablar, o no quería. Se movía sólo para sacudir la cabeza, *no no no no no no...* Los policías fueron amables, tenían práctica.

Llamaron una ambulancia, mantuvieron todo calmado. La mujer se tranquilizó, dijo que esperaba que no fuera a salir nada en los periódicos, se estaba divorciando de su marido, su marido podía ser difícil. Me llamaron la atención sus aros, plata y turquesa, con complicadas vueltas y pendientes, el tipo de joyas que mi padre despreciaba. Dijo que mi padre había sido *muy* difícil. Me daba cuenta.

—Un hombre que ha conseguido esa educación, ¡qué lástima!

—Sí—dije—, es una lástima.

Ayudaron a mi padre a dirigirse a la ambulancia. No estaba en tan mal estado que no pudiera caminar. La mujer dijo que ella creía que él acaso estaba tomando píldoras, quizás tranquilizantes. Había estado bebiendo bastante en Nevada. Los de la ambulancia y los policías anotaron las meditaciones de la mujer.

Pero mi padre no parecía estar borracho, o drogado. Parecía muerto. Seguí la ambulancia hasta un hospital en La Jolla. Los policías entraron conmigo, preguntaron si había algo en que pudieran ayudar. Me dijeron que lo más probable era simplemente que mi padre tenía un excesivo cansancio.

Llené los formularios de admisión. El estaba gangoso como un bebé, remecía su cabeza como un bebé que no quiere comer o dormir o dejar de hacer algo. De un lado al otro, metódicamente, no...no... Al día siguiente, como a las once, mi padre pudo hablar. Tenía lo que los soldados llaman una mirada de mil yardas, pero podía hablar. Dijo que quería ver a la mujer, y yo la llamé por teléfono. Dijo que prefería no ver a mi padre, no quería "destapar otra vez esa olla de grillos. De veras me dejó espantada anoche," dijo. "Es un tipo realmente enfermo."

Le dije a mi padre que la mujer no podría venir a verlo esa mañana, quizás más tarde. Mi padre comenzó a sollozar:

—Es maravillosa. La necesito.

Mi padre no preguntó cómo se las estaba arreglando Toby, o dónde estaba, o qué haríamos de nuestras vidas ahí en La Jolla. Había sobrepasado el punto de preocuparse de esas cosas. Ahora estaba en lo profundo del bosque, y él lo sabía, y no servía de nada fingir que sabía el camino de regreso a casa.

Lo llevé a un sanatorio al sur de San Diego. Era bucólico, estaba en lo alto de unas colinas y miraba hacia el Pacífico. La mayoría de los pacientes habían ingresado allí por su propia voluntad, como mi padre. Surgió la pregunta del pago, y la respondió mi padre cuando presentó una tarjeta del seguro Blue Cross. Sorprendentemente, estaba cubierto. Parecía feliz cuando una simpática y joven enfermera lo apartó de mí. Me preguntó, antes de desaparecer en un pabellón, cuándo podía esperar ver a la mujer que deseaba ver.

—Pronto—le mentí—. Se pondrá en contacto pronto.

Pedí prestados otro par de cientos de dólares de otro amigo en el este, y con eso conseguí salir del primer apartamento y alquilar otro, todavía más cerca de la playa Wind'n'Sea. Devolví el Chevrolet a Budget, que lo había echado de menos, y compré un Ford convertible sin dar nada de pie en una tienda de coches usados. Fui a General Dynamics Astronautics, y luego de media hora me alejé del departamento de personal con un empleo como escritor de ingeniería, ochocientos al mes, otra vez esos contratos de una proporción asegurada de ganancia sobre el costo. Era el trabajo que había tenido mi padre, por menos de ochocientos al mes.

Había un programa de entrenamiento. Me pusieron delante de una película acerca de las maravillas de la tecnología de los cohetes y luego un ejecutivo me dijo que América podría, si quisiera, poner un Atlas medio a medio en la tina de baño de Khruschev. Vi uno en la línea de montaje, un termo de acero inoxidable, de quince pisos de altura.

Mi trabajo, lo que llamaban mi trabajo, se realizaba en el hangar junto a cerca de doscientos empleados que también eran escritores de ingeniería. Nos sentábamos en filas traduciendo el inglés a la jerga técnica. Los informes de los ingenieros nos llegaban con algunas palabras subrayadas, y éstas había que reemplazarlas por otras, que estaban incluidas en una lista en forma de diccionario, impresa en hojas sueltas. La única habilidad que requería mi trabajo era saberse el alfabeto, y terminaba mi trabajo de un día en cerca de dos horas. Las otras seis las pasaba sentado ante mi escritorio, mirándome las manos. No me permitían traer nada dentro del hangar, ni un libro. Debía estar en mi escritorio desde que marcaba tarjeta en la mañana hasta la hora de salida, en caso de que los inspectores del gobierno vinieran a constatar el rendimiento del contrato de gastos más ganancia asegurada.

Mientras que yo trabajaba en los cohetes, obliga-

ba a Toby a que leyera un libro al día y a que escribiera mil palabras. Debo decir que se tomó con buen
humor esta intrusión en sus horas de vacaciones. Bien
es cierto que, como le recordaba con frecuencia, yo
pagaba el arriendo y compraba la comida. Me daba
la sensación a veces de que Toby hubiera preferido
estar en otra parte, pero yo estaba demasiado irrita-
do por el resultado de nuestra reunión familiar como
para tomar en cuenta lo que deseara Toby.

Toby tenía los gestos de mi padre y sus tics faciales,
y algunas maneras de mover las manos y una voz que
lo hacían parecerse más a mi padre que yo, y todavía
es así.

—Me aterra—me dice.

Visitamos a nuestro padre en el sanatorio. Estaba sosegado y era capaz de un humor negro. Ya no
mencionaba a la mujer, un par de semanas después
de que había comenzado el tratamiento. Dijo que
había estado "extenuado." No se excusó por haber-
nos hecho pasar tantos problemas, pero estaba bastante amigable. En mi opinión creo que se mostró
indiferente e insensible hacia Toby, pero estaba más
allá de nuestro juicio ahora, y pensé que Toby comprendía esto, a pesar de que si hubiera reflexionado
un poco me habría dado cuenta de que esto era mucho pedir de la comprensión de mi hermano de quince
años.

Duque tenía un par de nuevos amigos. Uno era un
especialista en Milton que estaba recibiendo una terapia a base de electrochoques. Era flaco, colorín,
muy alegre, decía que no estaba tan mal. Leía el *Paraíso perdido* una vez a la semana ahora, cada vez
como si fuera la primera vez. Todos los pacientes eran

agradables, como un círculo de costura de los condenados. Mi padre me hizo un portadocumentos de cuero, y marcó a fuego mis iniciales. Se demoró una semana en hacerlo, y estaba orgulloso de su trabajo. Le aseguré que su empleo lo esperaba para cuando saliera. El terapeuta de mi padre me había pedido que le dijera esa mentira. Mi padre sólo me hizo decirla una vez; creo que sabía la verdad.

Dos cosas lo obsesionaban durante nuestras visitas dos veces a la semana: su coche (que había sido devuelto por falta de pago) y un encendedor de plata que dijo le habían dado en Inglaterra sus amigos de la RAF. Mi padre me lo describió con amorosa exactitud, y dijo que los nombres de Jimmy Little y de Mike Crosley estaban grabados en él.

—¿Lo recuerdas, no? Siempre lo tenía conmigo.

No lo recordaba, estaba seguro de que jamás lo había visto. Mi padre dijo que este objeto había estado en el apartamento que habíamos tenido que desalojar. Le pregunté a Toby si recordaba haberlo visto, y dijo que no, que jamás lo había visto. Mi padre lo quería. Se mantenía firme en esto. Le pidió al doctor que nos pidiera que hiciéramos todo lo posible por encontrarlo. Lo necesitaba.

Toby me ayudó a buscarlo, en el apartamento nuevo y en el antiguo, en el coche arrendado que habíamos devuelto, en todas las cajas, bolsillos y cajones. No pudimos encontrarlo. Decidí que nunca había existido, y que incluso si había existido era sólo una impostura inscrito con sentimientos imaginados por mi padre y con los nombres tomados de una lista de amigos perdidos y simples conocidos. Por último, el día en que dieron de alta a mi padre, cinco semanas después de que Toby había llegado, llegamos al fondo de este misterio. Toby confesó ante el interrogatorio de mi padre que lo había perdido. Había cogido el encendedor cuando mi padre estaba en Nevada y lo había olvidado en la playa. Había tenido miedo de decirnos esto, por supuesto. El viejo se puso furioso, y yo también, recordando las horas que Toby me había hecho perder con él mientras que hacía como que buscaba el maldito aparato, mientras que daba útiles sugerencias acerca de dónde podíamos buscarlo. Percibí entonces, de golpe, cuánto debía odiarnos Toby, y por qué. Lo pusimos en un bus al norte a la mañana siguiente y mi padre y yo nos pasamos dos días y dos noches mirándonos uno al otro, hablando rara vez.

Me preguntó una vez si yo no iría a mi trabajo en Turquía para quedarme con él hasta que se recobrara. Me lo pidió cuando él estaba borracho y yo, sobrio, le dije que no.

La última vez que vi a mi padre fue en una cárcel en San Diego. Me había pedido prestado el Ford mientras yo me quedaba bebiendo e intercambiando historias del verano con un amigo de Princeton que acababa de llegar luego de cruzar Méjico en una carroza fúnebre Cadillac. Mi amigo había comenzado el viaje con cinco compañeros, y ahora estaba solo. Los había hecho abandonarlo asustados por la espantosa forma en que bebía, un cuarto de galón al día primero de gin y luego de tequila y luego de mescal. Habían habido las travesuras de rigor: mi amigo había pasado una semana en una cárcel de Mazatlán luego de un mal entendido con un grupo de Mariachis y un chofer de taxi, y tenía un corte profundo bajo el ojo cuando arribó a recalar en mi casa, cansado, borracho, hambriento, y sin un centavo.

Mientras nos preparábamos para acostarnos llamó mi padre. Quería que fuera inmediatamente, a la cárcel. Me dijo por teléfono que "le habían hecho una injusticia." Lo encontré en una celda común entre prostitutas, marineros, la pandilla normal de los sábados por la noche en la cárcel municipal. Explicó: había doblado ilegalmente en U y un policía lo había detenido. Acababa de comprar tocino y huevos, dijo mi padre, que comprobara yo mismo, estaban en el coche, lo único que estaba haciendo era comprar comida para el desayuno de nuestro invitado. El policía le había hablado en tono insultante, así es que mi padre le había contestado tartamudeando, en tono insultante. El policía supuso que mi padre estaba borracho, y no lo estaba. Era sorprendente que mi padre no hubiera estado borracho, pero en verdad no lo estaba.

La policía evidentemente creía ahora que mi padre no había estado borracho, y se aprontaron a devolvérmelo. Sólo unos pocos minutos, dijo el sargento tras el escritorio. Le expliqué esto a mi amigo de Princeton, que esperaba afuera en su carroza fúnebre Cadillac. Parecía confundido, preguntó varias veces dónde estábamos, qué estaba pasando. No comprendía entonces hasta qué punto mi amigo estaba perdido, ni suponía que en un par de años se demorarían semanas en desalcoholizarlo en el pabellón para enfermos violentos en Bellevue, ni que había estado a punto de enloquecer desde el primer año en la universidad. Pensaba que era igual que yo, un tipo de esos que le gusta divertirse, desafiante, un hombre al margen de la ley como había sido mi padre a nuestra edad.

La policía llamó a Sacramento. Verificaban en forma rutinaria que no hubiera ninguna denuncia contra la gente que detenían; era el proceso reglamentario. Parecían algo avergonzados del episodio, "sólo un malentendido." Mi padre, pensé, parecía extrañamente indiferente ante la injusticia, extrañamente deseoso de dar lo pasado por pasado y marcharse.

La llamada a Sacramento se respondió con urgencia. "Buscaban"—qué palabra resonante—a mi padre. Había una orden de arresto contra él. El cargo era Gran Robo de Automóvil. El coche era un Abarth-Allemagne, "tan hermoso," según explicó mi padre, nueve mil dólares de los de 1961. Había hecho su timo del coche después de todo. Había comprado esa cosa directamente de la sala de exhibición de la tienda con un cheque. El cheque tenía impreso su verdadero nombre, pero en otros aspectos, en las seguridades que ofrecía—al implicar que el Bank of America tenía alguna relación con mi padre y cambiaría ese pedazo de papel por dinero—el pedazo de papel era engañoso. Tal como lo predijo mi padre, el vendedor y el concesionario habían combatido contra sus mejores instintos cuando se vieron confrontados ante la alternativa: me llevo el coche ahora, inmediatamente, a cambio de este cheque. O no me lo llevo. Los consumidores del área de San Diego habían estado aprendiendo a sobrevivir semana tras semana sin ser dueños de Abarth-Allemagnes. La codicia había triunfado sobre la prudencia, una vez más. Mi padre se había llevado el coche a Nevada tan pronto como lo "compró," cuando había llegado Toby. Lo había conducido con el acelerador a fondo hasta que se incendió, y luego su hermosa pintura fue lijada por una tormenta de arena. El coche, que estaba otra vez en las manos del concesionario, había resultado desilusionante para el vendedor.

La policía me contó la mayor parte de esto. Mi padre había regresado a la celda común, y hablé con él a través de la fuerte reja metálica, elevando la voz sobre el jaleo de los habituales de la calle en San Diego. Le pregunté a mi padre si la historia que acababa de escuchar era verdadera. Se encogió de hombros. Le pregunté otra vez y volvió a encogerse de hombros. "Nunca expliques, nunca pidas perdón," le gustaba decir. Le dije que lo que había hecho estaba mal. Muchas veces le había sugerido algo semejante con mal humor o lamentos de desesperación, pero nunca lo había acusado directamente de haber hecho algo incorrecto. Cuando le dije a mi padre que lo que había hecho estaba mal se quedó mirándome asombrado, como si finalmente hubiera conseguido dejarlo perplejo.

—¿No me comprendes en absoluto?—preguntó—. ¿Crees que me importa lo que ellos piensan que está mal?

Hablé con el oficial a cargo de las fianzas. Yo tenía la obligación de garantizar que mi padre se presentaría ante la corte. ¿Yo me quedaría en California, no es así? Pero yo tenía que presentarme a mi trabajo de ahí a diez días, fuera del estado, a medio mundo de distancia, tan lejos de la cárcel de San Diego como era posible viajar y todavía seguir sobre esta tierra. Esto no le interesaba al oficial, quien repitió sus condiciones.

Desperté a mi amigo de Princeton. Todavía no sabía dónde estaba, y no comprendía el dilema excepto que era serio. Comenzó a quejarse, como si tuviera un terrible dolor de estómago, así es que lo dejé durmiendo hasta que se le pasara en la parte de atrás del coche fúnebre, sin preocuparme por esta nueva complicación.

Le grité a mi padre a través de la reja. ¿Se presentaría ante la corte si yo me hacía cargo de la fianza? Le expliqué el aprieto en que me veía, el atochadero en que él me había metido. No pareció sentir compasión alguna. Como el oficial a cargo de las fianzas, no parecía interesado en los aspectos delicados de mi elección. Le pregunté claramente: ¿Si yo hacía todo lo posible por él, prometería presentarse ante el juez? El no quería prometer nada. Dijo que yo podía hacer lo que quisiera, que no me debía ninguna promesa, que no me debía nada.

No salí como fiador. Atravecé el país con mi amigo de Princeton, y volé a Turquía. Mi padre consiguió timar al fiador para que le prestara diez mil dólares, más el diez por ciento, la comisión del fiador. Luego se escapó del estado, y lo capturaron. Y lo castigaron. Le cobraron con interés el espacio que había ocupado, los aires que se había dado, las fantasías que había llevado a la realidad. Me había dicho que esperaba que yo nunca fuera un reseñador, un crítico. Comprendo. Allá afuera, en el mundo real, los críticos tienen dientes, y los usan.

XXII

Enseñé dos años en Turquía, en Robert College y en la Universidad de Istanbul. No podría haber pedido un escondite mejor. Leí, y mandé largas cartas a casa que, tomadas en su conjunto, deben constituir la mejor ficción que haya escrito. Navegué en Grecia, esquié en Austria, pasé el verano de 1962 en París, cuidando un apartamento en el 50 de la *rue* Jacob. Allí me alcanzó mi padre con una carta que habían remitido desde Turquía: estaba libre, ¿qué podía hacer para ayudarlo? Quería dinero, un trabajo, un lugar donde vivir. ¿Qué planes tenía para él?

Traté. Llamé por teléfono a amigos y sus padres. Le escribía a Sikorsky. Le pedí ayuda a la oficina de empleos de Princeton. Le envié algo de dinero. Pero era un caso perdido, nadie podía ayudar a mi padre. Le escribí cartas rebosantes de cariñosos recuerdos, pero sin mi remitente en París. Le pedí a un amigo que enviara la carta desde Italia. A pesar de todo, esperaba verlo aparecer en cualquier minuto, esperaba oir su llamada en la puerta. Esta espera arruinó mis vacaciones en París. Mala suerte. Había venido a la ribera izquierda del Sena a escribir. Me había dejado una barba y tenía los ojos nublados; me vestía con harapos, conducía una moto negra. Después de la carta de mi padre di en gastar horas enteras una tras otra sin hacer nada, días enteros. Jugaba solitarios sentado con las piernas cruzadas sobre el piso de parquet de mi salón, mientras afuera el mundo continuaba sus soleados negocios urbanos. Fumando hachís, escuchaba a los Jazz Messengers o la MJQ, *Sin sol en Venecia*. En tales momentos mi mente estaba tan vacía como quería que estuviera, pero nunca estaba vacía de la presencia de mi padre. Una carta a mi madre escrita en este período se lamenta de que "cada mirada retrospectiva revela un cadáver colgando del árbol de familia." Creo que esa línea se la robé a alguien. No suena como si fuera mía, y tiene demasiada energía para la época en que fue compuesta.

En el invierno de 1963 me afeité la barba para causar una mejor impresión en el entrevistador de la Fulbright en el consulado americano de Istanbul. Cuando me encontré con el entrevistador, él llevaba una barba como la del Gran Emancipador. Me dio la Fulbright de todos modos, y fui a Inglaterra, a Cambridge, a estudiar con George Steiner. Mi padre se enorgulleció de este éxito mío, y cuando me escribió para felicitarme me dijo que el libro con que más estaba gozando en la prisión (había vuelto) era *The Wind in the Willows*. Se lo había enviado para levantarle el ánimo. Le gustaba especialmente la fuga del Sr. Sapo de la cárcel, disfrazado de lavandera. En respuesta a la carta de felicitación de mi padre le hice una sola pregunta: ¿era judío? Escribió a vuelta de correo: "Estoy aburridísimo de esa estúpida pregunta. No vuelvas a hacerla."

Por aquel entonces constituía para mí una pregunta importante. Durante una visita a Nueva York al final de mi primer semestre en Cambridge había conocido a alguien con quien deseaba casarme, y que quería casarse conmigo. Sus padres no aprobaban de esta decisión, por muchas razones. Habían notado mis uñas sucias cuando cenaba con ellos, sabían que no tenía nada que me recomendara si no era una beca en una universidad extranjera, sabían que mi padre era un presidario, y estaban convencidos de que yo era judío.

Su hija y yo deseábamos prevalecer, y finalmente lo hicimos. Pero sus padres eran inflexibles en su oposición. No obstante, le di a George Steiner las buenas noticias. Mi esposa tiene el nombre yanqui de Priscilla, y un apellido de la Nueva Inglaterra.

—¿No es judía?

—No—contesté, sorprendido por la pregunta de Steiner.

—Bueno—dijo—, no crea que las dificultades van a ser insignificantes.

—¿Qué dificultades?

—Las de un judío que se casa con alguien que no lo es.

Steiner no era legendario por su paciencia con quienes pensaban lentamente, y estaba perdiendo su paciencia conmigo.

—No soy judío—le dije.

—Por supuesto que lo es.

—No—dije—, mi padre dice que no.

Steiner se rio.

—No me importa qué diga él. Yo soy judío y usted también lo es. Cualquiera puede verlo. No sea tonto. Por supuesto que usted es judío.

—Mi madre es irlandesa, y ella dice que mi padre no es judío.

—Su madre está equivocada.

Y entonces Steiner, gracias a Dios, cambió el tema a la literatura trágica.

Dejé Cambridge al cabo de eso año. No sé por qué. Pensaba regresar luego de trabajar por el verano en el *Washington Post*, pero acabó el verano y no me fui. Mi madre ahora vivía en Washington, y también Toby, a quien habían hecho descender de The Hill a un colegio público. Había visto a mi madre por última vez cuando yo tenía quince y ella treinta y cuatro; ahora ella tenía cuarenta y cinco y yo veintiséis entrando a los cuarenta. Nuestra primera noche juntos, tan pronto como retiramos los platos de la cena, comencé a hacer preguntas:

—¿Mi padre es judío?

—No que yo sepa. Nunca fue a una sinagoga.

—¿Su padre fue judío?

—No en un sentido normal. No creía en Dios.

—No es eso lo que quiero decir. Tú sabes qué es lo que quiero decir.

—Bueno, hablando en general, supongo que se lo podría llamar judío, sí. Pero no a tu abuela, de eso estoy bien segura, así es que sólo eres un cuarto de judío.

—¿Mi abuela no era judía?

—Bueno, quizás lo era. Sí, supongo que lo era. Era miembro de Hadassah, una mujer maravillosa.

—¿Por qué no me lo dijiste?

404

—Le prometí a tu padre que no lo haría.

—Pero *por qué*, ¡maldita sea!

—No sé, quizás para evitar que tú sufrieras como él. Nunca pareció presentarse un momento propicio. Cuando estabas conmigo eras tan joven. Luego era su problema. No sé.

Incluso antes de saber lo que *schlemiel* quería decir, Toby anunció que quería irse a Israel, a un kibbutz. Luego dijo que quería combatir contra los árabes en la Guerra de los Seis Días, pero llegó el sexto día, y el séptimo, y todavía estaba aquí. Por algunas semanas después de esa conversación con mi madre anduve diciéndole a todos mis amigos que yo era judío. Yo pensaba que lo era. Ya mucho tiempo atrás me había convertido a los hábitos mentales judíos, como yo los imaginaba de los libros: melancolía, humor acerbo, escepticismo. Estas actitudes me venían bien, tal como las costumbres inglesas le habían convenido a mi padre. Cuando les decía a mis amigos que yo era judío, la mayoría de ellos decía *naturalmente, seguro, ¿y qué?*

Un miembro de la familia de Priscilla voló cuatrocientas millas para decirle, un mes antes de que nos casáramos, que si a ella no le preocupaban las consecuencias de un "matrimonio mixto" debía al menos pensar en "los niños." Nunca serían bienvenidos en Hobe Sound, o en Delray, o en algún otro lugar en la costa del Atlántico en Florida. Mi mujer se rio, y se casó conmigo.

Diez años más tarde mi hijo mayor, Nicolás, llegó a casa del colegio con una pregunta que yo le había hecho a mi padre:

—¿Yo soy judío? ¿Qué es un judío?

Traté de contestarle seriamente. Le expliqué que los judíos no me consideraban judío porque no participaba de su religión y no había sido educado como judío. Israel no me consideraba judío: de acuerdo a la ley del Retorno uno es judío sólo si su madre es judía. Mi madre era de origen irlandés y católica...

—¿Estás hablando de mi abuela?

—Sí.

Entonces le expliqué a Nicolás que sus bisabuelos eran un creyente germano-judío nacido en Escocia y un judío ateo nacido en Inglaterra. La familia de su madre no era judía y provenía de Inglaterra. Su pregunta era difícil de contestar. Pero él la contestó, diciéndole a su hermano menor, que había estado escuchando:

—Eh, Justin, eres un mezclado.

—Tú también—dijo Justin.

—Yo también—dije.

Mi madre y mi hermano asistieron a nuestra boda. Mi padre estaba en la cárcel otra vez, cheques sin fondos o gran robo o estafa al dueño de una pensión. Toby estaba en el ejército. Le envié a mi padre dinero para el arriendo, ciento cincuenta dólares al mes cuando estaba libre, y los comerciantes de California me acosaban con sus deudas. Compré un Volvo usado para ir al trabajo al *The Washington Post*, adonde me escribió mi padre diciéndome que quería un BMW, "un vehículo eminentemente razonable." Podía conseguir uno que habían usado sólo por mil millas, uno utilizado para mostrárselo a los clientes. Yo podía pagar el pie, hacerme cargo de las mensualidades, ¿qué decía a esto? Dije no, y dejé de escribir. Seguían llegando cartas de desconocidos de la zona de Los Angeles. Mi padre incendiaba las imaginaciones de los habituales de los alojamientos llenos de pulgas donde paraba de vez en cuando. Un ex-compañero de celda suyo me llamó por cobrar a mi oficina para venderme información, conocía a un "actor marica" que sabía quién había matado a Kennedy, cuánto valía esa información, "tu viejo dijo que te llamara."

Recibí una carta de la Sra. Ira Levenson. Nos había conocido a todos los Wolff durante la guerra, cuando vivíamos en Manhattan Beach y comprábamos en el emporio de su marido. Acababa de ver a mi padre:

Querido Sr.:
El Sr. Levenson y yo hicimos ayer la primera visita en TODA nuestra vida a una cárcel, y el impacto de lo que vimos y experimentamos en la cárcel del Condado de Los Angeles, donde vimos a su padre, enjaulado y confuso, enfermo de la mente y del cuerpo, no es fácil de olvidar o de borrar de la memoria. Hablamos; debiera decir que nos gritamos a toda voz unos a otros a través de las gruesas rejas, sobre el ruido y la batahola de cientos de presos y sus visitantes agarrados a las rejas, esforzando sus ojos y oídos ante esa jaula.

Le conté a su padre de nuestra conversación telefónica, y le expliqué a él que Ud. cree que él puede ser y será mejor servido y ayudado si Ud. no trata por ahora de conseguir que retiren todas las acusacioncs criminales pendientes contra él mediante el pago de los cheques sin fondos y de todas las otras deudas en que ha incurrido, en cuentas y arriendos sin pagar y daños a la propiedad, etc., etc. Le dije que sería sabio y conveniente de su parte que cooperara con Ud. en el esfuerzo de conseguirle tratamiento médico y hospitalización. Es un alma perdida, y clamaba "¿Qué puedo hacer? ¿No puedo irme al este a casa de mi hijo?"

Procedí a tratar de explicarle a su padre que esto sería bastante imposible siendo las cosas como son y entonces me preguntó "¿Cree que mi hijo me sacará de aquí?"

Traté de asegurarle que Ud. hará todo lo posible para ayudarlo a que se ayude a sí mismo, y que incluso es posible que Ud. pueda venir a Los Angeles. Mi opinión es que a no ser que el dilema de su padre se trate de inmediato por medio de sus lazos familiares, de la comprensión, y de la bondad humana, y si no se concede mayor consideración a las fallas físicas y mentales de su padre sobre los muchos otros defectos que sin duda alguna son el resultado y el producto de las primeras fallas mencionadas, entonces mi pronóstico es que uno puede tachar el nombre de Arthur S. Wolff III aquí mismo y ahora, con toda su magnífica educación, antecedentes y diversos grados académicos etc., etc.

Porque conocimos a su padre muchos años atrás, Geoffrey, y el verlo esposado en la corte primero, y la enfermante visita que le hicimos ayer en la cárcel, me ha sido imposible escribirle sólo una breve nota acerca de todo esto. El hecho de que Ud. telefoneó tan pronto como supo acerca de su padre es un gesto gratificador y honorable. Todos estamos muy contentos por el bien de su padre de que haya llamado. De hecho, cuando le dije ayer que había ido a verlo porque Ud. me lo había pedido, y le di su mensaje y le dije que Ud. escribiría inmediatamente, su cuerpo macizo se estremeció y las lágrimas brotaron de sus ojos...

Le pedí ayuda a Ben Bradlee, y me ayudó. Arregló una visita a mi padre del jefe de la oficina del *Newsweek* en Los Angeles. Lo que Karl Fleming vio en la cárcel es lo que habían visto los Levison, las ruinas de un audaz criminal. Fleming le dio dinero para el bolsillo, y trató de levantarle el ánimo, pero nadie podía liberarlo, ni de la cárcel ni de sí mismo. Cumplió una condena de un año, lo soltaron.

Toby pasó a verlo en Manhattan Beach cuando iba al Vietnam en 1967 como teniente primero en los Green Berets:

"Al principio, cuando lo vi, no lo reconocí. Era simplemente otro viejo chiflado, contemplando la espuma, con una barba blanca mal afeitada en la cara y con pequeños bultos blancos de pelo sobresaliendo de sus orejas. ¿Qué sentí ante él? Sentí piedad. Quería que él pasara un par de días agradables. Lo pasamos bastante bien, nos reímos algunas veces. Estaba muy débil, vacilante. Había perdido su poder. Ya no le tenía miedo. Su ropa estaba raída, y no estaba limpia. No era un Tom Buchanan, sólo un viejo yid. Olía mal. Dijo que tú te habías vendido a la clase media.

Lamentaba muchas cosas. Había conocido a Joe Pyne. ¿Te acuerdas de Pyne, el patriota de la televisión? Pyne también lamentaba muchas cosas. Al parecer el viejo le caía bien, a una cierta distancia. El viejo me llevó a conocer a Pyne al varadero de yates. Pyne estaba limpiando la cubierta de teca de su embarcación. Nos miró como deseando que el viejo se ofreciera a ayudar, pero no lo hizo."

Usaba nombres falsos ahora. Su favorito era Saunders Ansell-Wolff III. Abrió una cuenta en el Bank of America con ese nombre, y usó un cheque sin fondos para comprar un reloj. Lo capturaron, lo juzgaron, lo sentenciaron como culpable. Lo mandaron a Chino. Casi le cortaron la mano a la altura de la muñeca luego de una pelea con otro preso de Chino acerca de si ponían en la televisión del pabellón *Yo, espía* o *Corre para salvar tu vida*. Pensé que se suicidaría. ¿Qué otra cosa podía hacer? Traté de imaginar la desolación de su vida. Los libros y las películas con sus diálogos le deben haber parecido una espantosa afrenta a un hombre sociable que se veía obligado a vivir en soledad. Ninguna esperanza. Pensé que se mataría porque nunca había alardeado acerca de suicidarse.

Pero no lo hizo, y no lo hizo, y no lo hizo. Un día recibí una carta muy sensata, franca. Venía de la prisión, decía que me había vendido a bajo precio al escribir reseñas de libros para *The Washington Post*. No te preocupes, decía la carta: lo podían soltar inmediatamente bajo mi custodia, dos años antes, dependía de mí. Mi padre no rogaba, todo lo que decía era esto: "Me gustaría dejar este lugar, ahora, y vivir contigo y con Priscilla. ¿Qué te parece?"

Un agente judicial de vigilancia de delincuentes en

410

libertad provisional del Distrito de Columbia vino a vernos. Era un hombre negro, de voz suave y amable. Dijo que aunque el Distrito de Columbia no deseaba especialmente la presencia de mi padre, él no constituía una amenaza grave contra la sociedad. Aquí se presentaba una oportunidad para mi padre, si yo quería aceptarla. Mi padre tendría que vivir con nosotros. El agente notó que mi esposa estaba esperando un bebé:

—¿Quizás el piso se hará chico con un suegro bajo el mismo techo?

El agente me dio la hoja de "reprimendas" contra mi padre, como él la llamó, su hoja de antecedentes. Contenía la declaración jurada de mi padre ante los agentes del estado de California de que él "se había graduado de Deerfield cuando tenía 17 años y luego había obtenido un título en la Universidad de Yale, se había matriculado en la Sorbonne, en París, Francia, en la escuela de Ingeniería Aeronáutica, obteniendo la maestría, declara."

También hacía referencia a que había sido puesto a cargo del Hospital Estatal en Norwalk para los enfermos mentales, en 1963. El acusado recibió el siguiente diagnóstico de parte de un siquiatra del Hospital Estatal Metropolitano: reacción siconeurótica, reacción depresiva. Afirma que recientemente sufrió una intervención quirúrgica en el Hospital General del Distrito de Los Angeles que trataba la circulación de su sangre de la cintura a las rodillas. No tiene preferencia religiosa. No ha sido miembro de ninguna organización, excepto del Racquet Club de Nueva York y pasa su tiempo libre cazando, jugando golf, y leyendo. Incluida con este informe se encuentra una declaración escrita por el acusado en la cual expresa en una de sus partes que los últimos cinco años han constituido una gran desilusión para él... Declara que tiene dos hijos, uno de los cuales es el Editor del *The Washington Post* y el otro está esperando su grado de oficial de las Fuerzas Especiales de la Fuerza Aérea, así es que no cree que su vida haya sido totalmente inadecuada. El primero de ellos se llama Geoffrey.

Bajo la rúbrica de "Otras partes interesadas en el caso," el certificado de antecedentes de mi padre incluía una carta del jefe de Siquiatría del Hospital Mental Estatal en Norwalk. Para los efectos del certificado la carta aparecía abreviada, así:

"Primera hospitalisación [sic] mental en Junio II, 1963, algún historial uso excesivo Dexamyl y Doridén, posibles excesos alcohólicos, al menos dos intentos de suicidio ingestión de drogas (1962 y 1963) y de uno a dos arrestos por no pagar cuentas [sic]. Tratamiento en el hospital: terapia individual y de grupo, 101 mgm diarios de Thorazine, actuación carente de efectividad en el taller industrial. Dos asaltos a otros pacientes y muchas mentiras en las entrevistas." (Su joven sicólogo le había dicho a mi padre que la única manera para salir del pozo en que estaba era por medio de la verdad. Ahora bien, preguntó el sicólogo, ¿cuál había sido la más reciente actividad de mi padre antes de su arresto?

—De hecho, trabajaba como sicólogo—le dijo mi padre al sicólogo.)

La descripción continuaba: "El brazo izquierdo

412

está ahora curado y funciona normalmente. El paciente puede trabajar en empleos no-calificados. El pronóstico a largo plazo es pesimista en cuanto a su rehabilitación social y económica. Se lo da de alta bajo su propia responsabilidad. 6-16-63: Nota del Servicio Social: Aprobado por el equipo del pabellón para ser dado de alta, el paciente dio muchas excusas para permanecer en el hospital. El hospital le dio $5 y una tarjeta que lo presentaba ante la Oficina de Asistencia Pública. El paciente se había transformado en un foco de irritaciones en el pabellón, y hubo muchas quejas de pacientes y personal del pabellón acerca de esos aspectos agresivos de su personalidad. Se lo da de alta mejorado, no-sicótico."

—En otras palabras—le pregunté al agente—, ¿lo pusieron en la calle porque su comportamiento en el Hospital Mental Estatal no era normal y era desagradable?

—Más o menos. ¿Ustedes quieren tenerlo aquí?

El agente miró su reloj. Era hora de cenar. Yo miré el certificado de antecedentes de mi padre. Ahí constaba, en parte, su biografía:

Arrestos
Fuentes de Información

10-15-41 DPLA—ORDEN DE ARRESTO TRAN-
          SITO—SIN RES.
7-30-42   OS, SAN DIEGO—BORRACHO—
          7-30-42, $25 o $2 POR DIA.
12-21-45 DP, BURBANK—SOLICITUD INGE-
          NIERO JEFE PROYECTO
12-28-45 DP, HERMOSA BEACH—CONDU-

CIENDO BORRACHO—PUESTO EN LIBERTAD $250 FIANZA.

4-23-54 DP, NEW LONDON, CONN.—CONDUCIENDO BORRACHO—INOCENTE, MULTA $60 POR CONDUCIR PELIGROSAMENTE.

9-13-58 DP, EASTPORT, CONN.—CHEQUES FALSOS—12-1-58 SOBRESEIDO.

3-11-60 DPLA—23102 (DELITO MENOR CONDUCCION BAJO LA INFLUENCIA)— 3-11-60 $250 o 10 DIAS, $125 o 5 DIAS SUSP., PAGO MULTA.

8-14-61 OSLA—487.3 (GRAN ROBO AUTO); 10851 VC (LLEVARSE ILEGALMENTE UN VEHICULO)—10-20-61, 10851 VC SENTENCIADO AL TIEMPO CUMPLIDO, PRIMER CARGO SOBRESEIDO.

10-20-61 PDLA—ORDEN DE ARRESTO, TRANSITO, 21453A VC; 537 PC (PLAYA DE NEWPORT)—10-23-61. SENTENCIADO A UN DIA, $10 o 2 DIAS SUSP.

10-26-61 OS, SANTA ANA, CALIF.—537 PC ORDEN DE ARRESTO—II, I, 61 CASO SOBRESEIDO.

11-9-61 DP, SAN DIEGO—GRAN ROBO, ESTAFA DUEÑO HOTEL—11-10-61 PUESTO EN LIBERTAD, GRAN ROBO.

12-15-61 OS, SAN DIEGO—VUELTA EN U ILEGAL Y NO COMPARECE—SIN RES.

4-17-62 OS, SAN DIEGO—TRANSITO, 8 INFRACCIONES—SIN RES.

7-1-62 DP, DOWNEY—ORDEN DE ARRESTO

414

TRANSITO DE DPLA—FIANZA.

9-27-62 DP, SANTA MONICA—ORDEN DE ARRESTO SAN DIEGO, INFRACCIONES TRANSITO—9-28-62 FIANZA.

1-3-63 OS, SANTA ANA, CALIF.—484 PC (ROBO MENOR); 487 PC (GRAN ROBO), ORDEN DE ARRESTO—DETENIDO PARA EL F.D. 6-5-63 SOBRESEIDO

1-23-63 DP, SANTA MONICA—INTOXICACION, ASPIRA VAPORES GOMA— 6-5-63 SOBRESEIDO

9-19-63 OSLA—ALTERACION DEL ORDEN PUBLICO Y BORRACHERA— ARRESTADO POR LA PCH: SIN RES.

9-9-65 OSLA—476A PC (CHEQUES SIN FONDO); ORDEN DE ARRESTO DE DPLA —CUMPLE ACTUALMENTE CONDENA POR ESTE CARGO.

Ahí estaba, al día, excepto por FUGA ILEGAL PARA EVITAR JUICIO luego de que se escapó mientras estaba en libertad bajo fianza en 1961, y su condena por botar basura en Newtown, Connecticut. El "CARGO ACTUAL" era el haber comprado un reloj de pulsera en una joyería, Donavan & Seamans, con un cheque por $248.70 de una cuenta que había cerrado más de cuatro años atrás. Mi padre no necesitaba el reloj, los tenía a docenas, y por último se lo regaló a Toby cuando Toby iba camino a Vietnam. El reloj le costó dos años en Chino.

En el verano de 1968, cuando mi padre estuvo libre de todo crimen y de castigo institucional por última vez, escribí una novela, *Deudas sin pagar*. Sugería con una exactitud considerable cómo yo (o la cruel caricatura de mí mismo que llamé Caxton) me sentía acerca de una futura y posible asociación con mi padre (Freeman) en Washington, D.C. La escena que sigue ocurre durante una cena que ofrece una anfitriona que es una leyenda en Georgetown por sus magníficas fiestas:

No había una sola persona allí (excluyendo a las esposas) cuya cara Caxton no reconociera inmediatamente y no había allí una sola persona a la cual Caxton hubiera sido presentado antes... Los invitados incluían a un juez asociado con la Corte Suprema, al Ministro del Interior, tres senadores, un embajador y cinco periodistas (un editor en jefe y cuatro columnistas)... La actitud de su anfitriona cuando presentaba a Caxton implicaba que eran viejos amigos de muchos años. El que no lo fueran, ella parecía prometerle, sería un secreto entre ellos. Le pedía sus opiniones, lo animaba a que hablara de sí mismo. Pero era perfectamente discreta; nunca pedía ninguna información que pudiera posiblemente comprometerlo en su trabajo o herir sus sentimientos. No le hizo ninguna pregunta sobre la opinión en que Caxton tenía a sus colegas, ninguna pregunta sobre dónde había nacido o quiénes eran sus padres. La fiesta representaba lo que Washington en su mejor aspecto daba la ilusión de ser: una meritocracia.

Y a Caxton se le había advertido acerca de los límites que debía respetar: no debía aparentar falsa humildad, no dabía reírse incontroladamente, no debía expresar enérgicamente opiniones decididas. Para el plato del pescado ya

Caxton se sentía seguro... No había habido ruptura alguna en la sencilla tela de su discurso, había rehusado un tercer vaso de vino (para la evidente satisfacción del editor en jefe) y estaba a punto de gozar de la compañía de la más joven de sus dos atractivas acompañantes cuando cambió la situación al pasar de un plato al otro. En ese punto el mayordomo se aproximó a la anfitriona. Y ella le dijo:

—Querido Caxton, parece que tu padre está en la puerta.

Fue un holocausto. La anfitriona insistió en que se trajera a Freeman a la mesa y se le sirviera vino.

—¿Por qué no me dijiste que tu padre estaría aquí? Eres un malvado, nos habríamos sentido honrados de invitarlo también.

Y Freeman, sin la menor vacilación, vestido con pantalones de color caqui y una chaqueta de tweed (y usando la corbata de Caxton de Princeton—negra con tigres naranja que bailaban por ella...) acercó una silla como si se estuviera incorporando a una partida de póquer y le dio la mano a todo el mundo.

Caxton recuerda haber preguntado, barbotando la pregunta a través de su furioso rubor, cuándo había llegado Freeman. Y su padre, sonriendo alegremente, explicó que había hecho auto-stop desde Charlottesville y que lo había traído un camionero. Había encontrado la invitación puesta en el espejo de su hijo.

—¿Qué lo llevó a Charlottesville?—alguien le preguntó.

—Pasaba tan solo por allí cuando se me echó a perder el Bentley—contestó—. Una maldita molestia, de veras.

Se puso peor. Caxton no lo había oído nunca hablar tanto...ni había escuchado que sus invenciones surgieran tan fantásticamente sin acabar. Alrededor de la mesa había una media docena de personas que Caxton sabía que habían estado en el Servicio Secreto durante la guerra: Freeman hablaba obsesivamente de sus misiones secretas y de las veces que se había salvado por un pelo. El editor en jefe estaba en el consejo de gobierno de Yale, y era de la misma edad de Freeman. Así es que el padre de Caxton habló desdeñosamente de un colega imaginario en "Huesos" cuyo nombre imaginario era una amalgama de los nombres de las familias de dos de las personas que se sentaban junto a él en la mesa...

Le preguntó a la anfitriona si iba a Nueva York con frecuencia (la llamaba "La Ciudad"), y cuando ella dijo que no iba mucho por allí, él dijo:

—¡Qué pena! Te estás perdiendo un teatro estupendo, y la mejor música y comida del mundo.

Cuando le preguntaron qué le había parecido más entretenido en el teatro ahora último no supo qué responder, ni siquiera trató de blufear una respuesta. Se encogió de hombros...

Caxton insistió en que él y su padre debían marcharse. La anfitriona no insistió en que se quedaran. Los acompañó hasta la puerta (su rostro era una máscara de hospitalidad), donde Freeman, para la indecible vergüenza de Caxton (nada volvería a herirlo tan profundamente), se enfundó en un abrigo de mapache. Y dijo "¡Chao!" cuando se despidieron.

Por supuesto, como pomposamente le advertí a mi padre, *Deudas sin pagar* es una obra de ficción. No debiera imaginarse a Freeman como a un doble exacto de Wolff. Después de todo, Freeman es un judío anti-semítico que se hace pasar por anglicano, y Wolff no era especialmente anti-semita. *Deudas sin pagar*, le expliqué a mi padre, "es al mismo tiempo misericordiosa y cruel." Le dije por correo que esperaba que fuera más misericordiosa que cruel, y me estimulaba en esta creencia la lectura que del manuscrito había hecho James Baldwin, quien había admirado la "amorosa falta de piedad" de la novela. Cómo me aferraba a esa lectura, deseando que el juicio de Baldwin fuera acertado. Tres meses antes de su publicación traté de justificarme ante mi padre:

No sé si te gustará mi libro. Algunas partes te pondrán furioso, estoy seguro. Es, por ejemplo, en parte la historia de alguien que es judío y no desea serlo. Te podría causar algún dolor. Pensarás que este detalle o aquel no es "verdadero" lo que es precisamente, por supuesto, de lo que se trata este ejercicio. No eres tú el personaje principal del libro, ni siquiera es *acerca* de ti, es acerca de un solo problema que me ha estado inquietando hace un largo tiempo. Este: hace ya algunos años que me interesa obsesionantemente la verdad. Las mentiras me ponen furibundo, vengan de donde vengan. No estoy seguro, para serte franco, de que la verdad, *qua* verdad, merezca tantas preocupaciones. En cierto punto de mi libro Freeman le grita a su hijo que la verdad es un matón y un farsante. Freeman posee una historia que ha sido inventada totalmente por él, y es un consuelo para él. El problema es este: ten cuidado con quien pretendes ser, no vaya a ocurrir que acabes transformándote en tu invento.

Por ejemplo, déjame ser franco otra vez, quien tú realmente eres es alguien mucho mejor que la persona que, a veces, tú has fingido ser. Los graduados de Yale los hay a montones. Tu historia es más interesante, tiene más picardía e ingenio y alcance. Imagínate por un instante, pensando hacia atrás en tus ficciones, que por un acto de la voluntad pudieras conseguir que fueran realidad. ¿Te haría esto feliz?

No fue sino hasta mucho después que me di cuenta dónde había escuchado por primera vez algunas de estas expresiones: *Quien tú realmente eres es alguien mucho mejor que la persona que, a veces, tú has fingido ser... Tu historia es más interesante...* Mi padre me dijo estas cosas para salvarme de giros cruciales hacia la falsedad, y me lo dijo precisamente con esas palabras.

A mi pregunta, "¿Te haría esto feliz?," no obtuve respuesta. Nunca volví a oír de mi padre. Murió un año después que yo envié esta carta. La carta estaba dentro de su copia de *Deudas sin pagar*. Me había dicho que escribiera una novela. Esta, la había leído. Hay huellas de café en algunas de las páginas, y las esquinas de muchas de las páginas han sido dobladas. La carta y el libro, junto con doce de mis cheques por ciento cincuenta dólares—un cheque al mes, todos sin cobrar—estaban en el subterráneo del edificio donde vivía en el 2420 de la Avenida Manhattan en Manhattan Beach. Estaban en una caja de zapatos con algunas licencias para conducir falsas y papeles de identificación y un par de cuentas. Una cuenta era de un furioso sastre de Hong Kong, Jimmy Sung ("Caballero, Le escribimos el 20 de octubre del año pasado y no tenemos todavía una reacción suya ante esa carta. Esperamos que nos envíe US$299.25. US $150 se refieren al cheque devuelto del Bank of New York debido a 'firma desconocida' y US$149.25 siendo balance si no ha pagado a Jimmy. Esperando oir de Ud. más pronto...") y la otra era del lechero por US$123.38 por sesenta y siete cuartos de galón de leche, dos libras de mantequilla, cuatro galones de zumo de naranja, seis docenas de huevos y una barra de helado.

El lechero, habiendo olido algo desagradable, lo encontró el último día de julio de 1970. Más tarde los vecinos de mi padre recordaron que ellos también habían olido algo desagradable. Nadie sabe con exactitud cuándo murió. El cálculo oficial fue que había estado muerto por dos semanas cuando lo encontraron. Nadie lo había echado de menos mientras estaba allí tendido desintegrándose. No tenía amigos, y cuando ya nadie lo llamaba había hecho quitar el número de su teléfono del directorio, tal como Benjamin Freeman.

A TRAVÉS DE UNA PUERTA ABIERTA

Nunca había visto a alguien de la familia muriéndose o muerto. Nadie que yo conociera bien murió en un accidente automovilístico o en la guerra. Nadie se ahogó, o se cayó de una gran altura, o lo mataron de un balazo mientras cazaba. Mis muertos eran desconocidos. Cuando era un cachorro en el turno de noche para las noticias de la policía en *The Washington Post* me mandaron a un barrio inseguro cerca de la Universidad Howard a averiguar de alguien que había sido herido. Estaba lloviendo, era tarde en la noche. Un policía dijo algo de heridas de cuchillo, hizo unos gestos alusivos. El objeto yacía cubierto por un pedazo de hule, con los pies en una alcantarilla rebosante. El policía amablemente tiró hacia atrás del poncho, solo por un breve instante, como una bailarina de strip-tease revelando el último territorio justo antes que se extingan las luces. Me sonrió mientras yo anotaba en mi cuaderno: *carbón en un saco de arpillera... sangre: hermosa, una mancha de rojo en el ala de un*

423

cuervo. (Supuse que el cadáver era negro: la calle mala, el cuchillo, la hora tardía, la indiferencia de la ley, incluso la lluvia sugería que el cadáver era negro, y lo era.) Regresé a la redacción a componer un epitafio henchido de bruma y metafísica, pero el editor de la noche para la ciudad estaba interesado tan solo en el nombre del hombre y en su dirección, edad y oficio, y yo no sabía nada de eso. Al menos debiera haber preguntado su nombre.

Y una vez vi una mancha en la Ruta 301, en la costa este del puente de la bahía de Chesapeake. Decían los mirones que había sido un hombre cambiando una rueda. Un camión que iba a toda velocidad hacia el sur le había dado un golpazo. La mancha estaba todavía mojada bajo el sol débil de octubre, más óxido que rojo, y grasosa. Los restos del hombre que había estado cambiando el neumático formaban un disco imperfecto, de unos cuatro pies de diámetro. La primera lluvia limpiaría el lugar y lo haría desaparecer.

Sólo esas dos experiencias de la muerte, o sólo esas dos de cerca. Uno de mis mejores amigos se mató pocos días después de que yo había pasado una alegre semana con él. Había venido de Cambridge a América a visitarlo en la Escuela de Negocios de Harvard, donde él estaba estudiando pero sin que le fuera tan bien como él creía que debiera irle. Pocos días después de anunciar su compromiso con una muchacha a quien parecía querer, que parecía quererlo a él en un amor recíproco, estacionó el coche cerca de la sala de emergencias de un hospital cerca de la casa de su familia. Se tendió sobre el asiento delantero, metió la punta del cañón de un fusil de repetición en su boca y apretó el gatillo con su dedo gordo del pie. Yo había venido desde Inglaterra para la fiesta del compromiso, pero había regresado a Europa cuando lo hizo.

No sé por qué se mató de un tiro. La gente habló de una oscura historia de la cual yo no sabía nada, y algunos pocos mencionaron las confusiones del amor, pero la mayoría de las personas pensaron que había estado desilusionado porque no le iba bien en la escuela de negocios. Ninguna de estas razones me pareció muy razonable a mí.

Ahora, conduciendo a casa desde la terraza de Kay donde acababa de saber de la muerte de mi padre, pensé en vez de en él, en el marido de Kay. Usaba una pierna de palo, andaba por todas partes sin dificultad con ella, hacía bromas sobre ella. Había volado usándola en la Fuerza Aérea, y había escapado de un campo de concentración alemán usándola. La gente que conocía a este hombre lo quería, mientras que estuvo vivo. Pero se suicidó de un disparo en una forma espectacularmente cruel, quizás no calculada para hacerle el máximo daño a sus cuatro hijos y tres hijastros, pero obteniendo ese resultado, y el daño que le hizo a su mujer fue incalculable. Conduciendo hacia la casa de mis suegros pensé en ese suicidio. ¿Por qué alguien podía escoger tan fríamente el vaciar tanta vida como hay en una persona?

Había un mensaje para mí. Debía telefonear a la policía de California. Habría una autopsia; sospechaban que se trataba de un suicidio. En la habitación en que murió mi padre, la policía me dijo por teléfono, había muchas botellas de licor vacías y cajas vacías de barbitúricos. Mucho más tarde la policía me dijo que la deprimente miseria general de la escena—mi padre desnudo y caído sobre su estómago, su cabeza bajo una silla, "las piernas y los pies juntos apuntando hacia el este" en el lenguaje del parte sobre su muerte—combinada con el espantoso olor en la habitación pequeña y húmeda hacían concluir incluso a policías endurecido por su trabajo que estaban ante un caso de desesperanza. Este suicidio no era un misterio. Era lógico para mí. Pensé que mi padre podía con toda razón darle la bienvenida a la muerte, y yo siempre había supuesto que él trataría de controlar su propia historia hasta el absoluto final. *No es nada.* Pero la autopsia pocos días después reveló que había muerto por congestión de las arterias. Es posible que cuando murió deseara vivir para siempre.

Desde la casa de mis suegros llamé a mi madre, y le conté lo que sabía, y por primera vez oí sollozar a mi madre. Llamé a Ruth Atkins, y cuando había terminado de llamar como a la hora de cenar, Priscilla me preguntó si quería comer. Dije que no tenía hambre. Ella dijo que tenía sueño y que se iba a acostar. La seguí hasta el cuarto de visitas, confiando en que ella lamentaría conmigo la muerte de mi padre. No lo hizo. Me enojé hasta ponerme violento. No comprendía su frialdad, pero la entiendo ahora.

Me sentía avergonzado de mi padre en casa de su padre, y ahora tenía vergüenza de mi vergüenza, y me sentía avergonzado de estar allí, bajo ese techo. Era como si aceptar esa hospitalidad fuera participar del juicio que ellos tenían de mi padre. Creía que sabía lo que ellos pensaban de él, y sabía lo que pensaban acerca de mí. A veces en esa casa yo sentía como Priscilla me miraba a través de los ojos de sus padres, y pensé que esa casa en Narragansett era un lugar donde no habrían hecho sentirse bienvenido a mi padre. Traté de olvidar esa noche de su muerte que tampoco él había sido bienvenido durante esos últimos diez años en mi propia casa, y en mi urgencia por olvidar esto los repudié a todos ellos, a mi esposa y sus padres, y ahora Priscilla dice que jamás me ha visto más distante o enojado. Ella se marginó, no deshonraría a ninguno de nosotros aparentando sentir lo que no sentía. Ahora yo quería que ella amara a mi padre. Ahora yo quería amar a mi padre. ¿Cómo podía hacerlo ella, si yo no podía? Nunca lo había visto, había oído su voz tan solo una vez en los cables telefónicos. Le habíamos prometido a él y a nosotros mismos que haríamos una visita a California, pero nunca fuimos. Cada vez que fijábamos una fecha para mostrarle a mi padre su primer nieto, y luego su segundo, algo ocurría, lo encarcelaban otra vez o me hacía una jugarreta o decidíamos que preferíamos visitar Madrid, esquiar en Austria.

Creo que durante unas pocas horas esa noche odié a mi mujer. Conduje hasta un bar decrépito a la orilla del camino, un bar que era refugio de gente violenta, donde los atletas del acuaplano solían congregarse entre dibujos tropicales. Quería una pelea. Me senté en el bar tomando whiski y enjuagándolo luego con cerveza, con mala cara y balbuceando insolencias a desconocidos amistosos que usaban shorts de vaqueros cortados y camisetas limpias. Los muchachos de la playa estaban bronceados, eran pacíficos y tranquilos; los atletas no querían saber nada de mí. Me fui cuando cerraron, y conduje con el acelerador a fondo hasta la casa de Kay. Quería explicarle a ella, inmediatamente, por qué había dado gracias a Dios de que mi padre hubiera muerto. Quería que ella supiera que mis palabras no eran la exclamación de un ateo sin sentimientos, y que no sólo revelaban el alivio de que mis hijos siguieran vivos. También querían decir lo que parecían decir, y le agradecía a alguien que mi padre había sido liberado del mundo, y que había sido liberado de sí mismo.

Desperté a mi amiga tres horas antes de la madrugada. Había conocido a Kay en su rancho de California nueve años atrás, el día después de cuando dejé a mi padre en la cárcel de San Diego. Dos de sus hijas eran amigas de toda la vida de Priscilla, y a una de ellas yo la había cortejado. Como todos los que lo conocieron, yo adoraba a su marido, y él y yo viajamos juntos por España. Una noche salió a gatas por la ventana de nuestra habitación en el hotel de Madrid, balanceándose borracho sobre una estrecha cornisa a diez pisos sobre la calle sólo porque yo acababa de contarle una historia triste. Un par de sus hijos me ayudaron a agarrar su pierna buena y arrastrarlo a un lugar seguro, y por la forma en que lo miraron esa noche adiviné que habían tenido que salvarlo de sí mismo muchas otras veces. Pocos días antes que se suicidara de un tiro, con su esposa y niños como testigos, Kay me había escrito para desearme que me fuera bien en mi cortejo a Priscilla, y su carta estaba llena de energía e ingenio, amor, y contento por el futuro.

Hacía mucho frío para sentarse en la terraza, pero mi amiga encendió las linternas japonesas allá afuera para que pudiéramos verlas desde el salón. Sobre la chimenea había un lema grabado en la repisa: *Querido amigo, alrededor de este hogar no hables mal de ninguna creatura.*

La mañana que pasé con Kay me cambió. Ella habló de su marido muerto y yo le conté de mi padre muerto. Intercambiamos escándalos y pronto estábamos riéndonos. Conté cómo mi padre despreciaba la prudencia, las cuentas de ahorros, la *idea* misma de las cuentas de ahorros, el *hecho* de que existieran, mirar antes de saltar. Sí, su marido también, cojeando por la inclinada cubierta de un yate que había arrendado para navegar solo antes de aprender por sí mismo cómo navegar. Había sido interesante y divertido ser la esposa de su marido, y yo el hijo de mi padre. Esto era importante comprenderlo.

Kay me guió por la historia de mi padre, me permitió comenzar a comprenderlo como un hombre crítico de los convencionalismos, un hombre que caricaturizaba lo que desdeñaba. *¿Les gustan los estudiantes de Yale? Bueno, yo estudié en Yale. ¿Ven qué fácil es? No es en absoluto difícil, sólo se necesita voluntad y buenos nervios.* Mi amiga me llevó a comprender qué suerte tengo de ser libre, que había un lado benigno en el deshonor de mi padre, que yo nunca había tenido que explicarme o pedirle perdón a él en la misma forma que él no tenía nada que explicarme o de qué pedir perdón. Muchas de estas ideas eran, por supuesto, pura casuística. No creo ahora que mi padre haya sido verdaderamente un crítico de su sociedad, o que su vida haya sido más feliz que desafiante.

No importa. Había entrado alienado a esa noche. Me estaba acostumbrando a todo tipo de repudios, y estaba aprendiendo a cultivar tenazmente la ira. Me había sentido traicionado por mi padre, y yo quería traicionarlo a él. Kay cambió mi rumbo. Tenía la autoridad de alguien que ha pasado por el peor de los fuegos. La escuché. Vi otra vez lo que había visto cuando era un niño, amando a mi padre como a nadie más. El nunca me había repudiado ni había visto en mi rostro indicios de su propia mortalidad. Nunca me había dejado pensar que quisiera librarse de mí ni del peso de mis juicios, incluso cuando lo había acosado acerca de su historia, cuando había puesto mínimas objeciones como un artista de la letra pequeña, como un hombre que escribe reseñas, ¡por Dios! No trató de hacerme a su propia imagen. ¿Cómo pudiera haberlo hecho? ¿Cuál imagen elegir? Había querido que yo fuera más feliz de lo que él había sido, que me fuera mejor. Me había enseñado muchas cosas, algunas importantes, algunas que sentía como verdaderas, otras que eran verdad. Normalmente las cosas que me dijo eran las apropiadas para decirle a un hijo, y para cuando comprendí que tenían su fuente en la mentira ya habían hecho el bien que podían hacer. Me había alejado de mi padre por mis temores acerca de las opiniones de otra gente acerca de él, y por un imperioso deseo de liberarme de su caos y sus destrozos. Me había olvidado de que lo amaba, en su mayor parte, y en su mayor parte ahora lo echo de menos. Lo echo de menos.

Cuando finalmente me fui de la casa de Kay sentí estas cosas, algunas por primera vez. Conduje a casa lentamente, y me detuve en los discos de pare. La puerta de la habitación que compartía con Priscilla estaba abierta cuando entré, pero no crucé ese umbral esa noche. Fui a la habitación de mis hijos. Me paré junto a Justin, mirándolo hacia abajo. Y entonces mi hijo Nicolás comenzó a quejarse, en voz baja al comienzo. No sabían que su abuelo había muerto. No sabían nada acerca de su abuelo. Habría tiempo para eso. Decidí contarles lo que podía, y esperaba que quisieran saber todo lo que yo podía contarles. Nicolás gritó en su sueño, como lo había hecho muchas veces antes, rescatándome de mis pesadillas acerca de su muerte con sus propias pesadillas acerca de su muerte, sus sueños acerca de gatos con las piernas quebradas, pájaros gritando con las alas rotas, ciervos cogidos en una trampa, niños heridos y llorando, más allá de hasta donde pueden escuchar los padres. A veces yo soñaba que mi hijo se desangraba hasta morir a causa de alguna simple herida que yo había dejado de tratar.

Ahora pasé mi mano acariciando su frente como mi padre había acariciado la mía cuando yo tenía fiebre. Justin respiraba profundamente. Me metí a la cama junto a mi dulce Nicolás y lo tomé en mis brazos y comencé a mecerlo al ritmo de la respiración regular de Justin. Yo hedía a whiski y tenía sangre en el rostro de una caída que tuve al salir de la casa de Kay, pero sabía que no podría asustar a mi hijo. Dejó de quejarse, y lo mecí en mis brazos hasta que vino la luz, y se despertó en mis brazos al mismo tiempo que yo, en los suyos, me dormía sin que los sueños acudieran a alterar mi sueño.